A marca FSC® é a garantia de que a madeira utilizada na fabricação do papel deste livro provém de florestas que foram gerenciadas de maneira ambientalmente correta, socialmente justa e economicamente viável, além de outras fontes de origem controlada.

O melhor do humor brasileiro

Antologia

Organização, introdução e notas
Flávio Moreira da Costa

Copyright da organização, introdução e notas © 2016 by Prosa do Mundo/ Flávio Moreira da Costa

Grafia atualizada segundo o Acordo Ortográfico da Língua Portuguesa de 1990, que entrou em vigor no Brasil em 2009.

Capa
Retina 78/ Alceu Chiesorin Nunes

Preparação
Leny Cordeiro
Andressa Bezerra Corrêa

Revisão
Thaís Totino Richter
Valquíria Della Pozza

Dados Internacionais de Catalogação na Publicação (CIP)
(Câmara Brasileira do Livro, SP, Brasil)

O melhor do humor brasileiro : antologia – organização, introdução e notas Flávio Moreira da Costa. — 1ª ed. — São Paulo : Companhia das Letras, 2016.

Vários autores.
ISBN 978-85-359-2718-4

1. Contos brasileiros – Coletâneas 2. Humor 3. Poesia brasileira – Coletâneas.

	CDD-69.308
16-02231	-869.108

Índices para catálogo sistemático:
1. Contos : Antologia : Literatura Brasileira 869.308
2. Poesia : Antologia : Literatura Brasileira 869.108

[2016]
Todos os direitos desta edição reservados à
EDITORA SCHWARCZ S.A.
Rua Bandeira Paulista, 702, cj. 32
04532-002 — São Paulo — SP
Telefone: (11) 3707-3500
Fax: (11) 3707-3501
www.companhiadasletras.com.br
www.blogdacompanhia.com.br
facebook.com/companhiadasletras
instagram.com/companhiadasletras
twitter.com/cialetras

Este livro é dedicado a Hilda Strozenberg Szklo.

E a Maria Lúcia Martins.

Com agradecimentos a André Seffrin.

E por ordem de entrada em cena no filme da memória, Chaplin, o Gordo e o Magro, Oscarito, Grande Otelo, Cantinflas, Keaton, Jerry Lewis, Tati — o riso deles, o riso da infância.

As virtudes devem ser grandes e as anedotas engraçadas. Também as há banais, mas a mesma banalidade na boca de um bom narrador faz-se rara e preciosa.

Machado de Assis, *Esaú e Jacó*

Enfim todas as manifestações do passadismo nacional divertem bastante a gente [...] a preocupação de todo escritor era parecer grave e severo. O riso era proibido.

António de Alcântara Machado, *Cavaquinho & saxofone*

Nenhuma fórmula para a contemporânea expressão do mundo. Ver com olhos livres...

Oswald de Andrade, *Manifesto da poesia pau-brasil*

Não me ajeito com os padres, os críticos e os canudinhos de refresco: não há nada que substitua o sabor da comunicação direta.

Mário Quintana, "Quintanares"

Sumário

Introdução — HUMOR, HUMORES, BRASIL, BRASIS, 17
  Flávio Moreira da Costa

I. HUMORES INICIAIS

Canto canibal: CULTURA TUPINAMBÁ, 21
  Anônimo

Poemas guaicurus: CULTURA INDÍGENA, 23
  Anônimo

A onça e o veado: CONTO POPULAR — CULTURA INDÍGENA, 25
  Anônimo

A onça e a coelha: CONTO POPULAR — CULTURA INDÍGENA, 27
  Anônimo

O amigo da onça: CONTO POPULAR — CULTURA INDÍGENA, 29
  Anônimo

O macaco e o moleque de cera: CONTO POPULAR, 32
  Anônimo

Trovas populares: POESIA, 34
  Anônimo

De como o Malasartes fez o urubu falar: CONTO POPULAR, 37
  Anônimo

II. HUMORES COLONIAIS

Soneto: POESIA, 43
  Gregório de Matos (1636-96)

Define o poeta os maus modos de obrar na governança da Bahia,
principalmente naquela universal fome que padecia a cidade: POESIA, 45
  Gregório de Matos (1636-96)

Visita de médico: TEATRO, 48
  António José da Silva, o Judeu (1705-39)

Cartas chilenas: TRECHO DA POESIA, 52
  Tomás Antônio Gonzaga (1744-1810)

Memórias de um sargento de milícias: TRECHO DO ROMANCE, 57
  Manuel Antônio de Almeida (1831-61)

O alienista: TRECHOS DA NOVELA, 61
  Machado de Assis (1839-1908)

III. HUMORES IMPERIAIS

Juiz de paz na roça: TRECHO DA PEÇA, 73
  Martins Pena (1815-48)

São os meus escritos uma panaceia universal: SELEÇÃO, 84
  Qorpo-Santo (1829-83)

O barão e seu cavalo: POESIA, 87
  José Bonifácio, o Moço (1827-86)

Como se fazia um deputado: TRECHO DA PEÇA, 89
  França Júnior (1838-90)

Enterro de luxo: TRECHO DA CRÔNICA, 93
França Júnior (1838-90)

Disparates rimados: POESIA, 95
Bernardo Guimarães (1825-84)

Ao correr da pena (I): CRÔNICA, 98
José de Alencar (1829-77)

Ao correr da pena (II): CRÔNICA, 103
José de Alencar (1829-77)

Ao grande literato homeopático dr. Veludo: POESIA, 106
Gonçalves Dias (1823-64)

A carteira de meu tio: TRECHO DO ROMANCE, 108
Joaquim Manuel de Macedo (1820-82)

Poema satírico: POESIA, 113
Laurindo Rabelo (1826-64)

Quem sou eu?: "A BODARRADA"/ POESIA, 115
Luís Gama (1830-82)

O Ateneu: TRECHO DO ROMANCE, 118
Raul Pompeia (1863-95)

Tílburi de praça: CONTO, 121
Raul Pompeia (1863-95)

Armas: POESIA, 125
Fagundes Varela (1841-75)

Os brincos de Sara: CONTO, 127
Alberto de Oliveira (1857-1937)

O rei reina e não governa: POESIA, 131
Tobias Barreto (1839-89)

Sou da polícia secreta!: CRÔNICA, 134
Machado de Assis (1839-1908)

Um apólogo: CONTO, 136
  Machado de Assis (1839-1908)

História comum: CONTO, 139
  Machado de Assis (1839-1908)

IV. HUMORES DA REPÚBLICA VELHA

Esaú e Jacó: "A TABULETA"/ TRECHO DO ROMANCE, 145
  Machado de Assis (1839-1908)

Ideias de canário: CONTO, 152
  Machado de Assis (1839-1908)

O dicionário: CONTO, 157
  Machado de Assis (1839-1908)

Teoria do medalhão, *diálogo*: CONTO, 161
  Machado de Assis (1839-1908)

Memórias póstumas de Brás Cubas:
"HUMOR GRÁFICO"/ TRECHO DO ROMANCE, 169
  Machado de Assis (1839-1908)

Memórias póstumas de Brás Cubas: TRECHOS DO ROMANCE, 171
  Machado de Assis (1839-1908)

Quincas Borba: TRECHO DO ROMANCE, 177
  Machado de Assis (1839-1908)

O madeireiro: CONTO, 179
  Aluísio Azevedo (1857-1913)

Em custódia: POESIA, 186
  Olavo Bilac (1865-1918)

A família Agulha: TRECHO DO ROMANCE, 188
  Luís Guimarães Júnior (1845-98)

Parlamentares: TRECHOS DOS DISCURSOS, 194
  Rui Barbosa (1849-1923)

Entre os antropoides: CONTRIBUIÇÃO PARA
O ESTUDO DA ANTROPOLOGIA/ CRÔNICA, 198
Antônio Torres (1885-1934)

Verbetes soltos: PARA DESENFADO E NENHUM
PROVEITO DOS LEXICÓGRAFOS ACADÊMICOS, 202
Carlos de Laet (1847-1927)

O plebiscito: CONTO, 205
Artur Azevedo (1855-1908)

O gramático: CONTO, 209
Artur Azevedo (1855-1908)

A cozinheira: CONTO, 214
Artur Azevedo (1855-1908)

O homem de cabeça de papelão: CONTO, 219
João do Rio (1881-1921)

Triste fim de Policarpo Quaresma (I): TRECHO DO ROMANCE, 226
Lima Barreto (1881-1922)

Triste fim de Policarpo Quaresma (II): TRECHO DO ROMANCE, 234
Lima Barreto (1881-1922)

O homem que sabia javanês: CONTO, 235
Lima Barreto (1881-1922)

Recordações do escrivão Isaías Caminha:
"POSITIVISMO"/ TRECHO DO ROMANCE, 244
Lima Barreto (1881-1922)

Numa e a ninfa: CONTO, 247
Lima Barreto (1881-1922)

A nova Califórnia: CONTO, 253
Lima Barreto (1881-1922)

Pijuca: CONTO, 262
Valdomiro Silveira (1873-1941)

Os meus otto anno: SÁTIRA, 266
Juó Bananére (1892-1933)

O papagaio: CONTO, 270
João Simões Lopes Neto (1865-1916)

Livro das donas e donzelas: "ARTE CULINÁRIA"/ CRÔNICA, 273
Júlia Lopes de Almeida (1862-1934)

Cena de comédia: CONTO, 276
Júlia Lopes de Almeida (1862-1934)

V. HUMORES REPUBLICANOS
(COM INTERVALOS DE DITADURA)

Tudo aquilo que o malandro pronuncia, com voz macia,
é brasileiro, já passou de português: SAMBAS, 285
Noel Rosa (1910-37)
Gramática portuguesa pelo método confuso: SELEÇÃO, 290
Mendes Fradique (1893-1944)

O colocador de pronomes: CONTO, 296
Monteiro Lobato (1882-1948)

Serafim Ponte Grande: INTRODUÇÃO AO ROMANCE, 309
Oswald de Andrade (1890-1954)

Eta, nós, da Terra de Santa Cruz Credo!: CRÍTICA E CRÔNICA, 312
António de Alcântara Machado (1901-35)

Apólogo brasileiro sem véu de alegoria: CONTO, 317
António de Alcântara Machado (1901-35)

Guerra civil: CONTO, 322
António de Alcântara Machado (1901-35)

Máximas e mínimas: SELEÇÃO, 326
Barão de Itararé/ Aparício Torelly (1895-1971)

O defunto inaugural: RELATO DE UM FANTASMA/ CONTO, 328
  Aníbal Machado (1894-1964)

As proezas de Macunaíma: LENDA INDÍGENA, 341
  Anônimo

Macunaíma: RAPSÓDIA/ "TEQUE-TEQUE,
CHUPINZÃO E A INJUSTIÇA DOS HOMENS", 345
  Mário de Andrade (1893-1945)

Galinha cega: CONTO, 352
  João Alphonsus (1901-44)

A morte e a morte de Quincas Berro Dágua: TRECHOS DA NOVELA, 359
  Jorge Amado (1912-2001)

Dona Flor e seus dois maridos: TRECHOS DO ROMANCE, 377
  Jorge Amado (1912-2001)

Quintanares: SELEÇÃO, 385
  Mário Quintana (1906-94)

Aula de inglês: CRÔNICA, 388
  Rubem Braga (1913-90)

Bárbara: CONTO, 392
  Murilo Rubião (1916-91)

Porque Lulu Bergantim não atravessou o Rubicon: CONTO, 398
  José Cândido de Carvalho (1914-89)

Aventura carioca: CRÔNICA, 401
  Paulo Mendes Campos (1922-91)

Perfil de Tia Zulmira: CRÔNICA, 405
  Stanislaw Ponte Preta (1923-68)

Millôr definitivo: A bíblia do caos: SELEÇÃO, 412
  Millôr Fernandes (1922-2012)

Roteiro: CRÔNICA, 428
  Carlos Heitor Cony (1926)

Eia! Sus! Sus!: CONTO, 431
Carlos Heitor Cony (1926)

Vavá Paparrão contra Vanderdique Vanderlei: CONTO, 433
João Ubaldo Ribeiro (1941-2014)

Sexo na cabeça: CRÔNICA, 439
Luis Fernando Verissimo (1936)

A pipoca tá quentinha: CRÔNICA, 442
Joaquim Ferreira dos Santos (1950)

Gênesis, revisto e ampliado: CRÔNICA, 445
Antonio Prata (1977)

Referências bibliográficas, 447

Introdução
Humor, humores, Brasil, Brasis

Flávio Moreira da Costa

É uma questão de abrir janelas. Qual janela? A janela do humor e a janela da tragédia dão para a mesma paisagem: a da miséria e a da riqueza da vida nossa de cada dia. Do cotidiano, da condição ou da comédia humana. Tomo emprestada essa imagem simples e rica de Tchékhov, porque uma metáfora como essa vale mais do que uma foto que vale mais do que mil palavras — ou que mil definições.

Nosso humor é reflexo de nossa visão de mundo. É um dado a um só tempo individual e cultural. É algo individual porque cada um de nós tem o humor que tem (ou que merece) e nada se pode fazer a esse respeito — a não ser, em caso de total falta de humor, algum tipo de terapia, mas isso é outra história. Cultural, no sentido antropológico da palavra, porque o humor resulta de uma infinidade de condicionantes linguísticos, locais, sociais, históricos, climáticos, de tudo aquilo condensado numa determinada formação, a um só tempo psíquica e coletiva. Assim, não se pode esperar que o humor de um russo seja igual ao de um esquimó, ou de um alemão, ou, para ficarmos no plano brasileiro, que o humor de um gaúcho da fronteira (lá de Santana do Livramento, por exemplo) seja o mesmo do de um baiano do Recôncavo ou de um nordestino do agreste. Ou que o humor de um carioca se assemelhe ao de um paulistano. O que não impede que todos eles tenham a capacidade de rir e de fazer rir, tanto sobre as mesmas questões quanto sobre questões diferentes.

Ao fazer uma antologia de humor universal, aprendi que não existe humor, mas sim humores. Qualquer tema é sempre múltiplo. Amor? Não, amores e desamores. Crime e mistério? Crimes e mistérios. Loucura? Não, loucuras etc.

E o humor, já dizia Sílvio Romero há mais de um século, não é feito por pessoas bem-humoradas. Ao contrário: "Quando alguém faz humor é sinal de que está mal-humorado". Afirmação recriada por Millôr: "O humor compreende também o mau humor. O mau humor é que não compreende nada". (Variação de humor é outra história, diriam os doutores da mente.)

Parte dos humores brasileiros foi recolhida neste livro. Ou pedaços inteiros: humores tão ricos e variados, ao longo da nossa história e geografia, dos primeiros habitantes da terra, índios e colonos portugueses, passando pela cultura oral ou popular, e por autores de todas as épocas há cinco séculos, até os contemporâneos. Resultado ou "revelação": retrato de corpo inteiro, uma série de fotos 3 x 4 ou uma *selfie* coletiva e transtemporal? Retrato ou caricatura, pois será que somos mesmo Macunaíma, como já "clicavam" nossos índios? Ou tendemos, com tanto burocratismo e (ainda) bacharelismo à nossa volta, ao "medalhão" da "teoria" de Machado de Assis? Ou nada disso: somos todos o homem que sabia javanês?

Realizar a presente antologia do humor brasileiro foi uma experiência de vida (ou leitura de vida toda), uma grande aventura; e que me proporcionou uma revisão de uma literatura que me acompanha desde a adolescência.

E resultou essa revisão — com os textos que foram possíveis (inclusive legalmente) — num viés agregador, dentro da diversidade de textos, temas, subtemas. Gostaria de considerar que apresenta uma aproximação afetiva de toda a nossa literatura sob o prisma do humor. É a literatura brasileira cheia de graça(s), eis o viés da história toda, com risos, sorrisos discretos e eventuais (nada obrigatório) gargalhadas.

Sim, vamos abrir uma das janelas de Tchékhov: eis um livro de literatura brasileira de humor.

Rio de Janeiro, 2016

I. HUMORES INICIAIS

Como é que um monte de indivíduos ignorantes consegue fazer essa coisa formidável chamada sabedoria popular?

Millôr Fernandes

Canto canibal

CULTURA TUPINAMBÁ

Anônimo

Este canto guerreiro inesperadamente irônico, de índios que viviam em torno da baía de Guanabara, está no ensaio "Sobre os canibais", um raro registro do século XVI — "versos canibais" que, séculos depois, inspirariam um poema de Goethe, quem diria. Está no clássico Ensaios, de Montaigne (1533-92): "podemos muito bem chamá-los de bárbaros com relação às regras da razão, mas não em relação a nós, que os ultrapassamos em toda espécie de barbárie". Montaigne chegou a este registro através de um amigo que participara das tropas de Villegagnon, durante a França Antártica. Um texto curto, antropológico e antropofágico, aqui em adaptação livre — mas sem fugir ao que é dito na tradução de Montaigne.

> *Venham,*
> *Venham todos para a festa*
> *Devorar um bravo guerreiro,*
> *Pois comendo-o comerão também*
> *seus pais e ancestrais, que serviram*
> *de alimento e sustento ao seu corpo;*

esses músculos, essa carne e veias
são de vocês, pobres loucos;
saboreai-os bem, pois encontrareis
aí o gosto de vossa própria carne.
Venham,
Venham todos para a festa.

Poemas guaicurus

CULTURA INDÍGENA

Anônimo

Spix e Martius registraram em alemão o humor dos índios cavaleiros, os guai-curus. Sílvio Romero, em História da literatura brasileira, *diz que Eduardo Laemmert traduziu estes poemas orais e Joaquim Norberto colocou-os em versos "civilizados".*

I.

*Não quero mulher que tenha
as pernas bastante finas,
a medo que em mim se enrosquem
como feras viperinas.*

*Também não quero que tenha
o cabelo assaz comprido,
que em matos de tiririca
me acharia perdido.*

II.

Quando me vires sem vida,
ah! não chores, não, por mim.
Deixa que o carcaraí
deplore meu triste fim.

Quando me vires sem vida,
atira-me à selva escura,
que o tatu há de se apressar
em me dar a sepultura.

A onça e o veado

CONTO POPULAR — CULTURA INDÍGENA

Anônimo

Registrado por Couto Magalhães, em O selvagem; *versão recriada pelo organizador (em* Alma-de-gato).

Pois a onça e o veado, cansados da agressividade na sociedade dos bichos, resolveram morar juntos na mesma toca. Como eles se respeitavam mutuamente, era meio caminho andado.

Viviam assim, em paz, sob o mesmo teto.

Combinaram que cada dia um sairia para caçar e trazer a comida para casa.

No dia de a onça sair em campo, ela foi e conseguiu matar um veado; entregou-o ao companheiro para que ele preparasse o jantar.

O veado não disse nada. Preparou a comida e... Bem, a verdade é que ficou muito apreensivo.

Dias depois, foi a vez de o veado sair à caça.

Andou, andou e, fosse intencional ou não, com a ajuda de seu amigo tamanduá, acabou matando uma onça.

Chegou em casa e ofereceu-a como próxima refeição à sua companheira.

Que, aliás, tampouco se deu por achada. Preparou a comida e… Bem, também ela ficou bastante apreensiva.

A vida continuou, mas dali em diante não tiveram, nem o veado nem a onça, mais sossego.

Viviam a se espreitar, desconfiados e atentos.

Até que um dia, ou melhor, uma noite, o primeiro ruído que um deles fez lá no seu canto, o outro, num átimo, rápido com um relâmpago, pulou da cama e aí então eram os dois, apavorados, fugindo, no meio da floresta e da noite, um para cada lado.

A onça e a coelha

CONTO POPULAR — CULTURA INDÍGENA

Anônimo

Basílio de Magalhães registrou esta história oral em O folclore no Brasil *(Rio de Janeiro, 1928). A versão do organizador aqui publicada mostra uma história "primitiva" que obedece até hoje pelo menos a uma regra do humor anedótico — dos "civilizados": o riso no final. (Mário de Andrade incorporou este conto, entre outros, em seu* Macunaíma.*)*

Dona Onça tinha uma filhinha e procurava uma babá para cuidar dela. Um dia, aparece na sua toca uma coelha.

— Soube que vosmecê estava caçando uma babá para sua filha. Vim até aqui para ver se vosmecê me aceita.

— Pois sim, minha filha — dona Onça respondeu, sem mais delongas. — Vai entrando aí para dentro da toca e pode tomar conta da menina.

A coelhinha entrou pelo buraco-porta da toca, onde estava a oncinha.

E passou a cuidar dela.

Até os bichos precisam criar uma rotina: todos os dias a onça-mãe trazia comida e entregava para a coelhinha alimentar sua filha.

Depois de um tempo, a onça-mãe chegou à entrada da toca e pediu à coelhinha que lhe mostrasse a onça-filha.

Esperou, e a coelhinha lhe mostrou a bichinha.

A oncinha estava magra, magra — parecia só osso. Era de dar dó.

Em compensação, a coelhinha... A coelhinha estava tão gorda que mal conseguia se mexer.

A onça-mãe ficou... uma fera. Bufava de raiva:

— Sua sem-vergonha, então eu trago comida todos os dias para você cuidar da menina e minha filha fica magra desse jeito! Já para fora, está despedida! Saia, saia, já para a rua!

A coelha, claro, estava morrendo de medo de sair. Zangada daquele jeito, a onça ia deixá-la em pedacinhos.

— Espere aí, só um pouquinho. Deixe eu botar minhas coisas para fora, depois eu saio. Tome, segure aí a minha cama.

A onça, ainda danada da vida, na porta do buraco, pegou a cama da coelha sem olhar e jogou-a longe.

— Tome esta arca. — A coelha a estendeu, sempre lá de dentro.

E a onça, zás, jogou a tralha no mato.

E continuou a coelha: tome isto e tome aquilo. E tudo, zás, a onça jogava para o mato.

Não tendo mais nada para entregar à onça, a coelha juntou as orelhas, colocou-as para fora do buraco e:

— Agora segure minhas alparcatinhas — ela disse *pracatinhas*.

Aí então dona Onça, que já estava azul de raiva com tanta amolação e com a safadeza que a coelha lhe tinha feito, segurou as alparcatas e — zapt, zupt — jogou-a com força bem lá dentro do mato.

A coelha, recuperando-se logo do "voo" mato adentro, bem... Pernas para que te quero! Desapareceu mais rápido do que tinha aparecido.

Enquanto isso, a onça ainda esperava na porta da toca:

— Anda, coelha! Sai daí, coelha! — gritava, danada de raiva.

Mas que nada! A coelha já estava longe, longe.

O amigo da onça

CONTO POPULAR — CULTURA INDÍGENA

Anônimo

Expressão que ultrapassou o âmbito da literatura oral, "amigo da onça" virou um personagem de desenho humorístico de Péricles e Carlos Estêvão, de muito sucesso na extinta revista O cruzeiro, nos anos 1950, e passou a ser usada na linguagem do brasileiro comum.

A Onça estava quietinha no seu canto quando lhe apareceu o compadre Lobo, que foi logo lhe dizendo:

— Comadre Onça, com o perdão da palavra, você não é o bicho mais valente e destemido que existe neste mundo, nem o Leão, com toda a sua prosa de reis dos animais.

— Como assim? — berrou a Onça enfurecida. — Quem é esse bicho mais valente e poderoso que eu?

O Lobo, amaciando a voz, respondeu:

— Ó comadre, me perdoe. Já estou arrependido de dizer tal coisa... Mas minha intenção era apenas preveni-la de um bicho terrível que apareceu nesta paragem.

— Bem… Você não deixa de ter alguma razão — retrucou a Onça, mais sossegada. — Mas quero saber o nome desse bicho. Como se chama?

— Esse bicho, comadre, chama-se homem, conforme me disse o papagaio. Em toda a minha vida, nunca vi um bicho mais valente. Ele sim e mais ninguém é o rei dos animais. Basta dizer que, de longe, o vi matar, com dois espirros, nada menos do que um leão. Ih, comadre, com o estrondo dos espirros parecia que tudo ia pelos ares. Deus me livre!

— Oh, compadre, não me diga!

— É como lhe conto. E o que mais me deixa admirado é o bicho-homem ser tão baixinho que parece ser fraco; além disso, é mal servido de unhas e dentes.

— Pois bem, compadre, fiquei curiosa. Quero que me leve, sem demora, ao lugar onde se encontra tal animal.

— Ah, comadre, me peça tudo, menos isso. Você nem imagina os estragos que ele fez com seus malditos espirros. Não me atreveria a tal aventura.

— Pois, queira ou não queira, vai me mostrar o bicho, ou então não sairá daqui com vida.

— Está certo — disse o Lobo amedrontado. — Iremos. Mas temos de tomar todo o cuidado possível. Eu, com sua licença, posso correr mais que a senhora. Assim, levaremos um cipó, daqueles que não arrebentam nunca. Amarro uma das pontas no pescoço da comadre e a outra na minha cintura. Em caso de perigo, se for preciso fugir, a comadre e eu corremos…

— Fugir! Veja lá o que diz! Você já viu, seu "cagão", alguma vez onça fugir?

— Não me expliquei bem. Eu é que vou fugir. A comadre será apenas arrastada por mim. Isso não é fugir. Está certo?

— Está bem. Faremos como você quer.

Partiram. A Onça com o cipó atado no pescoço, e o Lobo muito respeitoso e tímido, a puxá-la.

Quando chegaram ao destino, o "bicho-homem", surpreendido, ao avistá-los, tirou da cinta a garrucha e lascou fogo, isto é, espirrou, uma, duas vezes, foi um estrondo dos diabos.

O Lobo, então, mais que depressa, disparou numa corrida desabalada, empenhando um enorme esforço para arrastar a Onça pelo cipó "que tinha atado no pescoço dela".

De repente, já muito distante, sentiu que a Onça estava mais pesada. Parou, então, e contemplou a companheira estendida no chão, com os dentes arreganhados, sem o mais leve movimento.

O Lobo sem perceber que a Onça tinha morrido enforcada no laço do cipó, mas pensando que estivesse apenas cansada, disse-lhe tremendo que nem vara verde:

— Eh, comadre! Não ria não, que o negócio é sério.

O macaco e o moleque de cera

CONTO POPULAR

Anônimo

A velha e sua bananeira. Então apareceu um macaco... Recolhido em Sergipe por Sílvio Romero (Contos populares do Brasil), *este relato oral tem origem africana e mestiça.*

Morava em certo lugar afastado, numa casinha de sapé, com muito mato em volta, uma velha que tinha uma bonita coleção de bananeiras. Mas a velha não podia subir para apanhar as bananas quando as bananeiras ficavam carregadas de cachos maduros.

Um dia apareceu um macaco e se ofereceu para tirar as bananas. Sem escolha, a velha aceitou. O macaco subiu nas bananeiras e lá em cima se pôs a comer as bananas maduras e a atirar as bananas verdes para a velha.

Ela não conseguia comer uma sequer. Desesperada, procurou várias maneiras de se vingar do macaco. Mas sempre acabava enganada por ele.

A velha teve uma ideia: e se fizesse um moleque grande de cera, como se fosse um negrão? Fez. E encheu um tabuleiro de bananas bem amarelinhas e colocou-o na cabeça do moleque, fingindo que ele vendia as bananas.

Eis que se aproximou o mesmo macaco e pediu uma banana — e o moleque, calado.

— Moleque, me dê uma banana, ou eu te dou um tapa!

E o moleque calado.

O macaco soltou a mão no moleque.

A mão do macaco ficou grudada na cera.

— Moleque, largue a minha mão ou eu te dou outro tapa!

O macaco aproximou a mão esquerda com força e... ficou com a mão grudada na cera.

— Moleque! Ó moleque! Desgruda as minhas mãos e me dá uma banana, ou eu te arrumo um bom pontapé...

O moleque calado.

O macaco desandou-lhe a perna e o pé. E ficou com o pé grudado na cera.

— Ó moleque dos diabos, solta as minhas mãos e o meu pé e me dá uma banana, ou eu te chuto com o outro pé!

Calado o moleque. O macaco chutou com o outro pé e ficou com ele preso na cera.

— Ó moleque das cafundas do inferno, larga as minhas mãos e os meus pés e me dá uma banana, ou eu te dou uma umbigada.

E o moleque calado.

O macaco deu-lhe uma boa umbigada — e lá ficou ele com a barriga presa.

Foi quando chegou a velha dona das bananeiras e viu o macaco grudado no moleque de cera.

E ela agarrou e matou e esfolou e picou e cozinhou o macaco.

Depois, comeu-o aos pedaços.

Mais tarde, quando teve de "ir ao mato", deitou para fora aqueles pedacinhos de macaquinhos que iam saindo e gritando:

— Eca! Eu vi o fiofó da veia!

Trovas populares

POESIA

Anônimo

Da nossa literatura oral-popular, registradas no livro Trovas brasileiras *(Rio de Janeiro, 1919).*

I.

Ora, louvado seja Deus!
Ora, Deus seja louvado!
De cabeça para baixo,
Este mundo anda virado.

II.

Eu entrei no mar adentro,
Fui brigar com os inglês.
Bebi chumbo derretido,
Caguei bala sete mês...

III.

Não tenho medo de homem
Nem do ronco que ele tem.

O besouro também ronca,
Vai-se ver, não é ninguém.

IV.

Você me chamou de feio.
Sou feio, mas sou dengoso.
Também o tempero é feio,
Mas faz o prato gostoso.

V.

O amor tem vista curta
E vê tudo de feição:
Diz que é pálido o mulato,
Diz que é moreno o carvão.

VI.

Quem quiser tomar amores
Há de ser com a cozinheira,
Que ela tem os beiços grosso
De lamber a frigideira.

VII.

Principiei a amar de pé,
Ao depois fui agachado.
Fui mais tarde de gatinhas,
Afinal, fui apanhado.

VIII.

Há três coisas neste mundo
Que me faz arrenegar:
Noite escura, mulher veia,
Cachorrada no quintal.

IX.

Esta vai de despedida,
Por despedida esta vai:
Minha mãe ficou sem dente
De tanto morder meu pai.

De como o Malasartes
fez o urubu falar

CONTO POPULAR

Anônimo

Espertinho este Malasartes. Extraído do ciclo Pedro Malasartes da cultura popular (oral) brasileira. Um personagem-irmão de Macunaíma, do conto popular e da rapsódia de Mário de Andrade?

Quando o pai de Pedro Malasartes entregou a alma a Deus, fez-se a partilha dos bens — uma casinha velha — entre os filhos, e tocou a Pedro uma das bandeiras da porta da casa, com o que ele ficou muito contente.

Pôs a porta no ombro e saiu pelo mundo. No caminho viu um bando de urubus sobre um burro morto. Atirou a porta sobre eles e caçou um urubu que ficou com a perna quebrada.

Apanhou-o, pôs a porta às costas e continuou viagem.

Coisa de uma légua ou mais, avistou uma casa de onde saía fumaça, o que queria dizer que se estava preparando o jantar.

Pedro Malasartes bateu à porta e pediu de comer.

Veio atendê-lo uma preta lambisgoia que foi logo dizer à patroa que ali estava um vagabundo, com um urubu e uma porta, a pedir jantar.

A mulher mandou que o despachasse — que a sua casa não era coito de malandros.

O marido estava de viagem e a mulher no seu bem-bom a preparar um banquete para quem ela muito bem o destinava. Neste mundo há coisas!

Pedro Malasartes, tão mal recebido que foi, resolveu subir para o telhado, valendo-se da porta que trazia e lhe serviria de escada. Subiu e ficou espreitando o que se passava na casa, tanto mais que sentia o cheiro dos bons petiscos.

Espiando pelos vãos das telhas viu os preparativos e tomou nota das iguarias, e ouviu as conversas e confidências da patroa e da negra.

Justamente na hora do jantar chegou o dono da casa, que resolvera voltar antes da hora da viagem que fazia.

Quando a mulher percebeu que ele se aproximava, mandou esconder os pratos do banquete e veio recebê-lo e abraçá-lo, muito fingida, muito risonha, mas por dentro queimando de raiva.

Vai daí mandou pôr na mesa a janta que constava de feijão aguado, paçoca de carne-seca e cobu, dizendo:

— Por que não me avisou, marido? Sempre se havia de aprontar mais alguma coisa...

Sentaram-se à mesa.

Pedro Malasartes desceu de seu posto e bateu na porta, trazendo o urubu.

O dono da casa levantou-se e foi ver quem era.

O rapaz pediu-lhe um prato de comida e ele chamou-o para a mesa a servir-se do pouco que havia.

A mulher ficou desesperada, desconfiando com a volta do Malasartes.

Pedro tomou assento, puxou o urubu para debaixo da mesa, preso pelo pé num pedaço de corda de pita.

Estavam os dois homens conversando, quando de repente o Malasartes pisou no pé quebrado do bicho e este se pôs a gritar: uh! uh! uh!

O dono da casa levou um susto e perguntou que diabo teria o bicho.

Pedro respondeu muito sério:

— Nada! São coisas. Está falando comigo.

— Falando! Pois o seu bicho fala?!

— Sim, senhor, nós nos entendemos. Não vê como o trago sempre comigo? É um bicho mágico, mas muito intrometido.

— Como assim?

— Agora, por exemplo, está dizendo que a patroa teve aviso oculto da volta do senhor e por isso lhe preparou uma boa surpresa.

— Uma surpresa! Conte lá isso como é.

— É verdade, uma excelente leitoa assada que está ali naquele armário…

— Pois é possível! Ó mulher, é verdade o que diz o urubu desse moço?

Ela, com receio de ser apanhada com todo o banquete e certa já de que Pedro sabia da marosca, apressou-se em responder:

— Pois então? Pura verdade. O bicho adivinhou. Queria fazer-te a surpresa no fim do jantar.

E gritou pela preta:

— Maria, traze a leitoa.

A negra veio logo correndo, mas de má cara, com a leitoa assada na travessa.

Daí a pouco Pedro Malasartes pisou outra vez no pé do urubu, que soltou novo grito.

O dono da casa perguntou:

— O que é que ele está dizendo?

— Bicho intrometido! Está candongando outra vez. Cala a boca, bicho!

— O que é?

— Outras surpresas…

— Outras!

— Sim, senhor: um peru recheado…

— É verdade, mulher?

— Uma surpresa, maridinho do coração. Maria, traze o peru recheado que preparei para teu amo.

Veio o peru. E pelo mesmo expediente conseguiu Pedro Malasartes que viessem para a mesa todas as iguarias, doces e bebidas que havia em casa.

Ao fim do jantar, o dono da casa, encantado com as proezas do urubu, propôs comprá-lo a Pedro Malasartes, que o vendeu muito bem vendido, enquanto a mulher e a preta bufavam de raiva, crentes também no poder mágico do bicho, que assim seria um constante espião de tudo quanto fizessem.

Fechado o negócio, Pedro Malasartes partiu satisfeito e vingado.

II. HUMORES COLONIAIS

Soneto

POESIA

Gregório de Matos (1636-96)

Abusado. Irreverente. O maior poeta do Brasil colonial do século XVII, Gregório de Matos Guerra nasceu em Salvador e estudou em Lisboa e Coimbra. Com suas sátiras inclementes, ficou conhecido como Boca do Inferno e chegou a ser deportado para Angola. De volta ao Brasil, morreu no Recife.

Carregado de mim ando no mundo,
E o grande peso embarga-me as passadas,
Que como ando por vias desusadas,
Faço o peso crescer, e vou-me ao fundo.

O remédio será seguir o imundo
Caminho, onde dos mais vejo as pisadas,
Que as bestas andam juntas mais ousadas,
Do que anda só o engenho mais profundo.

Não é fácil viver entre os insanos,
Erra, quem presumir que sabe tudo,
Se o atalho não soube dos seus danos.

O prudente varão há de ser mudo,
Que é melhor neste mundo, mar de enganos,
Ser louco c'os demais, que só, sisudo.

Define o poeta os maus modos de obrar na governança da Bahia, principalmente naquela universal fome que padecia a cidade

POESIA

Gregório de Matos (1636-96)

Que falta nesta cidade?... Verdade.
Que mais por sua desonra?... Honra.
Falta mais que se lhe ponha?... Vergonha.

O demo a viver se exponha,
Por mais que a fama a exalta,
Numa cidade, onde falta
Verdade, honra, vergonha.

Quem a pôs neste socrócio?... Negócio.
Quem causa tal perdição?... Ambição.
E o maior desta loucura?... Usura.

Notável desaventura
De um povo néscio e sandeu,
Que não sabe que o perdeu
Negócio, ambição, usura.

Quais são meus doces objetos?... Pretos.
Tem outros bens mais maciços?... Mestiços.
Quais destes lhe são mais gratos?... Mulatos.

Dou ao Demo os insensatos,
Dou ao demo o povo asnal,
Que estima por cabedal
Pretos, mestiços, mulatos.

Quem faz os círios mesquinhos?... Meirinhos.
Quem faz as farinhas tardas?... Guardas.
Quem as tem nos aposentos?... Sargentos.

Os círios lá vêm aos centos,
E a terra fica esfaimada,
porque os vão atravessando
Meirinhos, guardas, sargentos.

E que justiça a resguarda?... Bastarda.
É grátis distribuída?... Vendida.
Que tem, que a todos assusta?... Injusta.

Valha-nos Deus, o que custa
O que El-Rei nos dá de graça,
Que anda a justiça na praça
Bastarda, vendida, injusta.

Que vai pela clerezia?... Simonia.
E pelos membros da Igreja?... Inveja.
Cuidei, que mais se lhe punha?... Unha.

Sazonada caramunha!
Enfim, que na Santa Sé
O que se pratica, é
Simonia, inveja, unha.

E nos frades há manqueiras?... Freiras.
Em que ocupam os serões?... Sermões.
Não se ocupam em disputas?... Putas.

Com palavras dissolutas
Me concluo na verdade,
Que as lidas todas de um frade
São freiras, sermões, e putas.

O açúcar já se acabou?... Baixou.
E o dinheiro se extinguiu?... Subiu.
Logo já convalesceu?... Morreu.

À Bahia aconteceu
O que a um doente acontece:
Cai na cama, e o mal lhe cresce,
Baixou, subiu, e morreu.

A Câmara não acode?... Não pode.
Pois não tem todo o poder?... Não quer.
É que o governo a convence?... Não vence.

Quem haverá que tal pense,
Que uma Câmara tão nobre
Por ver-se mísera e pobre,
Não pode, não quer, não vence.

Visita de médico

TEATRO

António José da Silva, o Judeu (1705-39)

Filho de um brasileiro e de uma portuguesa católica, ou cristã-nova (judia), António José da Silva foi para Portugal ainda criança. Lá ficou famoso com suas peças: Guerras do alecrim e manjerona, *a mais conhecida; e* Vida do grande d. Quixote de la Mancha e do gordo Sancho Pança, *que consta até hoje no repertório da Comédie-Française. Inculpado de judaísmo pela Inquisição, tanto ele quanto sua mãe e a esposa morreram queimados em Lisboa. E acabou-se a comédia.*

D. LANCEROTE — O que tarda este médico!

SEVADILHA — Não pode tardar muito, pois me disse que já vinha.

D. LANCEROTE — Como estais agora, meu sobrinho?

D. TIBÚRCIO — Depois que arrotei, acho-me mais aliviado.

D. NISE (*aparte*) — Vaso ruim não quebra.

D. CLÓRIS (*aparte*) — Se fora cousa boa, não havia de escapar.

D. LANCEROTE — Não sabeis quanto folgo com a vossa melhora, pois me estava dando cuidado o enterro, e me podeis agradecer a boa vontade, pois vos asseguro que havia de ser luzido; vós o veríeis.

D. TIBÚRCIO — Outro tanto desejo eu fazer a vossa mercê.

(*Entram d. Gilvaz e Semicúpio, vestidos de médicos.*)

SEMICÚPIO — *Deo gratias.*

D. LANCEROTE — Entrem, meus senhores doutores.

D. GILVAZ (*aparte*) — Em boa me meteu Semicúpio! Eu não sei o que hei-de dizer!

SEMICÚPIO — Qual de vossas mercês é aqui o doente?

D. LANCEROTE — É este aqui que está de cama.

SEMICÚPIO — Logo me pareceu pelos sintomas.

[...]

D. TIBÚRCIO — Ai, minha barriga, que morro! Acuda-me, senhor doutor!

SEMICÚPIO — Agora vou a isso. Ora diga-me: o que lhe dói?

D. TIBÚRCIO — Tenho na barriga umas dores mui finas.

SEMICÚPIO — Logo as engrossaremos. E tem o ventre túmido, inchado e pululante?

D. TIBÚRCIO — Alguma cousa.

SEMICÚPIO — Vossa mercê é casada, ou solteira?

[...]

D. LANCEROTE — Ui, senhor doutor! Digo que meu sobrinho é varão.

SEMICÚPIO — De aço ou de ferro?

D. LANCEROTE — É homem. Não me entende?

SEMICÚPIO — Ora, acabe com isso. Eis aqui como por falta de informação morrem os doentes; pois, se eu não especulava isso com miudeza, entendendo que era macho, lhe aplicava uns cravos, e se fosse varão, uma limas; e como já sei que é homem, logo veremos o que lhe há de fazer.

D. LANCEROTE — Eis aqui como eu gosto de ver os médicos: assim especulativos.

SEMICÚPIO — Pois o mais é asneira. Diga-me mais: ceou demasiadamente a noite passada?

D. TIBÚRCIO — Tanto como a futura, porque, desde que se me acabaram as chouriças que trouxe no alforje, me tem meu tio posto a pão e laranja.

49

D. LANCEROTE — Aquilo são delírios, senhor doutor.

SEMICÚPIO — Assim deve ser por força, ainda que não queira, pois conforme ao aforismo, *cum barriga dolet, cetera membra dolent.*

D. TIBÚRCIO — Não são delírios, senhor doutor, que eu estou em meu juízo perfeito.

SEMICÚPIO — Pior, pois quem diz que tem juízo não o tem.

D. LANCEROTE — Senhor doutor, o homem está alucinado depois que uma fantasma, que saiu duma caixa, o desancou. [...]

D. TIBÚRCIO — Deixemos isso; o caso é que a minha barriga não está boa.

SEMICÚPIO — Cale-se, que ainda há-de ter uma boa barrigada. Deite a língua fora.

D. TIBÚRCIO — Ei-la aqui.

SEMICÚPIO — Deite mais; mais!

D. TIBÚRCIO — Não há mais.

SEMICÚPIO — Essa bastará: é forte linguado! Tem mui boa ponta de língua! Vejam, vossas mercês, senhores doutores.

D. GILVAZ — A língua é de prata.

D. FUAS — Úmida está bastantemente.

SEMICÚPIO — Venha o pulso. Está intermitente, lânguido e convulsivo. [...]

D. LANCEROTE — Ah, senhores! Grande médico!

[...]

SEMICÚPIO — Ora, senhores, capitulemos a queixa. Este fidalgo (se é que o é, que isto não pertence à medicina) teve uma cólica precedida de paixões internas, porque o espírito agitado da representação fantasmal e da investida feminil, retraindo-se o sangue aos vasos linfáticos, deixando exauridas as matrizes sanguinárias, fez uma revolução no intestino reto; e como a matéria crassa e viscosa que havia de nutrir o suco pancreático, pela sua turgência se achasse destituída do vigor, por falta do apetite famélico, degenerou em líquidos. Estes, pela sua virtude acre e mordaz, velicando e pungindo as túnicas e membranas do ventrículo, exaltaram-se os sais fixos e voláteis por virtude do ácido alcalino[...]

D. LANCEROTE — Eu não lhe entendi palavra!

D. TIBÚRCIO — Eu morro, sem saber de quê!

SEMICÚPIO — Conhecida a queixa, votem o remédio, que eu, como mais antigo, votarei em último lugar.

D. GILVAZ — Eu sou de parecer que o sangrem.

D. FUAS — Eu, que o purguem.

SEMICÚPIO — Senhores meus, a grande queixa, grande remédio. O mais eficaz é que tome umas bichas nas meninas dos olhos, para que o humor faça retrocesso de baixo para cima.

D. TIBÚRCIO — Como é isso de bichas nas meninas dos olhos?

SEMICÚPIO — É um remédio tópico; não se assuste, que não é nada.

D. TIBÚRCIO — Vossa mercê me quer cegar?

SEMICÚPIO — Cale-se aí! Quantas meninas tomam bichas, e mais não cegam?

D. LANCEROTE — Calai-vos, sobrinho, que ele médico é e bem o entende.

D. TIBÚRCIO — Por vida de d. Tibúrcio, que primeiro há-de levar o Diabo ao médico e à receita, que eu em tal consinta! (*Ergue-se.*)

SEMICÚPIO — Deite-se, deite-se! O homem está maníaco e furioso.

[...]

Cartas chilenas

TRECHO DA POESIA

Tomás Antônio Gonzaga (1744-1810)

Hoje é consenso: as Cartas chilenas, *que circularam anonimamente em 1787-8, em Vila Rica (Ouro Preto), e depois assinadas por um tal Critilo, foram escritas pelo poeta lírico Gonzaga, autor de Marília de Dirceu. Essas cartas poéticas mostram os costumes de então e as corrupções — no Brasil já nos tempos de colônia, e não, claro, no Chile. É nosso grande poema satírico e político. O autor, jurista, participou da Inconfidência Mineira, cumpriu pena no Rio de Janeiro e depois foi exilado em Moçambique.*

Amigo Doroteu, prezado amigo,
Abre os olhos, boceja, estende os braços,
E limpa das pestanas carregadas
O pegajoso humor, que o sono ajunta.
Critilo, o teu Critilo é quem te chama;
Ergue a cabeça da engomada fronha.
Acorda, se ouvir queres cousas raras.
Que cousas, (tu dirás), que cousas podes
Contar que valham tanto, quanto vale

Dormir a noite fria em mole cama,
Quando salta a saraiva nos telhados,
E quando o Sudoeste, e os outros ventos
Movem dos troncos os frondosos ramos?
É doce esse descanso, não to nego.

Também, prezado amigo, também gosto
De estar amadornado, mal ouvindo
Das águas despenhadas brando estrondo;
E vendo, ao mesmo tempo, as vãs quimeras,
Que então me pintam os ligeiros sonhos.
Mas, Doroteu, não sintas, que te acorde;
Não falta tempo, em que do sono gozes;
Então verás Leões com pés de pato;
Verás voarem Tigres, e Camelos,
Verás parirem homens, e nadarem
Os roliços penedos sobre as ondas.
Porém, que têm que ver estes delírios
C'os sucessos reais, que vou contar-te?
Acorda, Doroteu, acorda, acorda;
Critilo, o teu Critilo é quem te chama:
Levanta o corpo das macias penas;
Ouvirás, Doroteu, sucessos novos,
Estranhos casos, que jamais pintaram
Na ideia do doente, ou de quem dorme
Agudas febres, desvairados sonhos.

[...]

Não penses, Doroteu, que vou contar-te
Por verdadeira história uma novela
Da classe das patranhas, que nos contam
Verbosos Navegantes, que já deram
Ao globo deste mundo volta inteira:

Uma velha madrasta me persiga,
Uma mulher zelosa me atormente,
E tenha um bando de gatunos filhos,
Que um chavo não me deixem, se este Chefe
Não fez ainda mais do que eu refiro.
Ora pois, doce Amigo, vou pintá-lo
Da sorte, que o topei a vez primeira;
Nem esta digressão motiva tédio,
Como aquelas, que são dos fins alheias;
Que o gesto, mais o traje nas pessoas
Faz o mesmo, que fazem os letreiros
Nas frentes enfeitadas dos livrinhos,
Que dão, do que eles tratam, boa ideia.
Tem pesado semblante, a cor é baça,
O corpo de estatura um tanto esbelta,
Feições compridas, e olhadura feia,
Tem grossas sobrancelhas, testa curta,
Nariz direito, e grande; fala pouco
Em rouco, baixo som de mau falsete;
Sem ser velho, já tem cabelo ruço;
E cobre este defeito, e fria calva
À força do polvilho, que lhe deita.
Ainda me parece, que o estou vendo
No gordo rocinante escarranchado!
As longas calças pelo embigo atadas,
Amarelo colete, e sobre tudo
Vestida uma vermelha, e justa farda:
De cada bolso da fardeta pendem
Listradas pontas de dous brancos lenços;
Na cabeça vazia se atravessa
Um chapéu desmarcado; nem sei, como
Sustenta a pobre só do laço o peso.
Ah! Tu, Catão severo, tu, que estranhas
O rir-se um Cônsul moço, que fizeras,
Se em Chile agora entrasses, e se visses

Ser o Rei dos peraltas, quem governa?
Já lá vai, Doroteu, aquela idade,
Em que os próprios mancebos, que subiam
À honra do governo, aos outros davam
Exemplos de modéstia até nos trajes.
Deviam, Doroteu, morrer os povos,
Apenas os maiores imitaram
Os rostos e os costumes das mulheres,
Seguindo as modas, e raspando as barbas.

[...]

Ajuntavam-se os Grandes desta terra
À noite em casa do benigno Chefe,
Que o Governo largou. Aqui alegres
Com ele se entretinham largas horas:
Depostos os melindres da grandeza,
Fazia a humanidade os seus deveres
No jogo, e na conversa deleitosa;
A estas horas entra o novo Chefe
Na casa do recreio; e reparando
Nos membros do Congresso, a testa enruga,
E vira a cara, como quem se enoja:
Por que os mais junto dele não se assentem,
Se deixa em pé ficar a noite inteira;
Não se assenta civil da casa o dono;
Não se assenta, (que é mais), a Ilustre Esposa;
Não se assenta também o velho Bispo,
E a exemplo destes, o Congresso todo.

[...]

À vista desta ação indigna, e feia
Todo o Congresso se confunde, e pasma.
Sobe às faces de alguns a cor rosada;

Perdem outros a cor das roxas faces;
Louva este o proceder do Chefe antigo;
Aquele o proceder do novo estranha;
E os que podem vencer do gênio a força,
Aos mais escutam, sem dizer palavra.

São estes, louco Chefe, os sãos exemplos,
Que na Europa te dão os homens grandes?
Os mesmos Reis não honram aos Vassalos?
Deixam de ser por isso uns bons Monarcas?
Como errado caminhas! O respeito
Por meio das virtudes se consegue,
E nelas se sustenta; nunca nasce
Do susto, e do temor, que aos povos metem
Injúrias, descortejos, e carrancas.
[...]

Memórias de um sargento de milícias

TRECHO DO ROMANCE

Manuel Antônio de Almeida (1831-61)

Do clássico romance picaresco ou de humor de costumes, com ação em São Sebastião do Rio de Janeiro, na época colonial, escolhemos o capítulo XIV, "Nova vingança e seu resultado". Foi escrito quando Manuel Antônio de Almeida era jovem.

Chegou o dia de uma das primeiras festas da igreja, em que o mestre de cerimônias era sempre o pregador: era no sermão desse dia que o homem se empregava, muito tempo antes, pondo abaixo a *livraria*, e fazendo um enorme esforço de inteligência (que não era nele coisa muito vigorosa). Já se vê pois que ele devia amar o seu sermão tanto que quase rebentou de raiva em um ano em que por doente o não pôde pregar. Entendia que todos o ouviam com sumo prazer, que o povo se abalava à sua voz: enfim, aquele sermão anual era o meio por que ele esperava chegar a todos os fins, a que contava dever toda a sua elevação futura; era o seu talismã. Digamos entretanto que era bem mau caminho o tal sermão, porque se podia ele demonstrar alguma coisa, era a insuficiência do padre para qualquer coisa desta vida, exceto para mestre de cerimônias, em que ninguém o desbancava. Pois foi nesse ponto delicado que os dois meninos buscaram feri-lo, e o acaso os favoreceu excedendo de muito os seus desejos e esperanças, e fazendo a sua vingança completíssima.

Chegou, como dissemos, o dia da festa; havia três ou quatro dias antes que o mestre de cerimônias não saía de casa, empregado em decorar a importante peça.

Foi o nosso sacristão calouro encarregado de lhe ir avisar da hora do sermão. Chegou à casa da cigana, onde o padre costumava a estar; bateu, e, apesar de todas as recomendações que costumava ter, disse em voz alta:

— O reverendo mestre de cerimônias está aí?...

— Fale baixo, menino, disse a cigana de dentro da rótula... O que quer você com o senhor padre?

— Precisava muito falar com ele por causa do sermão de amanhã.

— Entra, entra, disse o padre que o ouvira...

— Venho dizer a vossa reverendíssima, disse o menino entrando, que amanhã às dez horas há de estar na igreja.

— Às dez? Uma hora mais tarde do que de costume...

— Justo, respondeu o menino sorrindo-se internamente de alegria, e saiu.

Foi logo dali dar parte ao companheiro de que o seu plano tinha saído completamente aos seus desejos, pois o que ele queria era que o padre faltasse ao sermão, e por isso, encarregado de lhe indicar a hora, a trocara, e em vez de nove dissera dez.

Dispuseram-se as coisas; postou-se a música de barbeiros na porta da igreja; andou tudo em rebuliço: às nove horas começou a festa. As festas daquele tempo eram feitas com tanta riqueza e com muito mais propriedade, a certos respeitos, do que as de hoje: tinham entretanto alguns lados cômicos; um deles era a música de barbeiros à porta. Não havia festa em que se passasse sem isso; era coisa reputada quase tão essencial como o sermão; o que valia porém é que nada havia mais fácil de arranjar-se; meia dúzia de aprendizes ou oficiais de barbeiro, ordinariamente negros, armados, este com um pistão desafinado, aquele com uma trompa diabolicamente rouca, formavam uma orquestra desconcertada, porém estrondosa, que fazia as delícias dos que não cabiam ou não queriam estar dentro da igreja.

A festa seguiu os seus trâmites regulares; porém apenas se foi aproximando a hora, começou a dar cuidados a tardança do pregador. Fez-se mais esta cerimônia, mais aquela, e nada de aparecer o homem. Despachou-se a toda pressa um dos meninos que não entrara na festa para ir procurar o padre; ele deu duas voltas pela vizinhança, e veio dizendo que o não tinha encontrado. Subiram os apuros; não havia remédio; era preciso um sermão, fosse como fosse. Estava assistindo à festa um capuchinho italiano que por bondade, vendo o aperto geral, ofereceu-se para improvisar o sermão.

— Mas vossa reverendíssima não fala a língua da gente, objetaram-lhe.

— *Capisco*! respondeu este, *ed la necessità*!...

Depois de alguma perplexidade aceitaram-se finalmente os bons ofícios do capuchinho, e foi ele levado ao púlpito. Os meninos triunfantes sorriam-se um para o outro. Apenas apareceu o pregador ao povo houve um murmúrio geral; os gaiatos sorriam-se contando já com o partido que dali tirariam para um bom par de risadas; algumas velhas prepararam-se para uma grande compunção ao aspecto das imensas barbas do pregador; outras menos crentes, vendo que não era o orador costumado, exclamaram despeitadas:

— Arrenego!

— Deus me perdoe.

— Pois aquilo é que prega hoje?...

Apesar porém de tudo isto, a atenção foi profunda e geral, animando a todos uma grande curiosidade. O orador começou: falava já há um quarto de hora sem que ninguém ainda o tivesse entendido: começavam já algumas velhas a protestar que o sermão todo em latim não tinha graça, quando de repente viu-se abrir a porta do púlpito e aparecer a figura do mestre de cerimônias, lavado em suor e vermelho de cólera; foi um sussurro geral. Ele adiantou-se, afastou com a mão o pregador italiano, que surpreendido parou um instante, e entoou com voz rouca e estrondosa o seu *per signum crucis*. Àquela voz conhecida o povo despertou do aborrecimento, benzeu-se, e se dispôs a escutá-la. Nem todos porém foram desta opinião; entenderam que se devia deixar acabar o capuchinho, e começaram a murmurar. O capuchinho não quis ceder de seu direito, e prosseguiu na sua arenga. Foi uma verdadeira cena de comédia, de que a maioria dos circunstantes ria-se a não poder mais; os dois meninos, autores principais da obra, nadavam em um mar de rosas.

— *Ó mei cari fratelli*! exclamava por um lado o capuchinho com voz aflautada e meiga, *la voce della Providenza*...

— *Semelhante às trombetas de Jericó*, rouquejava por outro lado o mestre de cerimônias...

— *Piage al cor...* acrescentava o capuchinho.

— *Anunciando a queda de Satanás*, prosseguia o mestre de cerimônias.

E assim levaram por algum tempo os dois, acompanhados por um coro de risadas e confusão, até que o capuchinho se resolveu a abandonar o posto, murmurando despeitado:

— *Che bestia, per Dio!*

Acabado o sermão, desceu do púlpito o mestre de cerimônias já um pouco aplacado por ter conseguido fazer-se ouvir, porém ainda bastante furioso para vir protestando arrancar uma por uma as quatro orelhas dos dois pequenos, de quem desconfiava que partira o que acabava de sofrer. Chegou à sacristia, que estava cheia de gente; vendo os dois meninos investiu para eles, e prendendo a cada um com uma mão pela gola da sobrepeliz...

— Então... então... dizia com os dentes cerrados... a que horas é o sermão?

— Eu disse às nove, sim, senhor; pode perguntar à moça, que ela bem ouviu...

— Que moça, menino, que moça? disse o padre exasperado por estar tanta gente a ouvir aquilo.

— Aquela moça cigana, lá onde vossa reverendíssima estava; ela ouviu, eu disse às nove.

— Oh! disseram os circunstantes.

— É falso, respondeu com força o mestre de cerimônias largando os meninos para evitar novas explicações, e dando satisfação aos circunstantes com protestos de ser falso o que os meninos acabavam de dizer.

Entretanto serenou o alvoroço, acabou-se a festa, o povo retirou-se. O mestre de cerimônias sentado a um canto pensava consigo:

— E que tal? não ia perdendo o meu sermão deste ano por causa daquele endiabrado?! Depois que o maldito menino entrou para esta igreja anda tudo aqui em uma poeira! Ainda em cima dizer à vista de tanta gente que eu estava em casa da cigana! Nada... vou dar com ele daqui para fora...

O alienista

TRECHOS DA NOVELA

Machado de Assis (1839-1908)

Leia-se "em tempos remotos", na frase inicial, como a época da ação, entre o Brasil Colônia e o começo do Império. *

I. DE COMO ITAGUAÍ GANHOU UMA CASA DE ORATES

As crônicas da vila de Itaguaí dizem que em tempos remotos vivera ali um certo médico, o Dr. Simão Bacamarte, filho da nobreza da terra e o maior dos médicos do Brasil, de Portugal e das Espanhas. Estudara em Coimbra e Pádua. Aos trinta e quatro anos regressou ao Brasil, não podendo el-rei alcançar dele que ficasse em Coimbra, regendo a universidade, ou em Lisboa, expedindo os negócios da monarquia.

— A ciência, disse ele a Sua Majestade, é o meu emprego único; Itaguaí é o meu universo.

---

* Mais Machado de Assis, na parte III, "Humores imperiais", e na parte IV, "Humores da República Velha". É o autor mais vezes presente nesta antologia. Creio que não seria polêmico afirmar ser ele o maior humorista brasileiro de todos os tempos. [Esta e as demais notas chamadas por asterisco são do organizador.]

Dito isto, meteu-se em Itaguaí, e entregou-se de corpo e alma ao estudo da ciência, alternando as curas com as leituras, e demonstrando os teoremas com cataplasmas. Aos quarenta anos casou com D. Evarista da Costa e Mascarenhas, senhora de vinte e cinco anos, viúva de um juiz de fora, e não bonita nem simpática. Um dos tios dele, caçador de pacas perante o Eterno, e não menos franco, admirou-se de semelhante escolha e disse-lho. Simão Bacamarte explicou-lhe que D. Evarista reunia condições fisiológicas e anatômicas de primeira ordem, digeria com facilidade, dormia regularmente, tinha bom pulso, e excelente vista; estava assim apta para dar-lhe filhos robustos, sãos e inteligentes. [...]

A Casa Verde foi o nome dado ao asilo, por alusão à cor das janelas, que pela primeira vez apareciam verdes em Itaguaí. Inaugurou-se com imensa pompa; de todas as vilas e povoações próximas, e até remotas, e da própria cidade do Rio de Janeiro, correu gente para assistir às cerimônias, que duraram sete dias. Muitos dementes já estavam recolhidos; e os parentes tiveram ocasião de ver o carinho paternal e a caridade cristã com que eles iam ser tratados. [...]

Ao cabo de sete dias expiraram as festas públicas; Itaguaí tinha finalmente uma casa de Orates.

II. TORRENTE DE LOUCOS

[...] Os loucos por amor eram três ou quatro, mas só dois espantavam pelo curioso do delírio. O primeiro, um Falcão, rapaz de vinte e cinco anos, supunha-se estrela-d'alva, abria os braços e alargava as pernas, para dar-lhes certa feição de raios, e ficava assim horas esquecidas a perguntar se o sol já tinha saído para ele recolher-se. O outro andava sempre, sempre, sempre, à roda das salas ou do pátio, ao longo dos corredores, à procura do fim do mundo. Era um desgraçado, a quem a mulher deixou por seguir um peralvilho. Mal descobrira a fuga, armou-se de uma garrucha, e saiu-lhes no encalço; achou-os duas horas depois, ao pé de uma lagoa, matou-os a ambos com os maiores requintes de crueldade. O ciúme satisfez-se, mas o vingado estava louco. E então começou aquela ânsia de ir ao fim do mundo à cata dos fugitivos.

A mania das grandezas tinha exemplares notáveis. O mais notável era um pobre-diabo, filho de um algibebe, que narrava às paredes (porque não olhava nunca para nenhuma pessoa) toda a sua genealogia, que era esta:

— Deus engendrou um ovo, o ovo engendrou a espada, a espada engendrou Davi, Davi engendrou a púrpura, a púrpura engendrou o duque, o duque engendrou o marquês, o marquês engendrou o conde, que sou eu.

Dava uma pancada na testa, um estalo com os dedos, e repetia cinco, seis vezes seguidas:

— Deus engendrou um ovo, o ovo etc.

Outro da mesma espécie era um escrivão, que se vendia por mordomo do rei; outro era um boiadeiro de Minas, cuja mania era distribuir boiadas a toda a gente, dava trezentas cabeças a um, seiscentas a outro, mil e duzentas a outro, e não acabava mais. Não falo dos casos de monomania religiosa; apenas citarei um sujeito que, chamando-se João de Deus, dizia agora ser o deus João, e prometia o reino dos céus a quem o adorasse, e as penas do inferno aos outros; e depois desse, o licenciado Garcia, que não dizia nada, porque imaginava que no dia em que chegasse a proferir uma só palavra, todas as estrelas se despegariam do céu e abrasariam a terra; tal era o poder que recebera de Deus. Assim o escrevia ele no papel que o alienista lhe mandava dar, menos por caridade do que por interesse científico. […]

VI. A REBELIÃO

Cerca de trinta pessoas ligaram-se ao barbeiro, redigiram e levaram uma representação à Câmara. A Câmara recusou aceitá-la, declarando que a Casa Verde era uma instituição pública, e que a ciência não podia ser emendada por votação administrativa, menos ainda por movimentos de rua.

— Voltai ao trabalho, concluiu o presidente, é o conselho que vos damos.

A irritação dos agitadores foi enorme. O barbeiro declarou que iam dali levantar a bandeira da rebelião, e destruir a Casa Verde; que Itaguaí não podia continuar a servir de cadáver aos estudos e experiências de um déspota; que muitas pessoas estimáveis, algumas distintas, outras humildes mas dignas de apreço, jaziam nos cubículos da Casa Verde; que o despotismo científico do alienista complicava-se do espírito de ganância, visto que os loucos, ou supostos tais, não eram tratados de graça: as famílias, e em falta delas a Câmara, pagavam ao alienista...

— É falso, interrompeu o presidente.

— Falso?

— Há cerca de duas semanas recebemos um ofício do ilustre médico, em que nos declara que, tratando de fazer experiências de alto valor psicológico, desiste do estipêndio votado pela Câmara, bem como nada receberá das famílias dos enfermos.

A notícia deste ato tão nobre, tão puro, suspendeu um pouco a alma dos rebeldes. Seguramente o alienista podia estar em erro, mas nenhum interesse alheio à ciência o instigava; e para demonstrar o erro era preciso alguma coisa mais do que arruaças e clamores. Isto disse o presidente, com aplauso de toda a Câmara. O barbeiro, depois de alguns instantes de concentração, declarou que estava investido de um mandato público, e não restituiria a paz a Itaguaí antes de ver por terra a Casa Verde, — "essa Bastilha da razão humana", — expressão que ouvira a um poeta local, e que ele repetiu com muita ênfase. Disse, e a um sinal todos saíram com ele.

Imagine-se a situação dos vereadores; urgia obstar ao ajuntamento, à rebelião, à luta, ao sangue. Para acrescentar ao mal, um dos vereadores, que apoiara o presidente, ouvindo agora a denominação dada pelo barbeiro à Casa Verde — "Bastilha da razão humana", — achou-a tão elegante, que mudou de parecer. Disse que entendia de bom aviso decretar alguma medida que reduzisse a Casa Verde; e porque o presidente, indignado, manifestasse em termos enérgicos o seu pasmo, o vereador fez esta reflexão:

— Nada tenho que ver com a ciência; mas se tantos homens em quem supomos juízo são reclusos por dementes, quem nos afirma que o alienado não é o alienista? [...]

XI. O ASSOMBRO DE ITAGUAÍ

E agora prepare-se o leitor para o mesmo assombro em que ficou a vila, ao saber um dia que os loucos da Casa Verde iam todos ser postos na rua.

— Todos?

— Todos.

— É impossível; alguns, sim, mas todos...

— Todos. Assim o disse ele no ofício que mandou hoje de manhã à Câmara.

De fato, o alienista oficiara à Câmara expondo: — 1º, que verificara das estatísticas da vila e da Casa Verde, que quatro quintos da população estavam aposentados naquele estabelecimento; 2º, que esta deslocação de população levara-o a examinar os fundamentos da sua teoria das moléstias cerebrais, teoria que excluía do domínio da razão todos os casos em que o equilíbrio das faculdades não fosse perfeito e absoluto; 3º, que desse exame e do fato estatístico resultara para ele a convicção de que a verdadeira doutrina não era aquela, mas a oposta, e portanto que se devia admitir como normal e exemplar o desequilíbrio das faculdades, e como hipóteses patológicas todos os casos em que aquele equilíbrio fosse ininterrupto; 4º, que à vista disso, declarava à Câmara que ia dar liberdade aos reclusos da Casa Verde e agasalhar nela as pessoas que se achassem nas condições agora expostas; 5º, que, tratando de descobrir a verdade científica, não se pouparia a esforços de toda a natureza, esperando da Câmara igual dedicação; 6º, que restituía à Câmara e aos particulares a soma do estipêndio recebido para alojamento dos supostos loucos, descontada a parte efetivamente gasta com a alimentação, roupa etc.; o que a Câmara mandaria verificar nos livros e arcas da Casa Verde.

O assombro de Itaguaí foi grande; não foi menor a alegria dos parentes e amigos dos reclusos. Jantares, danças, luminárias, músicas, tudo houve para celebrar tão fausto acontecimento. Não descrevo as festas por não interessarem ao nosso propósito; mas foram esplêndidas, tocantes e prolongadas.

E vão assim as coisas humanas! No meio do regozijo produzido pelo ofício de Simão Bacamarte, ninguém advertia na frase final do §4º, uma frase cheia de experiências futuras. [...]

XIII. *PLUS ULTRA!*

Era a vez da terapêutica. Simão Bacamarte, ativo e sagaz em descobrir enfermos, excedeu-se ainda na diligência e penetração com que principiou a tratá-los. Neste ponto todos os cronistas estão de pleno acordo: o ilustre alienista fez curas pasmosas, que excitaram a mais viva admiração em Itaguaí.

Com efeito, era difícil imaginar mais racional sistema terapêutico. Estando os loucos divididos por classes, segundo a perfeição moral que em cada um deles excedia às outras, Simão Bacamarte cuidou em atacar de frente a qualidade predominante. Suponhamos um modesto. Ele aplicava a medicação que pudesse incutir-lhe o sentimento oposto; e não ia logo às doses máximas, — graduava-as, conforme o estado, a idade, o temperamento, a posição social do enfermo. Às vezes bastava uma casaca, uma fita, uma cabeleira, uma bengala, para restituir a razão ao alienado; em outros casos a moléstia era mais rebelde; recorria então aos anéis de brilhantes, às distinções honoríficas etc. Houve um doente, poeta, que resistiu a tudo. Simão Bacamarte começava a desesperar da cura, quando teve ideia de mandar correr matraca, para o fim de o apregoar como um rival de Garção e de Píndaro.

— Foi um santo remédio, contava a mãe do infeliz a uma comadre; foi um santo remédio.

Outro doente, também modesto, opôs a mesma rebeldia à medicação; mas não sendo escritor (mal sabia assinar o nome), não se lhe podia aplicar o remédio da matraca. Simão Bacamarte lembrou-se de pedir para ele o lugar de secretário da Academia dos Encobertos estabelecida em Itaguaí. Os lugares de presidente e secretários eram de nomeação régia, por especial graça do finado rei D. João V, e implicavam o tratamento de Excelência e o uso de uma placa de ouro no chapéu. O governo de Lisboa recusou o diploma; mas representando o alienista que o não pedia como prêmio honorífico ou distinção legítima, e somente como um meio terapêutico para um caso difícil, o governo cedeu excepcionalmente à súplica; e ainda assim não o fez sem extraordinário esforço do ministro de marinha e ultramar, que vinha a ser primo do alienado. Foi outro santo remédio.

— Realmente, é admirável! dizia-se nas ruas, ao ver a expressão sadia e enfunada dos dois ex-dementes.

Tal era o sistema. Imagina-se o resto. Cada beleza moral ou mental era atacada no ponto em que a perfeição parecia mais sólida; e o efeito era certo. Nem sempre era certo. Casos houve em que a qualidade predominante resistia a tudo; então, o alienista atacava outra parte, aplicando à terapêutica o método da estratégia militar, que toma uma fortaleza por um ponto, se por outro o não pode conseguir.

No fim de cinco meses e meio estava vazia a Casa Verde; todos curados!

O vereador Galvão, tão cruelmente afligido de moderação e equidade, teve a felicidade de perder um tio; digo felicidade, porque o tio deixou um testamento ambíguo, e ele obteve uma boa interpretação, corrompendo os juízes, e embaçando os outros herdeiros. A sinceridade do alienista manifestou-se nesse lance; confessou ingenuamente que não teve parte na cura: foi a simples *vis medicatrix* da natureza. Não aconteceu o mesmo com o padre Lopes. Sabendo o alienista que ele ignorava perfeitamente o hebraico e o grego, incumbiu-o de fazer uma análise crítica da versão dos Setenta; o padre aceitou a incumbência, e em boa hora o fez; ao cabo de dois meses possuía um livro e a liberdade. Quanto à senhora do boticário, não ficou muito tempo na célula que lhe coube, e onde aliás lhe não faltaram carinhos.

— Por que é que o Crispim não vem visitar-me? dizia ela todos os dias.

Respondiam-lhe ora uma coisa, ora outra; afinal disseram-lhe a verdade inteira. A digna matrona não pôde conter a indignação e a vergonha. Nas explosões da cólera escaparam-lhe expressões soltas e vagas, como estas:

— Tratante!... velhaco!... ingrato!... Um patife que tem feito casas à custa de unguentos falsificados e podres... Ah! tratante!...

Simão Bacamarte advertiu que, ainda quando não fosse verdadeira a acusação contida nestas palavras, bastavam elas para mostrar que a excelente senhora estava enfim restituída ao perfeito desequilíbrio das faculdades; e prontamente lhe deu alta.

Agora, se imaginais que o alienista ficou radiante ao ver sair o último hóspede da Casa Verde, mostrais com isso que ainda não conheceis o nosso homem. *Plus ultra!* era a sua divisa. Não lhe bastava ter descoberto a teoria verdadeira da loucura; não o contentava ter estabelecido em Itaguaí o reinado da razão. *Plus ultra!* Não ficou alegre, ficou preocupado, cogitativo; alguma coisa lhe dizia que a teoria nova tinha, em si mesma, outra e novíssima teoria.

— Vejamos, pensava ele; vejamos se chego enfim à última verdade.

Dizia isto, passeando ao longo da vasta sala, onde fulgurava a mais rica biblioteca dos domínios ultramarinos de Sua Majestade. Um amplo chambre de damasco, preso à cintura por um cordão de seda, com borlas de ouro (presente de uma Universidade) envolvia o corpo majestoso e austero do ilustre alienista. A cabeleira cobria-lhe uma extensa e nobre calva adquirida nas cogitações cotidianas da ciência. Os pés, não delgados e femininos, não graúdos e mariolas, mas proporcionados ao vulto, eram resguardados por um par de sapatos cujas fivelas não passavam de simples e modesto latão. Vede a diferença: — só se lhe notava luxo naquilo que era de origem científica; o que propriamente vinha dele trazia a cor da moderação e da singeleza, virtudes tão ajustadas à pessoa de um sábio.

Era assim que ele ia, o grande alienista, de um cabo a outro da vasta biblioteca, metido em si mesmo, estranho a todas as coisas que não fosse o tenebroso problema da patologia cerebral. Súbito, parou. Em pé, diante de uma janela, com o cotovelo esquerdo apoiado na mão direita, aberta, e o queixo na mão esquerda, fechada, perguntou ele a si:

— Mas deveras estariam eles doidos, e foram curados por mim, — ou o que pareceu cura, não foi mais do que a descoberta do perfeito desequilíbrio do cérebro?

E cavando por aí abaixo, eis o resultado a que chegou: os cérebros bem organizados que ele acabava de curar, eram tão desequilibrados como os outros. Sim, dizia ele consigo, eu não posso ter a pretensão de haver-lhes incutido um sentimento ou uma faculdade nova; uma e outra coisa existiam no estado latente, mas existiam.

Chegado a esta conclusão, o ilustre alienista teve duas sensações contrárias, uma de gozo, outra de abatimento. A de gozo foi por ver que, ao cabo de longas e pacientes investigações, constantes trabalhos, luta ingente com o povo, podia afirmar esta verdade: — não havia loucos em Itaguaí; Itaguaí não possuía um só mentecapto. Mas tão depressa esta ideia lhe refrescara a alma, outra apareceu que neutralizou o primeiro efeito; foi a ideia da dúvida. Pois quê! Itaguaí não possuiria um único cérebro concertado? Esta conclusão tão absoluta não seria por isso mesmo errônea, e não vinha, portanto, destruir o largo e majestoso edifício da nova doutrina psicológica?

A aflição do egrégio Simão Bacamarte é definida pelos cronistas itaguaienses como uma das mais medonhas tempestades morais que têm desabado sobre o homem. Mas as tempestades só aterram os fracos; os fortes enrijam-se contra elas e fitam o trovão. Vinte minutos depois alumiou-se a fisionomia do alienista de uma suave claridade.

— Sim, há de ser isso, pensou ele.

Isso é isto. Simão Bacamarte achou em si os característicos do perfeito equilíbrio mental e moral; pareceu-lhe que possuía a sagacidade, a paciência, a perseverança, a tolerância, a veracidade, o vigor moral, a lealdade, todas as qualidades enfim que podem formar um acabado mentecapto. Duvidou logo, é certo, e chegou mesmo a concluir que era ilusão; mas sendo homem prudente, resolveu convocar um conselho de amigos, a quem interrogou com franqueza. A opinião foi afirmativa.

— Nenhum defeito?

— Nenhum, disse em coro a assembleia.

— Nenhum vício?

— Nada.

— Tudo perfeito?

— Tudo.

— Não, impossível, bradou o alienista. Digo que não sinto em mim essa superioridade que acabo de ver definir com tanta magnificência. A simpatia é que vos faz falar. Estudo-me e nada acho que justifique os excessos da vossa bondade.

A assembleia insistiu; o alienista resistiu; finalmente o padre Lopes explicou tudo com este conceito digno de um observador:

— Sabe a razão por que não vê as suas elevadas qualidades, que aliás todos nós admiramos? É porque tem ainda uma qualidade que realça as outras: — a modéstia.

Era decisivo. Simão Bacamarte curvou a cabeça juntamente alegre e triste, e ainda mais alegre do que triste. Ato contínuo, recolheu-se à Casa Verde. Em vão a mulher e os amigos lhe disseram que ficasse, que estava perfeitamente são e equilibrado: nem rogos nem sugestões nem lágrimas o detiveram um só instante.

— A questão é científica, dizia ele; trata-se de uma doutrina nova, cujo primeiro exemplo sou eu. Reúno em mim mesmo a teoria e a prática.

— Simão! Simão! meu amor! dizia-lhe a esposa com o rosto lavado em lágrimas.

Mas o ilustre médico, com os olhos acesos da convicção científica, trancou os ouvidos à saudade da mulher, e brandamente a repeliu. Fechada a porta da Casa Verde, entregou-se ao estudo e à cura de si mesmo. Dizem os cronistas que ele morreu dali a dezessete meses, no mesmo estado em que entrou, sem ter podido alcançar nada. Alguns chegam ao ponto de conjeturar que nunca houve outro louco, além dele, em Itaguaí; mas esta opinião, fundada em um boato que correu desde que o alienista expirou, não tem outra prova, senão o boato; e boato duvidoso, pois é atribuído ao padre Lopes, que com tanto fogo realçara as qualidades do grande homem. Seja como for, efetuou-se o enterro com muita pompa e rara solenidade.

III. HUMORES IMPERIAIS

Juiz de paz na roça

TRECHO DA PEÇA

Martins Pena (1815-48)

Martins Pena foi o fundador do teatro de costumes no Brasil, nosso principal dramaturgo do modernismo, já que suas peças, do século XIX, apresentam elementos modernos, como a agilidade de ação em As desgraças de uma criança, *por exemplo, ou como os temas de um Brasil da roça desta peça de 1838 — e de um Brasil de hoje: autoridades passíveis de presentinhos, despreparo das elites, violência contra a mulher etc. A variedade de tipos humanos e brasileiros, aliás, é uma das riquezas das peças de Martins.*

CENA IX

Sala em casa do juiz de paz. Mesa no meio com papéis; cadeiras. Entra o juiz de paz vestido de calça branca, rodaque de riscado, chinelas verdes e sem gravata.

JUIZ — Vamo-nos preparando para dar audiência. (*Arranja os papéis.*) O escrivão já tarda; sem dúvida está na venda do Manuel do Coqueiro... O último recruta que se fez já vai-me fazendo peso. Nada, não gosto de presos em casa. Podem fugir, e depois dizem que o juiz recebeu algum presente. (*Batem à porta.*) Quem é? Pode entrar. (*Entra um preto com um cacho de bananas e uma carta, que entrega ao juiz. Juiz, lendo a carta:*) "Ilustríssimo senhor — Muito me alegro de dizer a vossa senhoria que a minha ao fazer desta é boa, e que a mesma desejo para vossa senhoria pelos circunlóquios com que lhe venero." (*Deixando de ler:*) Circunlóquios... Que nome em breve! O que quererá ele dizer? Continuemos. (*Lendo:*) "Tomo a liberdade de mandar a vossa senhoria um cacho de bananas-maçãs para vossa senhoria comer com a sua boca e dar também a comer à sra. juíza e aos srs. juizinhos. Vossa senhoria há-de reparar na insignificância do presente; porém, ilustríssimo senhor, as reformas da Constituição permitem a cada um fazer o que quiser, e mesmo fazer presentes; ora, mandando assim as ditas reformas, vossa senhoria fará o favor de aceitar as ditas bananas, que diz minha Teresa Ova serem muito boas. No mais, receba as ordens de quem é seu venerador e tem a honra de ser — MANUEL ANDRÉ de Sapiruruca." Bom, tenho bananas para a sobremesa. Ó pai, leva estas bananas para dentro e entrega à senhora. Toma lá um vintém para teu tabaco. (*Sai o negro.*) O certo é que é bem bom ser juiz de paz cá pela roça. De vez em quando temos nossos presentes de galinhas, bananas, ovos etc. etc. (*Batem à porta.*) Quem é?

ESCRIVÃO (*dentro*) — Sou eu.

JUIZ — Ah, é o escrivão. Pode entrar.

[...]

CENA XI

Inácio José, Francisco Antônio, Manuel André e Sampaio entregam seus requerimentos.

JUIZ — Sr. escrivão, faça o favor de ler.

ESCRIVÃO (*lendo*) — Diz Inácio José, natural desta freguesia e casado com Josefa Joaquina, sua mulher na face da Igreja, que precisa que vossa senhoria mande a Gregório degradado para fora da terra, pois teve o atrevimento de dar uma embigada em sua mulher, na encruzilhada do Pau-Grande, que quase a fez abortar, da qual embigada fez cair a dita sua mulher de pernas para o ar. Portanto pede a vossa senhoria mande o dito Gregório degradado para Angola. E.R.M.

JUIZ — É verdade, sr. Gregório, que o senhor deu uma embigada na senhora?

GREGÓRIO — É mentira, sr. juiz de paz, eu não dou embigadas em bruxas.

JOSEFA JOAQUINA — Bruxa é a marafona de tua mulher, malcriado! Já não se lembra que me deu uma embigada e que me deixou uma marca roxa na barriga? Se o senhor quer ver, posso mostrar.

JUIZ — Nada, nada, não é preciso; eu o creio.

JOSEFA JOAQUINA — Sr. juiz, não é a primeira embigada que este homem me dá; eu é que não tenho querido contar a meu marido.

JUIZ — Está bom, senhora, sossegue. Sr. Inácio José, deixe-se destas asneiras, dar embigadas não é crime classificado no Código. Sr. Gregório, faça o favor de não dar mais embigadas na senhora; quando não, arrumo-lhe com as leis às costas e meto-o na cadeia. Queiram-se retirar.

INÁCIO JOSÉ (*para Gregório*) — Lá fora me pagarás.

JUIZ — Estão conciliados. (*Inácio José, Gregório e Josefa Joaquina saem.*) Sr. escrivão, leia outro requerimento.

ESCRIVÃO (*lendo*) — "O abaixo assinado vem dar os parabéns a vossa senhoria por ter entrado com saúde no novo ano financeiro. Eu, ilustríssimo sr. juiz de paz, sou senhor de um sítio que está na beira do rio, onde dá muito boas bananas e laranjas, e como vêm de encaixe, peço a vossa senhoria o favor de aceitar um cestinho das mesmas que eu mandarei hoje à tarde. Mas, como ia dizendo, o dito sítio foi comprado com o dinheiro que minha mulher ganhou nas costuras e outras cousas mais; e, vai senão quando, um meu vizinho, homem da raça do Judas, diz que metade do sítio é dele. E então, que lhe parece, sr. juiz, não é desaforo? Mas, como ia dizendo, peço a vossa senhoria para vir assistir à marcação do sítio. Manuel André. E.R.M."

JUIZ — Não posso deferir por estar muito atravancado com um roçado; portanto, requeira ao suplente, que é o meu compadre Pantaleão.

MANUEL ANDRÉ — Mas, sr. juiz, ele também está ocupado com uma plantação.

JUIZ — Você replica? Olhe que o mando para a cadeia.

MANUEL ANDRÉ — Vossa senhoria não pode prender-me à toa; a Constituição não manda.

JUIZ — A Constituição!... Está bem!... Eu, o juiz de paz, hei por bem derrogar a Constituição! Sr. escrivão, tome termo que a Constituição está derrogada, e mande-me prender este homem.

MANUEL ANDRÉ — Isto é uma injustiça!

JUIZ — Ainda fala? Suspendo-lhe as garantias...

MANUEL ANDRÉ — É desaforo...

JUIZ (*levantando-se*) — Brejeiro!... (*Manuel André corre; o juiz vai atrás.*) Pega... Pega... Lá se foi... Que o leve o diabo. (*Assenta-se.*) Vamos às outras partes.

ESCRIVÃO (*lendo*) — Diz João de Sampaio que, sendo ele "senhor absoluto de um leitão que teve a porca mais velha da casa, aconteceu que o dito acima referido leitão furasse a cerca do sr. Tomás pela parte de trás, e com a sem-cerimônia que tem todo o porco, fossasse a horta do mesmo senhor. Vou a respeito de dizer, sr. juiz, que o leitão, carece agora advertir, não tem culpa, porque nunca vi um porco pensar como um cão, que é outra qualidade de alimária e que pensa às vezes como um homem. Para vossa senhoria não pensar que minto, lhe conto uma história: a minha cadela Troia, aquela mesma que escapou de morder a vossa senhoria naquela noite, depois que lhe dei uma tunda, nunca mais comeu na cuia com os pequenos. Mas vou a respeito de dizer que o sr. Tomás não tem razão em querer ficar com o leitão só porque comeu três ou quatro cabeças de nabo. Assim, peço a vossa senhoria que mande entregar-me o leitão. E.R.M.".

JUIZ — É verdade, sr. Tomás, o que o sr. Sampaio diz?

TOMÁS — É verdade que o leitão era dele, porém agora é meu.

SAMPAIO — Mas se era meu, e o senhor nem mo comprou, nem eu lho dei, como pode ser seu?

TOMÁS — É meu, tenho dito.

SAMPAIO — Pois não é, não senhor.

(*Agarram ambos no leitão e puxam, cada um para sua banda.*)

JUIZ (*levantando-se*) — Larguem o pobre animal, não o matem!

TOMÁS — Deixe-me, senhor!

JUIZ — Sr. escrivão, chame o meirinho. (*Os dois apartam-se.*) Espere, sr. escrivão, não é preciso. (*Assenta-se.*) Meus senhores, só vejo um modo de conciliar esta contenda, que é darem os senhores este leitão de presente a alguma pessoa. Não digo com isso que mo deem.

TOMÁS — Lembra vossa senhoria bem. Peço licença a vossa senhoria para lhe oferecer.

JUIZ — Muito obrigado. É o senhor um homem de bem, que não gosta de demandas. E que diz o sr. Sampaio?

SAMPAIO — Vou a respeito de dizer que se vossa senhoria aceitar, fico contente.

[...]

SAMPAIO — Tenho ainda um requerimento que fazer.

JUIZ — Então, qual é?

SAMPAIO — Desejava que vossa senhoria mandasse citar a Assembleia Provincial.

JUIZ — Ó homem! Citar a Assembleia Provincial? E para quê?

SAMPAIO — Pra mandar fazer cercado de espinhos em todas as hortas.

JUIZ — Isto é impossível! A Assembleia Provincial não pode ocupar-se com estas insignificâncias.

TOMÁS — Insignificância, bem! Mas os votos que vossa senhoria pediu-me para aqueles sujeitos não era insignificância. Então me prometeu mundos e fundos.

JUIZ — Está bom, veremos o que poderei fazer. Queiram-se retirar. Estão conciliados; tenho mais que fazer. (*Saem os dois.*) Sr. escrivão, faça o favor de... (*Levanta-se apressado e, chegando à porta, grita para fora:*) Ó sr. Tomás! Não se esqueça de deixar o leitão no chiqueiro!

TOMÁS (*ao longe*) — Sim senhor.

JUIZ (*assentando-se*) — Era muito capaz de esquecer. Sr. escrivão, leia o outro requerimento.

[...]

CENA XII

Entra José.

JUIZ — Aqui está o recruta; queira levar para a cidade. Deixe-o no quartel do Campo de Santana e vá levar esta parte ao general. (*Dá-lhe um papel.*)

MANUEL JOÃO — Sim senhor. Mas, sr. juiz, isto não podia ficar para amanhã? Hoje já é tarde, pode anoitecer no caminho e o sujeitinho fugir.

JUIZ — Mas onde há-de ele ficar? Bem sabe que não temos cadeias.

MANUEL JOÃO — Isto é o diabo!

JUIZ — Só se o senhor quiser levá-lo para sua casa e prendê-lo até amanhã, ou num quarto, ou na casa da farinha.

MANUEL JOÃO — Pois bem, levarei.

[...]

CENA XVII

Entram Manuel João e José.

MANUEL JOÃO — Deus esteja nesta casa.

MARIA ROSA — Manuel João!...

ANINHA — Meu pai!...

MANUEL JOÃO (*para José*) — Faça o favor de entrar.

ANINHA (*aparte*) — Meu Deus, é ele!

MARIA ROSA — O que é isto? Não foste para a cidade?

MANUEL JOÃO — Não, porque era tarde e não queria que este sujeito fugisse no caminho.

MARIA ROSA — Então quando vais?

MANUEL JOÃO — Amanhã de madrugada. Este amigo dormirá trancado naquele quarto. Donde está a chave?

MARIA ROSA — Na porta.

MANUEL JOÃO — Amigo, venha cá. (*Chega à porta do quarto e diz:*) Ficará aqui até amanhã. Lá dentro há uma cama; entre. (*José entra.*) Bom, está seguro. Senhora, vamos para dentro contar quantas dúzias temos de bananas para levar amanhã para a cidade. A chave fica em cima da mesa; lembrem-se, se me esquecer. (*Saem Manuel João e Maria Rosa.*)

CENA XVIII

ANINHA (*só*) — Vou dar-lhe escapula... Mas como se deixou prender?... Ele me contará; vamos abrir. (*Pega na chave que está sobre a mesa e abre a porta.*) Saia para fora.

78

JOSÉ (*entrando*) — Oh, minha Aninha, quanto te devo!

ANINHA — Deixemo-nos de cumprimentos. Diga-me, como se deixou prender?

JOSÉ — Assim que botei os pés fora desta porta, encontrei com o juiz, que me mandou agarrar.

ANINHA — Coitado!

JOSÉ — E se teu pai não fosse incumbido de me levar, estava perdido, havia ser soldado por força.

ANINHA — Se nós fugíssemos agora para nos casarmos?

JOSÉ — Lembras muito bem. O vigário a estas horas está na igreja, e pode fazer-se tudo com brevidade.

ANINHA — Pois vamos, antes que meu pai venha.

JOSÉ — Vamos. (*Saem correndo.*)

CENA XIX

[...]

MARIA ROSA — Venha cá depressa. (*Entra Manuel João em mangas de camisa.*)

MANUEL JOÃO — Então, o que é?

MARIA ROSA — O soldado fugiu!

MANUEL JOÃO — O que dizes, mulher?!

MARIA ROSA (*apontando para a porta*) — Olhe!

MANUEL JOÃO — Ó diabo! (*Chega-se para o quarto.*) É verdade, fugiu! Tanto melhor, não terei o trabalho de o levar à cidade.

MARIA ROSA — Mas ele não fugiu só...

MANUEL JOÃO — Hein?!

MARIA ROSA — Aninha fugiu com ele.

MANUEL JOÃO — Aninha?!

MARIA ROSA — Sim.

MANUEL JOÃO — Minha filha fugir com um vadio daqueles! [...]

CENA XX

Entram José e Aninha e ajoelham-se aos pés de Manuel João.

AMBOS — Senhor!

MANUEL JOÃO — O que é lá isso?

ANINHA — Meu pai, aqui está o meu marido.

MANUEL JOÃO — Teu marido?!

JOSÉ — Sim senhor, seu marido. Há muito tempo que nos amamos, e sabendo que não daríeis o vosso consentimento, fugimos e casamos na freguesia.

MANUEL JOÃO — E então? Agora peguem com um trapo quente. Está bom, levantem-se; já agora não há remédio. (*Aninha e José levantam-se. Aninha vai abraçar a mãe.*)

ANINHA — E minha mãe, me perdoa?

MARIA ROSA — E quando é que eu não hei-de perdoar-te? Não sou tua mãe? (*Abraçam-se.*)

MANUEL JOÃO — É preciso agora irmos dar parte ao juiz de paz que você já não pode ser soldado, pois está casado. Senhora, vá buscar minha jaqueta. (*Sai Maria Rosa.*)

[...]

CENA XXI

Casa do juiz. Entra o juiz de paz e o escrivão.

JUIZ — Agora que estamos com a pança cheia, vamos trabalhar um pouco. (*Assentam-se à mesa.*)

ESCRIVÃO — Vossa senhoria vai amanhã à cidade?

JUIZ — Vou, sim. Quero-me aconselhar com um letrado para saber como hei-de despachar alguns requerimentos que cá tenho.

ESCRIVÃO — Pois vossa senhoria não sabe despachar?

JUIZ — Eu? Ora essa é boa! Eu entendo cá disso? Ainda quando é algum caso de embigada, passe; mas casos sérios, é outra coisa. Eu lhe conto o que me ia acontecendo um dia. Um meu amigo me aconselhou que, todas as vezes que eu não soubesse dar um despacho, que desse o seguinte: "Não tem lugar". Um dia apresentaram-me um requerimento de certo sujeito, queixando-se que sua mulher não queria viver com ele etc. Eu, não sabendo que despacho dar, dei o seguinte: "Não tem lugar". Isto mesmo é que queria a mulher; porém, o marido fez uma bulha de todos os diabos; foi à cidade, queixou-se ao presidente, e eu estive quase suspenso. Nada, não me acontece outra.

ESCRIVÃO — Vossa senhoria não se envergonha, sendo um juiz de paz?

JUIZ — Envergonhar-me de quê? O senhor ainda está muito de cor. Aqui para nós, que ninguém nos ouve, quantos juízes de direito há por estas comarcas que não sabem onde têm sua mão direita, quanto mais juízes de paz... E além disso, cada um faz o que sabe. (*Batem.*) Quem é?

MANUEL JOÃO (*dentro*) — Um criado de vossa senhoria.

JUIZ — Pode entrar.

CENA XXII

Entram Manuel João, Maria Rosa, Aninha e José.

JUIZ (*levantando-se*) — Então, o que é isto? Pensava que já estava longe daqui!

MANUEL JOÃO — Não senhor, ainda não fui.

JUIZ — Isso vejo eu.

MANUEL JOÃO — Este rapaz não pode ser soldado.

JUIZ — Oh, uma rebelião? Sr. escrivão, mande convocar a Guarda Nacional e oficie ao Governo.

MANUEL JOÃO — Vossa senhoria não se aflija, este homem está casado.

JUIZ — Casado?!

MANUEL JOÃO — Sim senhor, e com minha filha.

JUIZ — Ah, então não é rebelião... Mas vossa filha casada com um biltre destes?

MANUEL JOÃO — Tinha-o preso no meu quarto para levá-lo amanhã para a cidade; porém a menina, que foi mais esperta, furtou a chave e fugiu com ele.

ANINHA — Sim senhor, sr. juiz. Há muito tempo que o amo, e como achei ocasião, aproveitei.

JUIZ — A menina não perde ocasião! Agora, o que está feito está feito. O senhor não irá mais para a cidade, pois já está casado. Assim, não falemos mais nisso. Já que estão aqui, hão-de fazer o favor de tomar uma xícara de café comigo, e dançarmos antes disto uma tirana. Vou mandar chamar mais algumas pessoas para fazerem a roda maior. (*Chega à porta.*) Ó Antônio! Vai à venda do sr. Manuel do Coqueiro e dize aos senhores que há pouco saíram daqui que façam o favor de chegarem até cá. (*Para José:*) O senhor queira perdoar se o chamei de biltre; já aqui não está quem falou.

JOSÉ — Eu não me escandalizo; vossa senhoria tinha de algum modo razão, porém eu me emendarei.

[...]

CENA ÚLTIMA

Os mesmos e os que estiveram em cena.

JUIZ — Sejam bem-vindos, meus senhores. (*Cumprimentam-se.*) Eu os mandei chamar para tomarem uma xícara de café comigo e dançarmos um fado em obséquio ao sr. Manuel João, que casou sua filha hoje.

TODOS — Obrigado a vossa senhoria.

INÁCIO JOSÉ (*para Manuel João*) — Estimarei que sua filha seja feliz.

OS OUTROS — Da mesma sorte.

MANUEL JOÃO — Obrigado.

JUIZ — Sr. escrivão, faça o favor de ir buscar a viola. (*Sai o escrivão.*) Não façam cerimônia; suponham que estão em suas casas… Haja liberdade. Esta casa não é agora do juiz de paz — é de João Rodrigues. Sr. Tomás, faz-me o favor? (*Tomás chega-se para o juiz e este o leva para um canto.*) O leitão ficou no chiqueiro?

TOMÁS — Ficou, sim senhor.

JUIZ — Bom. (*Para os outros:*) Vamos arranjar a roda. A noiva dançará comigo, e o noivo com sua sogra. Ó sr. Manuel João, arranje outra roda… Vamos, vamos! (*Arranjam as rodas; o escrivão entra com uma viola.*) Os outros senhores abanquem-se. Sr. escrivão, ou toque, ou dê a viola a algum dos senhores. Um fado bem rasgadinho… bem choradinho…

MANUEL JOÃO — Agora sou eu gente!

JUIZ — Bravo, minha gente! Toque, toque! (*Um dos atores toca a tirana na viola; os outros batem palmas e caquinhos, e os mais dançam.*)

TOCADOR (*cantando*) — *Ganinha, minha senhora,*
Da maior veneração;
Passarinho foi-se embora,
Me deixou penas na mão.

TODOS — *Se me dás que comê,*
Se me dás que bebê,
Se me pagas as casas,
Vou morar com você. (Dançam.)

JUIZ — Assim, meu povo! Esquenta, esquenta!…

MANUEL JOÃO — Aferventa!

TOCADOR (*cantando*) — *Em cima daquele morro*
Há um pé de ananás;
Não há homem neste mundo
Como o nosso juiz de paz.

TODOS — *Se me dás que comê,*
Se me dás que bebê,
Se me pagas as casas,
Vou morar com você.

JUIZ — Aferventa, aferventa!…

São os meus escritos uma panaceia universal

SELEÇÃO

Qorpo-Santo (1829-83)

Frases soltas, aforismos impensáveis, satíricos, autobiográficos, poemas do nosso dramaturgo do século XIX, José Joaquim de Campos Leão, gaúcho de Triunfo, e autonomeado Qorpo-Santo, tido então como louco, e só descoberto ou revelado nas décadas de 1950-60 — considerado uma espécie de antecessor do Teatro do Absurdo com as peças As relações naturais, Eu sou vida; eu não sou morte, *e mais cerca de quinze ao todo. É autor ainda de uma* Ensiqlopèdia ou seis meses de uma enfermidade, *de onde a pesquisadora Denise Espírito Santo selecionou textos de* Miscelânea Quriosa.

São os meus escritos panaceia universal — encontram-se remédios para todas as enfermidades.

Se eu não lesse, se eu não escrevesse — seria quiçá uma pedra.

O hábito de matar os outros animais muito deve concorrer para a facilidade com que os homens matam uns aos outros.

Quem se entretém com espíritos elevados — vive em alta sociedade.

É a mulher o ente a quem ora mais amamos, ora mais aborrecemos.

Nem todos os mortos são ao mesmo tempo — defuntos.

Quem não tem ocupações precisa distrações; quem precisa distrações necessita dinheiro.

Quando nossos deputados falam em língua estrangeira — criam um imposto para aqueles que não hão estudado, que ou têm de comprar livros, ou andar de porta em porta esmolando a tradução para poderem entendê-los.

A minha teia política tem sido a escrita: seus fios as letras ou as palavras.

Sonhava eu com um campo semeado de cadáveres; ouvia o rufo dos tambores; o toque de avançar das cornetas; tudo marchando em desordem! Salto da cama espavorido; acordo-me; aplico a vista e o ouvido... e bateram-me nos tímpanos as seguintes palavras: — não contraias mais dívida alguma, se quiseres dormir tranquilo.

Ninguém pode ser responsabilizado por cousas que ignora. A responsabilidade pressupõe — presciência.

Bem poucas pessoas sabem fechar uma porta; uma janela; meter um ferro; acender qualquer objeto [...]: comer, beber, dormir, vestir, levantar, andar, deitar, finalmente — viver: porque, para sabê-lo, faz-se mister também saber todas as cousas relacionar.

O estudo de geografia terrestre e política relacionou-me com todas as nações do mundo. Considerei pátria — o universo.

A ociosidade nem sempre é origem de vícios; e muitas vezes há dado ocasião a grande cousas. A ociosidade de Camões deu lugar a seu importante *Lusíadas*; a ociosidade de um frade, a invenção da pólvora; e assim muitos bens se têm inventado, descoberto ou aperfeiçoado por homens que hão vivido ociosamente.

A pancada ora enfraquece, ora fortalece a quem dá, ora a quem recebe.

Uma obra que se publica pode ser uma mulher que se torna pública, ou uma criança que nasce. Como a estas, muitos a veem e muitos a gozam.

Que mulher! Que força e que elasticidade descomunal… deu um salto; abriu os vestidos e cobriu esta cidade!

Os pensamentos que concebo e que não quero escrever — são por mim impregnados nas paredes, teto, telhado e mais partes desta casa […].
Envoltos nas faíscas que saltam desta vela com que me alumio, vão outros tantos pensamentos que gravam-se no teto desta casa.

Com lápis rombudo escrevo
Por falta de um canivete
Mas inda assim me diverte
Borrões que a fazer m'atrevo,
Enquanto andar a galope,
Quer como compositor,
Quer como poetador,
Não preciso de envelope.
Eu sou vida
Eu não sou morte.
Esta é a sorte.
É minha lida.

As carnes tenho de ouro,
Os ossos são de platina,
São os nervos — cera fina,
É o meu cabelo — louro.
Tudo o mais — é metal branco,
Assim sou — um Corpo-Santo!

O barão e seu cavalo

POESIA

José Bonifácio, o Moço (1827-86)

Poema satírico é sempre contra alguém ou alguma coisa? No caso, contra o presidente da província de São Paulo, barão de Itaúna (Candinho). Publicado em 1868, Inacinho era um certo dr. Inácio Guimarães, chefe de polícia local. José Bonifácio, o Moço, era sobrinho-neto de José Bonifácio, considerado o patriarca da independência.

Donde vens, Inacinho, a horas mortas,
No meio de tigelas e comportas,
Co'uma vela na mão, cheio de empolas
Montado numa réstia de cebolas?
Onde foste buscar a enorme gorra,
O chapéu com feitio de pichorra?
Tu sonhas... tu deliras... que venturas?!
Foste acaso no Brás comprar verduras?

Não, Inácio Pindoba, és grande e forte!
Comes confeitos, capataz da morte;

Morcego de fardão e berimbau,
És capaz de engolir carvão e pau!
Donde vens? Donde vens? Das terras sardas
Não pode ser que vens de calças pardas!
Ei-lo murmura triste com voz aflita:
Não me deixam comer banana frita.

Sem sapatos, de meias de cânhamo
Traz na destra gentil um verde ramo,
É como Ulisses procurando a Itália
Sem ter ciência de que foi à Gália...
As crianças assustam-se nas ruas
Por ver o Guimarães de costas nuas,
E dele as rondas quase deram cabo,
Vendo um cão a latir de lata ao rabo.
Ei-lo que chega à porta da polícia,
E assentou-se no chão! A tribunícia,
Loquela ardente, magistral viveiro,
Quis soltar, mas caiu sobre o terreiro!
Deu um passo, ei-lo entrando o corredor...
Solta um grito infernal: que dor, que dor!!

Galga os degraus, as portas arrebenta,
Torce um pé, machuca a esquerda venta,
Espirra sem querer, procura um banco,
Pede pão com manteiga e vinho branco...
"Tragam, tragam-me já o meu cigarro,
Tragam depressa que senão escarro!"
E ao som do bandolim
Com harmonias suaves
Cantou sozinho um cântico sem fim...
Tinha perdido dos baús as chaves!

Como se fazia um deputado

TRECHO DA PEÇA

França Júnior (1838-90)

Dramaturgo e presença constante na imprensa carioca do século XIX, França Júnior como cronista registrou com graça e leveza os hábitos e costumes da nossa sociedade. E como comediógrafo, conforme mostra o trecho escolhido de Como se fazia um deputado *— uma peça atual?*

CENA VI
Limoeiro e Chico Bento

LIMOEIRO — Então, que diz do nosso doutor?

CHICO BENTO — Não é de todo desajeitado.

LIMOEIRO — Desajeitado! É um rapaz de muito talento!

CHICO BENTO — E diga-me cá uma cousa; a respeito de política, quais são as ideias dele?

LIMOEIRO — Tocou o tenente-coronel justamente no ponto que eu queria ferir.

CHICO BENTO — *Omnibus tulit punctos, qui miscuit util et dolcet.**

---

* Há um erro de latim, aqui, como nas demais citações de Chico Bento. Talvez seja proposital.

LIMOEIRO (*gritando*) — Olá de dentro! Tragam duas cadeiras. O negócio é importante, devemos discutir com toda a calma.

CHICO BENTO — Estou às suas ordens. (*Entra um negro e põe duas cadeiras em cena.*) Tem a palavra o suplicante. (*Sentam-se.*)

LIMOEIRO — Tenente-coronel, cartas na mesa e jogo franco. É preciso arrumar o rapaz; e não há negócio, neste país, como a política. Pela política cheguei a major e a comendador, e o meu amigo a tenente-coronel e a inspetor de instrução pública cá da freguesia.

CHICO BENTO — Pela política, não, porque estava o partido contrário no poder; foi pelos meus merecimentos.

LIMOEIRO — Seja como for, o fato é que, apesar de estar o meu partido de cima, o tenente-coronel é e será sempre a primeira influência do lugar. Mas, vamos ao caso. Como sabe, tenho algumas patacas, não tanto quanto se diz...

CHICO BENTO — Oxalá que eu tivesse só a metade do que possui o major.

LIMOEIRO — Ouro é o que o ouro vale. Se a sorte não o presenteou com uma grande fortuna, tem-lhe dado todavia honras, considerações e amigos. Eu represento o dinheiro; o tenente-coronel, a influência. O meu partido está escangalhado, e é preciso olhar seriamente para o futuro do Henrique antes que a reforma eleitoral nos venha por aí.

CHICO BENTO — Quer então que...

LIMOEIRO — Que o tome sob sua proteção quanto antes, apresentando-o seu candidato do peito nas próximas eleições.

CHICO BENTO — *Essis modus in rebus.*

LIMOEIRO — Deixemo-nos de latinórios. O rapaz é meu herdeiro universal, casa com a sua menina, e assim conciliam-se as cousas da melhor maneira possível.

CHICO BENTO (*com alegria concentrada*) — Confesso ao major que nunca pensei em tal; uma vez, porém, que esse negócio lhe apraz...

LIMOEIRO — É um negócio, diz muito bem; porque, no fim das contas, estes casamentos por amor dão sempre em água de barrela. O tenente-coronel compreende... Eu sou um liberal... O meu amigo conservador...

CHICO BENTO — Já atinei! Já atinei! Quando o partido conservador estiver no poder...

LIMOEIRO — Temos o governo em casa. E quando o partido liberal subir...

CHICO BENTO — Não nos sai o governo de casa.

LIMOEIRO (*batendo na coxa de Chico Bento*) — Maganão!

CHICO BENTO (*batendo-lhe no ombro*) — Vivório! E se se formar um terceiro partido?... Sim, porque devemos prevenir todas as hipóteses...

LIMOEIRO — Ora, ora... Então o rapaz é algum bobo? Encaixa-se no terceiro partido, e ainda continuaremos com o governo em casa. O tenente-coronel já não foi progressista no tempo da Liga?

CHICO BENTO — Nunca. Sempre protestei contra aquele estado de cousas; ajudei o governo, é verdade, mas no mesmo caso está também o major, que foi feito comendador naquela ocasião.

LIMOEIRO — É verdade, não nego; mudei de ideias por altas conveniências sociais. Olhe, meu amigo, se virar a casaca fosse crime, as cadeias do Brasil seriam pequenas para conter os inúmeros criminosos que por aí andam.

CHICO BENTO — Vejo que o major é homem de vistas largas.

LIMOEIRO — E eu vejo que o tenente-coronel não fica atrás.

CHICO BENTO — Então, casemos os pequenos...

LIMOEIRO — Casam-se os nossos interesses.

CHICO BENTO — Et cetera e tal...

LIMOEIRO — Pontinhos... (*Vendo Henrique:*) Aí vem o rapaz, deixe-me só com ele.

CHICO BENTO — *Fiam voluntatis tue*. Vou mudar estas botas. (*Sai.*)

CENA VII
Limoeiro e Henrique

HENRIQUE — Como se está bem aqui! Disse um escritor que a vida da roça arredonda a barriga e estreita o cérebro. Que amargo epigrama contra esta natureza grandiosa! Eu sinto-me aqui poeta.

LIMOEIRO — Toma tenência, rapaz. Isto de poesia não dá para o prato, e é preciso que te ocupes com alguma cousa séria.

HENRIQUE — Veja, meu tio, como está aquele horizonte; o sol deita-se em brilhantes coxins de ouro e púrpura, e a viração, embalsamada pelo perfume das flores, convida a alma aos mais poéticos sonhos de amor.

LIMOEIRO — Está bom, está bom. Esquece estes sonhos de amor, que no fim de contas, são sempre sonhos, e vamos tratar de realidade. Vira-te para cá. Deixa o sol, que tens muito tempo para ver, e responde-me ao que te vou perguntar.

HENRIQUE — Estou às suas ordens.

LIMOEIRO — Que carreira pretendes seguir?

HENRIQUE — Tenho muitas diante de mim. A magistratura…

LIMOEIRO — Podes limpar as mãos à parede…

HENRIQUE — A advocacia, a diplomacia, a carreira administrativa…

LIMOEIRO — E esqueceste a principal, aquela que pode elevar-te às mais altas posições em um abrir e fechar de olhos.

HENRIQUE — O jornalismo?

LIMOEIRO — A política, rapaz, a política! Olha, para ser juiz municipal, é preciso um ano de prática; para seres juiz de direito, tens que fazer um quatriênio; andarás a correr montes e vales por todo este Brasil, sujeito aos caprichos de quanto potentado e mandão há por aí, e sempre com a sela na barriga! Quando chegares a desembargador, estarás velho, pobre, cheio de achaques, e sem esperança de subir ao Supremo Tribunal de Justiça. Considera agora a política. Para deputado não é preciso ter prática de cousa alguma. Começas logo legislando para o juiz municipal, para o juiz de direito, para o desembargador, para o ministro do Supremo Tribunal de Justiça, para mim, que sou quase teu pai, para o Brasil inteiro, em suma.

HENRIQUE — Mas para isso é preciso…

LIMOEIRO — Não é preciso cousa alguma. Desejo somente que me digas quais são as tuas opiniões políticas.

HENRIQUE — Foi cousa que nunca pensei.

LIMOEIRO — Pois, olha, és mais político do que eu pensava. É preciso, porém, que adotes um partido, seja ele qual for. Escolhe.

HENRIQUE — Neste caso serei do partido do meu tio.

LIMOEIRO — E por que não serás conservador?

HENRIQUE — Não se me dá de sê-lo, se for do seu agrado.

LIMOEIRO — Bravo! Pois fica sabendo que serás ambas as cousas.

HENRIQUE — Mas isso é uma indignidade!

LIMOEIRO — Indignidade é ser uma cousa só!

Enterro de luxo

TRECHO DA CRÔNICA

França Júnior (1838-90)

[...]

Atrás do esquife, desfilam os carros.

Há quem os conte um por um, e venha dizer à família, procurando lisonjear-lhe a vaidade:

— O enterro esteve brilhante. A vizinhança não tem nada que dizer. No primeiro carro ia o comendador N..., no segundo o conselheiro C..., no terceiro o senador J..., no quarto o deputado Y... etc.

Na opinião dessa gente são estas as melhores cartas de recomendação que um defunto leva para a eternidade.

Tristes cartas, que as mais das vezes nem acompanham o cadáver até o cemitério! Esse, sob o pretexto de que há muita poeira, ordena ao cocheiro que volte. Aquele, para não estragar o *coupé*, que é novo, dobra o primeiro beco. Esse outro quer aproveitar a caleça para fazer visitas e abandona o préstito. De sorte que o corpo chega muitas vezes, à última morada, acompanhado apenas pela metade dos carros com que havia saído de casa!

Aí destacam-se dois tipos. O dos que têm a mania de recitar discursos à beira do sepulcro e o dos que tomam nota do número da sepultura para com ele comprar um bilhete de loteria.

Os poucos que vão até ao cemitério voltam reclinados em carros descobertos, charuto entre os dentes, risonhos como se fossem para um baile e cumprimentando com ruidosa alegria aos conhecidos que encontram pelo caminho.

Alguns apeiam-se no primeiro botequim e vão beber uma garrafa de cerveja; não à saúde por certo, mas à memória de quem lhes proporcionou tão grato prazer.

Outros aproveitam a casaca para dar parabéns de casamento.

Contam que certo sujeito costuma perguntar aos amigos:

— Se eu morrer, vais ao meu enterro?

— Certamente.

— De carro?

— Está visto.

— E quanto pretendes gastar?

— Dez mil-réis: é o preço.

— Pois então me dá a metade desde já, e dispenso-te dessa formalidade.

Pondo de parte os cinco mil-réis adiantados, estamos de perfeito acordo com o tal sujeito.

Disparates rimados

POESIA

Bernardo Guimarães (1825-84)

O romancista de A escrava Isaura *foi também um poeta marcante, com humor e nonsense.*

Quando as fadas do ostracismo,
Embrulhadas num lençol,
Cantavam em si bemol
As trovas do paroxismo,
Veio dos fundos do abismo
Um fantasma de alabastro
E arvorou no grande mastro
Quatro panos de toicinho,
Que encontrara no caminho
Da casa do João de Castro.
Nas janelas do destino,
Quatro meninos de rabo
Num só dia deram cabo
Das costelas de um Supino.

Por tamanho desatino,
Mandou o Rei dos Amores
Que se tocassem tambores
No alto das chaminés
E ninguém pusesse os pés
Lá dentro dos bastidores.
Mas este caso nefando
Teve a sua nobre origem
Em uma fatal vertigem
Do famoso Conde Orlando.
Por isso, de vez em quando,
Ao sopro do vento sul,
Vem surgindo de um paul
O gentil Dalai-lama,
Atraído pela fama
De uma filha de Irminsul.
Corre também a notícia
Que o Rei Mouro, desta feita,
Vai fazer grande colheita
De matéria vitalícia.
Seja-lhe a sorte propícia,
É o que mais lhe desejo.
Portanto, sem grande pejo,
Pelo tope das montanhas,
Andam de noite as aranhas
Comendo cascas de queijo.
O queijo, dizem os sábios, —
É um grande epifonema,
Que veio servir de tema
De famosos alfarrábios.
Dá três pontos nos teus lábios,
Se vires, lá no horizonte,
Carrancudo mastodonte,
Na ponta de uma navalha,
Vender cigarros de palha,

Molhados na água da fonte...
Há opiniões diversas
Sobre dores de barriga:
Dizem uns que são lombrigas;
Outros —
que vêm de conversas.
Porém as línguas perversas
Nelas vêm grande sintoma
De um bisneto de Mafoma,
Que, sem meias, nem chinelas,
Sem saltar pelas janelas,
Num só dia foi a Roma.

Ao correr da pena (1)

CRÔNICA

José de Alencar (1829-77)

O humor não tem gêneros nem escolas literárias. Autor de O guarani *e* Iracema, *clássicos do nosso romantismo, José de Alencar publicou seus folhetins (crônicas, como se chamavam então) nos jornais cariocas* Correio Mercantil, *entre 1854 e 1855, e no* Diário do Rio, *de outubro a 25 de novembro de 1855 — "convencido como estou de que escritos ao correr da pena são para serem lidos ao correr dos olhos". E ao correr dos tempos.*

Rio, 27 de maio

Desculpai-me!

Vou contar-vos uma coisa que me sucedeu ontem: é um dos episódios mais interessantes de minha vida de escritor.

Aposto que nunca viste escrever sem *tinta*!

Pois lede estas primeiras páginas, compreendereis como aquele milagre é possível no século atual, no século do progresso.

Eis o caso.

Foi ontem, por volta das dez horas. Estava em casa de um amigo, e aí mesmo dispunha-me a escrever a minha revista.

Sentei-me à mesa, e, com todo o desplante de um homem, que não sabe o que tem a dizer, ia dar começo ao meu folhetim, quando...

Talvez não acrediteis.

Tomei a pena e levei-a ao tinteiro; mas ela estremeceu toda, coitadinha, e saiu intata e pura. Não trazia nem uma nulidade de tinta. Fiz nova experiência, e foi debalde.

O caso tornava-se grave, e já ia saindo do meu sério, quando a pena deu um passo, creio que temperou a garganta, e pediu a palavra.

Estava perdido!

Tinha uma pena oradora, tinha discussões parlamentares, discursos de cinco e seis horas. Que elementos para não trabalhar!

Nada; era preciso pôr um termo a semelhante abuso, e tomar uma resolução pronta e imediata.

Comecei por bater o pé, e passar uma repreensão severa nos meus dois empregados, que assim se esqueciam dos seus deveres.

O meio era bom, e surtiu o desejado efeito como sempre.

Entramos em explicações; e no fim de contas soube a causa dessa dissidência.

A pena se tinha declarado em oposição aberta; o tinteiro era ministerial *quand même*. E ambos tão decididos nas suas opiniões, que não havia meio de fazê-los voltar atrás.

Era impossível, pois, evitar uma discussão; resignei-me a ouvir os prós e os contras deste meu pequeno parlamento.

A pena do meu amigo fez um discurso muito desconchavado, a falar a verdade. Por mais que lho tenha dito, não quer acreditar que a oratória não é o seu forte; tirando-a da mesa e do papel não vai nada.

Enquanto, porém, ela falava, o tinteiro voltava-lhe as costas de uma maneira desdenhosa, o que não achei bonito. Estive quase chamando-o à ordem; mas não me animei.

Chegou finalmente a vez de falar ele, e defendeu-se dizendo que todas as penas faziam oposição aos tinteiros logo que estes lhes recusaram o elemento para trabalhar, e se não lhe davam a tinta necessária para escrever, sem a qual ficavam a seco.

— *C'est trop fort!* Gritou a pena do meu amigo, que gosta de falar em francês. Quebro os meus bicos antes do que receber uma só gota de tinta em semelhante tinteiro.

E, se o disse, melhor o fez. Não houve forças que a fizessem molhar os bicos no tinteiro e escrever uma só palavra com aquela tinta.

Atirei-a de lado, abri a gaveta, e tomei um maço de penas que aí havia de reserva.

Mesma coisa: todas elas tinham ouvido, todas se julgavam comprometidas a sustentar a dignidade de sua classe.

Por fim, perdi a paciência, zanguei-me, e, como já era mais de meio-dia, larguei-me a toda pressa para a casa, a fim de escrever alguma coisa que pudesse fazer as vezes de um folhetim.

Mas uma nova decepção me esperava.

A minha pena, de ordinário tão alegre e tão travessa, a minha pena, que é sempre a primeira a lançar-se ao meu encontro, a sorrir-me a dar-me os bons-dias, estava toda amuada, e quase escondida entre um maço de papéis.

Quanto ao meu tinteiro, o mais pacato e o mais prudente dos tinteiros do mundo, este tinha um certo ar político, um desplante de chefe de maioria, que me gelou de espanto.

Alguma coisa se tinha passado na minha ausência, algum fato desconhecido que viera perturbar a harmonia e a feliz inteligência que existia entre amigos de tanto tempo.

Ora, é preciso que saibam que há completa disparidade entre esses dois companheiros fiéis das minhas vigílias e dos meus trabalhos.

O meu tinteiro é gordo e barrigudo como um capitão-mor de província. A minha pena é esbelta e delicada como uma mocinha de quinze anos.

Um é sisudo, merencório e tristonho; a outra é descuidosa, alegre, e às vezes tão travessa que me vejo obrigado a ralhar com ela para fazê-la ter modo.

Entretanto, apesar desta diferença de gênios, combinavam-se e viviam perfeitamente. Tinha-os unido o ano passado, e a lua de mel ainda durava. Eram o exemplo dos bem casados.

Façam, portanto, ideia do meu desapontamento quando comecei a perceber que havia entre eles o que quer que fosse.

Era nada menos do que a repetição da primeira cena.

Felizmente não veio acompanhada de discussões parlamentares, mesmo porque na minha mesa de escrever não admito o sistema constitucional.

É o governo absoluto puro. Algumas vezes concedo o direito de petição; no mais, é justiça a Salomão, pronta e imediata.

A minha pena, como as penas do meu amigo, como todas as penas de brio e pundonor, tinha declarado guerra aos tinteiros do mundo.

Não havia, pois, que hesitar.

Lembrei-me que ela me tinha sido confiada há coisa de nove meses pura e cândida, e que assim a devia restituir.

Lembrei-me de muitas outras coisas, e tomei uma resolução inabalável.

Atirei o meu tinteiro pela janela fora.

A pena saltou, de tão alegre e contentinha que ficou. Fez-me mil carícias, sorriu, coqueteou, e por fim, fazendo-me um gestozinho de Charton no *Barbeiro de Sevilha*, um gestozinho que me mandava esperar, lançou-se sobre o papel e começou a correr.

Escrevia sem tinta.

Quero dizer, desenhava; esgrafiava sobre o papel quadros e cenas que eu me recordava ter visto há pouco tempo; debuxava flores, céus, estrelas, nuvens, sorrisos de mulheres, formas de anjos, tudo de envolta e no meio de uma confusão graciosa.

E eu nem me lembrei mais de escrever, e fiquei horas esquecidas a olhar esses quadros, que decerto não conseguirei pintar-vos.

Recordo-me de um.

Passava-se na segunda-feira, na baía de Botafogo.

A uma hora o tempo fez umas caretas, como para meter susto aos medrosos.

Daí a alguns momentos o sol brilhou, o azul do céu iluminou-se, e uma brisa ligeira correu com os vapores do temporal que ainda toldavam a atmosfera.

Uma bela tarde desceu do seio das nuvens, pura, fresca e suave como uma odalisca, que, roçando as alvas roupagens de seu leito, resvala do seu divã de veludo sobre o macio tapete da Pérsia.

Era realmente uma odalisca, ou antes uma moreninha de nossa terra. Seu hálito perfumado se exalava na aragem que passava; os seus olhos brilhavam nos raios do sol; sua tez morena se refletia na opala dourada que coloria o horizonte.

Tudo sorria, tudo enamorava. As nuvenzinhas brancas que corriam no azul do céu, o vento a brincar com as fitas de um elegante *toilette*, uma réstia de sol que vinha beijar uma face que enrubescia ao seu contato, tudo isto encantava.

Apenas o mar, como um leão selvagem, eriçava a juba, estorcia-se furioso, e arrojava-se, bramindo sobre as areias da praia.

Isto, em bom português, quer dizer que havia uma ressaca insuportável. Mas é necessário recorrer de vez em quando às imagens poéticas, e seguir os preceitos da arte; e foi por isso que dei ao mar a honra de compará-lo a um leão selvagem e indômito.

Na minha opinião, ele não passa de um sujeito muito malcriado, que, apesar de tanta moça bonita que se incomodou para ir vê-lo, pôs-se a fazer bravatas, como se alguém cá da terra tivesse medo dele.

Por isso, os barquinhos zombavam dos seus rompantes e brincavam sobre as ondas, e corriam tão ligeiros, tão graciosos, que era um gosto vê-los saltando nos cimos das vagas, e inclinando-se docemente com o fluxo da ressaca.

[...]

Ao correr da pena (II)

CRÔNICA

José de Alencar (1829-77)

4 DE NOVEMBRO DE 1855

Desejava dirigir uma pergunta aos meus leitores.

Mas uma pergunta é uma coisa que não se pode fazer sem um ponto de interrogação.

Ora, eu tenho uma birra muito séria a esta figurinha de ortografia, a esta espécie de corcundinha que parece estar sempre chasqueando e zombando da gente.

Com efeito, o que é um ponto de interrogação?

Se fizerdes esta pergunta a um gramático, ele vos atordoará os ouvidos durante uma hora com uma dissertação de arrepiar os cabelos.

Entretanto, não há coisa mais simples de definir do que um ponto de interrogação; basta olhar-lhe para a cara.

Vede: —?

É um pequeno anzol.

Ora, para que serve o anzol?

Para pescar.

Portanto, bem definido, o ponto de interrogação é uma parte da oração que serve para pescar.

Exemplo:

1º Quereis pescar um segredo que o vosso amigo vos oculta, e que desejais saber; deitais o anzol disfarçadamente com a ponta da língua:

— Meu amigo, será verdade o que me disseram, que andas apaixonado?

2º Quereis pescar na algibeira de algum sujeito uma centena de mil-réis; preparais o cordel e lançais o anzol de repente:

— O sr. pode emprestar-me aí uns duzentos mil-réis?

3º Quereis pescar algum peixe ou peixãozinho: requebrais os olhos, adoçai a voz, e por fim deitais o anzol:

— Uma só palavra: tu me amas?

É preciso porém que se advirta numa coisa.

O ponto de interrogação é um anzol, e por conseguinte serve para pescar; mas tudo depende da isca que se lhe deita.

Nenhum pescador atira à água o seu anzol sem isca; ninguém portanto diz pura e simplesmente:

— Empresta-me trezentos mil-réis?

Não; é preciso que o anzol leve isca, e que esta isca seja daquelas que o peixe que se quer pescar goste de engolir.

Alguns pescadores costumam deitar um pouco de mel, e outros seguem o sistema dos índios que metiam dentro d'água certa erva que embebedava os peixes.

Assim, ou dizem:

— Meu amigo, o senhor, que é o pai dos pobres, (isca) empresta-me trezentos mil-réis? (anzol).

Ou então empregam o segundo meio:

— Será possível que o benfeitor da humanidade, o homem que todos apregoam como a generosidade personificada, que o cidadão mais popular e mais estimado desta terra, que o negociante que revolve todos os dias um aluvião de bilhetes do banco, me recuse a miserável quantia de trezentos mil--réis?

No meio do discurso já o homem está tonto de tanto elogio, de maneira que, quando o outro lhe lança o anzol, é com certeza de trazer o peixe.

Ainda tinha muita coisa a dizer sobre esta arte de pescar na sociedade, arte que tem chegado a um aperfeiçoamento miraculoso.

Fica para outra ocasião.

Por ora basta que saibam os meus leitores que o ponto de interrogação é um verdadeiro anzol.

O caniço desta espécie de anzol é a língua, e o fio ou cordel a palavra; fio elástico como não há outro no mundo.

Às vezes, quando se olha para esta figurinha aleijada, o ponto de interrogação parece-se mais com um daqueles corcundinhas, espécie de demoninhos maliciosos, de que falam os contos de fada e que viviam a fazer pirraças aos homens.

É que de fato há ocasiões em que ele torna-se realmente um anãozinho zombeteiro e impertinente, que leva a ousadia até a rir-se nas barbas de um pobre homem.

Haveis de ter encontrado pelo mundo algum desses homens que depois de terem feito todo o mal que podem a outro, vêm com o riso nos lábios insultar a dor e envenenar com sua baba a ferida mal cicatrizada.

Este homem atira à cara do outro o corcundinha de que vos falei, e dirige pouco mais ou menos uma pergunta neste sentido:

— Então, meu amigo, por que não me conta os seus pesares? Não tem confiança em mim?

Há também um certo ponto de interrogação que tem seus ares de mestre de latim ou de professor de primeiras letras.

Este é carrancudo e severo; tem a voz áspera e fanhosa, como do homem que toma rapé; e ordinariamente anda aos pulos.

Lembro-me perfeitamente que na minha aula de latim às vezes estava eu bem distraído, quando ele saltava-me pela frente gritando:

— *Hora-ae*, vocativo?

Felizmente todas as coisas deste mundo têm verso e reverso; o ponto de interrogação, que quase sempre é um anzol, um anão corcunda, ou um pedagogo, parece-se às vezes com um desses meninos travessos e gentis, um desses anjinhos curiosos e inocentes que desejam saber tudo.

Então ele pergunta, mas é como o filho à sua mãe; ri-se, mas é de prazer e de alegria; e leva todo o tempo a brincar entre as palavras, como o colibri no meio das flores.

[...]

Ao grande literato homeopático dr. Veludo

POESIA

Gonçalves Dias (1823-64)

Um dos nossos maiores poetas românticos, admirado por Machado de Assis, e autor de I-Juca Pirama, *Gonçalves Dias teve seus momentos de humor e sátira.*

Dizem que o velho Diógenes
De novo ao mundo voltou
Com sua lanterna acesa,
E à Guanabara chegou.

— "Quem é — pergunta ele — aqui
Um doutor pilha-bonito,
Panegirista quand-même
De frei Bernardo de Brito?"

— "Ecce homo!" — lhe dizem.
— "Doutor... aquilo?"— "Oh, se é!"
Faz plágios, copia, imprime
Volumes que ninguém lê.

"É o moderno Tostado,
E em finanças um Zote,
É grande em tudo e por tudo,
In utroque, utraque, utroque!"

— "Eureka!" — interrompe o grego;
Dava pra ver uma perna!
Achei um asno às direitas,
Posso apagar a lanterna.

A carteira de meu tio

TRECHO DO ROMANCE

Joaquim Manuel de Macedo (1820-82)

Muito conhecido como autor de A moreninha, *o "dr. Macedinho" (que foi professor das princesas Leopoldina e Isabel) é pouco conhecido por suas narrativas que retratam a vida dos cariocas ("fluminenses") do século XIX, ora com tintas do romantismo, ora com humor de costumes e sátira. (Notar a aproximação desta sua visão sobre nossas elites com a de Machado de Assis, que mais tarde escreveria seu famoso "Teoria do medalhão".)*

Eu...

Bravo! Bem começado! Com razão se diz que — pelo dedo se conhece o gigante! — Principiei tratando logo da minha pessoa; e o mais é que dei no vinte, porque a regra da época ensina que — cada um trate de si antes de tudo e de todos.

Aquele que enrugar a fronte com esta minha franqueza ou é um velhaco ou um tolo: se for velhaco não espere que lhe dê satisfações; pode ir seguindo a sua derrota; abra as velas de seu barco, faça boa viagem, pois que lhe sopra vento galeno e propício, e não se importe comigo. Agora, se for tolo, o remédio é sabido: — peça a Deus que o mate, e... et cetera.

Egoísmo! bradarão aqueles que não veem meio palmo adiante do nariz: *patetas*! lhes respondo eu de antemão. A regra, a que me cingi, não tem nada de vil nem de baixa; e a prova é que ela nos vem dos grandes, que não são vis, e se observa no poleiro político, que não fica embaixo.

Eu sigo as lições dos mestres.

No pronome *Eu* se resume atualmente toda política e toda moral: é certo que estes conselhos devem ser praticados, mas não confessados; bem sei, bem sei, isso é assim: a hipocrisia é um pedaço de véu furtado a uma virgem para cobrir a cara de uma mulher devassa: tudo isso é assim; mas o que querem?... ainda não sou um *espírito forte* completo, ainda não pude corrigir-me do estúpido vício da franqueza.

Eu digo as coisas como elas são: há só uma verdade neste mundo, é o *Eu*; isto de pátria, filantropia, honra, dedicação, lealdade, tudo é peta, tudo é história, ficção, parvoíce; ou (para me exprimir no dialeto dos grandes homens) tudo é poesia.

Pátria!... é verdade: por exemplo, que é pátria?... ora, eu vou dizer em poucas palavras o que ela é, pelo menos aqui na nossa terra.

A pátria é uma enorme e excelente garoupa: os ministros de Estado, a quem ela está confiada, e que sabem tudo muito, mas principalmente gramática e conta de repartir, dividem toda nação em um grupo, séquito e multidão: o grupo é formado por eles mesmos e por seus compadres, e se chama — *nós* —; o séquito, um pouco mais numeroso, se compõe de seus afilhados, e se chama — *vós* —; e a multidão, que compreende uma coisa chamada oposição e o resto do povo, se denomina — *eles* —; ora, agora aqui vai a teoria do *Eu*: os ministros repartem a garoupa em algumas postas grandes, e em muitas mais pequenas, e dizem eloquentemente: "as postas grandes são para *nós*, as mais pequenas são para *vós*" e finalmente jogam ao meio da rua as espinhas, que são para *eles*. O resultado é que todo o povo anda sempre engasgado com a pátria, enquanto o grupo e o séquito passam às mil maravilhas à custa dela!

Eis aí, que é a pátria, atualmente!

Se, pois, a religião do *Eu* é tão cultivada lá por cima, por que não a cultivarei também, apesar de andar cá por baixo?... A verdade é a verdade em toda parte, e tanto no sobrado como na casa térrea.

Viva o *Eu*!

Bem fazem os ingleses que escrevem sempre *Eu* com letra maiúscula;

seguindo-se daí que cada inglês entende que não há ninguém no mundo maior do que ele: o povo inglês é por isso povo maiúsculo, e eu tenho cá pra mim que este respeito que os ingleses consagram ao pronome *Eu* é a base e a primeira causa da fidelíssima aliança que une o nosso governo com o da Inglaterra. Sagrados laços esses, que foram apertados pelo *Eu!...*

Mas que vergonhosa contradição! Tenho despendido mil palavras a falar do *Eu* em abstrato e ainda não disse nada a respeito de mim mesmo como o dogma ensina! Triunfe pois o concreto sobre o abstrato! O concreto é este criado dos senhores leitores: vou já emendar à mão; estou em cena.

Senhores eu sou sem mais nem menos o *sobrinho de meu tio*: não se riam, que não há razão para isso: queriam o meu nome de batismo ou de família?... não valho nada por ele, e por meu tio sim, que é um grande homem. Estou exatamente no caso de alguns candidatos ao parlamento e a importantes empregos públicos, cuja única recomendação é neste o ser filho do sr. Fulano, naquele ser neto do sr. Beltrano, e até às vezes naquele outro ser primo da sra. d. Sicrana.

Quererão observar-me que, em vez de me declarar sobrinho de meu tio, deveria antes apresentar-me como filho de meu pai?...eis aí uma asneira como tantas outras! Eu gosto de cingir-me aos usos de minha terra, e há nela muita gente, mesmo, ou principalmente entre os senhores fidalgos, que costuma esquecer-se, do modo o mais completo, de quem fora seu pai: a moda é esta; agora, a razão de tão inocente capricho, que a digam os excelentíssimos esquecidos.

Sou, portanto, o *sobrinho de meu tio*, e tenho dito: na atualidade já não é qualquer coisa ser um homem sobrinho de seu tio; e se não, que responda uma das primeiras nações do mundo, porque se entregou amarrada de pés e mãos a um *senhor* só e simplesmente por ele ser *sobrinho de seu tio*.

Aceitem-me pois tal qual sou, *sobrinho de meu tio*, e nada mais: e nem preciso, nem desejo ser outra coisa.

Aos vinte anos de minha idade parti para a Europa, a fim de completar os meus estudos (à custa de meu tio, já se sabe). Estudei com efeito muito em Paris, onde assentei a fateixa: oh! sim, estudei muito! Passeei pelos bulevares; fui aos teatros; apaixonei-me loucamente por vinte *grisettes*; tive dez ou doze primeiros amores; por me faltar o tempo não pude ver uma só biblioteca; por me acordar sempre tarde nunca frequentei aula alguma; e no fim de cinco anos dei um pulo à Alemanha, arranjei uma carta de doutor (palavra de honra que ainda não tive a curiosidade de examinar em que espécie de ciência), e voltei para este nosso Brasil, apresentando-me a meu tio logo no primeiro instante com as mais irrecusáveis provas do meu aproveitamento, isto é, vestido no último rigor da moda, falando uma algaravia, que é metade francês e metade português, e ostentando sobretudo por cima do meu lábio superior um bigodinho insidioso, por baixo do meu lábio inferior uma pera fascinadora, e para complemento desses encantos, um charuto aromático preso de contínuo entre os lábios, perfumando a pera e o bigode.

Meu tio ficou quase doido de alegria com a minha chegada: abraçou-me, deu-me beijos, chorou, ria-se, e fez-me trezentas perguntas, que eu muito naturalmente satisfiz com trezentas mentiras: fiquei um mês em companhia do velho para matar-lhe as saudades.

Meu tio, pelo que posso julgar, é um homem que sabe muito e que fala pouco: nunca foi eleito deputado, por ter essas duas terríveis qualidades. Felizmente eu sou o avesso do bom velho; não sei coisa alguma nesta vida, e falo mais do que uma velha metida a literata: está visto que, se eu já tivesse quarenta anos, entrava necessariamente em alguma lista tríplice para senador.

Passou enfim o mês consagrado a matar as saudades de meu tio, e em uma tarde, em que eu me achava à janela do meu quarto saboreando um primoroso *havana da Bahia*, e lembrando-me da minha boa vida de Paris, entrou o velho e veio sentar-se defronte de mim.

— Adivinho em que estavas pensando, sobrinho — me disse ele.

— Pois em quê, meu tio?... — perguntei.

— Pensavas na vida que deves seguir.

Confesso que até aquela data nunca me havia ocupado um só instante de semelhante bagatela; entretanto arranjei, como pude, um certo ar de melancolia, e respondi:

— É verdade... é verdade... era isso mesmo.

— Ora, vejamos — tornou-me o velho: — que é que pretendes ser?...

— Tenho assentado que devo continuar a ser sempre o sobrinho de meu tio.

Lágrimas de ternura arrasaram os olhos do pobre homem!

— Mas além de seres meu sobrinho, não podes deixar de te ocupar de alguma coisa — disse-me ele.

— Se em suma isso for indispensável...

— Sem dúvida; consulta pois as tuas disposições, e decide.

Pensei... pensei... pensei...

— Decidiste?

— Sim, senhor, e irrevogavelmente.

— O que queres ser então?...

— Político, meu tio.

Com efeito, do mesmo modo que sucede a todos os vadios de certa classe, a primeira ideia que me sorria tinha sido a política!

— Mas olha que a política não é meio de vida — observou o velho.

— Engano, meu tio! A pátria deve pagar bem a quem quer fazer o enorme sacrifício de viver à custa dela.

— Bom: já vejo que estás adiantado na moral do século; julgas-te porém preparado para entrar e aparecer na política?...

— Estou a par de todos os conhecimentos humanos; cheguei há um mês de Paris.

— Melhor ainda: tens as duas principais qualidades que são indispensáveis ao homem que quer subir: és impostor e atrevido.

— Obrigado, meu tio.

— Mas cumpre que estudes ainda.

— Convenho: estou pronto a voltar para França.

— Não; não é lá que deves estudar agora.

— Então onde?...

— Em um grande livro.

— Qual?...

— No livro da tua terra.

— Diabo! Eu sabia que no Brasil havia inteligências descomunais e homens-enciclopédias; tinham-me, porém, asseverado que, dessas inteligências, umas eram engarrafadas, e outras capazes de tudo, de tudo, e de tudo, menos somente de fazer um livro!

— Não te falo dos livros que escrevem os homens, sobrinho: refiro-me ao livro que só se pode ler viajando e observando.

— Ah!

[...]

Poema satírico

POESIA

Laurindo Rabelo (1826-64)

Poeta da última geração romântica, Laurindo Rabelo é em geral esquecido como poeta satírico e sobretudo fescenino, o que lhe valeu em vida o apelido de "Bocage brasileiro". E no mais: "Para cobrir-se de lama/ Até ser ministro quis,/ Mas só no nosso país/ Um burro de má figura/ Chegaria a tal altura:/ Decerto é asno feliz!".

MOTE

Quem Feliz-asno se chama
Decerto é asno feliz.

GLOSA

Se Camões cantou Gama
Por seus feitos de valor,
Também merece um cantor
Quem Feliz-asno se chama.

Qualquer burro pela lama
Enterra pata e nariz,
Mas este que com ardis
Chegou a ser senador
É besta d'alto primor,
É decerto asno feliz.

OUTRA

Do nosso animal a fama
Não consiste em letras ter;
Só contas sabe fazer
Quem Feliz-asno se chama.

Para cobrir-se de lama
Até ser ministro quis,
Mas só no nosso país
Um burro de má figura
Chegaria a tal altura:
Decerto é asno feliz!

Outra

Assim como um galho é rama
É uma vara cipó,
Também pode ser Socó
Quem Feliz-asno se chama.

Um leito também é cama,
Uns dizem gesso, outros giz;
Um grande beque é nariz,
De um botão brota uma flor;
Mas um burro senador!
Decerto é asno feliz!

Quem sou eu?

"A BODARRADA"/ POESIA

Luís Gama (1830-82)

"Se negro sou, ou sou bode/ Pouco importa…" Versos contundentes contra as injustiças de uma sociedade de desiguais — de raças? Filho de escrava e de pai português, o baiano Luís Gonzaga Pinto da Gama foi o poeta negro da luta abolicionista. (O poema abaixo foi considerado por Manuel Bandeira "a melhor sátira da poesia brasileira".)

> *Amo o pobre, deixo o rico,*
> *Vivo como o tico-tico;*
> *Não me envolvo em torvelinho,*
> *Vivo só no meu cantinho;*
> *Da grandeza sempre longe*
> *Como vive o pobre monge.*
> *Tenho mui poucos amigos,*
> *Porém bons, que são antigos,*
> *Fujo sempre à hipocrisia,*
> *À sandice, à fidalguia.*

[...]

Se negro sou, ou sou bode
Pouco importa. O que isto pode?
Bodes há de toda casta,
Pois que a espécie é muito vasta...
Há cinzentos, há rajados,
Baios, pampas e malhados,
Bodes negros, bodes brancos,
E, sejamos todos francos,
Uns plebeus e outros nobres,
Bodes ricos, bodes pobres,
Bodes sábios, importantes,
E também alguns tratantes...
Aqui, nesta boa terra,
Marram todos, tudo berra;
Nobres condes e duquesas,
Ricas damas e marquesas,
Deputados, senadores,
Gentis-homens, veadores;
Belas damas emproadas,
De nobreza empantufadas;
Repimpados principotes,
Orgulhosos fidalgotes,
Frades, bispos, cardeais,
Fanfarrões imperiais,
Gentes pobres, nobres gentes,
Em todos há meus parentes.
Entre a brava militança
Fulge e brilha alta bodança;
Guardas, cabos, furriéis,
Brigadeiros, coronéis,
Destemidos marechais,

Rutilantes generais,
Capitães de mar e guerra,
— tudo marra, tudo berra!

[...]

Pois se todos têm rabicho,
Para que tanto capricho?
Haja paz, haja alegria,
Folgue e brinque a bodaria;
Cesse, pois, a matinada,
Porque tudo é bodarrada.

O Ateneu

TRECHO DO ROMANCE

Raul Pompeia (1863-95)

Raul d'Ávila Pompeia, natural de Angra dos Reis, nos legou o hoje clássico O Ateneu, em que satiriza o ensino da época, na caricatura de Aristarco, o "homem-sanduíche da educação nacional". Já o conto que se segue a este trecho do romance, "Tílburi de praça", é um dos mais antológicos da nossa literatura.

Os companheiros de classe eram cerca de vinte; uma variedade de tipos que me divertia. O Gualtério, miúdo, redondo de costas, cabelos revoltos, motilidade brusca e caretas de símio — palhaço dos outros, como dizia o professor; o Nascimento, o *bicanca*, alongado por um modelo geral de pelicano, nariz esbelto, curvo e largo como uma foice; o Álvares, moreno, cenho carregado, cabeleira espessa e intonsa de vate de taverna, violento e estúpido, que Mânlio atormentava, designando para o mister das plataformas de bonde, com a chapa numerada dos recebedores, mais leve de carregar que a responsabilidade dos estudos; o Almeidinha, claro, translúcido, rosto de menina, faces de um rosa doentio, que se levantava para ir à pedra com um vagar lânguido de convalescente; o Maurílio, nervoso, insofrido, fortíssimo em tabuada: cinco vezes três, vezes dois, noves fora, vezes sete?... lá estava Maurílio, trêmulo, sacudindo no ar o dedinho esperto... olhos fúlgidos no rosto moreno, marcado por uma pinta na testa; o Negrão, de ventas acesas, lábios inquietos, fisionomia agreste de cabra, canhoto e anguloso, incapaz de ficar sentado três minutos, sempre à mesa de professor e sempre enxotado, debulhando um risinho de pouca-vergonha, fazendo agrados ao mestre, chamando-lhe bonzinho, que não correspondia com um sopapo, aventurando a todo ensejo uma tentativa de abraço que Mânlio repelia, precavido de confianças; Batista Carlos, raça de bugre, valido, de má cara, coçando-se muito, como se incomodasse a roupa no corpo, alheio às coisas da aula, como se não tivesse nada com aquilo, espreitando apenas o professor para aproveitar as distrações e ferir a orelha aos vizinhos com uma seta de papel dobrado. Às vezes a seta do bugre ricocheteava até a mesa de Mânlio. Sensação; suspendiam-se os trabalhos; rigoroso inquérito. Em vão, que os partistas temiam-no e ele era matreiro e sonso para disfarçar.

Dignos de nota havia ainda o Cruz, tímido, enfiado, sempre de orelha em pé, olhar covarde de quem foi criado a pancadas, aferrado aos livros, forte em doutrina cristã, fácil como um despertador para desfechar as lições de cor, perro como uma cravelha para ceder uma ideia por conta própria; o Sanches, finalmente, grande, um pouco mais moço que o venerando Rabelo, primeiro da classe, muito inteligente, vencido apenas por Maurílio na especialidade dos noves fora vezes tanto, cuidadoso dos exercícios, êmulo do Cruz na doutrina, sem competidor na análise, no desenho linear, na cosmografia.

O resto, uma cambadinha indistinta, adormentados nos últimos bancos, confundidos na sombra preguiçosa do fundo da sala. Fui também recomendado ao Sanches. Achei-o supinamente antipático: cara extensa, olhos rasos, mortos, de um pardo transparente, lábios úmidos, porejando baba, meiguice viscosa de crápula antigo. Era o primeiro da aula. Primeiro que fosse do coro dos anjos, no meu conceito era a derradeira das criaturas.

Entretinha-me a espiar os companheiros, quando o professor pronunciou o meu nome. Fiquei tão pálido que Mânlio sorriu e perguntou-me brando, se queria ir à pedra. Precisava examinar-me.

De pé, vexadíssimo, senti brumar-se-me a vista, numa fumaça de vertigem. Adivinhei sobre mim o olhar visguento do Sanches, o olhar odioso e timorato do Cruz, os óculos azuis do Rabelo, o nariz do Nascimento, virando devagar como um leme; esperei a seta do Carlos, o quinau do Maurílio, ameaçador, fazendo cócegas ao teto, com o dedo feroz; respirei no ambiente adverso da maldita hora, perfumado pela emanação acre das resinas do arvoredo próximo, uma conspiração contra mim da aula inteira, desde as bajulações de Negrão até a maldade violenta do Álvares. Cambaleei até à pedra. O professor interrogou-me; não sei se respondi. Apossou-se-me do espírito um pavor estranho. Acovardou-me o terror supremo das exibições, imaginando em roda a ironia má de todos aqueles rostos desconhecidos. Amparei-me à tábua negra, para não cair; fugia-me o solo aos pés, com a noção do momento; envolveu-me a escuridão dos desmaios, vergonha eterna! liquidando-se a última energia... pela melhor das maneiras piores de liquidar-se uma energia.

Do que se passou depois, não tenho ideia. A perturbação levou-me a consciência das coisas. Lembro-me que me achei com o Rabelo, na rouparia, e o Rabelo animava-me com um esforço de bondade sincero e comovedor.

Rabelo retirou-se e eu, em camisa, acabrunhado, amargando o meu desastre, enquanto o roupeiro procurava o gavetão 54, fiquei a considerar a diferença daquela situação para o ideal de cavalaria com que sonhara assombrar o Ateneu.

Como tardava o criado, apanhei aborrecido um folheto que ali estava à mesa dos assentos, entradas de enxoval, registros de lavanderia. Curioso folheto, versos e estampas... Fechei-o convulsamente com o arrependimento de uma curiosidade perversa. Estranho folheto! Abri-o de novo. Ardia-me à face inexplicável incêndio de pudor, constringia-me a garganta esquisito aperto de náusea. Escravizava-me, porém, a sedução da novidade. Olhei para os lados com um gesto de culpado; não sei que instinto acordava-me um sobressalto de remorso. Um simples papel, entretanto, borrado na tiragem rápida dos delitos de imprensa. Arrostei-o. O roupeiro veio interromper-me. "Larga daí! disse com brutalidade, isso não é pra menino!" E retirou o livrinho.

Esta impressão viva de surpresa curou-me da lembrança do meu triste episódio, crescendo-me na imaginação como as visões, absorvendo-me as ideias. Zumbia-me aos ouvidos a palavra aterrada de Aristarco... Sim, devia ser isto: um entravamento obscuro de formas despidas, roupas abertas, um turbilhão de frades bêbados, deslocados ao capricho de todas as deformidades de um monstruoso desenho, tocando-se, saltando a sarabanda diabólica sem fim, no empastado negrume da tinta do prelo; aqui e ali, o raio branco de uma falha, fulminando o espetáculo e a gravura, como o estigma complementar do acaso.

Tílburi de praça

CONTO

Raul Pompeia (1863-95)

Não encontraram por aí minha mulher?... É original. Desde que me casei... Eu por uma porta, ela por outra. Só nos encontramos uma vez frente a frente com vontade. Eu entrava por um lado, ela entrava por outro...

A nossa vida de casados é uma verdadeira questão aberta. Entrar e sair é tudo a mesma cousa. Acontece, porém, que ela está sempre fora e eu nunca estou dentro.

Já me disseram: Cuidado, João, tua mulher tem amantes... Eu estou de olho... Não há perigo. Olhem, aqui em casa eles não me passam a perna...

Na rua eu a espio... Onde ela entra entro eu atrás.

Casei, todos sabem, não foi por dinheiro: tenho os meus prédios. Casei por paixão, ou antes, por compaixão. Vi-a no seu véu tristezinho de viúva, com uns olhos pretos por baixo, que não tinham nada de luto, valha a verdade. Olhou para mim docemente. Eu tenho os meus prédios... Lembrei-me deles com orgulho, diante daquela formosíssima soledade. Comecei a gostar dela. Um homem depois de cinquenta não namora; os dedos estão perros para o bandolim das serenatas, o luar dos balcões tem reumatismos. Desde que há meia dúzia de prédios, é logo casamento...

Foi o diabo...

Logo na igreja, dei com a viuvinha olhando um convidado... Eu, viúvo de uma mulher como eu tive, boa, gorda, pacata, amiga do rapé e dos seus cômodos, casar com aquela figurinha saltitante, de olhos pretos, que logo ali, começava a pular-me fora do matrimônio... Estive quase a desmanchar tudo, na hora do *recebo a vós*... Não faz mal, pensei porém, gosto dela... que diabo! se casar com outra, não poderá suceder a mesma cousa? Vá! é um gosto ao menos. E atirei-me de cabeça no abismo... Matrimônio é assim. A primeira cousa que um marido deve comprometer é a cabeça... Para ficar logo atordoado. Senão, não casa...

Eu cravei um olhar na minha noiva.

Ia divina, num simples vestido roxo, que a vestia como se a despisse. Sorriu-me. Pareceu-me sentir, ao redor de mim, um turbilhão de abelhas douradas, brilhando e zumbindo. Casei-me...

Pois bem, daí para cá, é isto... eu por uma porta, ela por outra, em cabra--cega.

Às vezes, passamos um pelo outro. Ela a caminhar na sua vida, eu, na minha, espiando.

Ela sorri-me; eu disfarço, coro e vou seguindo para adiante.

Ora, meus senhores, não me dirão como hei de pegar minha mulher? É isto: *Tempo-será-de-min-c-o-có!*... Toda a vida.

Quanto a amantes, ela não tem. Isto eu lhes juro...

Vem cá em casa o tipo da igreja, o tal convidado do olhar... Mas eu estou de olho... Ele é bonitote, correto, conversa, graceja, tem uma maneirazinha faceira de não fazer caso de cousa nenhuma, como um filósofo.

Fuma um charuto de primeira qualidade, de linda fumaça azul, que faz letras no ar... Às vezes mesmo, em minha casa, ele recosta-se no terraço e fica a ler com uma expressão faceira, meio adormecido, as letras de fumo na atmosfera calma da tarde.

Até eu fico seduzido e aceito um charuto dos dele, e fico a fumar, ouvindo os bambus, as cigarras... Minha mulher, calada, ao nosso lado, ouve, como eu, as cigarras, e os bambus, conjugalmente. Mas eu conheço que ela gosta mais, extraconjugalmente, de ver as letras azuis do meu amigo. Assim ficamos, os três, recostados nas *chaises-longues*, bebendo crepúsculo.

Ela é a primeira que se levanta.

— Que insipidez! exclama. Ora a gente aqui calada, a ver fumaça de charuto!

E, então, agita-se como uma pata que sai da água, como um belo cisne, devia eu dizer, que acabasse de sair daquele imenso lago de morbidez em que nos perdíamos.

— Vamos passear! Vamos passear!

E, então, com uma graça que não sei com que comparar, põe-se a desfazer com o leque as letras azuis dos charutos.

Ah! a diabinha adorável! e não haver meio de eu encontrá-la!... Ora, será porque eu não lhe agrado? Mas há agrado que eu, mesmo de longe, não lhe faço... Será porque eu não sou bastante?... Mas, que diabo! ela daquele tamaninho...

Mas, reatando, o tal amigo, das letras azuis, namora-a, namora-a, não há dúvida: mas é só namoro garanto-lhes... Depois, depois...

Depois eu estou de olho...

Não tenho repartição que me prenda... não tenho obrigação de hora certa... tenho os meus prédios... Posso espiá-la dia e noite... Não! amante ela não tem, posso afirmar... Pois se nem a mim mesmo ela quer!... É o seu mal... Quanto ao mais, é só passear, passear. O que a perde é o passeio.

Mas por que não nos encontramos nós no matrimônio? Por que diabo ela quebra esquina, quando me vê em frente e deixa-me com cara de burro em plena rua da amargura, em plena rua do sacramento, deveria eu dizer?!...

Já visitei uma sonâmbula:

Por que não há meio de encontrar minha mulher?

— Espie, disse-me ela.

— Tenho espiado... Ainda, outro dia, entrou ali numa modista, onde vai muito... Perguntei por ela. Acabava de sair pelo outro lado. A casa tem duas frentes. Examinei... O lugar mais sério deste mundo!... Daí a pouco, um amigo (o mesmo das fumaças, por sinal), disse-me que tinha estado ali com ela, que a vira ensaiando um chapéu...

Contei à cartomante a nossa vida, mais ou menos, a minha vigilância...

A tal pitonisa era uma esperta gorducha, de bochechas vermelhas e grande pasta de cosmético na testa como uma aba de boné... Sorriu-se. Retirou-se a deitar cartas, num gabinete obscuro. De volta, falou-me simbolicamente, com alguma pimenta de malícia na voz.

— Meu senhor, o coração da mulher é uma cousa complicada. Não se pode estudar e definir de uma só maneira, mas no ponto da sua consulta, eu creio que não erro, com esta exposição da minha experiência: Há corações fechados que são como portas de que se perde a chave. Ninguém lhes entra, sem que um milagre da sorte ensine como. Então, é a imensa ventura. Há corações de uma só porta, como as casas seguras, onde a gente entra, sem custo instala-se, faz família dentro, e aí chega a netos tranquilamente. Há corações de duas portas, que dão entrada a um afeto pela frente, diante da sociedade; a outro afeto pelos fundos, diante da indiscrição da Candinha e seus filhos. O segredo destes amores de acordo é possível; mas, às vezes, mesmo sem segredo eles são felizes. Há corações hotéis, onde todo o mundo entra, escandalosamente, quase simultaneamente, pagando à parte o seu cômodo, sem grande intriga, nem ciúmes. Há corações bodegas, que é um horror...

Mas, há uma espécie curiosa de corações, um produto das sociedades desenvolvidas, para a qual chamo a sua atenção: é o coração volante, e o coração rodante, que aceita amor, mas que não fixa, daqui para ali, a tanto por hora, a tanto por mês, o coração tílburi de praça, que aceita o passageiro em qualquer canto, que dobra a esquina, que corre, que para, que vem, que desaparece, que passa pela gente às vezes, juntinho, sem que se possa ver quem vai dentro...

Eu compreendi vagamente. A cartomante queria chamar minha mulher de tílburi. Ora minha mulher um tílburi!...

Pedi que esclarecesse.

— Nada mais lhe digo. Saiba entender...

Ora bolas!... E, fiquei na mesma, com a metáfora da consulta e com a minha querida mulher que eu não tenho, que é entrar eu por uma porta ela sair por outra, como um fim de história de meninos.

Armas

POESIA

Fagundes Varela (1841-75)

Um dos maiores poetas do nosso romantismo, aqui pega em armas da sátira, e com certa lógica e boa mira.

Qual a mais forte das armas,
A mais firme, a mais certeira?
A lança, a espada, a clavina,
Ou a funda aventureira?
A pistola? O bacamarte?
A espingarda ou a flecha?
O canhão que em praça forte
Em dez minutos faz brecha?
Qual a mais firme das armas?
O terçado, a fisga, o virote?
A faca, o florete, o laço,
O punhal ou o chifarote?
A mais tremenda das armas,

Pior do que a durindana.
Atendei, meus bons amigos:
Se apelida: a língua humana.

Os brincos de Sara

CONTO

Alberto de Oliveira (1857-1937)

Um par de brincos pode dar pano pra manga? Ficcionalmente, sim, como acontece ou aconteceu neste conto do poeta Alberto de Oliveira, um dos fundadores da Academia Brasileira de Letras.

De perfil, como se via nesse momento, ali no salão, pareceu ao padre Jerônimo que a cabeça de Sara, a senhora do dr. Romualdo, sob o toque de luz refletida de cima, tinha qualquer coisa da cabeça das antigas judias de vastos cabelos de um loiro de searas ao sol. Via-a com bons olhos o padre e não era amiúde, era agora que ao pé da janela onde ficara, recebendo a fresca da noite, suspendia-se a conversação com a entrada de duas senhoras, vizinhas provavelmente, que acudiam à pequena festa familiar em casa do honrado coletor de rendas Pereira Nonato, por cuja fronte um ano mais e admiradores e amigos vinham desfolhar as rosas e as sentenças do estilo. A cabeça era, realmente, formosa, digna de inspirar verdadeiros rasgos de pena ou pincel, se houvesse artista nessa pobre cidade do interior e pelo tempo em que isto se dá.

Padre Jerônimo tinha descido os olhos do alto, do opulento toucado, onde notara um cambiar de reflexos de diamantes. E contornava agora o nácar da orelha, nua, junto à qual, numa estriga de ouro abandonada, brincavam os raios da luz. Devia ser uma pérola aquele pingo lácteo e brilhante que lá estava pendente do lobo — faltava-lhe a irmã, não a podia ver, mas a adivinhava, caindo do outro lado, da mesma altura, igual como iguais eram as orelhas que as suspendiam.

Com que fim foram inventados os brincos?... As damas, tanto as antigas como as modernas, lera em Plínio, costumam trazer arrecadas pelo prazer de ouvir o soído leve de suas pérolas junto do ouvido. Mas são Francisco de Sales, na *Vida devota*, diz que Isaque, o grande amigo de Deus, enviara um desses mimos com arras de seu amor à casta Rebeca, de onde concluí que esse ornamento místico significa que a primeira coisa que um marido deve alcançar da mulher, e que esta lhe deve fielmente guardar, é o ouvido, para que nenhum rumor ou linguagem aí penetre, senão o amável murmúrio das castas e púdicas palavras que são as pérolas orientais do Evangelho...

— Está triste, padre?

— Ah! Distraíra-me...

A pérola ficou um instante sem o miramento dos olhos do padre Jerônimo. A conversação reatara-se. Falava-se de política — aproximavam-se as eleições. Pereira Nonato esboçava a fisionomia do candidato da oposição.

— Vocês o conhecem, raso como uma calçada! Formou-se, é verdade, é doutor, doutor na asneira, como já ouvi dizer de um. Incapaz de sustentar uma discussão, incapaz de abrir a boca que não diga tolice, que irá ele fazer na Câmara, na hipótese de ser eleito?

— Qual eleito! Tão certo como ser hoje o dia que é, será derrotado!

— Homem, sempre tenho cá meu receio...

Vozes protestaram:

— Não alcança cem votos!

— Cem? Não alcança vinte!

— Será derrotado!

Romualdo era o candidato oficial. Falou-se de suas virtudes, de seu tino político, de sua capacidade. Um dos da roda, Argemiro Barbosa, bradava:

— Há de ser ele o eleito! Há de ser eleito o dr. Romualdo!

Ouvindo nomear o marido, Sara voltou-se na cadeira, onde se achava sentada. A pérola que estava do outro lado, a que o padre Jerônimo não tinha podido ver, mas adivinhava, caindo da mesma altura, igual como iguais eram as orelhas que as suspendiam, a ela e à irmã, surgiu desta vez aos seus olhos, dançando leve sob o pequeno lobo de nácar. Não eram as castas e pudicas palavras da Santa Escritura que andavam na sala, mas era o nome do dr. Romualdo. E padre Jerônimo achou natural que Sara voltasse a cabeça, natural mesmo que pregasse agradecida aquele par de olhos negros na figura tesa de Argemiro Barbosa que, enfiada a mão na cava do colete, rcpctia profético:

— Não tem que ver, há de ser eleito o dr. Romualdo!

Mas chegaram novas visitas — o Torres com a filha, o Lima da agência do correio, os dois Barros, a família Moreira, três senhoras acompanhadas de um rapaz gordo, o Moreirinha, muito baixo, achaparrado de corpo. Nonato adiantara-se para a porta e, todo inclinado, ia recebendo as felicitações. O salão animava-se. Aqui, ali, formavam-se grupos. Caras de criados irrompiam do corredor, espiando. De fora, pelas janelas abertas, entrava o ar da noite, impregnado de um cheiro de jasmins e de trepadeiras.

Súbito fez-se ouvir o piano e houve um remeximento geral no salão. Ensaiava-se o baile. Padre Jerônimo deu por falta de Argemiro Barbosa — relanceou os olhos e foi descobri-lo ao pé de Sara, segredando-lhe alguma coisa ao ouvido. Sara sorriu. Não eram certamente as castas e pudicas palavras de que fala a *Vida devota*, eram outras, manobras eleitorais, ou coisa que as valha. Modificação necessária dos tempos. A pérola, pois só se via uma, encoberta como estava a outra pelo queixo de Argemiro, dançava à ponta da orelha de nácar, às risadinhas de Sara, como justificando a opinião exarada em Plínio.

Mas, ao lado, na outra janela, cochichavam duas senhoras — eram as Moreiras, duas quarentonas que, segundo elas mesmas diziam, teimavam em ser solteiras, praguejando horrores contra o casamento, como calamidade que é. Padre Jerônimo ouviu de uma a palavra "escândalo", dita com ênfase, e desviou os olhos das arrecadas e dos olhos de Sara.

— Escândalo! A cidade está cheia dessa pouca-vergonha!

E a outra Moreira:

— Sei lá, nhá Angana! Há tanta intriga por este mundo!

Que pouca-vergonha seria essa a que se referia Feliciana Moreira? Padre Jerônimo aguçou o ouvido, mas era tarde, e a pianista, uma senhora de óculos, muito pálida e de longos dedos marmóreos e esguios, deu o sinal para a primeira quadrilha. Ergueram-se os pares, mas ao mesmo tempo, do lado de fora, junto à porta, irrompeu violenta algazarra, em que se ouviam protestos e vozes de injúria. Ameaçava-se.

— Racho-o! Ignorante é você!

Nonato, que acudira ao tumulto, pacificava:

— Que é isso, senhores? Mas que vem a ser isso? Calma!

Outros homens chegaram. Soube-se logo — uma questão política entre o Torres e o Moreirinha. Aquele exaltava os méritos do dr. Romualdo e este os do candidato da oposição. Daí o barulho. Mas o culpado era o Moreirinha — não se insulta assim, sem mais nem menos, a um homem de prestígio, como o dr. Romualdo. Aqui a requesta pareceu reacender-se de novo:

— Não insultei ninguém. Foi de você que partiu a afronta!

— Insultou. Esse é o vezo seu muito antigo.

— Ora, cale-se!

— Cale-se, não! Quem é você para me obrigar a calar?

— Bem, meus senhores, está acabado, está acabado. Dê-me seu braço, sr. Moreirinha.

Satisfeito por haver acalmado o distúrbio, Nonato afastou-se, tendo ao lado o valente oposicionista. Do salão, algumas senhoras tinham recuado assustadas, enfiando-se pelo corredor. Um ou outro cavalheiro tranquilizava-as. Padre Jerônimo, que chegara até a porta para saber o que havia, voltara ao fim de alguns minutos, resolvido a pedir o chapéu e retirar-se. Demais, eram horas — consultara o relógio. O chapéu estava num quarto, à direita, com os dos demais convidados. Lembrou-lhe, como melhor, não pedi-lo, mas ir pessoalmente buscá-lo. Adiantou-se. A porta achava-se meio fechada, impeliu-a. À luz que vinha da sala, dois vultos depararam-se-lhe à frente — um homem e uma senhora. O homem era Argemiro Barbosa.

— Procura seu chapéu, reverendo? Então já se vai? Olhe, deve ser este, aqui está.

— Obrigado.

Nessa noite, em casa, ao deitar-se, padre Jerônimo não pôde resistir à tentação de pensar alguns minutos nas formosas pérolas que a mulher de Romualdo trazia às orelhas. E a passagem de são Francisco de Sales acudiu-lhe de novo. A primeira coisa que um marido deve alcançar da mulher, e que esta lhe deve fielmente guardar, é o ouvido, para que nenhum rumor ou linguagem aí penetre, senão o amável murmúrio das castas e pudicas palavras que são as pérolas orientais do Evangelho.

O rei reina e não governa

POESIA

Tobias Barreto (1839-89)

"Muito bem! grita o macaco/ A gente vai ser feliz!" Jurista e pioneiro da sociologia brasileira, Tobias Barreto também escreveu versos, como a sátira bem inspirada que se vai ler, do tempo (hoje ainda?) em que "todas as bestas da terra" falavam a língua humana. (Vide parentesco com "Entre os antropoides", de Antônio Torres.)

Não sei por que a língua humana
Os brutos não falam mais,
Quando hoje têm melhor vida,
E há muita besta instruída
Nas ciências sociais...

Ultimamente entenderam
Que tinham também razão
De proclamar seus direitos,
Pondo em uso os bons efeitos
Que trouxe a Revolução...

"Seja o leão, diz o asno,
Um rei constitucional;
Com assembleias mudáveis,
Com ministros responsáveis,
Não nos pode fazer mal.

Fiquem-lhe as garras ocultas,
Não ruja, não erga a voz,
Conforme a tese moderna
Qu'ele reina e não governa,
Quem governa somos nós…

Todas as bestas da terra,
Todas as bestas do mar
Tenham os seus delegados,
Sendo os ministros tirados
Do seio parlamentar…"

"Muito bem! grita o macaco,
A gente vai ser feliz!
Respeito a ciência alheia;
Publicista de mão-cheia,
O burro sabe o que diz.

Todavia, acho difícil
Que dom Leão rugidor,
Sujeito à sede e à fome,
Queira ter somente o nome
De rei ou de imperador!…

Acostumado a pegar-nos
Com suas patas reais,
Calar-se, fingir-se fraco!…
Segundo penso eu… macaco…
Dom Leão não pode mais!"

Acode o asno: "Eu lhe explico,
Nada vai a objeção:
Se o rei viola o preceito,
Salvo nos fica o direito
De fazer revolução".

"Mestre burro, isto é asneira,
Palavrão de zurrador,
Esse direito é fumaça;
De que nos serve a ameaça,
Quando nos falta o valor?

Só vejo, que bem nos quadre
No trono, algum animal,
Que coma e viva deitado:
O porco!... Exemplo acabado
De rei constitucional..."

Sou da polícia secreta!

CRÔNICA

Machado de Assis (1839-1908)

Machado de Assis espalhou humor, em doses generosas ou homeopáticas, por toda a sua obra — contos, romances e mesmo em suas inúmeras crônicas, até hoje menos lidas do que mereciam. Aqui, no geral, vai uma boa amostragem desse seu espírito em vários ritmos e gêneros.

A *Folha Nova* afirma em seu número de ontem, na parte editorial, que os membros da polícia secreta, agora dissolvida, tinham o costume de gritar para se darem importância: Sou *polícia secreta!*

Pour un comble, voilà un comble. Há de haver alguma razão, igualmente secreta, para um caso tão fora das previsões normais. Por mais que a parafuse, não acho nada, mas vou trabalhar e um dia destes, se Deus quiser, atinando com a coisa, dou com ela no prelo.

Porquanto (e esta é a parte sublime do meu raciocínio), porquanto eu não creio que fosse a ideia de darem-se importância que levasse os *secretas* a descobrirem-se.

Conheci esses modestos funcionários. Não eram só modestos, eram também lógicos.

Nenhum deles bradaria que era secreta, com a intenção vaidosa de aparecer; mas, dado mesmo que quisessem fazê-lo, era inútil porque os *petrópolis* que traziam na mão definiam melhor do que os mais grossos livros do universo. Eu pergunto aos homens de boa vontade, razão clara e coração sincero: — Quando a gente via, na esquina, três ou quatro sujeitos encostadinhos da Silva, com fuzis nos olhos e *petrópolis* na mão, não sabia logo, não jurava que eram três ou quatro *secretas*?

Achei afinal a razão do fato que assombrou ao nosso colega e a nós. Peço ao leitor que espane primeiro as orelhas e faça convergir toda a atenção para o que eu vou dizer, que não é de compreensão fácil.

Os *secretas* compreenderam que a primeira condição de uma polícia secreta era ser secreta. Para isso era indispensável, não só que ninguém soubesse que eles eram *secretas*, como até que nem mesmo chegasse remotamente a suspeitá-lo. Como impedir a descoberta ou a desconfiança? De um modo simples: — gritando: Sou *secreta*! os *secretas* deixavam de ser *secretas*, e, sabendo o público que eles já não eram *secretas*, agora é que eles ficavam verdadeiramente *secretas*. Não sei se me entendem. Eu não entendi nada.

Mas, neste assunto, tudo o que se possa dizer não vale a cena, que se deu há cinco ou seis anos, na rua da Uruguaiana. Está nos jornais do tempo. Um grupo de homens do povo perseguia a um indivíduo, que acusavam de ter praticado um furto. Os perseguidores corriam, gritando: É *secreta*! É *secreta*! Perto da rua do Ouvidor, conseguem apanhar o fugitivo, e aparece um urbano. Este chega, olha para o perseguido, e, com um tom de repreensão amiga: — Deixa disso, Gaudêncio!

[...]

Um apólogo

CONTO

Machado de Assis (1839-1908)

Era uma vez uma agulha, que disse a um novelo de linha:

— Por que está você com esse ar, toda cheia de si, toda enrolada, para fingir que vale alguma coisa neste mundo?

— Deixe-me, senhora.

— Que a deixe? Que a deixe, por quê? Porque lhe digo que está com um ar insuportável? Repito que sim, e falarei sempre que me der na cabeça.

— Que cabeça, senhora? A senhora não é alfinete, é agulha. Agulha não tem cabeça. Que lhe importa o meu ar? Cada qual tem o ar que Deus lhe deu. Importe-se com a sua vida e deixe a dos outros.

— Mas você é orgulhosa.

— Decerto que sou.

— Mas por quê?

— É boa! Porque coso. Então os vestidos e enfeites de nossa ama, quem é que os cose, senão eu?

— Você? Esta agora é melhor. Você é que os cose? Você ignora que quem os cose sou eu, e muito eu?

— Você fura o pano, nada mais; eu é que coso, prendo um pedaço ao outro, dou feição aos babados...

136

— Sim, mas que vale isso? Eu é que furo o pano, vou adiante, puxando por você, que vem atrás, obedecendo ao que eu faço e mando...

— Também os batedores vão adiante do imperador.

— Você imperador?

— Não digo isso. Mas a verdade é que você faz um papel subalterno, indo adiante; vai só mostrando o caminho, vai fazendo o trabalho obscuro e ínfimo. Eu é que prendo, ligo, ajunto...

Estavam nisto, quando a costureira chegou à casa da baronesa. Não sei se disse que isto se passava em casa de uma baronesa, que tinha a modista ao pé de si, para não andar atrás dela. Chegou a costureira, pegou do pano, pegou da agulha, pegou da linha, enfiou a linha na agulha, e entrou a coser. Uma e outra iam andando orgulhosas, pelo pano adiante, que era a melhor das sedas, entre os dedos da costureira, ágeis como os galgos de Diana — para dar a isto uma cor poética. E dizia a agulha:

— Então senhora linha, ainda teima no que dizia há pouco? Não repara que esta distinta costureira só se importa comigo; eu é que vou aqui entre os dedos dela, unidinha a eles, furando abaixo e acima...

A linha não respondia nada; ia andando. Buraco aberto pela agulha era logo enchido por ela, silenciosa e ativa, como quem sabe o que faz, e não está para ouvir palavras loucas. A agulha, vendo que ela não lhe dava resposta, calou-se também, e foi andando. E era tudo silêncio na saleta de costura; não se ouvia mais que o *plic-plic-plic-plic* da agulha no pano. Caindo o sol, a costureira dobrou a costura, para o dia seguinte; continuou ainda nesse e no outro, até que no quarto acabou a obra, e ficou esperando o baile.

Veio a noite do baile, e a baronesa vestiu-se. A costureira, que a ajudou a vestir-se, levava a agulha espetada no corpinho, para dar algum ponto necessário. E enquanto compunha o vestido da bela dama, e puxava a um lado ou outro, arregaçava daqui ou dali, alisando, abotoando, acolchetando, a linha, para mofar da agulha, perguntou-lhe:

— Ora agora, diga-me, quem é que vai ao baile, no corpo da baronesa, fazendo parte do vestido e da elegância? Quem é que vai dançar com ministros e diplomatas, enquanto você volta para a caixinha da costureira, antes de ir para o balaio das mucamas? Vamos, diga lá.

Parece que a agulha não disse nada; mas um alfinete, de cabeça grande e não menor experiência, murmurou à pobre agulha: — Anda, aprende, tola.

Cansas-te em abrir caminho para ela e ela é que vai gozar da vida, enquanto aí ficas na caixinha de costura. Faze como eu, que não abro caminho para ninguém. Onde me espetam, fico.

Contei esta história a um professor de melancolia, que me disse, abanando a cabeça: — Também eu tenho servido de agulha a muita linha ordinária!

História comum

CONTO

Machado de Assis (1839-1908)

... Caí na copa do chapéu de um homem que passava... Perdoem-me este começo; é um modo de ser épico. Entro em plena ação. Já o leitor sabe que caí e caí na copa do chapéu de um homem que passava; resta dizer donde caí e por que caí.

Quanto à minha qualidade de alfinete, não é preciso insistir nela. Sou um simples alfinete vilão, modesto, não alfinete de adorno, mas de uso, desses com que as mulheres do povo pregam os lenços de chita, e as damas de sociedade os fichus, ou as flores, ou isto, ou aquilo. Aparentemente vale pouco um alfinete; mas, na realidade, pode exceder ao próprio vestido. Não exemplifico; o papel é pouco, não há senão o espaço de contar a minha aventura.

Tinha-me comprado uma triste mucama. O dono do armarinho vendeu-me, com mais onze irmãos, uma dúzia, por não sei quantos réis; coisa de nada. Que destino! Uma triste mucama. Felicidade, — este é o seu nome, — pegou no papel em que estávamos pregados, e meteu-o no baú. Não sei quanto tempo ali estive; saí um dia de manhã para pregar o lenço de chita que a mucama trazia ao pescoço. Como o lenço era novo, não fiquei grandemente desconsolado. E depois a mucama era asseada e estimada, vivia nos quartos das moças, era confidente de seus namoros e arrufos; enfim, não era um destino principesco, mas também não era um destino ignóbil.

Entre o peito da Felicidade e o recanto de uma mesa velha, que ela tinha na alcova, gastei uns cinco ou seis dias. De noite, era despregado e metido numa caixinha de papelão, ao canto da mesa; de manhã, ia da caixinha ao lenço. Monótono, é verdade; mas a vida dos alfinetes não é outra. Na véspera do dia em que se deu a minha aventura, ouvi falar de um baile no dia seguinte, em casa de um desembargador que fazia anos. As senhoras preparavam-se com esmero e afinco, cuidavam das rendas, sedas, luvas, flores, brilhantes, leques, sapatos; não se pensava em outra coisa senão no baile do desembargador. Bem quisera eu saber o que era um baile, e ir a ele; mas uma tal ambição podia nascer na cabeça de um alfinete, que não saía do lenço de uma triste mucama? — Certamente que não. O remédio era ficar em casa.

— Felicidade, diziam as moças, à noite, no quarto, dá cá o vestido. Felicidade, aperta o vestido. Felicidade, onde estão as outras meias?

— Que meias, nhanhã?

— As que estavam na cadeira...

— Uê! nhanhã! Estão aqui mesmo.

E Felicidade ia de um lado para outro, solícita, obediente, meiga, sorrindo a todas, abotoando uma, puxando as saias de outra, compondo a cauda desta, concertando o diadema daquela, tudo com um amor de mãe, tão feliz como se fossem suas filhas. E eu vendo tudo. O que me metia inveja eram os outros alfinetes. Quando os via ir da boca da mucama, que os tirava do toalete, para o corpo das moças, dizia comigo que era bem bom ser alfinete de damas e damas bonitas que iam às festas.

— Meninas, são horas!

— Lá vou, mamãe! disseram todas.

E foram, uma a uma, primeiro a mais velha, depois a mais moça, depois a do meio. Esta, por nome Clarinha, ficou arranjando uma rosa no peito, uma linda rosa; pregou-a e sorriu para a mucama:

— Hum! hum! resmungou esta. Seu Florêncio hoje fica de queixo caído...

Clarinha olhou para o espelho, e repetiu consigo a profecia da mucama. Digo isso, não só porque me pareceu vê-lo no sorriso da moça, como porque ela voltou-se pouco depois para a mucama, e respondeu sorrindo:

— Pode ser.

— Pode ser? Vai ficar mesmo.

— Clarinha, só se espera por você!

— Pronta, mamãe!

Tinha prendido a rosa, às pressas, e saiu.

Na sala estava a família, dois carros à porta; desceram, enfim, e Felicidade com elas, até a porta da rua. Clarinha foi com a mãe no segundo carro; no primeiro foi o pai com as outras duas filhas. Clarinha calçava as luvas, a mãe dizia que era tarde; entraram; mas, ao entrar caiu a rosa do peito da moça. Consternação desta; teima da mãe que era tarde, que não valia a pena gastar tempo em pregar a rosa outra vez. Mas Clarinha pedira que se demorasse um instante, um instante só, e disse à mucama que fosse buscar um alfinete.

— Não é preciso, sinhá; aqui está um.

Um era eu. Que alegria a de Clarinha! Com que alvoroço me tomou entre os dedinhos, e me meteu entre os dentes, enquanto descalçava as luvas. Descalçou-as; pregou comigo a rosa, e o carro partiu. Lá me vou no peito de uma linda moça, prendendo uma bela rosa, com destino ao baile de um desembargador. Façam-me o favor de dizer se Bonaparte teve mais rápida ascensão. Não há dois minutos toda a minha prosperidade era o lenço pobre de uma pobre mucama. Agora, peito de moça bonita, vestido de seda, carro, baile, lacaio que abre a portinhola, cavalheiro que dá o braço à moça, que a leva escada acima, uma escada forrada de tapetes, lavada de luzes, aromada de flores... Ah! enfim! eis-me no meu lugar.

Estamos na terceira valsa. O par de Clarinha é o dr. Florêncio, um rapaz bonito, bigode negro, que a aperta muito e anda à roda como um louco. Acabada a valsa, fomos passear os três, ele murmurando-lhe coisas meigas, ela arfando de cansaço e comoção, e eu fixo, teso, orgulhoso. Seguimos para a janela. O dr. Florêncio declarou que era tempo de autorizá-lo a pedi-la.

— Não se vexe: não é preciso que me diga nada; basta que me aperte a mão.

Clarinha apertou-lhe a mão; ele levou-a à boca e beijou-a; ela olhou assustada para dentro.

— Ninguém vê, continuou o dr. Florêncio; amanhã mesmo escreverei a seu pai.

Conversaram ainda uns dez minutos, suspirando coisas deliciosas, com as mãos presas. O coração dela batia! Eu, que lhe ficava em cima, é que sentia as pancadas do pobre coração. Pudera! Noiva entre duas valsas. Afinal, como era mister voltar à sala, ele pediu-lhe um penhor, a rosa que trazia ao peito.

— Tome...

E despregando a rosa, deu-a ao namorado, atirando-me, com a maior indiferença, à rua... Caí na copa do chapéu de um homem que passava e...

IV. HUMORES DA REPÚBLICA VELHA

Esaú e Jacó

"A TABULETA"/ TRECHO DO ROMANCE

Machado de Assis (1839-1908)

A passagem da Monarquia à República vista através de uma tabuleta ("tabo-leta") comercial. A ação se passa entre o "último baile da Ilha Fiscal", aludido na primeira frase, e a Proclamação da República. O narrador, em outra parte do romance, observa: "As virtudes devem ser grandes e as anedotas engraçadas. Também as há banais, mas a mesma banalidade na boca de um bom narrador faz-se rara e preciosa".

XLIX. TABULETA VELHA

Toda a gente voltou da ilha com o baile na cabeça, muita sonhou com ele, alguma dormiu mal ou nada. Aires foi dos que acordaram tarde; eram onze horas. Ao meio-dia almoçou; depois escreveu no *Memorial* as impressões da véspera, notou várias espáduas, fez reparos políticos e acabou com as palavras que lá ficam no cabo do outro capítulo. Fumou, leu, até que resolveu ir à rua do Ouvidor. Como chegasse à vidraça de uma das janelas da frente, viu à porta da confeitaria uma figura inesperada, o velho Custódio, cheio de melancolia. Era tão novo o espetáculo que ali se deixou estar por alguns instantes;

145

foi então que o confeiteiro, levantando os olhos, deu com ele entre as cortinas, e enquanto Aires voltava para dentro, Custódio atravessou a rua e entrou-lhe em casa.

— Que suba — disse o conselheiro ao criado.

Custódio foi recebido com a benevolência de outros dias e um pouco mais de interesse. Aires queria saber o que é que o entristecia.

— Vim para contá-lo a V. Ex.ª; é a tabuleta.

— Que tabuleta?

— Queira V. Ex.ª ver por seus olhos, disse o confeiteiro, pedindo-lhe o favor de ir à janela.

— Não vejo nada.

— Justamente, é isso mesmo. Tanto me aconselharam que fizesse reformar a tabuleta que afinal consenti, e fi-la tirar por dois empregados. A vizinhança veio para a rua assistir ao trabalho e parecia rir de mim. Já tinha falado a um pintor da rua da Assembleia; não ajustei o preço porque ele queria ver primeiro a obra. Ontem, à tarde, lá foi um caixeiro, e sabe V. Ex.ª o que me mandou dizer o pintor? Que a tábua está velha, e precisa outra; a madeira não aguenta tinta. Lá fui às carreiras. Não pude convencê-lo de pintar na mesma madeira; mostrou-me que estava rachada e comida de bichos. Pois cá debaixo não se via. Teimei que pintasse assim mesmo; respondeu-me que era artista e não faria obra que se estragasse logo.

— Pois reforme tudo. Pintura nova em madeira velha não vale nada. Agora verá que dura pelo resto da nossa vida.

— A outra também durava; bastava só avivar as letras.

Era tarde, a ordem fora expedida, a madeira devia estar comprada, serrada e pregada, pintado o fundo para então se desenhar e pintar o título. Custódio não disse que o artista lhe perguntara pela cor das letras, se vermelha, se amarela, se verde em cima de branco ou vice-versa, e que ele, cautelosamente, indagara do preço de cada cor para escolher as mais baratas. Não interessa saber quais foram.

Quaisquer que fossem as cores, eram tintas novas, tábuas novas, uma reforma que ele, mais por economia que por afeição, não quisera fazer; mas a afeição valia muito. Agora que ia trocar de tabuleta sentia perder algo do corpo — coisa que outros do mesmo ou diverso ramo de negócio não compreenderiam, tal gosto acham em renovar as casas e fazer crescer com elas a nomeada. São naturezas. Aires ia pensando em escrever uma Filosofia das Tabuletas, na qual poria tais e outras observações, mas nunca deu começo à obra.

— V. Ex.ª há de me perdoar o incômodo que lhe trouxe, vindo contar-lhe isto, mas V. Ex.ª é sempre tão bom comigo, fala-me com tanta amizade, que eu me atrevi... Perdoa-me, sim?

— Sim, homem de Deus.

— Conquanto V. Ex.ª aprove a reforma da tabuleta, sentirá comigo a separação da outra, a minha amiga velha, que nunca me deixou, que eu, nas noites de luminárias, por S. Sebastião e outras, fazia aparecer aos olhos da gente. V. Ex.ª, quando se aposentou, veio achá-la no mesmo lugar em que a deixou por ocasião de ser nomeado. E tive alma para me separar dela!

— Está bom, lá vai; agora é receber a nova, e verá como daqui a pouco são amigos.

Custódio saiu recuando, como era seu costume, e desceu trôpego as escadas. Diante da confeitaria deteve-se um instante, para ver o lugar onde estivera a tabuleta velha. Deveras, tinha saudades.

[...]

LXIII. TABULETA NOVA

Referido o que lá fica atrás, Custódio confessou tudo o que perdia no título e na despesa, o mal que lhe trazia a conservação do nome da casa, a impossibilidade de achar outro, um abismo, em suma. Não sabia que buscasse; faltava-lhe invenção e paz de espírito. Se pudesse, liquidava a confeitaria. E afinal que tinha ele com política? Era um simples fabricante e vendedor de doces, estimado, afreguesado, respeitado, e principalmente respeitador da ordem pública...

— Mas o que é que há? — perguntou Aires.

— A república está proclamada.

— Já há governo?

— Penso que já; mas diga-me, V. Ex.ª ouviu alguém acusar-me jamais de atacar o governo? Ninguém. Entretanto... Uma fatalidade! Venha em meu socorro, Excelentíssimo. Ajude-me a sair deste embaraço. A tabuleta está pronta, o nome todo pintado. — "Confeitaria do Império", a tinta é viva e bonita. O pintor teima em que lhe pague o trabalho, para então fazer outro. Eu, se a obra não estivesse acabada, mudava de título, por mais que me custasse, mas hei de perder o dinheiro que gastei? V. Ex.ª crê que, se ficar "Império", venham quebrar-me as vidraças?

— Isso não sei.

— Realmente, não há motivo; é o nome da casa, nome de trinta anos, ninguém a conhece de outro modo…

— Mas pode pôr "Confeitaria da República"…

— Lembrou-me isso, em caminho, mas também me lembrou que, se daqui a um ou dois meses, houver nova reviravolta, fico no ponto em que estou hoje, e perco outra vez o dinheiro.

— Tem razão… Sente-se.

— Estou bem.

— Sente-se e fume um charuto.

Custódio recusou o charuto, não fumava. Aceitou a cadeira. Estava no gabinete de trabalho, em que algumas curiosidades lhe chamariam a atenção, se não fosse o atordoamento do espírito. Continuou a implorar o socorro do vizinho. S. Ex.ª, com a grande inteligência que Deus lhe dera, podia salvá-lo. Aires propôs-lhe um meio-termo, um título que iria com ambas as hipóteses — "Confeitaria do Governo".

— Tanto serve para um regímen como para outro.

— Não digo que não, e, a não ser a despesa perdida… Há, porém, uma razão contra. V. Ex.ª sabe que nenhum governo deixa de ter oposição. As oposições, quando descerem à rua, podem implicar comigo, imaginar que as desafio, e quebrarem-me a tabuleta; entretanto, o que eu procuro é o respeito de todos.

Aires compreendeu bem que o terror ia com a avareza. Certo, o vizinho não queria barulhos à porta, nem malquerenças gratuitas, nem ódios de quem quer que fosse; mas, não o afligia menos a despesa que teria de fazer de quando em quando, se não achasse um título definitivo, popular e imparcial. Perdendo o que tinha, já perdia a celebridade, além de perder a pintura e pagar mais dinheiro. Ninguém lhe compraria uma tabuleta condenada. Já era muito ter o nome e o título no Almanaque de *Laemmert*, onde podia lê-lo algum abelhudo e ir com outros, puni-lo do que estava impresso desde o princípio do ano...

— Isso não — interrompeu Aires; o senhor não há de recolher a edição de um almanaque.

E depois de alguns instantes:

— Olhe, dou-lhe uma ideia, que pode ser aproveitada, e, se não a achar boa, tenho outra à mão, e será a última. Mas eu creio que qualquer delas serve. Deixe a tabuleta pintada como está, e à direita, na ponta, por baixo do título, mande escrever estas palavras que explicam o título: "Fundada em 1860". Não foi em 1860 que abriu a casa?

— Foi, respondeu Custódio.

— Pois...

Custódio refletia. Não se lhe podia ler *sim* nem *não*; atônito, a boca entreaberta, não olhava para o diplomata, nem para o chão, nem para as paredes ou móveis, mas para o ar. Como Aires insistisse, ele acordou e confessou que a ideia era boa. Realmente, mantinha o título e tirava-lhe o sedicioso, que crescia com o fresco da pintura. Entretanto, a outra ideia podia ser igual ou melhor, e quisera comparar as duas.

— A outra ideia não tem a vantagem de pôr a data à fundação da casa, tem só a de definir o título, que fica sendo o mesmo, de uma maneira alheia ao regímen. Deixe-lhe estar a palavra *império* e acrescente-lhe embaixo, ao centro, estas duas, que não precisam ser graúdas: *das leis*. Olhe, assim, concluiu Aires sentando-se à secretária, e escrevendo em uma tira de papel o que dizia.

Custódio leu, releu e achou que a ideia era útil; sim, não lhe parecia má. Só lhe viu um defeito; sendo as letras de baixo menores, podiam não ser lidas tão depressa e claramente como as de cima, e estas é que se meteriam pelos olhos ao que passasse. Daí a que algum político ou sequer inimigo pessoal não entendesse logo e... A primeira ideia, bem considerada, tinha o mesmo mal, e ainda este outro: pareceria que o confeiteiro, marcando a data da fundação, fazia timbre em ser antigo. Quem sabe se não era pior que nada?

— Tudo é pior que nada.

— Procuremos.

Aires achou outro título, o nome da rua, "Confeitaria do Catete", sem advertir que, havendo outra confeitaria na mesma rua, era atribuir exclusivamente à do Custódio a designação local. Quando o vizinho lhe fez tal ponderação, Aires achou-a justa, e gostou de ver a delicadeza de sentimentos do homem; mas logo depois descobriu que o que fez falar o Custódio foi a ideia de que esse título ficava comum às duas casas. Muita gente não atinaria com o título escrito, e compraria na primeira que lhe ficasse à mão, de maneira que só ele faria as despesas da pintura e ainda por cima perdia a freguesia. Ao perceber isto, Aires não admirou menos a sagacidade de um homem que em meio de tantas tribulações, contava os maus frutos de um equívoco. Disse-lhe então que o melhor seria pagar a despesa feita e não pôr nada, a não ser que preferisse o seu próprio nome: "Confeitaria do Custódio". Muita gente certamente lhe não conhecia a casa por outra designação. Um nome, o próprio nome do dono, não tinha significação política ou figuração histórica, ódio nem amor, nada que chamasse a atenção dos dois regímens, e conseguintemente que pusesse em perigo os seus pastéis de Santa Clara, menos ainda a vida do proprietário e dos empregados. Por que é que não adotava esse alvitre? Gastava alguma coisa com a troca de uma palavra por outra, *Custódio* em vez de *Império*, mas as revoluções trazem sempre despesas.

— Sim, vou pensar, Excelentíssimo. Talvez convenha esperar um ou dois dias, a ver em que param as modas, disse Custódio agradecendo.

Curvou-se, recuou e saiu. Aires foi à janela para vê-lo atravessar a rua. Imaginou que ele levaria da casa do ministro aposentado um lustre particular que faria esquecer por instantes a crise da tabuleta. Nem tudo são despesas na vida, e a glória das relações podia amaciar as agruras deste mundo. Não acertou desta vez. Custódio atravessou a rua, sem parar nem olhar para trás, e enfiou pela confeitaria dentro com todo o seu desespero.

LXIV. PAZ!

Que, em meio de tão graves sucessos, Aires tivesse bastante pausa e claridade para imaginar tal descoberta no vizinho, só se pode explicar pela incredulidade com que recebera as notícias. A própria aflição de Custódio não lhe dera fé. Vira nascer e morrer muito boato falso. Uma de suas máximas é que o homem vive para espalhar a primeira invenção de rua, e que tudo se fará crer a cem pessoas juntas ou separadas. Só às duas horas da tarde, quando Santos lhe entrou em casa, acreditou na queda do império.

— É verdade, conselheiro, vi descer as tropas pela rua do Ouvidor, ouvi as aclamações à república. As lojas estão fechadas, os bancos também, e o pior é se se não abrem mais, se vamos cair na desordem pública; é uma calamidade. [...]

Ideias de canário

CONTO

Machado de Assis (1839-1908)

Um homem dado a estudos de ornitologia, por nome Macedo, referiu a alguns amigos um caso tão extraordinário que ninguém lhe deu crédito. Alguns chegam a supor que Macedo virou o juízo. Eis aqui o resumo da narração.

No princípio do mês passado, — disse ele, — indo por uma rua, sucedeu que um tílburi à disparada, quase me atirou ao chão. Escapei saltando para dentro de uma loja de belchior. Nem o estrépito do cavalo e do veículo, nem a minha entrada fez levantar o dono do negócio, que cochilava ao fundo, sentado numa cadeira de abrir. Era um frangalho de homem, barba cor de palha suja, a cabeça enfiada em um gorro esfarrapado, que provavelmente não achara comprador. Não se adivinhava nele nenhuma história, como podiam ter alguns dos objetos que vendia, nem se lhe sentia a tristeza austera e desenganada das vidas que foram vidas.

A loja era escura, atulhada das coisas velhas, tortas, rotas, enxovalhadas, enferrujadas que de ordinário se acham em tais casas, tudo naquela meia desordem própria do negócio. Essa mistura, posto que banal, era interessante. Panelas sem tampa, tampas sem panela, botões, sapatos, fechaduras, uma saia preta, chapéus de palha e de pelo, caixilhos, binóculos, meias casacas, um florete, um cão empalhado, um par de chinelas, luvas, vasos sem nome, dragonas, uma bolsa de veludo, dois cabides, um bodoque, um termômetro, cadeiras, um retrato litografado pelo finado Sisson, um gamão, duas máscaras de arame para o carnaval que há de vir, tudo isso e o mais que não vi ou não me ficou de memória, enchia a loja nas imediações da porta, encostado, pendurado ou exposto em caixas de vidro, igualmente velhas. Lá para dentro, havia outras coisas mais e muitas, e do mesmo aspecto, dominando os objetos grandes, cômodas, cadeiras, camas, uns por cima dos outros, perdidos na escuridão.

Ia a sair, quando vi uma gaiola pendurada da porta. Tão velha como o resto, para ter o mesmo aspecto da desolação geral, faltava-lhe estar vazia. Não estava vazia. Dentro pulava um canário. A cor, a animação e a graça do passarinho davam àquele amontoado de destroços uma nota de vida e de mocidade. Era o último passageiro de algum naufrágio, que ali foi parar íntegro e alegre como dantes. Logo que olhei para ele, entrou a saltar mais, abaixo e acima, de poleiro em poleiro, como se quisesse dizer que no meio daquele cemitério brincava um raio de sol. Não atribuo essa imagem ao canário, senão porque falo a gente retórica; em verdade, ele não pensou em cemitério nem sol, segundo me disse depois. Eu, de envolta com o prazer que me trouxe aquela vista, senti-me indignado do destino do pássaro, e murmurei baixinho palavras de azedume.

— Quem seria o dono execrável deste bichinho, que teve ânimo de se desfazer dele por alguns pares de níqueis? Ou que mão indiferente, não querendo guardar esse companheiro de dono defunto, o deu de graça a algum pequeno, que o vendeu para ir jogar uma quiniela?

E o canário, quedando-se em cima do poleiro, trilou isto:

— Quem quer que sejas tu, certamente não estás em teu juízo. Não tive dono execrável, nem fui dado a nenhum menino que me vendesse. São imaginações de pessoa doente; vai-te curar, amigo...

— Como? interrompi eu, sem ter tempo de ficar espantado. Então o teu dono não te vendeu a esta casa? Não foi a miséria ou a ociosidade que te trouxe a este cemitério, como um raio de sol?

— Não sei que seja sol nem cemitério. Se os canários que tens visto usam do primeiro desses nomes, tanto melhor, porque é bonito, mas estou que confundes.

— Perdão, mas tu não vieste para aqui à toa, sem ninguém, salvo se o teu dono foi sempre aquele homem que ali está sentado.

— Que dono? Esse homem que aí está é meu criado, dá-me água e comida todos os dias, com tal regularidade que eu, se devesse pagar-lhe os serviços, não seria com pouco; mas os canários não pagam criados. Em verdade, se o mundo é propriedade dos canários, seria extravagante que eles pagassem o que está no mundo.

Pasmado das respostas, não sabia que mais admirar, se a linguagem, se as ideias. A linguagem, posto me entrasse pelo ouvido como de gente, saía do bicho em trilos engraçados. Olhei em volta de mim, para verificar se estava acordado; a rua era a mesma, a loja era a mesma loja escura, triste e úmida. O canário, movendo a um lado e outro, esperava que eu lhe falasse. Perguntei-lhe então se tinha saudades do espaço azul e infinito...

— Mas, caro homem, trilou o canário, que quer dizer espaço azul e infinito?

— Mas, perdão, que pensas deste mundo? Que coisa é o mundo?

— O mundo, redarguiu o canário com certo ar de professor, o mundo é uma loja de belchior, com uma pequena gaiola de taquara, quadrilonga, pendente de um prego; o canário é senhor da gaiola que habita e da loja que o cerca. Fora daí, tudo é ilusão e mentira.

Nisto acordou o velho, e veio a mim arrastando os pés. Perguntou-me se queria comprar o canário. Indaguei se o adquirira, como o resto dos objetos que vendia, e soube que sim, que o comprara a um barbeiro, acompanhado de uma coleção de navalhas.

— As navalhas estão em muito bom uso, concluiu ele.

— Quero só o canário.

Paguei-lhe o preço, mandei comprar uma gaiola vasta, circular, de madeira e arame, pintada de branco, e ordenei que a pusessem na varanda da minha casa, donde o passarinho podia ver o jardim, o repuxo e um pouco do céu azul.

Era meu intuito fazer um longo estudo do fenômeno, sem dizer nada a ninguém, até poder assombrar o século com a minha extraordinária descoberta. Comecei por alfabetar a língua do canário, por estudar-lhe a estrutura, as relações com a música, os sentimentos estéticos do bicho, as suas ideias e reminiscências. Feita essa análise filológica e psicológica, entrei propriamente na história dos canários, na origem deles, primeiros séculos, geologia e flora das ilhas Canárias, se ele tinha conhecimento da navegação etc. Conversávamos longas horas, eu escrevendo as notas, ele esperando, saltando, trilando.

Não tenho mais família que dois criados, ordenava-lhes que não me interrompessem, ainda por motivo de alguma carta ou telegrama urgente, ou visita de importância. Sabendo ambos das minhas ocupações científicas, acharam natural a ordem, e não suspeitaram que o canário e eu nos entendíamos.

Não é mister dizer que dormia pouco, acordava duas ou três vezes por noite, passeava à toa, sentia-me com febre. Afinal tornava ao trabalho, para reler, acrescentar, emendar. Retifiquei mais de uma observação, — ou por havê-la entendido mal, ou porque ele não a tivesse expresso claramente. A definição do mundo foi uma delas. Três semanas depois da entrada do canário em minha casa, pedi-lhe que me repetisse a definição do mundo.

— O mundo, respondeu ele, é um jardim assaz largo com repuxo no meio, flores e arbustos, alguma grama, ar claro e um pouco de azul por cima; o canário, dono do mundo, habita uma gaiola vasta, branca e circular, donde mira o resto. Tudo o mais é ilusão e mentira.

Também a linguagem sofreu algumas retificações, e certas conclusões, que me tinham parecido simples, vi que eram temerárias. Não podia ainda escrever a memória que havia de mandar ao Museu Nacional, ao Instituto Histórico e às universidades alemãs, não porque faltasse matéria, mas para acumular primeiro todas as observações e ratificá-las. Nos últimos dias, não saía de casa, não respondia a cartas, não quis saber de amigos nem parentes. Todo eu era canário. De manhã, um dos criados tinha a seu cargo limpar a gaiola e pôr-lhe água e comida. O passarinho não lhe dizia nada, como se soubesse que a esse homem faltava qualquer preparo científico. Também o serviço era o mais sumário do mundo; o criado não era amador de pássaros.

Um sábado amanheci enfermo, a cabeça e a espinha doíam-me. O médico ordenou absoluto repouso; era excesso de estudo, não devia ler nem pensar, não devia saber sequer o que se passava na cidade e no mundo. Assim fiquei cinco dias; no sexto levantei-me, e só então soube que o canário, estando o criado a tratar dele, fugira da gaiola. O meu primeiro gesto foi para esganar o criado; a indignação sufocou-me, caí na cadeira, sem voz, tonto. O culpado defendeu-se, jurou que tivera cuidado, o passarinho é que fugira por astuto...

— Mas não o procuraram?

— Procuramos, sim, senhor; a princípio trepou ao telhado, trepei também, ele fugiu, foi para uma árvore, depois escondeu-se não sei onde. Tenho indagado desde ontem, perguntei aos vizinhos, aos chacareiros, ninguém sabe nada.

Padeci muito; felizmente, a fadiga estava passada, e com algumas horas pude sair à varanda e ao jardim. Nem sombra de canário. Indaguei, corri, anunciei, e nada. Tinha já recolhido as notas para compor a memória, ainda que truncada e incompleta, quando me sucedeu visitar um amigo, que ocupa uma das mais belas e grandes chácaras dos arrabaldes. Passeávamos nela antes de jantar, quando ouvi trilar esta pergunta:

— Viva, Sr. Macedo, por onde tem andado que desapareceu?

Era o canário; estava no galho de uma árvore. Imaginem como fiquei, e o que lhe disse. O meu amigo cuidou que eu estivesse doido; mas que me importavam cuidados de amigos? Falei ao canário com ternura, pedi-lhe que viesse continuar a conversação, naquele nosso mundo composto de um jardim e repuxo, varanda e gaiola branca e circular…

— Que jardim? que repuxo?

— O mundo, meu querido.

— Que mundo? Tu não perdes os maus costumes de professor. O mundo, concluiu solenemente, é um espaço infinito e azul, com o sol por cima.

Indignado, retorqui-lhe que, se eu lhe desse crédito, o mundo era tudo; até já fora uma loja de belchior…

— De belchior? trilou ele às bandeiras despregadas. Mas há mesmo lojas de belchior?

O dicionário

CONTO

Machado de Assis (1839-1908)

Era uma vez um tanoeiro, demagogo, chamado Bernardino, o qual em cosmografia professava a opinião de que este mundo é um imenso tonel de marmelada, e em política pedia o trono para a multidão. Com o fim de a pôr ali, pegou de um pau, concitou os ânimos e deitou abaixo o rei; mas, entrando no paço, vencedor e aclamado, viu que o trono só dava para uma pessoa, e cortou a dificuldade sentando-se em cima.

— Em mim, bradou ele, podeis ver a multidão coroada. Eu sou vós, vós sois eu.

O primeiro ato do novo rei foi abolir a tanoaria, indenizando os tanoeiros, prestes a derrubá-lo, com o título de Magníficos. O segundo foi declarar que, para maior lustre da pessoa e do cargo, passava a chamar-se, em vez de Bernardino, Bernardão. Particularmente encomendou uma genealogia a um grande doutor dessas matérias, que em pouco mais de uma hora o entroncou a um tal ou qual general romano do século IV, Bernardus Tanoarius; — nome que deu lugar à controvérsia, que ainda dura, querendo uns que o rei Bernardão tivesse sido tanoeiro, e outros que isto não passe de uma confusão deplorável com o nome do fundador da família. Já vimos que esta segunda opinião é a única verdadeira.

Como era calvo desde verdes anos, decretou Bernardão que todos os seus súditos fossem igualmente calvos, ou por natureza ou por navalha, e fundou esse ato em uma razão de ordem política, a saber, que a unidade moral do Estado pedia a conformidade exterior das cabeças. Outro ato em que revelou igual sabedoria, foi o que ordenou que todos os sapatos do pé esquerdo tivessem um pequeno talho no lugar correspondente ao dedo mínimo, dando assim aos seus súditos o ensejo de se parecerem com ele, que padecia de um calo. O uso dos óculos em todo o reino não se explica de outro modo, senão por uma oftalmia que afligiu a Bernardão, logo no segundo ano do reinado. A doença levou-lhe um olho, e foi aqui que se revelou a vocação poética de Bernardão, porque, tendo-lhe dito um dos seus dois ministros, chamado Alfa, que a perda de um olho o fazia igual a Aníbal, — comparação que o lisonjeou muito, — o segundo ministro, Ômega, deu um passo adiante, e achou-o superior a Homero, que perdera ambos os olhos. Esta cortesia foi uma revelação; e como isto prende com o casamento, vamos ao casamento.

Tratava-se, em verdade, de assegurar a dinastia dos Tanoarius. Não faltavam noivas ao novo rei, mas nenhuma lhe agradou tanto como a moça Estrelada, bela, rica e ilustre. Esta senhora, que cultivava a música e a poesia, era requestada por alguns cavalheiros, e mostrava-se fiel à dinastia decaída. Bernardão ofereceu-lhe as coisas mais suntuosas e raras, e, por outro lado, a família bradava-lhe que uma coroa na cabeça valia mais que uma saudade no coração; que não fizesse a desgraça dos seus, quando o ilustre Bernardão lhe acenasse com o principado; que os tronos não andavam a rodo, e mais isto, e mais aquilo. Estrelada, porém, resistia à sedução.

Não resistiu muito tempo, mas também não cedeu tudo. Como entre os seus candidatos preferia secretamente um poeta, declarou que estava pronta a casar, mas seria com quem lhe fizesse o melhor madrigal, em concurso. Bernardão aceitou a cláusula, louco de amor e confiado em si: tinha mais um olho que Homero, e fizera a unidade dos pés e das cabeças.

Concorreram ao certame, que foi anônimo e secreto, vinte pessoas. Um dos madrigais foi julgado superior aos outros todos; era justamente o do poeta amado. Bernardão anulou por um decreto o concurso, e mandou abrir outro; mas então, por uma inspiração de insigne maquiavelismo, ordenou que não se empregassem palavras que tivessem menos de trezentos anos de idade.

Nenhum dos concorrentes estudara os clássicos: era o meio provável de os vencer.

Não venceu ainda assim porque o poeta amado leu à pressa o que pôde, e o seu madrigal foi outra vez o melhor. Bernardão anulou esse segundo concurso; e, vendo que no madrigal vencedor as locuções antigas davam singular graça aos versos, decretou que só se empregassem as modernas e particularmente as da moda. Terceiro concurso, e terceira vitória do poeta amado.

Bernardão, furioso, abriu-se com os dois ministros, pedindo-lhes um remédio pronto e enérgico, porque, se não ganhasse a mão de Estrelada, mandaria cortar trezentas mil cabeças. Os dois, tendo consultado algum tempo, voltaram com este alvitre:

— Nós, Alfa e Ômega, estamos designados pelos nossos nomes para as coisas que respeitam à linguagem. A nossa ideia é que Vossa Sublimidade mande recolher todos os dicionários e nos encarregue de compor um vocabulário novo que lhe dará a vitória.

Bernardão assim fez, e os dois meteram-se em casa durante três meses, findos os quais depositaram nas augustas mãos a obra acabada, um livro a que chamaram Dicionário de Babel, porque era realmente a confusão das letras. Nenhuma locução se parecia com a do idioma falado, as consoantes trepavam nas consoantes, as vogais diluíam-se nas vogais, palavras de duas sílabas tinham agora sete e oito, e vice-versa, tudo trocado, misturado, nenhuma energia, nenhuma graça, uma língua de cacos e trapos.

— Obrigue Vossa Sublimidade esta língua por um decreto, e está tudo feito.

Bernardão concedeu um abraço e uma pensão a ambos, decretou o vocabulário, e declarou que ia fazer-se o concurso definitivo para obter a mão da bela Estrelada. A confusão passou do dicionário aos espíritos; toda a gente andava atônita. Os farsolas cumprimentavam-se na rua pela novas locuções: diziam, por exemplo, em vez de: *Bom dia, como passou? — Pflerrgpxx, rouph, aa?* A própria dama, temendo que o poeta amado perdesse afinal a campanha, propôs-lhe que fugissem; ele, porém, respondeu que ia ver primeiro se podia fazer alguma coisa. Deram noventa dias para o novo concurso e recolheram-se vinte madrigais. O melhor deles, apesar da língua bárbara, foi o do poeta amado. Bernardão, alucinado, mandou cortar as mãos aos dois ministros e foi a única vingança. Estrelada era tão admiravelmente bela, que ele não se atreveu a magoá-la, e cedeu.

Desgostoso, encerrou-se oito dias na biblioteca, lendo, passeando ou meditando. Parece que a última coisa que leu foi uma sátira do poeta Garção, e especialmente estes versos, que pareciam feitos de encomenda:

O raro Apeles,
Rubens e Rafael, inimitáveis
Não se fizeram pela cor das tintas;
A mistura elegante os fez eternos.

Teoria do medalhão

Diálogo

CONTO

Machado de Assis (1839-1908)

— Estás com sono?

— Não, senhor.

— Nem eu; conversemos um pouco. Abre a janela. Que horas são?

— Onze.

— Saiu o último conviva do nosso modesto jantar. Com que, meu peralta, chegaste aos teus vinte e um anos. Há vinte e um anos, no dia 5 de agosto de 1854, vinhas tu à luz, um pirralho de nada, e estás homem, longos bigodes, alguns namoros…

— Papai…

— Não te ponhas com denguices, e falemos como dois amigos sérios. Fecha aquela porta; vou dizer-te coisas importantes. Senta-te e conversemos. Vinte e um anos, algumas apólices, um diploma, podes entrar no parlamento, na magistratura, na imprensa, na lavoura, na indústria, no comércio, nas letras ou nas artes. Há infinitas carreiras diante de ti. Vinte e um anos, meu rapaz, formam apenas a primeira sílaba do nosso destino. Os mesmos Pitt e Napoleão, apesar de precoces, não foram tudo aos vinte e um anos. Mas, qualquer que seja a profissão da tua escolha, o meu desejo é que te faças grande e ilustre, ou pelo menos notável, que te levantes acima da obscuridade comum.

A vida, Janjão, é uma enorme loteria; os prêmios são poucos, os malogrados inúmeros, e com os suspiros de uma geração é que se amassam as esperanças de outra. Isto é a vida; não há planger, nem imprecar, mas aceitar as coisas integralmente, com seus ônus e percalços, glórias e desdouros, e ir por diante.

— Sim, senhor.

— Entretanto, assim como é de boa economia guardar um pão para a velhice, assim também é de boa prática social acautelar um ofício para a hipótese de que os outros falhem, ou não indenizem suficientemente o esforço da nossa ambição. É isto o que te aconselho hoje, dia da tua maioridade.

— Creia que lhe agradeço; mas que ofício, não me dirá?

— Nenhum me parece mais útil e cabido que o de medalhão. Ser medalhão foi o sonho da minha mocidade; faltaram-me, porém, as instruções de um pai, e acabo como vês, sem outra consolação e relevo moral, além das esperanças que deposito em ti. Ouve-me bem, meu querido filho, ouve-me e entende. És moço, tens naturalmente o ardor, a exuberância, os improvisos da idade; não os rejeites, mas modera-os de modo que aos quarenta e cinco anos possas entrar francamente no regime do aprumo e do compasso. O sábio que disse "a gravidade é um mistério do corpo" definiu a compostura do medalhão. Não confundas essa gravidade com aquela outra que, embora resida no aspecto, é um puro reflexo ou emanação do espírito; essa é do corpo, tão somente do corpo, um sinal da natureza ou um jeito da vida. Quanto à idade de quarenta e cinco anos...

— É verdade, por que quarenta e cinco anos?

— Não é, como podes supor, um limite arbitrário, filho do puro capricho; é a data normal do fenômeno. Geralmente, o verdadeiro medalhão começa a manifestar-se entre os quarenta e cinco e cinquenta anos, conquanto alguns exemplos se deem entre os cinquenta e cinco e os sessenta; mas estes são raros. Há-os também de quarenta anos, e outros mais precoces, de trinta e cinco e de trinta; não são, todavia, vulgares. Não falo dos de vinte e cinco anos: esse madrugar é privilégio do gênio.

— Entendo.

— Venhamos ao principal. Uma vez entrado na carreira, deves pôr todo o cuidado nas ideias que houveres de nutrir para uso alheio e próprio. O melhor será não as ter absolutamente; coisa que entenderás bem, imaginando, por exemplo, um ator defraudado do uso de um braço. Ele pode, por um milagre de artifício, dissimular o defeito aos olhos da plateia; mas era muito melhor dispor dos dois. O mesmo se dá com as ideias; pode-se, com violência, abafá-las, escondê-las até à morte; mas nem essa habilidade é comum, nem tão constante esforço conviria ao exercício da vida.

— Mas quem lhe diz que eu...

— Tu, meu filho, se me não engano, pareces dotado da perfeita inópia mental, conveniente ao uso deste nobre ofício. Não me refiro tanto à fidelidade com que repetes numa sala as opiniões ouvidas numa esquina, e vice-versa, porque esse fato, posto indique certa carência de ideias, ainda assim pode não passar de uma traição da memória. Não: refiro-me ao gesto correto e perfilado com que usas expender francamente as tuas simpatias ou antipatias acerca do corte de um colete, das dimensões de um chapéu, do ranger ou calar das botas novas. Eis aí um sintoma eloquente, eis aí uma esperança. No entanto, podendo acontecer que, com a idade, venhas a ser afligido de algumas ideias próprias, urge aparelhar fortemente o espírito. As ideias são de sua natureza espontâneas e súbitas; por mais que as sofreemos, elas irrompem e precipitam-se. Daí a certeza com que o vulgo, cujo faro é extremamente delicado, distingue o medalhão completo do medalhão incompleto.

— Creio que assim seja; mas um tal obstáculo é invencível.

— Não é; há um meio; é lançar mão de um regime debilitante, ler compêndios de retórica, ouvir certos discursos etc. O voltarete, o dominó e o *whist* são remédios aprovados. O *whist* tem até a rara vantagem de acostumar ao silêncio, que é a forma mais acentuada da circunspecção. Não digo o mesmo da natação, da equitação e da ginástica, embora elas façam repousar o cérebro; mas por isso mesmo que o fazem repousar, restituem-lhe as forças e a atividade perdidas. O bilhar é excelente.

— Como assim, se também é um exercício corporal?

— Não digo que não, mas há coisas em que a observação desmente a teoria. Se te aconselho excepcionalmente o bilhar é porque as estatísticas mais escrupulosas mostram que três quartas partes dos habituados do taco partilham as opiniões do mesmo taco. O passeio nas ruas, mormente nas de recreio e parada, é utilíssimo, com a condição de não andares desacompanhado, porque a solidão é oficina de ideias, e o espírito deixado a si mesmo, embora no meio da multidão, pode adquirir uma tal ou qual atividade.

— Mas se eu não tiver à mão um amigo apto e disposto a ir comigo?

— Não faz mal; tens o valente recurso de mesclar-te aos pasmatórios, em que toda a poeira da solidão se dissipa. As livrarias, ou por causa da atmosfera do lugar, ou por qualquer outra razão que me escapa, não são propícias ao nosso fim; e, não obstante, há grande conveniência em entrar por elas, de quando em quando, não digo às ocultas, mas às escâncaras. Podes resolver a dificuldade de um modo simples: vai ali falar do boato do dia, da anedota da semana, de um contrabando, de uma calúnia, de um cometa, de qualquer coisa, quando não prefiras interrogar diretamente os leitores habituais das belas crônicas de Mazade; setenta e cinco por cento desses estimáveis cavalheiros repetir-te-ão as mesmas opiniões, e uma tal monotonia é grandemente saudável. Com este regime, durante oito, dez, dezoito meses — suponhamos dois anos, — reduzes o intelecto, por mais pródigo que seja, à sobriedade, à disciplina, ao equilíbrio comum. Não trato do vocabulário, porque ele está subentendido no uso das ideias; há de ser naturalmente simples, tíbio, apoucado, sem notas vermelhas, sem cores de clarim...

— Isto é o diabo! Não poder adornar o estilo, de quando em quando...

— Podes; podes empregar umas quantas figuras expressivas, a hidra de Lerna, por exemplo, a cabeça de Medusa, o tonel das Danaides, as asas de Ícaro, e outras, que românticos, clássicos e realistas empregam sem desar, quando precisam delas. Sentenças latinas, ditos históricos, versos célebres, brocardos jurídicos, máximas, é de bom aviso trazê-los contigo para os discursos de sobremesa, de felicitação, ou de agradecimento. *Caveant, consules* é um excelente fecho de artigo político; o mesmo direi do *Si vis pacem para bellum*. Alguns costumam renovar o sabor de uma citação intercalando-a numa frase nova, original e bela, mas não te aconselho esse artifício; seria desnaturar-lhe as graças vetustas. Melhor do que tudo isso, porém, que afinal não passa de mero adorno, são as frases feitas, as locuções convencionais, as fórmulas consagradas pelos anos, incrustadas na memória individual e pública. Essas fórmulas têm a vantagem de não obrigar os outros a um esforço inútil. Não as relaciono agora, mas fá-lo-ei por escrito. De resto, o mesmo ofício te irá ensinando os elementos dessa arte difícil de pensar o pensado. Quanto à utilidade de um tal sistema, basta figurar uma hipótese. Faz-se uma lei, executa-se, não produz efeito, subsiste o mal. Eis aí uma questão que pode aguçar as curiosidades vadias, dar ensejo a um inquérito pedantesco, a uma coleta fastidiosa de documentos e observações, análise das causas prováveis, causas certas, causas possíveis, um estudo infinito das aptidões do sujeito reformado, da natureza do mal, da manipulação do remédio, das circunstâncias da aplicação; matéria, enfim, para todo um andaime de palavras, conceitos e desvarios. Tu poupas aos teus semelhantes todo esse imenso aranzel, tu dizes simplesmente: Antes das leis, reformemos os costumes! — E esta frase sintética, transparente, límpida, tirada ao pecúlio comum, resolve mais depressa o problema, entra pelos espíritos como um jorro súbito de sol.

— Vejo por aí que vosmecê condena toda e qualquer aplicação de processos modernos.

— Entendamo-nos. Condeno a aplicação, louvo a denominação. O mesmo direi de toda a recente terminologia científica; deves decorá-la. Conquanto o rasgo peculiar do medalhão seja uma certa atitude de deus Término, e as ciências sejam obra do movimento humano, como tens de ser medalhão mais tarde, convém tomar as armas do teu tempo. E de duas uma: — ou elas estarão usadas e divulgadas daqui a trinta anos, ou conservar-se-ão novas: no primeiro caso, pertencem-te de foro próprio; no segundo, podes ter a coquetice de as trazer, para mostrar que também és pintor. De oitiva, com o tempo, irás sabendo a que leis, casos e fenômenos responde toda essa terminologia; porque o método de interrogar os próprios mestres e oficiais da ciência, nos seus livros, estudos e memórias, além de tedioso e cansativo, traz o perigo de inocular ideias novas, e é radicalmente falso. Acresce que no dia em que viesses a assenhorear-te do espírito daquelas leis e fórmulas, serias provavelmente levado a empregá-las com um tal ou qual comedimento, como a costureira — esperta e afreguesada, — que, segundo um poeta clássico,

Quanto mais pano tem, mais poupa o corte,
Menos monte alardeia de retalhos;

e este fenômeno, tratando-se de um medalhão, é que não seria científico.

— Upa! que a profissão é difícil!

— E ainda não chegamos ao cabo.

— Vamos a ele.

— Não te falei ainda dos benefícios da publicidade. A publicidade é uma dona loureira e senhoril, que tu deves requestar à força de pequenos mimos, confeitos, almofadinhas, coisas miúdas, que antes exprimem a constância do afeto do que o atrevimento e a ambição. Que D. Quixote solicite os favores dela mediante ações heroicas ou custosas é um sestro próprio desse ilustre lunático. O verdadeiro medalhão tem outra política. Longe de inventar um *Tratado científico da criação dos carneiros*, compra um carneiro e dá-o aos amigos sob a forma de um jantar, cuja notícia não pode ser indiferente aos seus concidadãos. Uma notícia traz outra; cinco, dez, vinte vezes põe o teu nome ante os olhos do mundo. Comissões ou deputações para felicitar um agraciado, um benemérito, um forasteiro, têm singulares merecimentos, e assim as irmandades e associações diversas, sejam mitológicas, cinegéticas ou coreográficas. Os sucessos de certa ordem, embora de pouca monta, podem ser trazidos a lume, contanto que ponham em relevo a tua pessoa. Explico-me. Se caíres de um carro, sem outro dano, além do susto, é útil mandá-lo dizer aos quatro ventos, não pelo fato em si, que é insignificante, mas pelo efeito de recordar um nome caro às afeições gerais. Percebeste?

— Percebi.

— Essa é publicidade constante, barata, fácil de todos os dias; mas há outra. Qualquer que seja a teoria das artes, é fora de dúvida que o sentimento da família, a amizade pessoal e a estima pública instigam à reprodução das feições de um homem amado ou benemérito. Nada obsta a que sejas objeto de uma tal distinção, principalmente se a sagacidade dos amigos não achar em ti repugnância. Em semelhante caso, não só as regras da mais vulgar polidez mandam aceitar o retrato ou o busto, como seria desazado impedir que os amigos o expusessem em qualquer casa pública. Dessa maneira o nome fica ligado à pessoa; os que houverem lido o teu recente discurso (suponhamos) na sessão inaugural da União dos Cabeleireiros, reconhecerão na compostura das feições o autor dessa obra grave, em que a "alavanca do progresso" e o "suor do trabalho" vencem as "fauces hiantes" da miséria. No caso de que uma comissão te leve à casa o retrato, deves agradecer-lhe o obséquio com um discurso cheio de gratidão e um copo d'água: é uso antigo, razoável e honesto. Convidarás então os melhores amigos, os parentes, e, se for possível, uma ou duas pessoas de representação. Mais. Se esse dia é um dia de glória ou regozijo, não vejo que possas, decentemente, recusar um lugar à mesa aos repórteres dos jornais. Em todo o caso, se as obrigações desses cidadãos os retiverem noutra parte, podes ajudá-los de certa maneira, redigindo tu mesmo a notícia da festa;

e, dado que por um tal ou qual escrúpulo, aliás desculpável, não queiras com a própria mão anexar ao teu nome os qualificativos dignos dele, incumbe a notícia a algum amigo ou parente.

— Digo-lhe que o que vosmecê me ensina não é nada fácil.

— Nem eu te digo outra coisa. É difícil, come tempo, muito tempo, leva anos, paciência, trabalho, e felizes os que chegam a entrar na terra prometida! Os que lá não penetram, engole-os a obscuridade. Mas os que triunfam! E tu triunfarás, crê-me. Verás cair as muralhas de Jericó ao som das trompas sagradas. Só então poderás dizer que estás fixado. Começa nesse dia a tua fase de ornamento indispensável, de figura obrigada, de rótulo. Acabou-se a necessidade de farejar ocasiões, comissões, irmandades; elas virão ter contigo, com o seu ar pesadão e cru de substantivos desadjetivados, e tu serás o adjetivo dessas orações opacas, o *odorífero* das flores, o *anilado* dos céus, o *prestimoso* dos cidadãos, o *noticioso* e *suculento* dos relatórios. E ser isso é o principal, porque o adjetivo é a alma do idioma, a sua porção idealista e metafísica. O substantivo é a realidade nua e crua, é o naturalismo do vocabulário.

— E parece-lhe que todo esse ofício é apenas um sobressalente para os déficits da vida?

— Decerto; não fica excluída nenhuma outra atividade.

— Nem política?

— Nem política. Toda a questão é não infringir as regras e obrigações capitais. Podes pertencer a qualquer partido, liberal ou conservador, republicano ou ultramontano, com a cláusula única de não ligar nenhuma ideia especial a esses vocábulos, e reconhecer-lhes somente a utilidade do *scibboleth* bíblico.

— Se for ao parlamento, posso ocupar a tribuna?

— Podes e deves; é um modo de convocar a atenção pública. Quanto à matéria dos discursos, tens à escolha: — ou os negócios miúdos, ou a metafísica política, mas prefere a metafísica. Os negócios miúdos, força é confessá-lo, não desdizem daquela chateza de bom-tom, própria de um medalhão acabado; mas, se puderes, adota a metafísica; — é mais fácil e mais atraente. Supõe que desejas saber por que motivo a 7ª companhia de infantaria foi transferida de Uruguaiana para Canguçu; serás ouvido tão somente pelo ministro da guerra, que te explicará em dez minutos as razões desse ato. Não assim a metafísica. Um discurso de metafísica política apaixona naturalmente os partidos e o público, chama os apartes e as respostas. E depois não obriga a pensar e descobrir. Nesse ramo dos conhecimentos humanos tudo está achado, formulado, rotulado, encaixotado; é só prover os alforjes da memória. Em todo caso, não transcendas nunca os limites de uma invejável vulgaridade.

— Farei o que puder. Nenhuma imaginação?

— Nenhuma; antes faze correr o boato de que um tal dom é ínfimo.

— Nenhuma filosofia?

— Entendamo-nos: no papel e na língua alguma, na realidade nada. "Filosofia da história", por exemplo, é uma locução que deves empregar com frequência, mas proíbo-te que chegues a outras conclusões que não sejam as já achadas por outros. Foge a tudo que possa cheirar a reflexão, originalidade etc. etc.

— Também ao riso?

— Como ao riso?

— Ficar sério, muito sério…

— Conforme. Tens um gênio folgazão, prazenteiro, não hás de sofreá-lo nem eliminá-lo; podes brincar e rir alguma vez. Medalhão não quer dizer melancólico. Um grave pode ter seus momentos de expansão alegre. Somente, — e este ponto é melindroso…

— Diga.

— Somente não deves empregar a ironia, esse movimento ao canto da boca, cheio de mistérios, inventado por algum grego da decadência, contraído por Luciano, transmitido a Swift e Voltaire, feição própria dos céticos e desabusados. Não. Usa antes a chalaça, a nossa boa chalaça amiga, gorducha, redonda, franca, sem biocos, nem véus, que se mete pela cara dos outros, estala como uma palmada, faz pular o sangue nas veias, e arrebentar de riso os suspensórios. Usa a chalaça. Que é isto?

— Meia-noite.

— Meia-noite? Entras nos teus vinte e dois anos, meu peralta; estás definitivamente maior. Vamos dormir, que é tarde. Rumina bem o que te disse, meu filho. Guardadas as proporções, a conversa desta noite vale o *Príncipe* de Machiavelli. Vamos dormir.

Memórias póstumas de Brás Cubas

"HUMOR GRÁFICO"/ TRECHO DO ROMANCE

Machado de Assis (1839-1908)

Mostra concreta do humor sutil e inglês (Swift, Laurence Sterne) do mestre. Tão antigo, e repetido, é o diálogo de amor entre homens e mulheres, que as palavras aqui são dispensáveis.

LV. O VELHO DIÁLOGO DE ADÃO E EVA

BRÁS CUBAS...........................?
VIRGÍLIA...........................
BRÁS CUBAS..
....
....
VIRGÍLIA...........................!
BRÁS CUBAS...................................
VIRGÍLIA...
....
....
........? ....

....

....

BRÁS CUBAS...

VIRGÍLIA..................................

BRÁS CUBAS..

....

....

....!.......

............!..

...............................!

VIRGÍLIA..?

BRÁS CUBAS..!

VIRGÍLIA......................................!

Memórias póstumas de Brás Cubas

TRECHOS DO ROMANCE

Machado de Assis (1839-1908)

I. ÓBITO DO AUTOR

Algum tempo hesitei se devia abrir estas memórias pelo princípio ou pelo fim, isto é, se poria em primeiro lugar o meu nascimento ou a minha morte. Suposto o uso vulgar seja começar pelo nascimento, duas considerações me levaram a adotar diferente método: a primeira é que eu não sou propriamente um autor defunto, mas um defunto autor, para quem a campa foi outro berço; a segunda é que o escrito ficaria assim mais galante e mais novo. Moisés, que também contou a sua morte, não a pôs no introito, mas no cabo: diferença radical entre este livro e o Pentateuco.

Dito isto, expirei às duas horas da tarde de uma sexta-feira do mês de agosto de 1869, na minha bela chácara de Catumbi. Tinha uns sessenta e quatro anos, rijos e prósperos, era solteiro, possuía cerca de trezentos contos e fui acompanhado ao cemitério por onze amigos. Onze amigos! Verdade é que não houve cartas nem anúncios. Acresce que chovia — peneirava — uma chuvinha miúda, triste e constante, tão constante e tão triste, que levou um daqueles fiéis da última hora a intercalar esta engenhosa ideia no discurso que proferiu à beira de minha cova:

— Vós, que o conhecestes, meus senhores, vós podeis dizer comigo que a natureza parece estar chorando a perda irreparável de um dos mais belos caracteres que têm honrado a humanidade. Este ar sombrio, estas gotas do céu, aquelas nuvens escuras que cobrem o azul como um crepe funéreo, tudo isso é a dor crua e má que lhe rói à natureza as mais íntimas entranhas; tudo isso é um sublime louvor ao nosso ilustre finado.

Bom e fiel amigo! Não, não me arrependo das vinte apólices que lhe deixei. E foi assim que cheguei à cláusula dos meus dias; foi assim que me encaminhei para o *undiscovered country* de Hamlet, sem as ânsias nem as dúvidas do moço príncipe, mas pausado e trôpego como quem se retira tarde do espetáculo. Tarde e aborrecido. Viram-me ir umas nove ou dez pessoas, entre elas três senhoras, minha irmã Sabina, casada com o Cotrim, a filha — um lírio-do-vale — e... Tenham paciência! Daqui a pouco lhes direi quem era a terceira senhora. Contentem-se de saber que essa anônima, ainda que não parenta, padeceu mais do que as parentas. É verdade, padeceu mais. Não digo que se carpisse, não digo que se deixasse rolar pelo chão, convulsa. Nem o meu óbito era cousa altamente dramática... Um solteirão que expira aos sessenta e quatro anos não parece que reúna em si todos os elementos de uma tragédia. E dado que sim, o que menos convinha a essa anônima era aparentá-lo. De pé, à cabeceira da cama, com os olhos estúpidos, a boca entreaberta, a triste senhora mal podia crer na minha extinção.

— Morto! morto! — dizia consigo.

E a imaginação dela, como as cegonhas que um ilustre viajante viu desferirem o voo desde o Ilisso às ribas africanas, sem embargo das ruínas e dos tempos — a imaginação dessa senhora também voou por sobre os destroços presentes até às ribas de uma África juvenil... Deixá-la ir; lá iremos mais tarde; lá iremos quando eu me restituir aos primeiros anos. Agora, quero morrer tranquilamente, metodicamente, ouvindo os soluços das damas, as falas baixas dos homens, a chuva que tamborila nas folhas de tinhorão da chácara, e o som estrídulo de uma navalha que um amolador está afiando lá fora, à porta de um correeiro. Juro-lhes que essa orquestra da morte foi muito menos triste do que podia parecer. De certo ponto em diante chegou a ser deliciosa. A vida estrebuchava-me no peito, com uns ímpetos de vaga marinha, esvaía-se-me a consciência, eu descia à imobilidade física e moral, e o corpo fazia-se-me planta, e pedra, e lodo, e cousa nenhuma.

Morri de uma pneumonia; mas se lhe disser que foi menos a pneumonia, do que uma ideia grandiosa e útil, a causa da minha morte, é possível que o leitor me não creia, e todavia é verdade. Vou expor-lhe sumariamente o caso. Julgue-o por si mesmo.

II. O EMPLASTO

Com efeito, um dia de manhã, estando a passear na chácara, pendurou-se-me uma ideia no trapézio que eu tinha no cérebro. Uma vez pendurada, entrou a bracejar, a pernear, a fazer as mais arrojadas cabriolas de volatim, que é impossível crer. Eu deixei-me estar a contemplá-la. Súbito, deu um grande salto, estendeu os braços e as pernas, até tomar a forma de um X: decifra-me ou devoro-te.

Essa ideia era nada menos que a invenção de um medicamento sublime, um emplasto anti-hipocondríaco, destinado a aliviar a nossa melancólica humanidade. Na petição de privilégio que então redigi, chamei a atenção do governo para esse resultado, verdadeiramente cristão. Todavia, não neguei aos amigos as vantagens pecuniárias que deviam resultar da distribuição de um produto de tamanhos e tão profundos efeitos. Agora, porém, que estou cá do outro lado da vida, posso confessar tudo: o que me influiu principalmente foi o gosto de ver impressas nos jornais, mostradores, folhetos, esquinas, e enfim nas caixinhas do remédio, estas três palavras: *Emplasto Brás Cubas*. Para que negá-lo? Eu tinha a paixão do arruído, do cartaz, do foguete de lágrimas. Talvez os modestos me arguam esse defeito; fio, porém, que esse talento me hão de reconhecer os hábeis. Assim, a minha ideia trazia duas faces, como as medalhas, uma virada para o público, outra para mim. De um lado, filantropia e lucro; de outro lado, sede de nomeada. Digamos: — amor da glória.

Um tio meu, cônego de prebenda inteira, costumava dizer que o amor da glória temporal era a perdição das almas, que só devem cobiçar a glória eterna. Ao que retorquia outro tio, oficial de um dos antigos terços de infantaria, que o amor da glória era a cousa mais verdadeiramente humana que há no homem, e, conseguintemente, a sua mais genuína feição.

Decida o leitor entre o militar e o cônego; eu volto ao emplasto.

[...]

IV. A IDEIA FIXA

A minha ideia, depois de tantas cabriolas, constituíra-se ideia fixa. Deus te livre, leitor, de uma ideia fixa; antes um argueiro, antes uma trave no olho. Vê o Cavour; foi a ideia fixa da unidade italiana que o matou. Verdade é que Bismarck não morreu; mas cumpre advertir que a natureza é uma grande caprichosa e a história, uma eterna loureira. Por exemplo, Suetônio deu-nos um Cláudio, que era um simplório, ou "uma abóbora" como lhe chamou Sêneca, e um Tito, que mereceu ser as delícias de Roma. Veio modernamente um professor e achou meio de demonstrar que dos dous césares, o delicioso, o verdadeiro delicioso, foi o "abóbora" de Sêneca. E tu, madama Lucrécia, flor dos Bórgias, se um poeta te pintou como a Messalina católica, apareceu um Gregorovius incrédulo que te apagou muito essa qualidade, e, se não vieste a lírio, também não ficaste pântano. Eu deixo-me estar entre o poeta e o sábio.

Viva pois a história, a volúvel história que dá para tudo; e, tornando à ideia fixa, direi que é ela a que faz os varões fortes e os doudos; a ideia móbil, vaga ou furta-cor é a que faz os Cláudios — fórmula Suetônio.

Era fixa a minha ideia, fixa como... Não me ocorre nada que seja assaz fixo nesse mundo: talvez a lua, talvez as pirâmides do Egito, talvez a finada dieta germânica. Veja o leitor a comparação que melhor lhe quadrar, veja-a e não esteja daí a torcer-me o nariz, só porque ainda não chegamos à parte narrativa destas memórias. Lá iremos. Creio que prefere a anedota à reflexão, como os outros leitores, seus confrades, e acho que faz muito bem. Pois lá iremos. Todavia, importa dizer que este livro é escrito com pachorra, com a pachorra de um homem já desafrontado da brevidade do século, obra supinamente filosófica, de uma filosofia desigual, agora austera, logo brincalhona, cousa que não edifica nem destrói, não inflama nem regela, e é todavia mais do que passatempo e menos do que apostolado.

Vamos lá; retifique o seu nariz, e tornemos ao emplasto. Deixemos a história com os seus caprichos de dama elegante. Nenhum de nós pelejou a batalha de Salamina, nenhum escreveu a confissão de Augsburgo; pela minha parte, se alguma vez me lembro de Cromwell, é só pela ideia de que Sua Alteza, com a mesma mão que trancara o parlamento, teria imposto aos ingleses o emplasto Brás Cubas. Não se riam dessa vitória comum da farmácia e do puritanismo. Quem não sabe que ao pé de cada bandeira grande, pública, ostensiva, há muitas vezes várias outras bandeiras modestamente particulares, que se hasteiam e flutuam à sombra daquela, e não poucas vezes lhe sobrevivem? Mal comparando, é como a arraia-miúda, que se acolhia à sombra do castelo feudal; caiu este e a arraia ficou. Verdade é que se fez graúda e castelã... Não, a comparação não presta.

[...]

XXI. O ALMOCREVE

Vai então, empacou o jumento em que eu vinha montado; fustiguei-o, ele deu dous corcovos, depois mais três, enfim mais um, que me sacudiu fora da sela, com tal desastre, que o pé esquerdo me ficou preso no estribo; tento agarrar-me ao ventre do animal, mas já então, espantado, disparou pela estrada fora. Digo mal: tentou disparar, e efetivamente deu dous saltos, mas um almocreve, que ali estava, acudiu a tempo de lhe pegar na rédea e detê-lo, não sem esforço nem perigo. Dominado o bruto, desvencilhei-me do estribo e pus-me de pé.

— Olhe do que vosmecê escapou — disse o almocreve.

E era verdade; se o jumento corre por ali fora, contundia-me deveras, e não sei se a morte não estaria no fim do desastre; cabeça partida, uma congestão, qualquer transtorno cá dentro, lá se me ia a ciência em flor. O almocreve salvara-me talvez a vida; era positivo; eu sentia-o no sangue que me agitava o coração. Bom almocreve! Enquanto eu tornava à consciência de mim mesmo, ele cuidava de consertar os arreios do jumento, com muito zelo e arte. Resolvi dar-lhe três moedas de ouro das cinco que trazia comigo; não porque tal fosse o preço da minha vida — essa era inestimável; mas porque era uma recompensa digna da dedicação com que ele me salvou. Está dito, dou-lhe as três moedas.

— Pronto — disse ele, apresentando-me a rédea da cavalgadura.

— Daqui a nada — respondi —; deixa-me, que ainda não estou em mim...

— Ora qual!

— Pois não é certo que ia morrendo?

— Se o jumento corre por aí fora, é possível; mas, com a ajuda do Senhor, viu vosmecê que não aconteceu nada.

Fui aos alforjes, tirei um colete velho, em cujo bolso trazia as cinco moedas de ouro, e durante esse tempo cogitei se não era excessiva a gratificação, se não bastavam duas moedas. Talvez uma. Com efeito, uma moeda era bastante para lhe dar estremeções de alegria. Examinei-lhe a roupa; era um pobre-diabo, que nunca jamais vira uma moeda de ouro. Portanto, uma moeda. Tirei-a, vi-a reluzir à luz do sol; não a viu o almocreve, porque eu tinha-lhe voltado as costas; mas suspeitou-o talvez, entrou a falar ao jumento de um modo significativo; dava-lhe conselhos, dizia-lhe que tomasse juízo, que o "senhor doutor" podia castigá-lo; um monólogo paternal. Valha-me Deus! Até ouvi estalar um beijo: era o almocreve que lhe beijava a testa.

— Olé! — exclamei.

— Queira vosmecê perdoar, mas o diabo do bicho está a olhar para a gente com tanta graça…

Ri-me, hesitei, meti-lhe na mão um cruzado em prata, cavalguei o jumento, e segui a trote largo, um pouco vexado, melhor direi um pouco incerto do efeito da pratinha. Mas a algumas braças de distância, olhei para trás, o almocreve fazia-me grandes cortesias, com evidentes mostras de contentamento. Adverti que devia ser assim mesmo; eu pagara-lhe bem, pagara-lhe talvez demais. Meti os dedos no bolso do colete que trazia no corpo e senti umas moedas de cobre; eram os vinténs que eu devera ter dado ao almocreve, em lugar do cruzado em prata. Porque, enfim, ele não levou em mira nenhuma recompensa ou virtude, cedeu a um impulso natural, ao temperamento, aos hábitos do ofício; acresce que a circunstância de estar, não mais adiante nem mais atrás, mas justamente no ponto do desastre, parecia constituí-lo simples instrumento da Providência; e de um ou de outro modo, o mérito do ato era positivamente nenhum. Fiquei desconsolado com esta reflexão, chamei-me pródigo, lancei o cruzado à conta das minhas dissipações antigas; tive (por que não direi tudo?), tive remorsos.

Quincas Borba

TRECHO DO ROMANCE

Machado de Assis (1839-1908)

CXII.

Aqui é que eu quisera ter dado a este livro o método de tantos outros, — velhos todos, — em que a matéria do capítulo era posta no sumário: "De como aconteceu isto assim, e mais assim". Aí está Bernardim Ribeiro; aí estão outros livros gloriosos. Das línguas estranhas, sem querer subir a Cervantes nem a Rabelais, bastavam-me Fielding e Smollett, muitos capítulos dos quais só pelo sumário estão lidos. Pegai em *Tom Jones*, livro IV, cap. I, lede este título: *Contendo cinco folhas de papel*. É claro, é simples, não engana a ninguém; são cinco folhas, mais nada, quem não quer não lê, e quem quer lê, para os últimos é que o autor conclui obsequiosamente: "E agora, sem mais prefácio, vamos ao seguinte capítulo".

CXIII.

Se tal fosse o método deste livro, eis aqui um título que explicaria tudo: "De como Rubião, satisfeito da emenda feita no artigo, tantas frases compôs e ruminou, que acabou por escrever todos os livros que lera".

[...]

CXVII.

A história do casamento de Maria Benedita é curta; e, posto Sofia a ache vulgar, vale a pena dizê-la. Fique desde já admitido que, se não fosse a epidemia das Alagoas, talvez não chegasse a haver casamento; donde se conclui que as catástrofes são úteis, e até necessárias. Sobejam exemplos; mas basta um contozinho que ouvi em criança, e que aqui lhes dou em duas linhas. Era uma vez uma choupana que ardia na estrada; a dona, — um triste molambo de mulher, — chorava o seu desastre, a poucos passos, sentada no chão. Senão quando, indo a passar um homem ébrio, viu o incêndio, viu a mulher, perguntou-lhe se a casa era dela.

— É minha, sim, meu senhor; é tudo o que eu possuía neste mundo.

— Dá-me então licença que acenda ali o meu charuto?

O padre que me contou isto certamente emendou o texto original; não é preciso estar embriagado para acender um charuto nas misérias alheias. Bom padre Chagas! — Chamava-se Chagas. — Padre mais que bom, que assim me incutiste por muitos anos essa ideia consoladora, de que ninguém, em seu juízo, faz render o mal dos outros; não contando o respeito que aquele bêbado tinha ao princípio da propriedade, — a ponto de não acender o charuto sem pedir licença à dona das ruínas. Tudo ideias consoladoras. Bom padre Chagas!

O madeireiro

CONTO

Aluísio Azevedo (1857-1913)

Autor dos clássicos naturalistas O cortiço *e* Casa de pensão, *Aluísio Azevedo nos deixou um livro de contos,* Demônios, *em que se lê esta obra-prima de humor comportamental ou de costume.*

— Sua ama está em casa, rapariga?

— Está, sim, senhor. Tenha a bondade de dizer quem é.

— Diga-lhe que é a pessoa que ela espera para jantar.

— Ah! Pode subir... Minha ama vem já.

Entrei e reconheci a saleta, onde eu dantes fora recebido tantas vezes pela viuvinha do general.

Quanta recordação! Vira-a uma noite no Clube de Regatas; apresentou-ma um jornalista então em moda; dançamos e conversamos muito. Ao despedir-nos, ela, com um sorriso prometedor, disse-me que costumava receber às terças-feiras os amigos em sua casa e que eu lhe aparecesse.

Fui, e um mês depois éramos mais do que amigos, éramos amantes.

Adorável criatura! simples, inteligente e meiga. No entanto, o meu amor por ela fora sempre um tanto frouxo e preguiçoso. Aceitava e desfrutava a sua ternura como quem aceita um obséquio de cortesia. Teria eu porventura o direito a recusá-la?...

Mas, assim como nasceram, acabaram os nossos amores; uma ocasião cheguei tarde demais à entrevista; de outra vez lá não fui; depois esperei-a e ela não se apresentou; até que um dia, quando dei por mim, reparei que já não era seu amante.

Seis meses já lá se iam depois disto, e eis que uma bela manhã, ao levantar-me da cama, entregaram-me uma carta.

Era dela.

Meu amigo.

Sei que conserva as minhas cartas e peço-lhe que mas restitua. Venha jantar comigo, mas não se apresente sem elas. É um caso sério, acredite.

São vinte. Não me falte e conte com a estima de quem espera merecer-lhe este último obséquio.

Afianço que será o último.

Sua amiga,

Laura

Para que diabo quereria ela as suas cartas?... Teria receio de que as mostrasse a alguém?... Impossível!

Principiavam-me estas considerações, quando se afastou a cortina da saleta e a viuvinha do general surgiu defronte de mim.

— Com efeito! disse ela. Só assim o tornaria a ter em minha casa! Bons olhos o vejam!

Beijei-lhe a mão.

— Trouxe?... perguntou.

— Suas cartas? Pois não! Bem sabe que para mim as suas ordens são sagradas...

— Ainda bem. Sente-se.

Sentamo-nos ao lado um do outro. Ela recendia uma combinação agradável de cananga-do-japão e sabonete inglês; tinha um vestido de linho enfeitado de rendas; e na frescura aveludada do seu colo destacava-se um medalhão de ônix.

— Então, que fantasia foi essa?... interroguei, depois de um silêncio em que nos contemplamos com o mesmo sorriso.

E no íntimo já estava gostando de haver lá ido. Achava-a mais galante; quase que me parecia mais moça e mais bonita.

— Que fantasia?...

— A de exigir as suas cartas...

Ela fez do seu meio sorriso um sorriso inteiro.

— Tinha receio de que alguém as visse?... perguntei, tomando-lhe as mãos entre as minhas.

— Não! Suponho-o incapaz de tal baixeza...

— Então?...

— Mas para que deixá-las lá?... Está tudo acabado entre nós.

E retirou a mão.

Eu cheguei-me mais para ela.

— Quem sabe?... disse.

Laura soltou uma risada.

— Você há de ser sempre o mesmo!... Não se lembraria de mim se não recebesse o meu bilhete, e agora... Tipo!

— Não digas tal, que é uma injustiça!

— Espere! Tire a mão da cinta! Tenha juízo!

— Já não te mereço nada?...

— Deixe em paz o passado e tratemos do futuro. Eu quero que você seja meu amigo...

Dizendo isto, erguera-se e fora abrir uma janela que despejava sobre o jardim.

— Está então tudo acabado?... Tudo? inquiri, erguendo-me também, e envolvendo-a no meu desejo, que ela fazia agora reviver, maior do que nunca.

É que incontestavelmente o demônio da viuvinha estava muito mais apetitosa. Nunca tivera aqueles ombros, aquele sorriso tão sanguíneo e aqueles dentes tão brancos! Seus olhos ganharam muito durante a minha ausência, estavam mais úmidos e misteriosos, quase brejeiros! O seu cabelo parecia-me mais preto e mais lustroso; a sua pele mais pálida, com uma cheirosa frescura de magnólia. Todos os seus movimentos adquiriram inesperada sedução; e o seu quadril havia enrijado de um modo surpreendente; o seu colo tomara irresistíveis proeminências que meus olhos cobiçosos não se fartavam de beijar.

— Então, tudo acabado, hein?...

— Tudo!

— Tudo? tudo?...

— Absolutamente!

— Para sempre?

— Você assim o quis, meu amigo! Queixe-se de si!

Ia lançar-lhe as mãos e fechá-la num abraço; ela, porém, desviou-se, ordenando-me com um gesto muito sério que me contivesse, puxou duas cadeiras para junto da janela e pediu-me que a ouvisse com toda a atenção.

— Sabe por que lhe exigi as minhas cartas?...

— Por quê?

— Porque vou casar...

— Como? A senhora disse que ia casar?!

— Dentro de dois meses.

— Com quem, Laura?

E fiquei também eu muito sério.

— Com um negociante de madeiras.

— Um madeireiro?

Ela meneou afirmativamente a cabeça; eu fiz um trejeito de bico com os lábios e pus-me a sacudir a perna.

— Está bom!

— Que quer você?... Uma senhora nas minhas condições precisa casar!...

— Ora esta! Um madeireiro!...

— Que me ama muito mais do que você me amou, tanto assim que está disposto a fazer o que você nunca teve a coragem de imaginar sequer! E juro-lhe, meu amigo, que saberei merecer a confiança de meu marido! Serei em virtude o modelo das esposas!...

Olhei-a de certo modo.

— Não seja tolo! disse ela em resposta ao meu olhar.

E fugiu lá para dentro, sem consentir que eu a acompanhasse.

Só nos tornamos a ver meia hora depois, já à mesa do jantar.

— E as cartas? reclamou ela.

Tirei o maço do bolso, desatei-lhe a fitinha cor-de-rosa que o atava; contei as cartas, estavam todas as vinte metodicamente numeradas, com as competentes datas em cima escritas em letra boa.

Mas não tive ânimo de entregá-las.

— Olhe! disse, trago-lhas noutro dia... Se as restituir agora, que pretexto posso ter para voltar cá?...

— Hein? Como? Isso não é de cavalheiro...

— Não sei! Quem lhe mandou ficar mais sedutora do que era?

— Está então disposto a não entregar as minhas cartas?...

— E até a servir-me delas como arma de vingança!

Laura franziu a sobrancelha e mordeu os beiços.

Tínhamos já cruzado o talher da sobremesa e bebíamos, calados ambos, a nossa taça de champanhe.

O silêncio durou ainda bastante tempo. Ela só o quebrou para perguntar, muito seca, se eu queria mais açúcar no café.

E continuamos mudos.

Afinal, acendi um charuto e arrastei minha cadeira, para junto da sua.

— É melhor ser minha amiga... segredei passando-lhe o braço na cintura.

— Não desejo outra cousa, balbuciou ressentida e magoada. Peço-lhe justamente que me proteja como amigo, em vez de pôr obstáculos ao meu futuro. Que diabo! eu preciso casar!...

— Eu lhe entrego as cartas... Descanse.

— Então dê-mas!

— Com a condição de prolongar a minha visita até mais tarde...

— Mas...

— E fazermos um pouco de música ao piano como dantes. Está dito?

— Jura que me entrega depois as cartas?...

— Dou-lhe a minha palavra de honra.

— Pois então fique.

Às onze e meia, Laura apresentou-me o chapéu e a bengala.

Repeli-os e declarei positivamente que não lhe entregaria as cartas, se ela não me concedesse por aquela noite, aquela noite só gozar ainda uma vez dos direitos que dantes o meu amor me conferia tão solicitamente.

Ela a princípio não quis, mostrou-se zangada; mas eu insisti, supliquei, jurei que seria a última vez, a última!

E não saí.

183

Pela manhã, depois do almoço, Laura exigiu de novo as suas cartas.

Tirei o pacotinho da algibeira, abri-o, contei dez.

— É a metade. Aí ficam!

— Como a metade?...

— Pois, Laura, você me acha tão tolo que te entregasse logo todas as tuas cartas?... E depois, em troca do que te pediria que prolongasse um outro jantar como o de ontem?...

— Isso é uma velhacada!

— Que seja!

— Estou quase não aceitando nenhuma!

— Daqui a uma semana vir-te-ei trazer as outras dez. Está dito?

Daí a uma semana, com efeito, lá ia eu, com as dez cartinhas na algibeira, em caminho da casa de Laura. E nunca em minha vida esperei com tanta ânsia a hora de uma entrevista de amor. Os dias que a precederam afiguraram-se-me intermináveis e tristes. A viuvinha também se mostrava ansiosa, quando menos por apanhar as suas cartas.

Mas, coitada! não recebeu as dez, recebeu cinco.

Pois se a achei ainda mais arrebatadora nesta segunda concessão que na primeira!...

E na seguinte semana recebeu apenas duas cartas, e nas outras que se seguiram recebeu uma de cada vez.

Ah! mas também ninguém poderá imaginar a minha aflição ao desfazer-me da última! um jogador não estaria mais comovido ao jogar o derradeiro tento! Eu ia ficar completamente arruinado; ia ficar perdido; ia ficar sem Laura, o que agora se me afigurava a maior desgraça deste mundo!

Arrependi-me de lhe ter dado dez logo de uma vez e cinco da outra. Que grande estúpido fora eu! Esbanjara o meu belo capital, quando o podia ter feito render por muito tempo!...

Então o espetro do madeireiro surgiu-me à fantasia, como eu o imaginava: bruto, vermelho, gordo e suarento. E Laura, ao meu lado, no abandono tépido da sua alcova sorria triunfante, porque tinha rasgado o único laço que a prendia a outro homem. Estava livre!

Rasguei a carta ao meio.

— Tratante!

— Aqui tem, disse passando-lhe metade da folha de papel. Ainda me fica direito a um almoço e metade de uma noite em sua companhia... Peço-lhe que me deixe voltar...

Ela riu-se, e só então reparei que meus olhos estavam cheios d'água.

— Queres que te passe de novo o baralho?... perguntou-me enternecida, cingindo-se ao meu peito.

— Se quero!... Isso nem se pergunta!

— Mas agora é a minha vez de pôr a condição...

— Qual é?

— Só tornaremos a jogá-lo depois de casados, serve-te?

— E o madeireiro? Ele não tem cartas tuas?

— Tranquiliza-te que, além de meu marido, eu só amei e escrevi a um homem, que és tu!

— Pois aceito com todos os diabos! E, como ainda tenho jus a um almo-ço, não preciso sair já!

Uma semana depois, Laura dizia-me à volta da igreja:

— Mas, meu querido, como queres tu que eu te mostre uma pessoa que não existe?

— Como não existe?... Então o teu ex-noivo, o célebre madeireiro, cujo retrato trazias no medalhão de ônix...

— Qual noivo! Aquela fotografia é de um jardineiro que tive há muitos anos e que morreu aqui em casa.

— Então tudo aquilo foi...

— Foi o meio de arrastar-te para junto de mim, tolo! e reconquistar o teu amor, que era tudo o que ambicionava nesta vida!

Em custódia

POESIA

Olavo Bilac (1865-1918)

Olavo Brás Martins dos Guimarães Bilac (seu próprio nome, um verso alexandrino) foi o autor dos famosos versos de "Via Láctea" — "Ora (direis) ouvir estrelas! Certo/ perdeste o senso!". Mas nem só da fama, dos chás e torradas na Confeitaria Colombo vivia o poeta e cronista. Um dia resolveu criticar pela imprensa o governo Floriano Peixoto. Julgar logo o chamado "Marechal de Ferro"! Foi preso e, do cárcere, escreveu este soneto.

Quatro prisões, quatro interrogatórios…
Há três anos que as solas dos sapatos
Gasto, a correr de Herodes a Pilatos,
Como Cristo, por todos os pretórios!

Pulgas, baratas, percevejos, ratos…
Cartas sinistras de espiões notórios…
Fedor de escarradeiras e micróbios…
Catingas de secretas e mulatos…

Para tantas prisões é curta a vida!
— Ó Dutra! Ó Melo! Ó Valadão! Ó diabo!
Vinde salvar-me! Vinde em meu socorro!

Livrai-me desta fama imerecida,
Fama de Ravachol, que arrasto ao rabo,
Como uma lata ao rabo de um cachorro.

A família Agulha

TRECHO DO ROMANCE

Luís Guimarães Júnior (1845-98)

"A família Sistema era pobre. Possuía o suficiente apenas para o chefe não andar de cotovelos rotos e a filha de botins desmantelados." Eis um raro romance de humor, hoje injustamente esquecido. Guimarães Júnior, amigo de Machado, foi um dos fundadores da Academia Brasileira de Letras e chegou a se destacar à época como romancista (A família Agulha), *poeta e contista.*

I. UM PÉ

Bernardino Agulha nasceu em um dia de chuva. Foi o sujeito mais frio do Rio de Janeiro.

Aos doze anos Bernardino apresentava a configuração de uma velha. Tudo nele denotava uma decrepitude precoce. O rosto era um pergaminho já gasto, os olhos pequenos e gázeos, vagamente ensombrados pela fadiga da idade e das vicissitudes, a boca trêmula e uma falta de dentes absoluta. Até os dezoito anos, época em que lhe nasceram os primeiros dentinhos, Agulha alimentava-se apenas de papas de leite, sopas, pães de ló, e outras iguarias levíssimas.

Era ruivo como um suíço e cabeçudo como dois suíços. Arrastava os ss como o canudo de uma locomotiva, e tinha o maior cuidado com um cacho de cabelos, que a natureza deixou crescer-lhe na nuca.

O juramento mais poderoso para ele era feito sobre esse fragmento de cabelinho ruivo.

Quando entrava em alguma contenda séria, para convencer o adversário, ele tomava a atitude de Catilina às portas de Roma, e estendendo a mão aberta exclamava arrogantemente:

— Juro pelo meu cacho!

Não era possível duvidar mais depois de um tão importante juramento.

O pai do meu herói, Anastácio Temporal Agulha, casara-se três anos antes do nascimento de Bernardino com dona Eufrásia Sistema, senhora magra e filha de Macaé. Foi um desses amores quase impossíveis, que atravessam os tempos, de século a século, para desespero dos frequentadores do Alcazar e dos incrédulos de todos os climas.

Anastásio Temporal, que nunca tivera jeito para cousa alguma, teve jeito para amar...

Amor! Ciência dos ignorantes! Inimigo da gramática, das leis do orçamento e da Câmara municipal! Amor! Eterno peregrino que tanto se aninha feliz na caixa de costura de uma modista da rua do Ouvidor, como na farda bordada de qualquer ministro possível!

Foi o amor a salvação de Anastácio Agulha.

A primeira vez que ele viu Eufrásia Sistema foi em uma missa do galo, na freguesia da Lagoa.

A família de Eufrásia, oriunda de Macaé, viera passar a festa com um parente na Corte, um parente que esteve quase a ser padrinho de Eufrásia e a morrer de um antraz [furúnculo] em um dos olhos que possuía. Felizmente escapou de ambos os perigos, cabendo a honra do batistério da Eufrasinha a um rico fazendeiro de Macaé, que morreu no dia seguinte do batizado.

Eufrásia, filha quase legítima de Lucas Pereira Sistema e de dona Sinhorinha Sistema, era uma moça magra, fina, estreita como o esqueleto de um chapéu-de-sol inglês. A natureza não fora pródiga de encantos para a filha única de Lucas Sistema. Dera-lhe uma cabeça insignificante, um pescoço de milha e meia e um par de pés que podiam servir de pedestal a ela, à família toda, e a algumas tribos mais! Que pés! Onde caíssem era achatação certa!

Eis aí o que são gostos e contrastes no mundo! Foi justamente por causa dos pés que Anastácio se apaixonou por ela. Quando nas vésperas do noivado lhe ponderaram os amigos os inconvenientes que sobreviriam do seu casamento com uma moça pobre e feia como era Eufrásia, Anastácio Agulha exclamou estalando a língua de prazer:

— Ela calça 47, Suzer!*

Continuemos o gracioso retrato da encantadora Eufrásia. O tronco da menina era um verdadeiro tronco, cheio de anfractuosidades e desproporções gigantescas.

A cintura que começava logo abaixo do pescoço palmo e meio era tão estreita em demasia que os médicos fizeram um aparelho expressamente para apertá-la e salvá-la de algum desmancho fatal! Dir-se-ia uma lança espetando qualquer cousa que era a cabeça e o resto!

Havia proibição completa de Eufrásia dançar valsas, polcas ou redovas.

— Não a deixe valsar, sr. Sistema!

— E por quê, sr. doutor? Se ela está na idade!

— Por quê? Porque um dia pode ir-lhe a cabeça para um lado, o pescoço para o outro, a cintura para...

— Basta, senhor! Que arrepios! Pois não dançará.

A pequena aproximava-se nesse momento.

— Ouviste o sr. doutor, Eufrasinha? Não dances valsas nunca! És capaz de desmanchar...

— Desmanchar o quê, papai?

— Eu sei lá! O pescoço, a cintura, as orelhas, o diabo! É bom não experimentar!

Em um grande baile que deram alguns deputados em Macaé, com a subida do partido ao poder, Lucas Sistema chegou-se aos anfitriões da festa, e mostrando-lhe Eufrásia:

— Eu vou jogar um poucochinho o solo [jogo de cartas]. Não deixe a pequena dançar!

— Como!...

* 47 Suzer é uma medida americana que designa tamanho de pé maior que 47.

— Contradanças não fazem mal... Porém valsas! Cuidado com o desmancho.

E foi jogar, deixando o outro atônito.

— Desmancho... que diabo de desmancho será esse?

A família Sistema era pobre. Possuía o suficiente apenas para o chefe não andar de cotovelos rotos e a filha de botins desmantelados. Eu não falei ainda da mãe de Eufrásia, por uma razão muito simples: não a conheci! Nem eu nem mesmo o Lucas Sistema! Mistérios do amor a que as leitoras estão pouco acostumadas. Calemo-nos, portanto.

Eufrásia ia crescendo pouco a pouco. Lucas Sistema chamou um mestre de piano que não sabia o português, e dando-lhe a entender por gestos expressivos que queria que a filha aprendesse o piano, Mr. Robert Krauss respondeu laconicamente:

— *Immediatly!*

Lucas Pereira Sistema, pensando que o descompunham, despediu o mestre antes da primeira lição.

Chamou outro. Veio uma pardinha inteligente que gastava o dia inteiro a fazer prelúdios no piano, de forma que a pequena nunca soube tocar uma escala sequer.

Lucas, furioso, empurrou a mestra pelas escadas abaixo.

Sucedeu a essa um espanhol, que dormia durante o tempo da lição: um dia Lucas Sistema entrando na sala de visitas encontrou o espanhol dormindo no sofá e Eufrásia sobre as teclas do piano. Desesperado, tirou o chinelo e dando uma forte pancada na cabeça do mestre, acordou-o sobressaltado.

— Fora daqui, ladrão da... minha honra! bradou ele vermelho de cólera.

O espanhol limitou-se a dizer:

— Pícaro! E foi-se embora.

Assim, a interessante Eufrásia não podia manejar o predileto instrumento das sociedades modernas.

— Estuda por ti mesma, minha filha. Com paciência faz-se tudo neste mundo! Vai batendo com os dedos por aí adiante e verás como o piano grita!

Eufrásia não esteve pelo negócio e deu para fazer flores de lã. Mas a primeira rosa que lhe saiu das mãos parecia um boi. Lucas, pasmo, virou e revirou três vezes a rosa-boi entre os dedos, e disse alongando o beiço como quem refletiu maduramente:

— Hás de estudar história natural e desenho.

No dia seguinte, um professor do Colégio Pedro II veio para dar-lhe os primeiros rudimentos de desenho e de história natural.

No desenho Eufrásia fazia uma reta neste gosto, e quanto à história natural, não passou nunca da história do tamanduá-bandeira. Dessa vez foi o professor que se despediu *ex motu proprio*.

Quando lhe perguntaram o motivo da retirada, o erudito homem respondeu:

— A tal sujeitinha é estúpida como uma avelã! Antes ensinar a uma ostra! Abre-se com mais facilidade.

Eufrásia começou a atravessar a tentadora quadra dos quinze anos.

— Vamos hoje ao Teatro Lírico, minha filha, disse Lucas Sistema, entusiasmado por uma transação que fizera na praça do Comércio. Cantam lá hoje a *Castra Diva*... Manda chamar a madama para te vir enfeitar.

À noite, Eufrásia dependurava-se de um camarote de terceira ordem, e tão contente ficou ouvindo a música, que se pôs a cantar acompanhando o tenor e a prima-dona e a bater palmas furiosamente.

— Psiu! Psiu! sibilavam de todos os ângulos do teatro.

Eufrásia, porém, roxa de inspiração, pôs as mãos na cintura e esganiçou-se cada vez melhor. Era uma gritaria insuportável! O povo reclamava urgentemente silêncio, os permanentes olhavam para o delegado de polícia, o delegado de polícia olhava para o chefe, o chefe olhava para Lucas Sistema e Lucas olhava para Eufrásia, que olhava para a cena, onde os cantores, boquiabertos, olhavam para ela.

— Silêncio!

— Psiu!

— Não se suporta semelhante algazarra!

— Se está doida, fora!

Lucas Pereira não se pôde conter mais. Ouvindo chamar à filha doida, agarrou no binóculo e arremessou-o à plateia.

— Canalha! bradou ele.

Momentos depois, o chefe de polícia, à porta do camarote, chamava à ordem Lucas Sistema e teve desejos de trancafiá-lo na cadeia. Um amigo, porém, exigiu apenas que a família Sistema se retirasse do teatro, no meio das apupadas do povo.

192

Os jornais comentaram o episódio, mas como Lucas Pereira Sistema era eleitor do partido que estava no poder, os órgãos do governo acharam-lhe até graça no desfrute.

Dos quinze anos aos dezoito Eufrásia tornou-se mais magra ainda e mais flexível. Em compensação comia por quatro senhoras gordas.

Lucas Sistema pensou no casamento da filha. Não dormiu três noites, na quarta chamou um caixeiro de loja de fazendas, seu amigo, e propôs-lhe o casamento. O caixeiro recusou. Lucas partiu-lhe dois dentes da frente.

Uma família da Lagoa, aparentada com os Sistemas, convidou-os a passar a festa em sua casa. No dia 24, às onze e meia, toda a parentela congregou-se na igreja da freguesia para assistir à missa do galo.

Anastácio Agulha lá estava também. Viu os pés de Eufrásia e no dia seguinte pediu-lhe a mão. Fez-se o casamento, e quando Agulha abraçou a noiva, em vez de chamar-lhe meu bem, chamou-lhe chorando de alegria:

— Meu pé...

Foi um dia de prazer indizível.

Entre as recomendações que Lucas Sistema fez a Anastácio Agulha, não se esqueceu de proibição do médico.

— Não a deixe valsar nunca, meu genro! Aquilo para desmanchar-se é em um instante! Tome cuidado!

Anastácio Agulha não tirava os olhos dos pés de sua noiva.

— Como são enormemente belos! murmurava ele sufocado de entusiasmo.

Quando se viu só com ela, caiu de joelhos e abraçando-lhe os pés como quem abraça a raiz de uma mangueira:

— Oh! Eu morrerei aqui até viver! disse ele atrapalhando-se todo.

Eufrásia sentiu uma dorzinha na cintura.

— Não te desmanches! exclamou Agulha atemorizado.

Estavam unidos catolicamente. E dizem por aí que no Rio de Janeiro quase todo mundo não tem pés nem cabeça!

Tu desmentiste o adágio, Eufrásia Sistema!

Bendito seja teu pé!

Parlamentares

TRECHOS DOS DISCURSOS

Rui Barbosa (1849-1923)

"Consolo-me em ver celebradas as virtudes dos bípedes plumosos, quando vejo imersas em tamanho descrédito aos bípedes implumes." O humor sofisticadíssimo deste jurista e político, que foi chamado de "Águia de Haia", passava por seu universo vocabular (que muitas vezes soa tão antigo, hoje), imbatível em debates parlamentares. Mas nem por isso uma unanimidade intocável. (Vide texto a seguir do polemista Antônio Torres.) Ah, sim, "bípedes implumes" somos nós, seres humanos.

I. O CHANTECLER DOS POTREIROS

Não acompanhei o nobre senador na sua excursão ornitológica. Bem mal conheço os costumes das aves. Não posso, como o nobre senador, atentar que elas "se confundem no mesmo pensamento, jamais fazendo transparecer a beleza da sua plumagem, ou a supremacia de suas qualidades e virtudes". Consolo-me em ver celebradas as virtudes dos bípedes plumosos, quando vejo imersas em tamanho descrédito aos bípedes implumes.

Para mim é novidade. Confesso que o que sei na matéria só o conheço de orelha. Se me não falha a memória, será do tempo da minha intimidade com o nobre senador pelo Rio Grande do Sul, ardente amador da vida rural dos seus pagos, à descrição de cujos pormenores se entrega às vezes com um colorido seu, que ainda se me ativa na retina a visão das grandes estâncias de criar, onde, entre os moirões dos *alambrados*, estadeia a figura imperatória do quero-quero, o Chantecler dos potreiros.

Este pássaro curioso, a quem a natureza concedeu um penacho de garça real, o voo do corvo e a laringe de galo, tem, pela última dessas prendas, o dom de encher a soledade dos descampados e sangas, das macegas e canhadas com o grito estrídulo, rechinante, profundo, onde o gênio pinturesco dos gaúchos descobriu a fidelíssima onomatopeia, que o batiza. Quando essa ave, lá do seu pouso, no alto das coxilhas, limitadas pelos postes de inhanduvá ou coentrilho, quebracho ou cambará, abre a goela, e desfere no azul o seu grito de ameaça, não me consta que as outras aves, suas "irmãs gêmeas", ousem medir as suas solfas com o guincho insistente, em que ele pensa ditar o sol e a chuva, governar os minuanos e pampeiros.

O outro bicho de asas, que lhe anda na vizinhança, pelas infindas campinas onde se apascenta o gado, ponteadas longe a longe pelos rasteiros mamilos do cupim, é só o joão-de-barro, cujo ninho se orienta sempre com tão seguro tento que o dono, outra maravilha da zoologia das aves, se logra da sua vivenda sempre ao abrigo de ventos e tormentas.

[...]

Continuamos a revolver, porém, nas minhas tinturas de sujeito pouco lido sobre outros membros da família das "aves de pena", na expressão dos santos livros, pergunto aos aviculários mais familiarizados com o trato desses viventes, como o nobre senador, se não haverá entre eles também incompatibilidades e separações, se não as há, por exemplo, entre as caturritas de cabeça alvadia ou verde-clara, cujos bandos cobrem os pinheiros das coxilhas, desforrando-se da magreira de quadras menos gratas de gênero diverso, como, para não sairmos dentre os falantes, o formidável *bem-te-vi*, terror dos gaviões, e o tagarela do *quem-te-vestiu*.

[...]

Discurso no Senado, 10 de dezembro de 1914

II. A MÚMIA DE SESÓSTRIS

Increpam-me de faltar ao respeito do Senado, lembrando que já ousei chamar de múmias aos meus colegas. Foi preciso que o nobre senador regressasse de outro continente, ainda a tempo de vir desagravar o Senado, que se não desagravara. O ilustre paladino desta casa, como bom cavalheiro de tão ilustre dama, veio do Oriente com armas que sentiram de perto o cheiro do turco e dos ares da Palestina. Por aquelas bandas visitou o Museu do Cairo, onde um guia erudito, no salão das múmias, mostrando-lhe um caixão doirado lhe disse: "Aqui está o grande rei Sesóstris, que, mesmo depois de três mil anos, tem o dedo levantado, na posição de quem dá ordem". E o nobre senador veio a saber, pelo diretor do estabelecimento, que a múmia de Sesóstris, ou Ramsés II, levantara aquele dedo, por um fenômeno singular, depois de descoberta. Grande maravilha!

Ora, eu não queria mexer no assunto. Se fosse eu quem aqui aludisse a um Ramsés de dedo erguido, em posição de quem dá ordens, no salão das múmias, poder-me-iam suspeitar de insinuação maliciosa. Mas a coisa veio de um ortodoxo, e, portanto, não pode encerrar malignidade contra os bons republicanos.

Nunca fui ao Egito, e tenho pena. As minhas posses, sempre minguadas pela política, e as minhas lidas nunca me consentiram a satisfação dessa curiosidade, o gozo desse luxo intelectual. [...]

Se, de verdade, como asseguram ao nobre senador por Mato Grosso no Museu do Cairo, os antigos senhores do Egito, mesmo depois de mortos, conseguem renovar o gesto imperatório, já me não admira de ver empinado nalgumas soberanias de homens sobreviventes a si mesmas, o dedo minaz de Sesóstris.

Agora, se a fúnebre indireta é comigo, não havia de ser fácil, aos que me quisessem enterrar em vida, achar na eternidade morta das múmias um ataúde para o chefe do civilismo brasileiro, para este coração liberal, para este libertador de escravos, para este espírito militante, para este advogado dos opressos, para esse lidador da justiça e da liberdade. Nos esquifes onde a morte paralisa a obra dos déspotas, não cabe a chama eterna dos evangelistas. Nem o mundo confundirá jamais o dedo intimativo de tirano, que promulga ordens, com o dedo austero do pregador, que anuncia a verdade, com o dedo benfazejo do semeador, que semeia a ideia, com o dedo vigilante do piloto, que mostra os escolhos.

Parlamentar desde o Império, não devendo à República a minha entrada no parlamento, dos meus deveres parlamentares devo saber, quando menos, o bastante para não haver mister que me ensinem a maneira de tratar cortesmente a Câmara, a que pertenço, os que há vinte e cinco anos, me buscavam para dar lições de reformas aos outro regímen e lições de organização a este.

[...]

Quando comparei a uma atmosfera de catacumba a que aqui se sentia, e a uma coleção de múmias nos seus féretros a estas cadeiras por nós ocupadas, não disse que os nobres senadores eram múmias: afirmei que a sua impassibilidade ante os crimes do governo passado nos dava a ideia da mumificação nos seus resultados conhecidos.

Falando, porém, assim, não enunciei uma definição, não impus um nome: usei de uma imagem, para indicar um fato notório, vertendo sob uma forma expressiva, aproximativa, uma percepção inegável da realidade.

[...]

Entre os antropoides

CONTRIBUIÇÃO PARA O ESTUDO DA ANTROPOLOGIA/ CRÔNICA

Antônio Torres (1885-1934)

Conhece o leitor Roderycus Barbatus, um Homo sapiens brasileiro capaz "de falar horas e horas" no Senado, por exemplo? Personagem e não o autor: mineiro de Diamantina, Antônio Torres foi padre, depois jornalista e talvez o mais conhecido polemista de sua época, muitas vezes implacável — como no texto que segue, sobre o Senado e com a figura pública do jurista e senador Rui Barbosa. Alguns livros (todos esgotadíssimos): Verdades indiscretas *e* Pasquinadas cariocas.

Estive no país dos antropoides, onde assisti a uma sessão do Senado. O Senado dos Antropoides é uma caverna lacustre, contemporânea das eras carboníferas, onde eles se reúnem diariamente, uns para dormir, outros para ficar calados, raros para grunhir.

Há entre eles, em todo caso, um fenômeno que me espantou: foi a presença de um *Homo sapiens*, chamado Roderycus Barbatus, embora não use barba. Não sei como Roderycus conseguiu fazer-se senador entre Antropoides, que são, como se sabe, ciosíssimos de sua preeminência sobre as outras espécies de animais. Pelo pouco que pude entender das coisas antropoides, a influência de Roderycus entre eles veio de ser ele, na sua qualidade de *Homo sapiens*, capaz de falar horas e horas seguidas perante aquela assembleia heteróclita. É, de fato, ele o único que tem entre eles o dom da palavra. Os demais, em matéria de glotologia, ainda não passaram muito além do grunhido gutural, característico dos antropoides.

A sessão a que assisti foi muito interessante. Para convocá-la, subiu o presidente a uma árvore e deu uns guinchos. Devo dizer que o presidente era um *Pithecanthropus erectus*, atarracado e pançudo, espécimen de uma variedade pouco estudada, mas já conhecida pela classificação científica de *Urbanus vulgaris*, de Cuvier, creio que é de Cuvier; mas, se não for, é porque com certeza será de outro naturalista, o que em nada nos prejudica. Os antropoides, acudindo pressurosamente aos guinchos do *Urbanus vulgaris*, foram entrando na caverna e acomodando-se como podiam, na mais pitoresca variedade de posições: alguns, dos mais novos, saltavam lestamente para certos socavões abertos na rocha e lá ficavam a fazer trejeitos ao presidente: outros, acocorados pelos cantos, pareciam meditar, saudosos — quem sabe? — dos tempos em que andavam livremente pelas florestas, sem a obrigação enervante de permanecer duas horas por dia naquele ambiente frio e úmido que lhes agravava o reumatismo ancestral. Houve um, já bem velho, senhor de medonho nariz vermelho (o *Naso rubrus*, de *Mendesii*), o qual se deitou, sem a menor cerimônia, aos pés do presidente, e dormiu, dando roncos tão terríveis que pareciam humanos.

A linguagem dos antropoides é, como eu disse, muito rudimentar. Além dos grunhidos, que constituem entre eles a linguagem familiar, possuem uma algaravia dificílima de compreender-se e que lhes serve de língua literária, erudita e oficial. Só depois de muitos meses, em que estudei longa e pacientemente o seu falar, pude entender alguma coisa e, ainda assim, muito pela rama; de sorte que alguns extratos de discursos deles que darei aqui, embora representem esforço sincero, honesto e talvez digno de melhor causa, estão longe de corresponder ao muito que eu quisera oferecer aos meus leitores para instrução e ornamento de seu espírito.

O presidente, tomando a palavra (falo por eufemismo) disse aos antropoides reunidos em sessão as seguintes frases que eu procurei traduzir o melhor que pude, sem me afastar muito da letra, para lhes não tirar a cor local e pitoresca que foram regougadas.

— "Irmãos! Hoje é dia de abrir sessão. Sessão é sessão. Sessão presidente tem, Presidente, eu. Necessário presidente 2. (Eles chamam *presidente* 2 ao que nós chamamos vice-presidente.) Perguntei muitos quem presidente 2. Disseram presidente 2 *Macacus cynicus* é. Quero ver *Macacus cynicus* presidente 2."

Calou-se. O *Macacus cynicus*, ao ouvir a proposta do *Urbanus vulgaris*, começou a fazer caretas, a assoviar, a guinchar, a saltar, a coçar-se todo da cabeça aos pés e a atirar cascas de frutas no presidente, o que é, entre eles, sinal de alegria, respeito e gratidão. Os outros antropoides conservaram-se calados. Mas levantou-se um, muito magro (de uma família que os naturalistas franceses chamam *Les Singes raseurs*) e disse, ou melhor, urrou:

— Presidente! Pergunto Senado exige presidente 2 macaco seja. (Ele queria perguntar se o Senado antropoide fazia questão de eleger um dos que ali estavam ou se, pelo contrário, podia escolher alguém ausente e que não fosse daquela espécie animal.)

— Não! respondeu o presidente.

— Peço, insistiu o *Singe raseur*, escolher Roderycus Barbatus, *Homo sapiens*, presidente 2.

Se tivesse saltado de improviso uma pantera ou um leão faminto no meio daquela venerável assembleia, maior não teria sido, nem mais grotesco o espanto dos senadores. O *Macacus cynicus*, que é um dos mais espertos e ágeis da Austrália, começou a dar guinchos fenomenais e a atirar terra no *Singe raseur*, no que foi imitado pelos demais. O ruído foi tão forte, que despertou do seu sono o *Naso rubrus*, o qual, ignorando o que se passava em torno, começou a atirar terra no focinho do presidente. O *Urbanus vulgaris*, indignado, deu-lhe algumas bastonadas com um tronco de arbusto que o acompanha sempre, que sem ele não é possível andar. Pouco a pouco, entretanto, foi-se restabelecendo a ordem por si mesma; até que, feito silêncio, disse o presidente:

— Presidente 2 *Macacus cynicus* é. Tradição nossa exige. Isso combinado está. Huh! Huh! Huh! (Quer dizer, em linguagem antropoide: *Aprovar! Aprovar! Aprovar!*)

Ao que responderam todos, menos o *raseur*:

— Huh! Huh! Huh!

E assim ficou aprovada a escolha do *Macacus cynicus*, contra a candidatura do *Homo sapiens*.

Dar um resumo completo de qualquer sessão do Senado Antropoide é, como eu disse no princípio desta notícia, extremamente difícil por causa da algaravia em que os senadores exprimem sentimentos pouco mais que primitivos. Se eu pude conseguir trasladar para a nossa língua, tão clara e tão formosa, os pequenos trechos supra, foi porque tive a auxiliar-me duas competências de primeira plana nesse assunto: o dr. Gottfried Schneider, livre-docente de antropologia comparada na cidade da Basileia, e o sr. W. Mac-Kingdown, que estudou História Natural em Oxford, ambos insignes filólogos e profundos sabedores de dialetos arcaicos. No Senado dos Antropoides, devo dizê-lo lealmente, não se fala muito; e uma das razões disso é a predominância que tem naquela assembleia os símios chamados *Gorillae silentiarii*, de Schneider (Gottfried), que foi o seu classificador.

Caracterizam-se esses animais pela sua capacidade digestiva, que é formidável, e por uma enfermidade medular, congênita, até agora incurável, e que lhes produz a logofobia ou horror invencível à palavra, quer falada, quer escrita.

O único que fala verdadeiramente entre eles é, como já ficou dito, o *Homo Sapiens* Roderycus Barbatus, que é, pelo seu formidando poder verbal, temidíssimo por todos os antropoides, cuja vida ele conhece por miúdo e cuja inferioridade cerebral ele despreza, tanto assim que só muito raramente pede a palavra.

Tenho ainda alguns cadernos em que possuo interessantíssimos apontamentos relativos à maneira de falar dos antropoides, assim como da sua organização política e social. São fatos completamente desconhecidos, que oportunamente relatarei aos leitores, enquanto não aparecem os magníficos livros que a tal respeito estão escrevendo o prof. Schneider e o prof. Mac-Kingdown.

Verbetes soltos

PARA DESENFADO E NENHUM PROVEITO DOS LEXICÓGRAFOS ACADÊMICOS

Carlos de Laet (1847-1927)

Polemista, jornalista, na melhor tradição brasileira dos "frasistas geniais", cheio de "tiradas" e... praticamente sem obra, Laet foi um dos fundadores da Academia Brasileira de Letras. "Verbetes" lembram Dicionário do diabo, o criativo e falso dicionário de humor de Ambrose Bierce, escritor e aventureiro americano — ele lutou e morreu na Revolução Mexicana —, também, no caso, conhecido por seus contos. Laet nos deixou... frases.

ADAMASTOR — Gigante inventado pelo grande Camões e que tinha o mau costume de fazer caretas e proferir discursos agressivos. Nome dado a alguns navios de guerra lusitanos. O último aqui veio saudar a nossa força que, mal compreendida, sofreu desgostos na vanguarda. Felizmente, isto não alterou as relações e a sincera amizade entre bons portugueses e brasileiros sensatos.

ALMOÇO — Refeição especialmente destinada à glorificação de homens ilustres ou que pretendem ser. A importância intelectual e moral dos festejos calcula-se então pelo número de talheres ou pela excelência das iguarias. [...]

BURRO — Epíteto com que nos qualificamos, uns aos outros, quando temos opiniões divergentes, ou quando alguém ignora o que julgamos saber.

CAMELO — Ruminante sem cornos, o que já depõe em favor deste animal. Tem quatro estômagos e pode por isso ser considerado como o tipo natural e sugestivo de certos figurões pouco inteligentes e com quatro estômagos.

CARÁTER — Conjunto de qualidades morais, cujo nível, lobrigado muito de cima, parece estar descendo. Entre várias opiniões sobre as causas do fenômeno não se deve rejeitar a daqueles que atribuem o fato ao pavor incutido pela compreensão do pensamento nacional bem como à desmoralização do mérito desprotegido e constantemente sacrificado ao filhotismo. Salvo heroicas exceções, não pode mostrar caráter um povo atemorizado e que só no patronato enxerga meios de ascender na escala social.

CENSURA — Crítica austera anônima e oficial do pensamento alheio (se isso for cortado, será mais uma prova do que digo).

EMERGÊNCIA — (Ver *Estado de Sítio*).

ESTADO DE SÍTIO — (Ver *Emergência*).

INQUÉRITO — Devassa para se apurar qualquer delito escandaloso. No louvável intuito de se evitarem punições desagradáveis, os resultados dos inquéritos podem permanecer secretos, a bem da ordem, até segunda ordem.

INTERINO — Diz-se de empregado público que substitui outro durante vários anos, podendo por isso lucrar acumulações e outros proventos que, por lei, são vedados aos efetivos.

IRREVOGÁVEL — Adjetivo habitualmente empregado quando alguém anuncia a sua resolução de abandonar um cargo por julgá-lo incompatível com seus princípios. Depois, revoga-se o irrevogável.

KÁGADO — Conhecido quelônio, cujos nomes os srs. Silva Ramos e Mário Barreto porfiam em escrever com a letra *c* e fazendo questão do acento. Entre os nossos indígenas, era esse animal o símbolo da sabedoria, talvez porque nunca fala e, quando entrevistado, logo recolhe a cabeça. [...]

ZÉ-POVINHO — Designação vulgar do populacho que nunca a toma como irrisória, contentando-se de pagar impostos e fingir que vota. Há exemplos de reivindicações populares, em verdade temerosas; mas de ordinário unicamente servem para justificar tiranias subsequentes e inculcadas como defensores da ordem.

O plebiscito

CONTO

Artur Azevedo (1855-1908)

Com uma simples pergunta, começam os apuros do pai, que precisa disfarçar e correr ao dicionário. Ao contrário do gramático, do conto seguinte que... Bem, ao leitor as leituras. Em toda a sua obra o maranhense (embora carioquíssimo) Artur Azevedo foi sempre um humorista nas páginas dos jornais e pasquins do Rio de então. E depois, autor de livros, como Contos fora de moda *(que inclui* "O plebiscito", *seu conto mais conhecido, traduzido para mais de trinta línguas),* Contos cariocas, *entre vários títulos. Foi grande comediógrafo da época, com* O dote, A almanjarra, Amor por anexins, *entre outras peças e revistas. Mas o que é mesmo plebiscito?*

A cena passa-se em 1890.

A família está toda reunida na sala de jantar.

O sr. Rodrigues palita os dentes, repimpado numa cadeira de balanço. Acabou de comer como um abade.

Dona Bernardina, sua esposa, está muito entretida a limpar a gaiola de um canário-belga.

Os pequenos são dois, um menino e uma menina. Ela distrai-se a olhar para o canário. Ele, encostado à mesa, os pés cruzados, lê com muita atenção uma das nossas folhas diárias.

Silêncio.

De repente, o menino levanta a cabeça e pergunta:

— Papai, que é plebiscito?

O sr. Rodrigues fecha os olhos imediatamente para fingir que dorme.

O pequeno insiste:

— Papai?

Pausa:

— Papai?

Dona Bernardina intervém:

— Ó seu Rodrigues, Manduca está lhe chamando. Não durma depois do jantar, que lhe faz mal.

O sr. Rodrigues não tem remédio senão abrir os olhos.

— Que é? Que desejam vocês?

— Eu queria que papai me dissesse o que é plebiscito.

— Ora essa, rapaz! Então tu vais fazer doze anos e não sabes ainda o que é plebiscito?

— Se soubesse, não perguntava.

O sr. Rodrigues volta-se para dona Bernardina, que continua muito ocupada com a gaiola:

— Ó senhora, o pequeno não sabe o que é plebiscito!

— Não admira que ele não saiba, porque eu também não sei.

— Que me diz?! Pois a senhora não sabe o que é plebiscito?

— Nem eu, nem você; aqui em casa ninguém sabe o que é plebiscito.

— Ninguém, alto lá! Creio que tenho dado provas de não ser nenhum ignorante!

— A sua cara não me engana. Você é muito prosa. Vamos: se sabe, diga o que é plebiscito! Então? A gente está esperando! Diga!...

— A senhora o que quer é enfezar-me!

— Mas, homem de Deus, para que você não há de confessar que não sabe? Não é nenhuma vergonha ignorar qualquer palavra. Já outro dia foi a mesma coisa quando Manduca lhe perguntou o que era proletário. Você falou, falou, falou, e o menino ficou sem saber!

— Proletário — acudiu o sr. Rodrigues — é o cidadão pobre que vive do trabalho mal remunerado.

— Sim, agora sabe porque foi ao dicionário; mas dou-lhe um doce, se me disser o que é plebiscito sem arredar dessa cadeira!

— Que gostinho tem a senhora em tornar-me ridículo na presença destas crianças!

— Oh! ridículo é você mesmo quem se faz. Seria tão simples dizer: "Não sei, Manduca, não sei o que é plebiscito; vai buscar o dicionário, meu filho".

O sr. Rodrigues ergue-se de um ímpeto e brada:

— Mas se eu sei!

— Pois se sabe, diga!

— Não digo para me não humilhar diante de meus filhos! Não dou o braço a torcer! Quero conservar a força moral que devo ter nesta casa! Vá para o diabo!

E o sr. Rodrigues, exasperadíssimo, nervoso, deixa a sala de jantar e vai para o seu quarto, batendo violentamente a porta.

No quarto havia o que ele mais precisava naquela ocasião: algumas gotas de água de flor de laranja e um dicionário...

A menina toma a palavra:

— Coitado de papai! Zangou-se logo depois do jantar! Dizem que é tão perigoso!

— Não fosse tolo — observa dona Bernardina — e confessasse francamente que não sabia o que é plebiscito!

— Pois sim — acode Manduca, muito pesaroso por ter sido o causador involuntário de toda aquela discussão —, pois sim, mamãe; chame papai e façam as pazes.

— Sim! Sim! façam as pazes! — diz a menina em tom meigo e suplicante. — Que tolice! Duas pessoas que se estimam tanto zangaram-se por causa do plebiscito!

Dona Bernardina dá um beijo na filha e vai bater à porta do quarto:

— Seu Rodrigues, venha sentar-se; não vale a pena zangar-se por tão pouco.

O negociante esperava a deixa. A porta abre-se imediatamente. Ele entra, atravessa a casa, e vai sentar-se na cadeira de balanço.

— É boa! — brada o sr. Rodrigues depois de largo silêncio — é muito boa! Eu! Eu ignorar a significação da palavra *plebiscito*! Eu!...

A mulher e os filhos aproximam-se dele.

O homem continua num tom profundamente dogmático:

— Plebiscito...

E olha para todos os lados a ver se há ali mais alguém que possa aproveitar a lição.

— Plebiscito é uma lei decretada pelo povo romano, estabelecido em comícios.

— Ah! — suspiram todos, aliviados.

— Uma lei romana, percebem? E querem introduzi-la no Brasil! É mais um estrangeirismo!...

O gramático

CONTO

Artur Azevedo (1855-1908)

Havia na capital de uma das nossas províncias menos adiantadas certa panelinha de gramáticos, sofrivelmente pedantes. Não se agitava questão de sintaxe, para cuja solução não fossem tais senhores imediatamente consultados. Diziam as coisas mais simples e rudimentares num tom pedantesco e dogmático, que não deixava de produzir o seu efeito no espírito das massas boquiabertas.

Dessa aluvião de grandes homens destacava-se o dr. Praxedes, que almoçava, merendava, jantava e ceava gramática portuguesa.

Esse ratão, bacharel formado em Olinda, nos bons tempos, era chefe de seção da Secretaria do Governo, e andava pelas ruas a fazer análise lógica das tabuletas das lojas e dos cartazes pregados nas esquinas. "CASA DO BARATEIRO — sujeito, *esta casa*; verbo, *é*; atributo, *a casa*; *do barateiro*, complemento restritivo." O dr. Praxedes despedia um criado, se o infeliz, como a *soubrette* das *Femmes savantes*, cometia um erro de prosódia.

E quando submetia os transeuntes incautos a um exame de regência gramatical?

Por exemplo: encontrava na rua um menino, e este caía na asneira de perguntar muito naturalmente:

— Sr. dr. Praxedes, como tem passado?

— Venha cá, respondia ele agarrando o pequeno por um botão do casaco: *Sr. dr. Praxedes, como tem passado?* Que oração é esta?

— Mas... é que estou com muita pressa...

— Diga!

— É uma oração interrogativa.

— Sujeito?

— *Sr. dr. Praxedes.*

— Verbo?

— *Ter.*

— Atributo?

— *Passado.*

— Bom. Pode ir. Lembranças a seu pai.

E, com uma ideia súbita, parando:

— Ah! venha cá! venha cá! *Lembranças a seu pai* — que oração é esta?

— É uma oração... uma oração imperativa.

— Bravo! Sujeito?

— Está oculto... É *você*... *Você* dê lembranças a seu pai.

— Muito bem. Verbo?

— *Dar.*

— Atributo?

— *Dador.*

— *Lembranças* é um complemento...?

— Objetivo.

— *A seu pai*...?

— Terminativo.

— Muito bem. Pode ir. Adeus.

Depois de aposentado com trinta anos de serviço, o dr. Praxedes recolheu-se ao interior da província, escolhendo, para passar o resto dos seus gloriosos dias, a cidadezinha de ***, seu berço natal. Aí advogava por muito empenho, continuando a exercer a sua missão de oráculo em questões gramaticais.

Raramente saía à rua, pois todo o tempo era pouco para estar em casa, respondendo às numerosas consultas que lhe dirigiam da capital e de outros pontos da província.

A cidadezinha de *** dava-se ao luxo de uma folha hebdomadária, o *Progresso*, propriedade do Clorindo Barreto, que acumulava as funções de diretor, redator, compositor, revisor, paginador, impressor, distribuidor e cobrador.

Ninguém se admire disso, porque o Barreto — justiça se lhe faça — dava mais uso à tesoura do que à pena. O vigário, que tinha sempre a sua pilhéria aos domingos, disse um dia que aquilo não era uma tesoura, mas um tesouro.

Entretanto, se no escritório do *Progresso* a goma-arábica tinha mais extração que a tinta de escrever, não se passava caso de vulto, dentro ou fora da localidade, que não viesse fielmente narrado na folha.

Por exemplo:

"O sr. major Hilarião Gouveia de Araújo acaba de receber a grata nova de que seu prezado filho, o jovem Tancredo, acaba de concluir seus preparatórios na Corte, e vai matricular-se na Escola Politécnica, da referida Corte.

"Cumprimentamos cheios de júbilo o sr. major Hilarião, que é um dos nossos mais prestimosos assinantes, desde que fundou-se a nossa folha."

Em fins de maio de 1885, a notícia do falecimento de Victor Hugo chegou à cidadezinha de ***, levada por um sujeito que saíra da capital justamente na ocasião em que o telégrafo comunicara o infausto acontecimento.

O Barreto, logo que soube da notícia, coçou a cabeça e murmurou:

— Diabo! Não tenho jornais... Como hei de descalçar este par de botas? A notícia da morte de Victor Hugo deve ser floreada, bem escrita, e não me sinto com forças para desempenhar semelhante tarefa!

Todavia, molhou a pena, que se parecia um tanto com a espada de certos generais, e rabiscou: VICTOR HUGO.

Ao cabo de duas horas de cogitação, o jornalista não escrevera nem mais uma linha...

Mas, oh, providência! Nesse momento passou pela porta da tipografia o sábio dr. Praxedes, a passos largos, medidos e solenes, e uma ideia iluminou o cérebro vazio de Clorindo Barreto.

— Dr. Praxedes! Dr. Praxedes! exclamou ele. Tenha vossa senhoria a bondade de entrar por um momento. Preciso falar-lhe.

O dr. Praxedes empacou, voltou-se gravemente e, conquanto embirrasse com o Barreto, por causa dos seus constantes solecismos, entrou na tipografia.

— Que deseja?

O redator do *Progresso* referiu a notícia da morte do grande poeta, confessou o vergonhoso embaraço em que se achava, e apelou para as luzes do dr. Praxedes.

Este, com um sorriso de lisonjeado, sorriso que logo desapareceu, curvando-se-lhe os lábios em sentido oposto, sentou-se à mesa com a gravidade de um juiz, tirou os óculos, limpou-os com muito vagar, bifurcou-os no nariz, pediu uma pena nova, experimentou-a na unha do polegar, dispôs sobre a mesa algumas tiras de papel, cujas arestas aparou cuidadosamente com a... com o tesouro, chupou a pena, molhou-a três vezes no tinteiro infecundo, sacudiu-a outras tantas, e, afinal, escreveu:

FALECIMENTO

Consta, por pessoa vinda de..., ter falecido em Paris, capital da França, o sr. Victor Hugo, poeta insigne e autor de várias obras de mérito, entre as quais um drama em verso, *Mariquinhas Delorme* (*Marion Delorme*) e uma interessante novela intitulada *Nossa Senhora de Paris* (*Notre-Dame de Paris*).*

O ilustre finado era conde e viúvo.

O seu falecimento enluta a literatura da culta Europa.

Nossos sinceros pêsames à sua estremecida família.

O dr. Praxedes saiu da tipografia do *Progresso*, e continuou o seu caminho a passos largos, medidos e solenes.

* Romance e não novela, também conhecido como *O corcunda de Notre-Dame*.

Ia mais satisfeito e cheio de si do que o próprio sr. Victor Hugo quando escreveu a última palavra da sua interessante novela.

O Barreto ficou radiante, e, examinando a tira de papel escrita pelo gramático, exclamou, comovido pela admiração:

— Nem uma emenda!

A cozinheira

CONTO

Artur Azevedo (1855-1908)

I.

Araújo entrou em casa alegre como passarinho. Atravessou o corredor cantarolando a *Mascotte*, penetrou na sala de jantar, e atirou para cima do aparador de *vieux-chêne* [carvalho antigo] um grande embrulho quadrado; mas, de repente, deixou de cantarolar e ficou muito sério: a mesa não estava posta! Consultou o relógio: eram cinco e meia.

— Então que é isto? São estas horas e a mesa ainda neste estado! Maricas!

Maricas entrou, arrastando lentamente uma elegante bata de seda.

Araújo deu-lhe o beijo conjugal, que há três anos estalava todo dia à mesma hora, invariavelmente, e interpelou-a:

— Então, o jantar.

— Pois sim, espera por ele!

— Alguma novidade?

— A Josefa tomou um pileque onça, e foi-se embora sem ao menos deitar as panelas no fogo!

Araújo caiu aniquilado na cadeira de balanço. Já tardava! A Josefa servia-os há dois meses, e as outras cozinheiras não tinham lá parado nem oito dias!

— Diabo! dizia ele irritadíssimo; diabo!

E lembrava-se da terrível estopada que o esperava no dia seguinte: agarrar no *Jornal do Comércio*, meter-se num tílburi, e subir cinquenta escadas à procura de uma cozinheira!

Ainda da última vez tinha sido um verdadeiro inferno! — Papapá! — Quem bate! — Foi aqui que anunciaram uma cozinheira? — Foi, mas já está alugada. — Repetiu-se esta cena um ror de vezes!

— Vai a uma agência, aconselhou Maricas.

— Ora muito obrigado! bem sabes o que temos sofrido com as tais agências. Não há nada pior.

E enquanto Araújo, muito contrariado, agitava nervosamente a ponta do pé e dava pequenos estalidos de língua, Maricas abria o embrulho que ele ao entrar deixara sobre o aparador...

— Oh! como é lindo! exclamou extasiada diante de um magnífico chapéu de palha, com muitas fitas e muitas flores. Há de me ficar muito bem. Decididamente és um homem de gosto!

E, sentando-se no colo de Araújo, agradecia-lhe com beijos e carícias o inesperado mimo. Ele deixava-se beijar friamente, repetindo sempre:

— Diabo! diabo!...

— Não te amofines assim por causa de uma cozinheira.

— Dizes isso porque não és tu que vais correr a via-sacra à procura de outra.

— Se queres, irei; não me custa.

— Não! Deus me livre de dar-te essa maçada. Irei eu mesmo.

Ergueram-se ambos. Ele parecia agora mais resignado, e disse:

— Ora, adeus! Vamos jantar num hotel!

— Apoiado! Em qual há de ser?

— No Daury. É o que está mais perto. Ir agora à cidade seria uma grande maçada.

— Está dito: vamos ao Daury.

— Vai te vestir.

Às oito horas da noite Araújo e Maricas voltaram do Daury perfeitamente jantados e puseram-se à fresca.

Ela mandou iluminar a sala, e foi para o piano assassinar miseravelmente a marcha da *Aída*; ele, deitado num soberbo divã estofado, saboreando o seu Rondueles, contemplava uma finíssima gravura de Goupil, que enfeitava a parede fronteira, e lembrava-se do dinheirão que gastara para mobiliar e ornar aquele bonito chalé da rua do Matoso.

Às dez horas recolheram-se ambos. Largo e suntuoso leito de jacarandá e pau-rosa, sob um dossel de seda, entre cortinas de rendas, oferecia-lhes o inefável conchego das suas colchas adamascadas.

À primeira pancada da meia-noite, Araújo ergue-se de um salto, obedecendo a um movimento instintivo. Vestiu-se, pôs o chapéu, deu um beijo de despedida em Maricas, que dormia profundamente, e saiu de casa com mil cuidados para não despertá-la.

A uns cinquenta passos de distância, dissimulado na sombra, estava um homem cujo vulto se aproximou à medida que o dono da casa se afastava...

Quando o som dos passos de Araújo se perdeu de todo no silêncio e ele desapareceu na escuridão da noite, o outro tirou uma chave do bolso, abriu a porta do chalé, e entrou...

Na ocasião em que se voltava para fechar a porta, a luz do lampião fronteiro bateu-lhe em cheio no rosto; se alguém houvesse defronte, veria no misterioso notívago um formoso rapaz de vinte anos.

Entretanto, Araújo desceu a rua Matriz e Barros, subiu a de São Cristóvão, e um quarto de hora depois entrava numa casinha de aparência pobre.

II.

Dormiam as crianças, mas dona Ernestina de Araújo ainda estava acordada.

O esposo deu-lhe o beijo convencional, um beijo apressado, que tinha uma tradição de quinze anos, e começou a despir-se para deitar-se. Araújo levava grande parte da vida a mudar de roupa.

— Venho achar-te acordada: isso é novidade!

— É novidade, é. A Jacinta deu-lhe hoje para embebedar-se, e saiu sem aprontar o jantar. Fiquei em casa sozinha com as crianças.

— Oh, senhor! é sina minha andar atrás de cozinheiras!

— Não te aflijas: eu mesma irei amanhã procurar outra.

— Naturalmente, pois se não fores, nem eu, que não estou para maçadas!

Depois que o marido se deitou, dona Ernestina, timidamente:

— E o meu chapéu? perguntou; compraste-o?

— Que chapéu?

— O chapéu que te pedi.

— Ah! já não me lembrava… Daqui a uns dias… Ando muito arrebentado…

— É que o outro já está tão velho…

— Vai-te arranjando com ele, e tem paciência… Depois, depois…

— Bom… quando puderes.

E adormeceram.

Logo pela manhã a pobre senhora pôs o seu chapéu velho e saiu por um lado, enquanto o seu marido saía por outro, ambos à procura de cozinheira.

Os pequenos ficaram na escola.

Os rendimentos de Araújo davam-lhe para sustentar aquelas duas casas. Ele almoçava com a mulher e jantava com a amante. Ficava até a meia-noite em casa desta, e entrava de madrugada no lar doméstico.

A amante vivia num bonito chalé, a família morava numa velha casinha arruinada e suja. Na casa da mão esquerda havia o luxo, o conforto, o bem-estar; na casa da mão direita reinava a mais severa economia. Ali os guardanapos eram de linho; aqui os lençóis de algodão. Na rua do Matoso havia sempre o supérfluo; na rua de São Cristóvão muitas vezes faltava o necessário.

Araújo prontamente arranjou cozinheira para a rua do Matoso, e à meia-noite encontrou a esposa muito satisfeita:

— Queres saber, Araújo? Dei no vinte! Achei uma excelente cozinheira!

— Sério?

— Que jantar esplêndido! Há muito tempo não comia tão bem! Esta não me sai mais de casa.

Pela manhã, a nova cozinheira veio trazer o café para o patrão, que se achava ainda recolhido, lendo a *Gazeta*. A senhora estava no banho; os meninos tinham ido para a escola.

— Eh! eh! meu amo, é vosmecê que é dono da casa?

Araújo levantou os olhos; era a Josefa, a cozinheira que tinha estado em casa de Maricas!

— Cala-te, diabo! Não digas que me conheces!

— Sim, sinhô.

— Com que então tomaste anteontem um pileque onça e nos deixaste sem jantar, hein?

— Mentira sé, meu amo; Josefa nunca tomou pileque. Minha ama foi que me botou pra fora!

— Ora essa! Por quê?

— Ela me xingou pro via das compra, e eu ameacei ela de dizê tudo a vossuncê.

— Tudo, o quê?

— A história do estudante que entra em casa à meia-noite quando vossuncê sai.

— Cala-te! disse vivamente Araújo, ouvindo os passos de dona Ernestina, que voltava do banho.

O nosso herói prontamente se convenceu que a Josefa lhe havia dito a verdade. Em poucos dias desembaraçou-se da amante, deu melhor casa à mulher e aos filhos, começou a jantar em família, e hoje não sai à noite sem dona Ernestina. Tomou juízo e vergonha.

O homem de cabeça de papelão

CONTO

João do Rio (1881-1921)

"João do Rio foi um dos espíritos mais singularmente encantadores da literatura brasileira", disse certa vez António de Alcântara Machado. Num "país que chamavam de Sol, apesar de chover, às vezes", o jornalista e cronista Paulo Barreto, nosso João do Rio, dândi e beletrista, inspirando-se em Oscar Wilde (e no francês Jean Lorrain), deixou uma obra que foi ganhando relevo depois de sua morte: Dentro da noite, A mulher e os espelhos, A alma encantadora das ruas, As religiões no Rio. *O conto "O homem de cabeça de papelão" é uma sátira política (ao então candidato à presidência Hermes da Fonseca, dizem) e de costumes.*

No país que chamavam de Sol, apesar de chover, às vezes, semanas inteiras, vivia um homem de nome Antenor. Não era príncipe. Nem deputado. Nem rico. Nem jornalista. Absolutamente sem importância social.

O País do Sol, como em geral todos os países lendários, era o mais comum, o menos surpreendente em ideias e práticas. Os habitantes afluíam todos para a capital, composta de praças, ruas, jardins e avenidas, e tomavam todos os lugares e todas as possibilidades da vida dos que, por desventura, eram da capital. De modo que estes eram mendigos e parasitas, únicos meios de vida sem concorrência, isso mesmo com muitas restrições quanto ao parasitismo. Os prédios da capital, no centro elevavam aos ares alguns andares e a fortuna dos proprietários, nos subúrbios não passavam de um andar sem que por isso não enriquecessem os proprietários também. Havia milhares de automóveis à disparada pelas artérias matando gente para matar o tempo, cabarés fatigados, jornais, *tramways*, partidos nacionalistas, ausência de conservadores, a Bolsa, o Governo, a Moda, e um aborrecimento integral. Enfim tudo quanto a cidade de fantasia pode almejar para ser igual a uma grande cidade com pretensões da América. E o povo que a habitava julgava-se, além de inteligente, possuidor de imenso bom senso. Bom senso! Se não fosse a capital do País do Sol, a cidade seria a capital do Bom Senso!

Precisamente por isso, Antenor, apesar de não ter importância alguma, era exceção malvista. Esse rapaz, filho de boa família (tão boa que até tinha sentimentos), agira sempre em desacordo com a norma dos seus concidadãos.

Desde menino, a sua respeitável progenitora descobriu-lhe um defeito horrível: Antenor só dizia a verdade. Não a sua verdade, a verdade útil, mas a verdade verdadeira. Alarmada, a digna senhora pensou em tomar providências. Foi-lhe impossível. Antenor era diverso no modo de comer, na maneira de vestir, no jeito de andar, na expressão com que se dirigia aos outros. Enquanto usara calções, os amigos da família consideravam-no um *enfant terrible*, porque no País do Sol todos falavam francês com convicção, mesmo falando mal. Rapaz, entretanto, Antenor tornou-se alarmante. Entre outras coisas, Antenor pensava livremente por conta própria. Assim, a família via chegar Antenor como a própria revolução; os mestres indignavam-se porque ele aprendia ao contrário do que ensinavam; os amigos odiavam-no; os transeuntes, vendo-o passar, sorriam.

Uma só coisa descobriu a mãe de Antenor para não ser forçada a mandá-lo embora: Antenor nada do que fazia, fazia por mal. Ao contrário. Era escandalosamente, incompreensivelmente bom. Aliás, só para ela, para os olhos maternos. Porque quando Antenor resolveu arranjar trabalho para os mendigos e corria à bengala os parasitas na rua, ficou provado que Antenor era apenas doido furioso. Não só para as vítimas da sua bondade como para a esclarecida inteligência dos delegados de polícia a quem teve de explicar a sua caridade.

Com o fim de convencer Antenor de que devia seguir os trâmites legais de um jovem solar, isto é: ser bacharel e depois empregado público nacionalista, deixando à atividade da canalha estrangeira o resto, os interesses congregados da família em nome dos princípios organizaram vários meetings como aqueles que se fazem na inexistente democracia americana para provar que a chave abre portas e a faca serve para cortar o que é nosso para nós e o que é dos outros também para nós. Antenor, diante da evidência, negou-se.

— Ouça! bradava o tio. Bacharel é o princípio de tudo. Não estude. Pouco importa! Mas seja bacharel! Bacharel você tem tudo nas mãos. Ao lado de um político-chefe, sabendo lisonjear, é a ascensão: deputado, ministro.

— Mas não quero ser nada disso.

— Então quer ser vagabundo?

— Quero trabalhar.

— Vem dar na mesma coisa. Vagabundo é um sujeito a quem faltam três coisas: dinheiro, prestígio e posição. Desde que você não as tem, mesmo trabalhando — é vagabundo.

— Eu não acho.

— É pior. É um tipo sem bom senso. É bolchevique. Depois, trabalhar para os outros é uma ilusão. Você está inteiramente doido.

Antenor foi trabalhar, entretanto. E teve uma grande dificuldade para trabalhar. Pode-se dizer que a originalidade da sua vida era trabalhar para trabalhar. Acedendo ao pedido da respeitável senhora que era mãe de Antenor, Antenor passeou a sua má cabeça por várias casas de comércio, várias empresas industriais. Ao cabo de um ano, dois meses, estava na rua. Por que mandavam embora Antenor? Ele não tinha exigências, era honesto como a água, trabalhador, sincero, verdadeiro, cheio de ideias. Até alegre — qualidade raríssima no país onde o sol, a cerveja e a inveja faziam batalhões de biliosos tristes. Mas companheiros e patrões prevenidos, se a princípio declinavam hostilidades, dentro em pouco não o aturavam. Quando um companheiro não atura o outro, intriga-o. Quando um patrão não atura o empregado, despede-o. É a norma do País do Sol. Com Antenor depois de despedido, companheiros e patrões ainda por cima tomavam-lhe birra. Por quê? É tão difícil saber a verdadeira razão por que um homem não suporta outro homem!

Um dos seus ex-companheiros explicou certa vez:

— É doido. Tem a mania de fazer mais que os outros. Estraga a norma do serviço e acaba não sendo tolerado. Mau companheiro. E depois com ares...

O patrão do último estabelecimento de que saíra o rapaz respondeu à mãe de Antenor:

— A perigosa mania de seu filho é pôr em prática ideias que julga próprias.

— Prejudicou-lhe, sr. Praxedes?

— Não. Mas podia prejudicar. Sempre altera o bom senso. Depois, mesmo que seu filho fosse águia, quem manda na minha casa sou eu.

No País do Sol o comércio é uma maçonaria. Antenor, com fama de perigoso, insuportável, desobediente, não pôde em breve obter emprego algum. Os patrões que mais tinham lucrado com as suas ideias eram os que mais falavam. Os companheiros que mais o haviam aproveitado tinham-lhe raiva. E se Antenor sentia a triste experiência do erro econômico no trabalho sem a norma, a praxe, no convívio social compreendia o desastre da verdade. Não o toleravam. Era-lhe impossível ter amigos, por muito tempo, porque esses só o eram enquanto não o tinham explorado.

Antenor ria. Antenor tinha saúde. Todas aquelas desditas eram para ele brincadeira. Estava convencido de estar com a razão, de vencer. Mas, a razão sua, sem interesse chocava-se à razão dos outros ou com interesses ou presa à sugestão dos alheios. Ele via os erros, as hipocrisias, as vaidades, e dizia o que via. Ele ia fazer o bem, mas mostrava o que ia fazer. Como tolerar tal miserável? Antenor tentou tudo, juvenilmente, na cidade. A digníssima sua progenitora desculpava-o ainda.

— É doido, mas bom.

Os parentes, porém, não o cumprimentavam mais. Antenor exercera o comércio, a indústria, o professorado, o proletariado. Ensinara geografia num colégio, de onde foi expulso pelo diretor; estivera numa fábrica de tecidos, forçado a retirar-se pelos operários e pelos patrões; oscilara entre revisor de jornal e condutor de bonde. Em todas as profissões vira os círculos estreitos das classes, a defesa hostil dos outros homens, o ódio com que o repeliam, porque ele pensava, sentia, dizia outra coisa diversa.

— Mas, Deus, eu sou honesto, bom, inteligente, incapaz de fazer mal...

— É da tua má cabeça, meu filho.

— Qual?

— A tua cabeça não regula.

— Quem sabe?

Antenor começava a pensar na sua má cabeça, quando o seu coração apaixonou-se. Era uma rapariga chamada Maria Antônia, filha da nova lavadeira de sua mãe. Antenor achava perfeitamente justo casar com a Maria Antônia. Todos viram nisso mais uma prova do desarranjo cerebral de Antenor. Apenas, com pasmo geral, a resposta de Maria Antônia foi condicional.

— Só caso se o senhor tomar juízo.

— Mas que chama você juízo?

— Ser como os mais.

— Então você gosta de mim?

— E por isso é que só caso depois.

Como tomar juízo? Como regular a cabeça? O amor leva aos maiores desatinos. Antenor pensava em arranjar a má cabeça, estava convencido.

Nessas disposições, Antenor caminhava por uma rua no centro da cidade, quando os seus olhos descobriram a tabuleta de uma "relojoaria e outros maquinismos delicados de precisão". Achou graça e entrou. Um cavalheiro grave veio servi-lo.

— Traz algum relógio?

— Trago a minha cabeça.

— Ah! Desarranjada?

— Dizem-no, pelo menos.

— Em todo o caso, há tempo?

— Desde que nasci.

— Talvez imprevisão na montagem das peças. Não lhe posso dizer nada sem observação de trinta dias e a desmontagem geral. As cabeças como os relógios para regular bem...

Antenor atalhou:

— E o senhor fica com a minha cabeça?

— Se a deixar.

— Pois aqui a tem. Conserte-a. O diabo é que eu não posso andar sem cabeça...

— Claro. Mas, enquanto a arranjo, empresto-lhe uma de papelão.

— Regula?

— É de papelão! explicou o honesto negociante. Antenor recebeu o número de sua cabeça, enfiou a de papelão, e saiu para a rua.

Dois meses depois, Antenor tinha uma porção de amigos, jogava o pôquer com o ministro da Agricultura, ganhava uma pequena fortuna vendendo feijão bichado para os exércitos aliados. A respeitável mãe de Antenor via-o mentir, fazer mal, trapacear e ostentar tudo o que não era. Os parentes, porém, estimavam-no, e os companheiros tinham garbo em recordar o tempo em que Antenor era maluco.

Antenor não pensava. Antenor agia como os outros. Queria ganhar. Explorava, adulava, falsificava. Maria Antônia tremia de contentamento vendo Antenor com juízo. Mas Antenor, logicamente, desprezou-a propondo um concubinato que o não desmoralizasse a ele. Outras Marias ricas, de posição, eram de opinião da primeira Maria. Ele só tinha de escolher. No centro operário, a sua fama crescia, querido dos patrões burgueses e dos operários irmãos dos espartacistas da Alemanha. Foi eleito deputado por todos, e, especialmente, pelo presidente da República — a quem atacou logo, pois para a futura eleição o presidente seria outro. A sua ascensão só podia ser comparada à dos balões. Antenor esquecia o passado, amava a sua terra. Era o modelo da felicidade. Regulava admiravelmente.

Passaram-se assim anos. Todos os chefes políticos do País do Sol estavam na dificuldade de concordar no nome do novo senador, que fosse o expoente da norma, do bom senso. O nome de Antenor era cotado. Então Antenor passeava de automóvel pelas ruas centrais, para tomar pulso à opinião, quando os seus olhos deram na tabuleta do relojoeiro e lhe veio a memória.

— Bolas! E eu que esqueci! A minha cabeça está ali há tempo... Que acharia o relojoeiro? É capaz de tê-la vendido para o interior. Não posso ficar toda vida com uma cabeça de papelão!

Saltou. Entrou na casa do negociante. Era o mesmo que o servira.

— Há tempos deixei aqui uma cabeça.

— Não precisa dizer mais. Espero-o ansioso e admirado da sua ausência, desde que ia desmontar a sua cabeça.

— Ah! fez Antenor.

— Tem-se dado bem com a de papelão?

— Assim...

— As cabeças de papelão não são más de todo. Fabricações por séries. Vendem-se muito.

— Mas a minha cabeça?

— Vou buscá-la.

Foi ao interior e trouxe um embrulho com respeitoso cuidado.

— Consertou-a?

— Não.

— Então, desarranjo grande?

O homem recuou.

— Senhor, na minha longa vida profissional jamais encontrei um aparelho igual, como perfeição, como acabamento, como precisão. Nenhuma cabeça regulará no mundo melhor do que a sua. É a placa sensível do tempo, das ideias, é o equilíbrio de todas as vibrações. O senhor não tem uma cabeça qualquer. Tem uma cabeça de exposição, uma cabeça de gênio, hors-concours.

Antenor ia entregar a cabeça de papelão. Mas conteve-se.

— Faça o obséquio de embrulhá-la.

— Não a coloca?

— Não.

— V.Ex.ª faz bem. Quem possui uma cabeça assim não a usa todos os dias. Fatalmente dá na vista.

Mas Antenor era prudente, respeitador da harmonia social.

— Diga-me cá. Mesmo parada em casa, sem corda, numa redoma, talvez prejudique.

— Qual! V.Ex.ª terá a primeira cabeça.

Antenor ficou seco.

— Pode ser que V.Ex.ª, profissionalmente, tenha razão. Mas, para mim, a verdade é a dos outros, que sempre a julgaram desarranjada e não regulando bem. Cabeças e relógios querem-se conforme o clima e a moral de cada terra. Fique V. com ela. Eu continuo com a de papelão.

E, em vez de viver no País do Sol um rapaz chamado Antenor, que não conseguia ser nada tendo a cabeça mais admirável — um dos elementos mais ilustres do País do Sol foi Antenor, que conseguiu tudo com uma cabeça de papelão.

Triste fim de Policarpo Quaresma (I)

TRECHO DO ROMANCE

Lima Barreto (1881-1922)

Monteiro Lobato, em 1918, anteviu: "Mais tarde será nos teus livros e nalguns de Machado de Assis, mas, sobretudo, nos teus, que os pósteros poderão 'sentir' o Rio atual com todas as suas mazelas de salão por cima e Sapucaia por baixo. Paisagens e almas, todas, está tudo ali". Hoje Lima Barreto tornou-se um clássico "no campo das letras", com seus contos ("A nova Califórnia", "O homem que sabia javanês" e "Numa e a ninfa", aqui presentes) e os romances Triste fim de Policarpo Quaresma, Recordações do escrivão Isaías Caminha *e outros.*

IV. DESASTROSAS CONSEQUÊNCIAS DE UM REQUERIMENTO

Os acontecimentos a que aludiam os graves personagens reunidos em torno da mesa de solo, na tarde memorável da festa comemorativa do pedido de casamento de Ismênia, se tinham desenrolado com rapidez fulminante. A força de ideias e sentimentos contidos em Quaresma se havia revelado em atos imprevistos com uma sequência brusca e uma velocidade de turbilhão. O primeiro fato surpreendeu, mas vieram outros e outros, de forma que o que pareceu no começo uma extravagância, uma pequena mania, se apresentou logo em insânia declarada.

Justamente algumas semanas antes do pedido de casamento, ao abrir-se a sessão da Câmara, o secretário teve que proceder à leitura de um requerimento singular e que veio a ter uma fortuna de publicidade e comentário pouco usual em documentos de tal natureza.

O burburinho e a desordem que caracterizam o recolhimento indispensável ao elevado trabalho de legislar não permitiram que os deputados o ouvissem; os jornalistas, porém, que estavam próximos à mesa, ao ouvi-lo, prorromperam em gargalhadas, certamente inconvenientes à majestade do lugar. O riso é contagioso. O secretário, no meio da leitura, ria-se, discretamente; pelo fim, já ria-se o presidente, ria-se o oficial da ata, ria-se o contínuo — toda a mesa e aquela população que a cerca riram-se da petição, largamente, querendo sempre conter o riso, havendo em alguns tão franca alegria que as lágrimas vieram.

Quem soubesse o que uma tal folha de papel representava de esforço, de trabalho, de sonho generoso e desinteressado, havia de sentir uma penosa tristeza, ouvindo aquele rir inofensivo diante dela. Merecia raiva, ódio, um deboche de inimigo talvez, o documento que chegava à mesa da Câmara, mas não aquele recebimento hilário, de uma hilaridade inocente, sem fundo algum, assim como se se estivesse a rir de uma palhaçada, de uma sorte de circo de cavalinhos ou de uma careta de *clown*.

Os que riam, porém, não lhe sabiam a causa e só viam nele um motivo para riso franco e sem maldade. A sessão daquele dia fora fria; e, por ser assim, as seções dos jornais referentes à Câmara, no dia seguinte, publicaram o seguinte requerimento e glosaram-no em todos os tons.

Era assim concebida a petição:

Policarpo Quaresma, cidadão brasileiro, funcionário público, certo de que a língua portuguesa é emprestada ao Brasil; certo também de que, por esse fato, o falar e o escrever em geral, sobretudo no campo das letras, se veem na humilhante contingência de sofrer continuamente censuras ásperas dos proprietários da língua; sabendo, além, que, dentro do nosso país, os autores e os escritores, com especialidade os gramáticos, não se entendem no tocante à correção gramatical, vendo-se, diariamente, surgir azedas polêmicas entre os mais profundos estudiosos do nosso idioma — usando do direito que lhe confere a Constituição, vem pedir que o Congresso Nacional decrete o tupi-guarani como língua oficial e nacional do povo brasileiro.

O suplicante, deixando de parte os argumentos históricos que militam em favor de sua ideia, pede vênia para lembrar que a língua é a mais alta manifestação da inteligência de um povo, é a sua criação mais viva e original; e, portanto, a emancipação política do país requer como complemento e consequência a sua emancipação idiomática.

Demais, senhores congressistas, o tupi-guarani, língua originalíssima, aglutinante, é verdade, mas a que o polissintetismo dá múltiplas feições da riqueza, é a única capaz de traduzir as nossas belezas, de pôr-nos em relação com a nossa natureza e adaptar-se perfeitamente aos nossos órgãos vocais e cerebrais, por ser criação de povos que aqui viveram e ainda vivem, portanto possuidores da organização fisiológica e psicológica para que tendemos, evitando-se dessa forma as estéreis controvérsias gramaticais, oriundas de uma difícil adaptação de uma língua de outra região à nossa organização cerebral e ao nosso aparelho vocal — controvérsias que tanto empecem o progresso da nossa cultura literária, científica e filosófica.

Seguro de que a sabedoria dos legisladores saberá encontrar meios para realizar semelhante medida e cônscio de que a Câmara e o Senado pesarão o seu alcance e utilidade

P. e E. deferimento.

Assinado e devidamente estampilhado, esse requerimento do major foi durante dias assunto de todas as palestras. Publicado em todos os jornais, com comentários facetos, não havia quem não fizesse uma pilhéria sobre ele, quem não ensaiasse um espírito à custa da lembrança de Quaresma. Não ficaram nisso; a curiosidade malsã quis mais. Indagou-se quem era, de que vivia, se era casado, se era solteiro. Uma ilustração semanal publicou-lhe a caricatura e o major foi apontado na rua.

Os pequenos jornais alegres, esses semanários de espírito e troça, então! eram de um encarniçamento atroz com o pobre major. Com uma abundância que marcava a felicidade dos redatores em terem encontrado um assunto fácil, o texto vinha cheio dele: o major Quaresma disse isso; o major Quaresma fez aquilo.

Um deles, além de outras referências, ocupou uma página inteira com o assunto da semana. Intitulava-se a ilustração: "O Matadouro de Santa Cruz, segundo o major Quaresma", e o desenho representava uma fila de homens e mulheres a marchar para o choupo que se via à esquerda. Um outro referia-se ao caso pintando um açougue, "O Açougue Quaresma"; legenda: a cozinheira perguntava ao açougueiro: — O senhor tem língua de vaca? O açougueiro respondia: — Não, só temos língua de moça, quer?

Com mais ou menos espírito, os comentários não cessavam e a ausência de relações de Quaresma no meio de que saíam fazia com que fossem de uma constância pouco habitual. Levaram duas semanas com o nome do subsecretário.

Tudo isso irritava profundamente Quaresma. Vivendo há trinta anos quase só, sem se chocar com o mundo, adquirira uma sensibilidade muito viva e capaz de sofrer profundamente com a menor cousa. Nunca sofrera críticas, nunca se atirou à publicidade, vivia imerso no seu sonho, incubado e mantido vivo pelo calor dos seus livros. Fora deles, ele não conhecia ninguém; e, com as pessoas com quem falava, trocava pequenas banalidades, ditos de todo dia, cousas com que a sua alma e o seu coração nada tinham que ver.

Nem mesmo a afilhada o tirava dessa reserva, embora a estimasse mais que a todos.

[...]

Por mais que quisesse, ela não podia julgar o ato do padrinho sob o critério de seu pai. Neste falava o bom senso e nela o amor às grandes cousas, aos arrojos e cometimentos ousados. Lembrou-se de que Quaresma lhe falara em emancipação; e se houve no fundo de si um sentimento que não fosse de admiração pelo atrevimento do major, não foi decerto o de reprovação ou lástima; foi de piedade simpática por ver mal compreendido o ato daquele homem que ela conhecia há tantos anos, seguindo o seu sonho, isolado, obscuro e tenaz.

— Isso vai causar-lhe transtorno — observou Coleoni.

E ele tinha razão. A sentença do arquivista foi vencedora nas discussões dos corredores e a suspeita de que Quaresma estivesse doido foi tomando foros de certeza. Em princípio, o subsecretário suportou bem a tempestade; mas tendo adivinhado que o supunham insciente no tupi, irritou-se, encheu-se de uma raiva surda, que se continha dificilmente. Como eram cegos! Ele, que há trinta anos estudava o Brasil minuciosamente; ele, que em virtude desses estudos fora obrigado a aprender o rebarbativo alemão, não saber tupi, a língua brasileira, a única que o era — que suspeita miserável!

Que o julgassem doido — vá! Mas que desconfiassem da sinceridade de suas afirmações, não! E ele pensava, procurava meios de se reabilitar, caía em distrações, mesmo escrevendo e fazendo a tarefa cotidiana. Vivia dividido em dois: uma parte nas obrigações de todo o dia, e a outra, na preocupação de provar que sabia o tupi.

O secretário veio a faltar um dia e o major lhe ficou fazendo as vezes. O expediente fora grande e ele mesmo redigira e copiara uma parte. Tinha começado a passar a limpo um ofício sobre cousas de Mato Grosso, onde se falava em Aquidauana e Ponta-Porã, quando o Carmo disse lá do fundo da sala, com acento escarninho:

— Homero, isso de saber é uma cousa, dizer é outra.

Quaresma nem levantou os olhos do papel. Fosse pelas palavras em tupi que se encontravam na minuta, fosse pela alusão do funcionário Carmo, o certo é que ele insensivelmente foi traduzindo a peça oficial para o idioma indígena.

Ao acabar, deu com a distração, mas logo vieram outros empregados com o trabalho que fizeram, para que ele examinasse. Novas preocupações afastaram a primeira, esqueceu-se e o ofício em tupi seguiu com os companheiros. O diretor não reparou, assinou e o tupinambá foi dar ao ministério.

Não se imagina o reboliço que tal cousa foi causar lá. Que língua era? Consultou-se o dr. Rocha, o homem mais hábil da secretaria, a respeito do assunto. O funcionário limpou o *pince-nez*, agarrou o papel, voltou-o de trás para diante, pô-lo de pernas para o ar e concluiu que era grego, por causa do "yy".

O dr. Rocha tinha na secretaria a fama de sábio, porque era bacharel em direito e não dizia cousa alguma.

— Mas — indagou o chefe — oficialmente as autoridades se podem comunicar em línguas estrangeiras? Creio que há um aviso de 84... Veja, sr. dr. Rocha...

Consultaram-se todos os regulamentos e repertórios de legislação, andou-se de mesa em mesa pedindo auxílio à memória de cada um e nada se encontrara a respeito. Enfim, o dr. Rocha, após três dias de meditação, foi ao chefe e disse com ênfase e segurança:

— O aviso de 84 trata de ortografia.

O diretor olhou o subalterno com admiração e mais ficou considerando as suas qualidades de empregado zeloso, inteligente e... assíduo. Foi informado de que a legislação era omissa no tocante à língua em que deviam ser escritos os documentos oficiais; entretanto não parecia regular usar uma que não fosse a do país.

O ministro, tendo em vista essa informação e várias outras consultas, devolveu o ofício e censurou o arsenal.

Que manhã foi essa no arsenal! Os tímpanos soavam furiosamente, os contínuos andavam numa dobadoura terrível e a toda hora perguntavam pelo secretário, que tardava em chegar.

Censurado! monologava o diretor. Ia-se por água abaixo o seu generalato. Viver tantos anos a sonhar com aquelas estrelas e elas se escapavam assim, talvez por causa da molecagem de um escriturário!

Ainda se a situação mudasse... Mas qual!

O secretário chegou, foi ao gabinete do diretor. Inteirado do motivo, examinou o ofício e pela letra conheceu que fora Quaresma quem o escrevera. "Mande-o cá", disse o coronel. O major encaminhou-se pensando nuns versos tupis que lera de manhã.

— Então o senhor leva a divertir-se comigo, não é?

— Como? — fez Quaresma, espantado.

— Quem escreveu isso?

O major nem quis examinar o papel. Viu a letra, lembrou-se da distração e confessou com firmeza:

— Fui eu.

— Então confessa?

— Pois não. Mas vossa excelência não sabe...

— Não sabe! Que diz?

O diretor levantou-se da cadeira, com os lábios brancos e a mão levantada à altura da cabeça. Tinha sido ofendido três vezes: na sua honra individual, na honra de sua casta e na do estabelecimento de ensino que frequentara, a escola da Praia Vermelha, o primeiro estabelecimento científico do mundo. Além disso escrevera no *Pritaneu*, a revista da escola, um conto — "A saudade" —, produção muito elogiada pelos colegas. Dessa forma, tendo em todos os exames plenamente e distinção, uma dupla coroa de sábio e artista cingia-lhe a fronte. Tantos títulos valiosos e raros de se encontrarem reunidos, mesmo em Descartes ou Shakespeare, transformavam aquele — não sabe — de um amanuense em ofensa profunda, em injúria.

— Não sabe! Como é que o senhor ousa dizer-me isto! Tem o senhor porventura o curso de Benjamim Constant? Sabe o senhor matemática, astronomia, física, química, sociologia e moral? Como ousa então? Pois o senhor pensa que por ter lido uns romances e saber um francesinho aí, pode ombrear-se com quem tirou grau nove em cálculo, dez em mecânica, oito em astronomia, dez em hidráulica, nove em descritiva? Então?!

E o homem sacudia furiosamente a mão e olhava ferozmente para Quaresma que já se julgava fuzilado.

— Mas, senhor coronel…

— Não tem mas, não tem nada! Considere-se suspenso, até segunda ordem.

Quaresma era doce, bom e modesto. Nunca fora seu propósito duvidar da sabedoria do seu diretor. Ele não tinha nenhuma pretensão a sábio e pronunciara a frase para começar a desculpa; mas, quando viu aquela enxurrada de saber, de títulos, a sobrenadar em águas tão furiosas, perdeu o fio do pensamento, a fala, as ideias e nada mais soube nem pôde dizer.

Saiu abatido, como um criminoso, do gabinete do coronel, que não deixava de olhá-lo furiosamente, indignadamente, ferozmente, como quem foi ferido em todas as fibras do seu ser. Saiu afinal. Chegando à sala do trabalho nada disse: pegou no chapéu, na bengala e atirou-se pela porta afora, cambaleando como um bêbado. Deu umas voltas, foi ao livreiro buscar uns livros. Quando ia tomar o bonde encontrou o Ricardo Coração dos Outros.

— Cedo, hein, major?

— É verdade.

E calaram-se ficando um diante do outro num mutismo contrafeito. Ricardo avançou algumas palavras:

— O major, hoje, parece que tem uma ideia, um pensamento muito forte.

— Tenho, filho, não de hoje, mas de há muito tempo.

— É bom pensar, sonhar consola.

— Consola, talvez; mas faz-nos também diferentes dos outros, cava abismos entre os homens…

E os dois separaram-se. O major tomou o bonde e Ricardo desceu descuidado a rua do Ouvidor, com o seu passo acanhado e as calças dobradas nas canelas, sobraçando o violão na sua armadura de camurça.

Triste fim de Policarpo Quaresma (II)

TRECHO DO ROMANCE

Lima Barreto (1881-1922)

[...]

— Pra que ele lia tanto? — indagou Caldas.

— Telha de menos — disse Florêncio.

Genelício atalhou com autoridade:

— Ele não era formado, para que meter-se em livros?

— É verdade — fez Florêncio.

— Isso de livros é bom para os sábios, para os doutores — observou Sigismundo.

— Devia até ser proibido — disse Genelício — a quem não possuísse um título "acadêmico" ter livros. Evitavam-se assim essas desgraças. Não acham?

— Decerto — disse Albernaz.

— Decerto — fez Caldas.

— Decerto — disse Sigismundo.

[...]

O homem que sabia javanês

CONTO

Lima Barreto (1881-1922)

Em uma confeitaria, certa vez, ao meu amigo Castro, contava eu as partidas que havia pregado às convicções e às respeitabilidades, para poder viver.

Houve mesmo, uma dada ocasião, quando estive em Manaus, em que fui obrigado a esconder a minha qualidade de bacharel, para mais confiança obter dos clientes, que afluíam ao meu escritório de feiticeiro e adivinho. Contava eu isso.

O meu amigo ouvia-me calado, embevecido, gostando daquele meu Gil Blas vivido, até que, em uma pausa da conversa, ao esgotarmos os copos, observou a esmo:

— Tens levado uma vida bem engraçada, Castelo!

— Só assim se pode viver... Isto de uma ocupação única: sair de casa a certas horas, voltar a outras, aborrece, não achas? Não sei como me tenho aguentado lá, no consulado!

— Cansa-se; mas, não é disso que me admiro. O que me admira é que tenhas corrido tantas aventuras aqui, neste Brasil imbecil e burocrático.

— Qual! Aqui mesmo, meu caro Castro, se podem arranjar belas páginas de vida. Imagina tu que eu já fui professor de javanês!

— Quando? Aqui, depois que voltaste do consulado?

— Não; antes. E, por sinal, fui nomeado cônsul por isso.

— Conta lá como foi. Bebes mais cerveja?

— Bebo.

Mandamos buscar mais outra garrafa, enchemos os copos, e continuei:

— Eu tinha chegado havia pouco ao Rio e estava literalmente na miséria. Vivia fugido de casa de pensão em casa de pensão, sem saber onde e como ganhar dinheiro, quando li no *Jornal do Commercio* o anúncio seguinte:

"Precisa-se de um professor de língua javanesa. Cartas etc."

Ora, disse cá comigo, está ali uma colocação que não terá muitos concorrentes; se eu capiscasse quatro palavras, ia apresentar-me. Saí do café e andei pelas ruas, sempre a imaginar-me professor de javanês, ganhando dinheiro, andando de bonde e sem encontros desagradáveis com os "cadáveres". Insensivelmente dirigi-me à Biblioteca Nacional. Não sabia bem que livro iria pedir; mas, entrei, entreguei o chapéu ao porteiro, recebi a senha e subi. Na escada, acudiu-me pedir a *Grande encyclopédie*, letra J, a fim de consultar o artigo relativo a Java e à língua javanesa. Dito e feito. Fiquei sabendo, ao fim de alguns minutos, que Java era uma grande ilha do arquipélago de Sonda, colônia holandesa, e o javanês, língua aglutinante do grupo malaio-polinésio, possuía uma literatura digna de nota e escrita em caracteres derivados do velho alfabeto hindu.

A *Enciclopédia* dava-me indicação de trabalhos sobre a tal língua malaia, e não tive dúvidas em consultar um deles. Copiei o alfabeto, a sua pronunciação figurada e saí. Andei pelas ruas, perambulando e mastigando letras.

Na minha cabeça, dançavam hieróglifos; de quando em quando, consultava as minhas notas; entrava nos jardins e escrevia estes calungas na areia para guardá-los bem na memória e habituar a mão a escrevê-los.

À noite, quando pude entrar em casa sem ser visto, para evitar indiscretas perguntas do encarregado, ainda continuei no quarto a engolir o meu "a-b-c" malaio, e, com tanto afinco levei o propósito que, de manhã, o sabia perfeitamente.

Convenci-me que aquela era a língua mais fácil do mundo e saí; mas não tão cedo que não me encontrasse com o encarregado dos aluguéis dos cômodos:

— Sr. Castelo, quando salda a sua conta?

Respondi-lhe então eu, com a mais encantadora esperança:

— Breve... Espere um pouco... Tenha paciência... Vou ser nomeado professor de javanês, e...

Por aí o homem interrompeu-me:

— Que diabo vem a ser isso, sr. Castelo?

Gostei da diversão e ataquei o patriotismo do homem:

— É uma língua que se fala lá pelas bandas do Timor. Sabe onde é?

Oh! Alma ingênua! O homem esqueceu-se da minha dívida e disse-me com aquele falar forte dos portugueses:

— Eu cá por mim, não sei bem; mas ouvi dizer que são umas terras que temos lá para os lados de Macau. E o senhor sabe isso, sr. Castelo?

Animado com esta saída feliz que me deu o javanês, voltei a procurar o anúncio. Lá estava ele. Resolvi animosamente propor-me ao professorado do idioma oceânico. Redigi a resposta, passei pelo *Jornal* e lá deixei a carta. Em seguida, voltei à biblioteca e continuei os meus estudos de javanês. Não fiz grandes progressos nesse dia, não sei se por julgar o alfabeto javanês o único saber necessário a um professor de língua malaia ou se por ter me empenhado mais na bibliografia e história literária do idioma que ia ensinar.

Ao cabo de dois dias, recebia eu uma carta para ir falar ao dr. Manuel Feliciano Soares Albernaz, barão de Jacuecanga, à rua Conde de Bonfim, não me recordo bem que número. É preciso não te esqueceres que entrementes continuei estudando o meu malaio, isto é, o tal javanês. Além do alfabeto, fiquei sabendo o nome de alguns autores, também perguntar e responder "como está o senhor?" — e duas ou três regras de gramática, lastrado todo esse saber com vinte palavras do léxico.

Não imaginas as grandes dificuldades com que lutei, para arranjar os quatrocentos réis da viagem! É mais fácil — podes ficar certo — aprender o javanês... Fui a pé. Cheguei suadíssimo; e, com maternal carinho, as anosas mangueiras, que se perfilavam em alameda diante da casa do titular, me receberam, me acolheram e me reconfortaram. Em toda a minha vida, foi o único momento em que cheguei a sentir a simpatia da natureza...

Era uma casa enorme que parecia estar deserta; estava maltratada, mas não sei por que me veio pensar que nesse mau tratamento havia mais desleixo e cansaço de viver que mesmo pobreza. Devia haver anos que não era pintada. As paredes descascavam e os beirais do telhado, daquelas telhas vidradas de outros tempos, estavam desguarnecidos aqui e ali, como dentaduras decadentes ou malcuidadas.

Olhei um pouco o jardim e vi a pujança vingativa com que a tiririca e o carrapicho tinham expulsado os tinhorões e as begônias. Os crótons continuavam, porém, a viver com a sua folhagem de cores mortiças. Bati. Custaram-me a abrir. Veio, por fim, um antigo preto africano, cujas barbas e cabelo de algodão davam à sua fisionomia uma aguda impressão de velhice, doçura e sofrimento.

Na sala, havia uma galeria de retratos: arrogantes senhores de barba em colar se perfilavam enquadrados em imensas molduras douradas, e doces perfis de senhoras, em bandós, com grandes leques, pareciam querer subir aos ares, enfunadas pelos redondos vestidos à balão; mas daquelas velhas coisas, sobre as quais a poeira punha mais antiguidade e respeito, a que gostei mais de ver foi um belo jarrão de porcelana da China ou da Índia, como se diz. Aquela pureza da louça, a sua fragilidade, a ingenuidade do desenho e aquele seu fosco brilho de luar, diziam-me a mim que aquele objeto tinha sido feito por mãos de criança, a sonhar, para encanto dos olhos fatigados dos velhos desiludidos...

Esperei um instante o dono da casa. Tardou um pouco. Um tanto trôpego, com o lenço de alcobaça na mão, tomando veneravelmente o simonte de antanho, foi cheio de respeito que o vi chegar. Tive vontade de ir-me embora. Mesmo se não fosse ele o discípulo, era sempre um crime mistificar aquele ancião, cuja velhice trazia à tona do meu pensamento alguma coisa de augusto, de sagrado. Hesitei, mas fiquei.

— Eu sou — avancei — o professor de javanês, que o senhor disse precisar.

— Sente-se, respondeu-me o velho. O senhor é daqui, do Rio?

— Não, sou de Canavieiras.

— Como? fez ele. Fale um pouco alto, que sou surdo.

— Sou de Canavieiras, na Bahia, insisti eu.

— Onde fez os seus estudos?

— Em São Salvador.

— E onde aprendeu o javanês? Indagou ele, com aquela teimosia peculiar aos velhos.

Não contava com essa pergunta, mas imediatamente arquitetei uma mentira. Contei-lhe que meu pai era javanês. Tripulante de um navio mercante, viera ter à Bahia, estabelecera-se nas proximidades de Canavieiras como pescador, casara, prosperara e fora com ele que aprendi javanês.

— E ele acreditou? E o físico? perguntou meu amigo, que até então me ouvira calado.

— Não sou, objetei, lá muito diferente de um javanês. Estes meus cabelos corridos, duros e grossos, e a minha pele basané podem dar-me muito bem o aspecto de um mestiço de malaio... Tu sabes bem que, entre nós, há de tudo: índios, malaios, taitianos, malgaxes, guanches, até godos. É uma comparsaria de raças e tipos de fazer inveja ao mundo inteiro.

— Bem, fez o meu amigo, continua.

— O velho, emendei eu, ouviu-me atentamente, considerou demoradamente o meu físico, pareceu que me julgava de fato filho de malaio e perguntou-me com doçura:

— Então está disposto a ensinar-me javanês?

A resposta saiu-me sem querer: — Pois não.

— O senhor há de ficar admirado, aduziu o barão de Jacuecanga, que eu, nesta idade, ainda queira aprender qualquer coisa, mas...

— Não tenho que admirar. Têm-se visto exemplos e exemplos muito fecundos...

— O que eu quero, meu caro senhor...

— Castelo, adiantei eu.

— O que eu quero, meu caro sr. Castelo, é cumprir um juramento de família. Não sei se o senhor sabe que eu sou neto do conselheiro Albernaz, aquele que acompanhou Pedro I, quando abdicou. Voltando de Londres, trouxe para aqui um livro em língua esquisita, a que tinha grande estimação. Fora um hindu ou siamês que lho dera, em Londres, em agradecimento a não sei que serviço prestado por meu avô. Ao morrer meu avô, chamou meu pai e lhe disse: "Filho, tenho este livro aqui, escrito em javanês. Disse-me quem mo deu que ele evita desgraças e traz felicidade para quem o tem. Eu não sei nada ao certo. Em todo o caso, guarda-o; mas, se queres que o fado que me deitou o sábio oriental se cumpra, faze com que teu filho o entenda, para que sempre a nossa raça seja feliz". Meu pai, continuou o velho barão, não acreditou muito na história; contudo, guardou o livro. Às portas da morte, ele mo deu e disse-me o que prometera ao pai. Em começo, pouco caso fiz da história do livro. Deitei-o a um canto e fabriquei minha vida. Cheguei até a esquecer-me dele; mas, de uns tempos a esta parte, tenho passado por tanto desgosto, tantas desgraças têm caído sobre a minha velhice que me lembrei do talismã da família. Tenho que o ler, que o compreender, se não quero que os meus últimos dias anunciem o desastre da minha posteridade; e, para entendê-lo, é claro, que preciso entender o javanês. Eis aí.

Calou-se e notei que os olhos do velho se tinham orvalhado. Enxugou discretamente os olhos e perguntou-me se queria ver o tal livro. Respondi-lhe que sim. Chamou o criado, deu-lhe as instruções e explicou-me que perdera todos os filhos, sobrinhos, só lhe restando uma filha casada, cuja prole, porém, estava reduzida a um filho, débil de corpo e de saúde frágil e oscilante.

Veio o livro. Era um velho calhamaço, um in-quarto antigo, encadernado em couro, impresso em grandes letras, em um papel amarelado e grosso. Faltava a folha do rosto, e por isso não se podia ler a data da impressão. Tinha ainda umas páginas de prefácio, escritas em inglês, onde li que se tratava das histórias do príncipe Kulanga, escritor javanês de muito mérito.

Logo informei disso o velho barão que, não percebendo que eu tinha chegado aí pelo inglês, ficou tendo em alta consideração o meu saber malaio. Estive ainda folheando o cartapácio, à laia de quem sabe magistralmente aquela espécie de vasconço, até que afinal contratamos as condições de preço e de hora, comprometendo-me a fazer com que ele lesse o tal alfarrábio antes de um ano.

Dentro em pouco, dava a minha primeira lição, mas o velho não foi tão diligente quanto eu. Não conseguia aprender a distinguir e a escrever nem sequer quatro letras. Enfim, com metade do alfabeto levamos um mês e o senhor barão de Jacuecanga não ficou lá muito senhor da matéria: aprendia e desaprendia.

A filha e o genro (penso que até aí nada sabiam da história do livro) vieram a ter notícias do estudo do velho; não se incomodaram. Acharam graça e julgaram a coisa boa para distraí-lo.

Mas com o que tu vais ficar assombrado, meu caro Castro, é com a admiração que o genro ficou tendo pelo professor de javanês. Que coisa Única! Ele não se cansava de repetir: "É um assombro! Tão moço! Se eu soubesse isso, ah! onde estava!".

O marido de dona Maria da Glória (assim se chamava a filha do barão) era desembargador, homem relacionado e poderoso; mas não se pejava em mostrar diante de todo mundo a sua admiração pelo meu javanês. Por outro lado, o barão estava contentíssimo. Ao fim de dois meses, desistira da aprendizagem e pedira-me que lhe traduzisse, um dia sim outro não, um trecho do livro encantado. Bastava entendê-lo, disse ele; nada se opunha que outrem o traduzisse e ele ouvisse. Assim evitava a fadiga do estudo e cumpria o encargo.

Sabes bem que até hoje nada sei de javanês, mas compus umas histórias bem tolas e impingi-as ao velhote como sendo do crônicon. Como ele ouvia aquelas bobagens!…

Ficava estático, como se estivesse a ouvir palavras de um anjo. E eu crescia aos seus olhos!

Fez-me morar em sua casa, enchia-me de presentes, aumentava-me o ordenado. Passava, enfim, uma vida regalada.

Contribuiu muito para isso o fato de vir ele a receber uma herança de um seu parente esquecido que vivia em Portugal. O bom velho atribuiu a coisa ao meu javanês; e eu estive quase a crê-lo também.

Fui perdendo os remorsos; mas, em todo o caso, sempre tive medo que me aparecesse pela frente alguém que soubesse o tal patuá malaio. E esse meu temor foi grande, quando o doce barão me mandou com uma carta ao visconde de Caruru, para que me fizesse entrar na diplomacia. Fiz-lhe todas as objeções: a minha fealdade, a falta de elegância, o meu aspecto tagalo [filipino]. — "Qual! Retrucava ele. Vá, menino; você sabe javanês!" Fui. Mandou-me o visconde para a Secretaria dos Estrangeiros com diversas recomendações. Foi um sucesso.

O diretor chamou os chefes de seção: "Vejam só, um homem que sabe javanês — que portento!".

Os chefes de seção levaram-me aos oficiais e amanuenses e houve um destes que me olhou mais com ódio do que com inveja ou admiração. E todos diziam: "Então sabe javanês? É difícil? Não há quem o saiba aqui!".

O tal amanuense, que me olhou com ódio, acudiu então: "É verdade, mas eu sei canaque. O senhor sabe?". Disse-lhe que não e fui à presença do ministro.

A alta autoridade levantou-se, pôs as mãos às cadeiras, concertou o *pince- -nez* no nariz e perguntou: "Então, sabe javanês?". Respondi-lhe que sim; e, à sua pergunta onde o tinha aprendido, contei-lhe a história do tal pai javanês.

"Bem, disse o ministro, o senhor não deve ir para a diplomacia; o seu físico não se presta... O bom seria um consulado na Ásia ou Oceania. Por ora, não há vaga, mas vou fazer uma reforma e o senhor entrará. De hoje em diante, porém, fica adido ao meu ministério e quero que, para ano, parta para Bâle, onde vai representar o Brasil no Congresso de Linguística. Estude, leia o Hovelacque, o Max Müller, e outros!"

Imagina tu que eu até aí nada sabia de javanês, mas estava empregado e iria representar o Brasil em um congresso de sábios.

O velho barão veio a morrer, passou o livro ao genro para que o fizesse chegar ao neto, quando tivesse a idade conveniente e fez-me uma deixa no testamento.

Pus-me com afã no estudo das línguas malaio-polinésicas; mas não havia meio!

Bem jantado, bem-vestido, bem-dormido, não tinha energia necessária para fazer entrar na cachola aquelas coisas esquisitas. Comprei livros, assinei revistas: *Revue Anthropologique et Linguistique, Proceedings of the English-Oceanic Association, Archivo Glottologico Italiano*, o diabo, mas nada! E a minha fama crescia. Na rua, os informados apontavam-me, dizendo aos outros: "Lá vai o sujeito que sabe javanês". Nas livrarias, os gramáticos consultavam-me sobre a colocação dos pronomes no tal jargão das ilhas de Sonda. Recebia cartas dos eruditos do interior, os jornais citavam o meu saber e recusei aceitar uma turma de alunos sequiosos de entenderem o tal javanês. A convite da redação, escrevi, no *Jornal do Commercio* um artigo de quatro colunas sobre a literatura javanesa antiga e moderna...

— Como, se tu nada sabias? interrompeu-me o atento Castro.

— Muito simplesmente: primeiramente, descrevi a ilha de Java, com o auxílio de dicionários e umas poucas publicações de geografias, e depois citei a mais não poder.

— E nunca duvidaram? perguntou-me ainda o meu amigo.

— Nunca. Isto é, uma vez quase fico perdido. A polícia prendeu um sujeito, um marujo, um tipo bronzeado que só falava uma língua esquisita. Chamaram diversos intérpretes, ninguém o entendia. Fui também chamado, com todos os respeitos que a minha sabedoria merecia, naturalmente. Demorei-me em ir, mas fui afinal. O homem já estava solto, graças à intervenção do cônsul holandês, a quem ele se fez compreender com meia dúzia de palavras holandesas. E o tal marujo era javanês — uf!

Chegou, enfim, a época do congresso, e lá fui para a Europa. Que delícia! Assisti à inauguração e às sessões preparatórias. Inscreveram-me na secção do tupi-guarani e eu abalei para Paris. Antes, porém, fiz publicar no *Mensageiro de Bâle* o meu retrato, notas biográficas e bibliográficas. Quando voltei, o presidente pediu-me desculpas por me ter dado aquela secção; não conhecia os meus trabalhos e julgara que, por ser eu americano brasileiro, me estava naturalmente indicada a secção do tupi-guarani. Aceitei as explicações e até hoje ainda não pude escrever as minhas obras sobre o javanês, para lhe mandar, conforme prometi.

Acabado o congresso, fiz publicar extratos do artigo do *Mensageiro de Bâle*, em Berlim, em Turim e Paris, onde os leitores de minhas obras me ofereceram um banquete, presidido pelo senador Gorot. Custou-me toda essa brincadeira, inclusive o banquete que me foi oferecido, cerca de dez mil francos, quase toda a herança do crédulo e bom barão de Jacuecanga.

Não perdi meu tempo nem meu dinheiro. Passei a ser uma glória nacional e, ao saltar no cais Pharoux, recebi uma ovação de todas as classes sociais e o presidente da República, dias depois, convidava-me para almoçar em sua companhia.

Dentro de seis meses, fui despachado cônsul em Havana, onde estive seis anos e para onde voltarei, a fim de aperfeiçoar os meus estudos das línguas da Malaia, Melanésia e Polinésia.

— É fantástico, observou Castro, agarrando o copo de cerveja.

— Olha: se não fosse estar contente, sabes que ia ser?

— Quê?

— Bacteriologista eminente. Vamos?

— Vamos.

Recordações do escrivão Isaías Caminha

"POSITIVISMO" / TRECHO DO ROMANCE

Lima Barreto (1881-1922)

"Os homens têm amor à utopia quando condensada em fórmulas de felicidade."

[...]

Foi Leiva o meu iniciador no Rio de Janeiro. Deu-me relações, ensinou-me as maneiras, o calão da boêmia, levou-me aos lugares curiosos e consagrados. Com ele fui ao Apostolado Positivista ouvir o sr. Teixeira Mendes. "Um grande matemático", disse-me; "a primeira cabeça do Brasil, uma inteligência enciclopédica, uma erudição segura, e, sobretudo, um caráter e um coração!"

Um domingo, em que havíamos saído do Apostolado, vínhamos descendo pachorrentamente o cais da Glória, a conversar.

Leiva viera pela rua de Benjamin Constant abaixo gabando a eloquência do venerável sr. Mendes, a sua virtude, a sua sobriedade e contara-me por alto a surra que ele dera no Bertrand, da Academia Francesa, em assunto de matemática. Eu ouvia-o sem coragem de contestar, embora não compartilhasse as suas crenças. Não era a primeira vez que ia ao Apostolado, mas quando via o vice-diretor sair rapidamente por detrás de um retábulo, na absida da capela, ao som de um tímpano rouco, arrepanhando a batina, com aquele laço verde no braço, dava-me vontade de rir às gargalhadas. Demais, ficava assombrado com a firmeza com que ele anunciava a felicidade contida no positivismo e a simplicidade dos meios necessários para a sua vitória: bastava tal medida, bastava essa outra — e todo aquele rígido sistema de regras, abrangendo todas as manifestações da vida coletiva e individual, passaria a governar, a modificar costumes, hábitos e tradições. Explicava o catecismo. Abria o livro, lia um trecho e procurava o caminho por alusões a questões atuais, repetindo fórmulas para se obter um bom governo que tendesse a preparar a era normal — o advento final da religião da humanidade. E eu achava toda aquela dissertação tão intelectual, tão balda de comunicação, tão incapaz de erguer dentro de mim o devotamento, o altruísmo, "o esforço sobre mim mesmo em favor dos outros", como dizia o apóstolo, que me quedava a indagar até que ponto o auditório respeitoso estava convencido e até que ponto fingia convicção.

Havia trechos em que ele insistia com particular agrado. Via-se que neles repousava a conversão dos espíritos. Não me esqueci que ele amava repetir que a física, a química, a biologia, a sociologia, todas as ciências e todo o esforço humano de qualquer ordem tinham preparado lentamente e tendiam para a religião da humanidade; era ela como a coroação, a cúpula do edifício do pensamento e dos grandes sentimentos da humanidade. Citava trechos de grandes poetas nesse sentido, e procurava dados históricos. Quando se oferecia ocasião, esboçava a ordem futura cotejando-a com a presente. O médico, o professor e o sacerdote estariam juntos em um mesmo homem, cujos serviços seriam gratuitos; todos exerceriam um ofício manual e os capitais, acumulados em poucas mãos seriam empregados em benefício social. A quantas necessidades presentes daquele auditório não iria dar remédio a promessa daquela sociedade a vir?! Os homens têm amor à utopia quando condensada em fórmulas de felicidade; e aqueles militares, funcionários, estudantes, encontravam naquelas afirmações, repetidas com tanta segurança e cuja verdade não procuravam examinar, um alimento para a fome de felicidade da espécie e um consolo para os seus maus dias presentes.

Pelo caminho, ouvi repetirem as palavras do mestre e apoiarem-se nelas para criticar atos do governo, projetos da Câmara — esse viveiro de bacharéis ignorantes que não sabem matemática.

Observei que o meu próprio amigo Leiva partia também dessa crença pitagórica das virtudes da matemática para condenar e criticar o governo e os governantes; entretanto, além daquelas explicações filosóficas do sr. Teixeira Mendes, ele sabia pouco mais das quatro operações na ciência divina.

— Vê tu — dizia-me ele —, quem no Brasil tem conhecimentos mais seguros que o T. Mendes? — E acrescentava logo: — Como se pode acreditar que, na nossa época científico-industrial, um homem que não conhece como se fabricam os encanamentos d'água, as propriedades do ferro e o seu tratamento industrial, as teorias hidráulicas, poderá aquilatar e dirigir os serviços de uma cidade moderna, cuja primeira necessidade é um seguro e farto abastecimento d'água?

Leiva gostava de falar; e, quando a matéria lhe agradava, o cansaço dificilmente vinha. Eu amava ouvi-lo, pois tinha uma bela voz, acariciante e de agradável timbre, e que vibrava musicalmente ao chegar-lhe a paixão. Continuou:

— Antigamente, todos os governantes tinham, ou antes, estavam a par do saber de seu tempo, e só com a necessidade do estabelecimento de novas ciências — o que fez a especialização dos conhecimentos — deixaram tão salutar regra. Hoje, porém, graças ao sobre-humano cérebro de Comte — o maior talvez depois de Aristóteles —, o saber voltou à unidade útil e moral dos outros tempos. A síntese foi feita e os estadistas verdadeiramente dignos, servidores práticos da Humanidade, poderão encontrar nela um seguro farol para guiá-los.

Não me animei a perguntar-lhe se a síntese de que falava continha também a questão do abastecimento d'água: Senti a sinceridade momentânea de suas palavras, ditas até com certo entusiasmo; e quando alguém me fala desse modo, encho-me de respeito e de amizade. Vínhamos descendo a rua e assim continuamos um instante calados. Houve uma ocasião em que, quase sem refletir, perguntei ao Leiva:

— Como você é ao mesmo tempo anarquista e positivista — uma doutrina de ordem, de submissão, que espera a vitória pelo resultado fatal das leis sociológicas?

— Ora, você! Eu quero uma confusão geral, um abalo completo desta ordem iníqua, para então... O Mendes é simples, é bom, pensa que isso vai como ele quer; mas é preciso... Olhe, o cristianismo...

[...]

Numa e a ninfa

CONTO

Lima Barreto (1881-1922)

Na rua não havia quem não apontasse a união daquele casal. Ela não era muito alta, mas tinha uma fronte reta e dominadora, uns olhos de visada segura, rasgando a cabeça, o busto erguido, de forma a possuir não sei que ar de força, de domínio, de orgulho; ele era pequenino, sumido, tinha a barba rala, mas todos lhe conheciam o talento e a ilustração.

Deputado há bem duas legislaturas, não fizera em começo grande figura; entretanto, surpreendendo todos, um belo dia fez um "brilhareto", um lindo discurso tão bom e sólido que toda a gente ficou admirada de sair de lábios que até então ali estiveram hermeticamente fechados.

Foi por ocasião do grande debate que provocou, na Câmara, o projeto de formação de um novo estado, com terras adquiridas por força de cláusulas de um recente tratado diplomático.

Penso que todos os contemporâneos ainda estão perfeitamente lembrados do fervor da questão e da forma por que a oposição e o governo se digladiaram em torno do projeto aparentemente inofensivo. Não convém, para abreviar, relembrar aspectos de uma questão tão dos nossos dias; basta que se recorde o aparecimento de Numa Pompílio de Castro, deputado pelo estado de Sernambi, na tribuna da Câmara, por esse tempo.

Esse Numa, que ficou, daí em diante, considerado parlamentar consumado e ilustrado, fora eleito deputado, graças à influência do seu sogro, o senador Neves Cogominho, chefe da dinastia dos Cogominhos que, desde a fundação da República, desfrutava empregos, rendas, representações, tudo o que aquela mansa satrapia possuía de governamental e administrativo.

A história de Numa era simples. Filho de um pequeno empregado de um hospital militar do Norte, fizera-se, à custa de muito esforço, bacharel em direito. Não que houvesse nele um entranhado amor ao estudo ou às letras jurídicas. Não havia no pobre estudante nada de semelhante a isso. O estudo de tais coisas era-lhe um suplício cruciante; mas Numa queria ser bacharel, para ter cargos e proventos; e arranjou os exames da maneira mais econômica. Não abria livros; penso que nunca viu um que tivesse relação próxima ou remota com as disciplinas dos cinco anos de bacharelado. Decorava apostilas, cadernos; e, com esse saber mastigado, fazia exames e tirava distinções.

Uma vez, porém, saiu-se mal; e foi por isso que não recebeu a medalha e o prêmio de viagem. A questão foi com o arsênico, quando fazia prova oral de medicina legal. Tinha havido sucessivos erros de cópia nas apostilas, de modo que Numa dava como podendo ser encontradas na glândula tireoide dezessete gramas de arsênico, quando se tratam de dezessete centésimos de miligrama.

Não recebeu distinção e o rival passou-lhe a perna. O seu desgosto foi imenso. Ser formado já era alguma coisa, mas sem medalha era incompleto!

Formado em direito, tentou advogar; mas, nada conseguindo, veio ao Rio, agarrou-se à sobrecasaca de um figurão, que o fez promotor da justiça do tal Sernambi, para livrar-se dele.

Aos poucos, com aquele seu faro de adivinhar onde estava o vencedor — qualidade que lhe vinha da ausência total de emoção, de imaginação, de personalidade forte e orgulhosa —, Numa foi subindo.

Nas suas mãos, a justiça estava a serviço do governo; e, como juiz de direito, foi na comarca mais um ditador que um sereno apreciador de litígios.

Era ele juiz de Catimbau, a melhor comarca do Estado, depois da capital, quando Neves Cogominho foi substituir o tio na presidência de Sernambi.

Numa não queria fazer mediocremente uma carreira de justiça de roça. Sonhava a Câmara, a Cadeia Velha, a rua do Ouvidor, com dinheiro nas algibeiras, roupas em alfaiates caros, passeio à Europa; e se lhe antolhou, como meio seguro de obter isso, aproximar-se do novo governador, captar-lhe a confiança e fazer-se deputado.

Os candidatos à chefatura de polícia eram muitos, mas ele, de tal modo agiu e ajeitou as coisas, que foi o escolhido.

O primeiro passo estava dado; o resto dependia dele. Veio a posse, Neves Cogominho trouxera a família para o Estado. Era uma satisfação que dava aos seus feudatários, pois havia mais de dez anos que lá não punha os pés.

Entre as pessoas da família, vinha a filha, a Gilberta, moça de pouco mais de vinte anos, cheia de prosápias de nobreza, que as irmãs de caridade de um colégio de Petrópolis lhe tinham metido na cabeça.

Numa viu logo que o caminho mais fácil para chegar a seu fim era casar--se com a filha do dono daquela "marca" longínqua do desmedido império do Brasil.

Fez a corte, não deixava a moça, trazia-lhe mimos, encheu as tias (Cogominho era viúvo) de presentes; mas a moça parecia não atinar com os desejos daquele bacharelinho baço, pequenino, feio e tão roceiramente vestido. Ele não desanimou; e, por fim, a moça descobriu que aquele homenzinho estava mesmo apaixonado por ela. Em começo, o seu desprezo foi grande; achava até ser injúria que aquele tipo a olhasse; mas vieram os aborrecimentos da vida de província, a sua falta de festas, o tédio daquela reclusão em palácio, aquela necessidade de namoro que há em toda a moça, e ela deu-lhe mais atenção.

Casaram-se, e Numa Pompílio de Castro foi logo eleito deputado pelo estado de Sernambi.

Em começo, a vida de ambos não foi das mais perfeitas. Não que houvesse rusgas; mas, o retraimento dela e a *gaucherie* dele toldavam a vida íntima de ambos.

No casarão da São Clemente, ele vivia só, calado a um canto; e Gilberta, afastada dele, mergulhada na leitura; e, não fosse um acontecimento político de certa importância, talvez a desarmonia viesse a ser completa.

Ela lhe havia descoberto a simulação do talento e o seu desgosto foi imenso porque contava com um verdadeiro sábio, para que o marido lhe desse realce na sociedade e no mundo. Ser mulher de deputado não lhe bastava; queria ser mulher de um deputado notável, que falasse, fizesse lindos discursos, fosse apontado nas ruas.

Já desanimava, quando, uma madrugada, ao chegar da manifestação do senador Euphonias, naquele tempo o mais poderoso chefe de política nacional, quase chorando, Numa dirigiu-se à mulher:

— Minha filha, estou perdido!...

— Mas que há, Numa?

— Ele... O Euphonias...

— Que tem? que há? por quê?

A mulher sentia bem o desespero do marido e tentava soltar-lhe a língua. Numa, porém, estava alanceado e hesitava, vexado em confessar a verdadeira causa do seu desgosto. Gilberta, porém, era tenaz; e, de uns tempos para cá, dera em tratar com mais carinho o seu pobre marido.

Afinal, ele confessou quase em pranto:

— Ele quer que eu fale, Gilberta.

— Mas você fala...

— E fácil dizer... Você não vê que não posso... Ando esquecido... Há tanto tempo... Na faculdade, ainda fiz um ou outro discurso; mas era lá, e eu decorava, depois pronunciava.

— Faz agora o mesmo...

— É... Sim... Mas preciso de ideias... Um estudo sobre o novo Estado! Qual!

— Estudando a questão, você terá ideias...

Ele parou um pouco, olhou a mulher demoradamente e lhe perguntou de supetão:

— Você não sabe aí alguma coisa de história e geografia do Brasil?

Ela sorriu indefinidamente com seus grandes olhos claros, apanhou com uma das mãos os cabelos que lhe caíam sobre a testa; e depois de ter estendido molemente o braço meio nu sobre a cama, onde fora encontrar o marido, respondeu:

— Pouco... Aquilo que as irmãs ensinam; por exemplo: que o rio São Francisco nasce na serra da Canastra.

Sem olhar a mulher, bocejando, mas já um tanto aliviado, o legislador disse:

— Você deve ver se arranja algumas ideias, e fazemos o discurso.

Gilberta pregou os seus grandes olhos na armação do cortinado e ficou assim um bom pedaço de tempo, como a recordar-se. Quando o marido ia para o aposento próximo, despir-se, disse com vagar e doçura:

— Talvez.

Numa fez o discurso e foi um triunfo. Os representantes dos jornais, não esperando tão extraordinária revelação, denunciaram o seu entusiasmo, e não lhe pouparam elogios. O José Vieira escreveu uma crônica; e a glória do representante de Sernambi encheu a cidade. Nos bondes, nos trens, nos cafés, era motivo de conversa o sucesso do deputado dos Cogominhos: — Quem diria, hein? Vá a gente fiar-se em idiotas. Lá vem um dia que eles se saem. Não há homem burro — diziam —, a questão é querer…

E foi daí em diante que a união do casal começou a ser admirada nas ruas. Ao passarem os dois, os homens de altos pensamentos não podiam deixar de olhar agradecidos aquela moça que erguera do nada um talento humilde; e as meninas olhavam com inveja aquele casamento desigual e feliz.

Daí por diante, os sucessos de Numa continuaram. Não havia questão em debate na Câmara sobre a qual ele não falasse, não desse o seu parecer, sempre sólido, sempre brilhante, mantendo a coerência do partido, mas aproveitando ideias pessoais e vistas novas. Estava apontado para ministro e todos esperavam vê-lo na secretaria do largo do Rossio, para que ele pusesse em prática as suas extraordinárias ideias sobre instrução e justiça.

Era tal o conceito de que gozava que a Câmara não viu com bons olhos furtar-se, naquele dia, ao debate que ele mesmo provocou, dando um intempestivo aparte ao discurso do deputado Cardoso Laranja, o formidável orador da oposição.

Os governistas esperavam que tomasse a palavra e logo esmagasse o adversário; mas não fez isso.

Pediu a palavra para o dia seguinte e o seu pretexto de moléstia não foi bem aceito.

Numa não perdeu tempo: tomou um tílburi, correu à mulher e deu-lhe parte da atrapalhação em que estava. Pela primeira vez, a mulher lhe pareceu com pouca disposição de fazer o discurso.

— Mas, Gilberta, se eu não o fizer amanhã estou perdido!… E o ministério? Vai-se tudo por água abaixo… Um esforço… É pequeno… De manhã, eu decoro… Sim, Gilberta?

A moça pensou e, ao jeito da primeira vez, olhou o teto com os seus grandes olhos cheios de luz, como a lembrar-se, e disse:

— Faço; mas você precisa ir buscar já, já dois ou três volumes sobre colonização... Trata-se dessa questão, e eu não sou forte. É preciso fingir que se tem leituras disso... Vá!

— E os nomes dos autores?

— Não é preciso... O caixeiro sabe... Vá!

Logo que o marido saiu, Gilberta redigiu um telegrama e mandou a criada transmiti-lo.

Numa voltou com os livros; marido e mulher jantaram em grande intimidade e não sem apreensões. Ao anoitecer, ela recolheu-se à biblioteca e ele ao quarto.

No começo, o parlamentar dormiu bem; mas bem cedo despertou e ficou surpreendido em não encontrar a mulher ao seu lado. Teve remorsos. Pobre Gilberta! Trabalhar até aquela hora, para o nome dele, assim obscuramente! Que dedicação! E — coitadinha! — moça ter que empregar o seu tempo em leituras árduas! Que boa mulher ele tinha! Não havia duas... Se não fosse ela... Ah! onde estaria a sua cadeira? Nunca seria candidato a ministro... Vou fazer-lhe uma mesura, disse ele consigo. Acendeu a vela, calçou as chinelas e foi pé ante pé até o compartimento que servia de biblioteca.

A porta estava fechada; ele quis bater, mas parou a meio. Vozes abafadas... Quem seria? Talvez a Idalina, a criada... Não, não era; era voź de homem. Diabo! Abaixou-se e olhou pelo buraco da fechadura. Quem era? Aquele tipo... Ah! Era o tal primo... Então era ele, era aquele valdevinos, vagabundo, sem eira nem beira, poeta sem poesias, frequentador de chopes; então, era ele quem lhe fazia os discursos? Por que preço?

Olhou ainda mais um instante e viu que os dois acabavam de beijar-se. A vista se lhe turvou; quis arrombar a porta; mas logo lhe veio a ideia do escândalo e refletiu. Se o fizesse vinha a coisa a público; todos saberiam do segredo da sua "inteligência" e adeus Câmara, ministério e — quem sabe? — a presidência da República. Que é que se jogava ali? A sua honra? Era pouco. Que se jogava ali eram a sua inteligência, a sua carreira; era tudo! Não, pensou ele de si para si, vou deitar-me.

No dia seguinte, teve mais um triunfo.

A nova Califórnia

CONTO

Lima Barreto (1881-1922)

I.

Ninguém sabia donde viera aquele homem. O agente do Correio pudera apenas informar que acudia ao nome de Raimundo Flamel, pois assim era subscrita a correspondência que recebia. E era grande. Quase diariamente, o carteiro lá ia a um dos extremos da cidade, onde morava o desconhecido, sopesando um maço alentado de cartas vindas do mundo inteiro, grossas revistas em línguas arrevesadas, livros, pacotes…

Quando Fabrício, o pedreiro, voltou de um serviço em casa do novo habitante, todos na venda perguntaram-lhe que trabalho lhe tinha sido determinado.

— Vou fazer um forno, disse o preto, na sala de jantar.

Imaginem o espanto da pequena cidade de Tubiacanga, ao saber de tão extravagante construção: um forno na sala de jantar! E, pelos dias seguintes, Fabrício pôde contar que vira balões de vidros, facas sem corte, copos como os da farmácia — um rol de coisas esquisitas a se mostrarem pelas mesas e prateleiras como utensílios de uma bateria de cozinha em que o próprio diabo cozinhasse.

O alarme se fez na vila. Para uns, os mais adiantados, era um fabricante de moeda falsa; para outros, os crentes e simples, um tipo que tinha parte com o tinhoso.

Chico da Tirana, o carreiro, quando passava em frente da casa do homem misterioso, ao lado do carro a chiar, e olhava a chaminé da sala de jantar a fumegar, não deixava de persignar-se e rezar um "credo" em voz baixa; e, não fora a intervenção do farmacêutico, o subdelegado teria ido dar um cerco à casa daquele indivíduo suspeito, que inquietava a imaginação de toda uma população.

Tomando em consideração as informações de Fabrício, o boticário Bastos concluíra que o desconhecido devia ser um sábio, um grande químico, refugiado ali para mais sossegadamente levar avante os seus trabalhos científicos.

Homem formado e respeitado na cidade, vereador, médico também, porque o doutor Jerônimo não gostava de receitar e se fizera sócio da farmácia para mais em paz viver, a opinião de Bastos levou tranquilidade a todas as consciências e fez com que a população cercasse de uma silenciosa admiração à pessoa do grande químico, que viera habitar a cidade.

De tarde, se o viam a passear pela margem do Tubiacanga, sentando-se aqui e ali, olhando perdidamente as águas claras do riacho, cismando diante da penetrante melancolia do crepúsculo, todos se descobriam e não era raro que às "boas-noites" acrescentassem "doutor". E tocava muito o coração daquela gente a profunda simpatia com que ele tratava as crianças, a maneira pela qual as contemplava, parecendo apiedar-se de que elas tivessem nascido para sofrer e morrer.

Na verdade, era de ver-se, sob a doçura suave da tarde, a bondade de Messias com que ele afagava aquelas crianças pretas, tão lisas de pele e tão tristes de modos, mergulhadas no seu cativeiro moral, e também as brancas, de pele baça, gretada e áspera, vivendo amparadas na necessária caquexia dos trópicos.

Por vezes, vinha-lhe vontade de pensar qual a razão de ter Bernardin de Saint-Pierre gasto toda a sua ternura com Paulo e Virgínia e esquecer-se dos escravos que os cercavam...

Em poucos dias a admiração pelo sábio era quase geral, e não o era unicamente porque havia alguém que não tinha em grande conta os méritos do novo habitante.

Capitão Pelino, mestre-escola e redator da *Gazeta de Tubiacanga*, órgão local e filiado ao partido situacionista, embirrava com o sábio. "Vocês hão de ver, dizia ele, quem é esse tipo... Um caloteiro, um aventureiro ou talvez um ladrão fugido do Rio."

A sua opinião em nada se baseava, ou antes, baseava-se no seu oculto despeito vendo na terra um rival para a fama de sábio de que gozava. Não que Pelino fosse químico, longe disso; mas era sábio, era gramático. Ninguém escrevia em Tubiacanga que não levasse bordoada do capitão Pelino, e mesmo quando se falava em algum homem notável lá no Rio, ele não deixava de dizer: "Não há dúvida! O homem tem talento, mas escreve: 'um outro', 'de resto'...". E contraía os lábios como se tivesse engolido alguma coisa amarga.

Toda a vila de Tubiacanga acostumou-se a respeitar o solene Pelino, que corrigia e emendava as maiores glórias nacionais. Um sábio...

Ao entardecer, depois de ler um pouco o Sotero, o Cândido de Figueiredo ou o Castro Lopes, e de ter passado mais uma vez a tintura nos cabelos, o velho mestre-escola saía vagarosamente de casa, muito abotoado no seu paletó de brim mineiro, e encaminhava-se para a botica do Bastos a dar dois dedos de prosa. Conversar é um modo de dizer, porque era Pelino avaro de palavras, limitando-se tão somente a ouvir. Quando, porém, dos lábios de alguém escapava a menor incorreção de linguagem, intervinha e emendava. "Eu asseguro, dizia o agente do Correio, que..." Por aí, o mestre-escola intervinha com mansuetude evangélica: "Não diga 'asseguro', sr. Bernardes; em português é garanto".

E a conversa continuava depois da emenda, para ser de novo interrompida por uma outra. Por essas e outras, houve muitos palestradores que se afastaram, mas Pelino, indiferente, seguro de seus deveres, continuava o seu apostolado de vernaculismo. A chegada do sábio veio distraí-lo um pouco da sua missão. Todo o seu esforço voltava-se agora para combater aquele rival, que surgia tão inopinadamente.

Foram vãs as suas palavras e a sua eloquência: não só Raimundo Flamel pagava em dia suas contas, como era generoso — pai da pobreza — e o farmacêutico vira numa revista de específicos seu nome citado como químico de valor.

II.

Havia já anos que o químico vivia em Tubiacanga, quando, uma bela manhã, Bastos o viu entrar pela botica adentro. O prazer do farmacêutico foi imenso. O sábio não se dignara até aí visitar fosse quem fosse e, certo dia, quando o sacristão Orestes ousou penetrar em sua casa, pedindo-lhe uma esmola para a futura festa de Nossa Senhora da Conceição, foi com visível enfado que ele o recebeu e atendeu.

Vendo-o, Bastos saiu de detrás do balcão, correu a recebê-lo com a mais perfeita demonstração de quem sabia com quem tratava e foi quase em uma exclamação que disse:

— Doutor, seja bem-vindo.

O sábio pareceu não se surpreender nem com a demonstração de respeito do farmacêutico, nem com o tratamento universitário. Docemente, olhou um instante a armação cheia de medicamentos e respondeu:

— Desejava falar-lhe em particular, senhor Bastos.

O espanto do farmacêutico foi grande. Em que poderia ele ser útil ao homem, cujo nome corria mundo e de quem os jornais falavam com tão acendrado respeito? Seria dinheiro? Talvez... Um atraso no pagamento das rendas, quem sabe? E foi conduzindo o químico para o interior da casa, sob o olhar espantado do aprendiz que, por um momento, deixou a "mão" descansar no gral, onde macerava uma tisana qualquer.

Por fim, achou ao fundo, bem no fundo, o quartinho que lhe servia para exames médicos mais detidos ou para as pequenas operações, porque Bastos também operava. Sentaram-se e Flamel não tardou a expor:

— Como o senhor deve saber, dedico-me à química, tenho mesmo um nome respeitado no mundo sábio...

— Sei perfeitamente, doutor, mesmo tenho disso informado, aqui, aos meus amigos.

— Obrigado. Pois bem: fiz uma grande descoberta, extraordinária...

Envergonhado com o seu entusiasmo, o sábio fez uma pausa e depois continuou:

— Uma descoberta... Mas não me convém, por ora, comunicar ao mundo sábio, compreende?

— Perfeitamente.

— Por isso precisava de três pessoas conceituadas que fossem testemunhas de uma experiência dela e me dessem um atestado em forma, para resguardar a prioridade da minha invenção... O senhor sabe: há acontecimentos imprevistos e...

— Certamente! Não há dúvida!

— Imagine o senhor que se trata de fazer ouro...

— Como? O quê? fez Bastos, arregalando os olhos.

— Sim! Ouro! disse, com firmeza, Flamel.

— Como?

— O senhor saberá — disse o químico secamente. A questão do momento são as pessoas que devem assistir à experiência, não acha?

— Com certeza, é preciso que os seus direitos fiquem resguardados, porquanto...

— Uma delas, interrompeu o sábio, é o senhor; as outras duas, o senhor Bastos fará o favor de indicar-me.

O boticário esteve um instante a pensar, passando em revista os seus conhecimentos e, ao fim de uns três minutos, perguntou:

— O coronel Bentes lhe serve? Conhece?

— Não. O senhor sabe que não me dou com ninguém aqui.

— Posso garantir-lhe que é homem sério, rico e muito discreto.

— É religioso? Faço-lhe esta pergunta, acrescentou Flamel logo, porque temos que lidar com ossos de defunto e só estes servem...

— Qual! É quase ateu...

— Bem! Aceito. E o outro?

Bastos voltou a pensar e dessa vez demorou-se um pouco mais consultando a sua memória... Por fim, falou:

— Será o tenente Carvalhais, o coletor, conhece?

— Como já lhe disse...

— É verdade. É homem de confiança, sério, mas...

— Que é que tem?

— É maçom.

— Melhor.

— E quando é?

— Domingo. Domingo, os três irão lá em casa assistir à experiência e espero que não me recusarão as suas firmas para autenticar a minha descoberta.

— Está tratado.

Domingo, conforme prometeram, as três pessoas respeitáveis de Tubiacanga foram à casa de Flamel, e, dias depois, misteriosamente, ele desaparecia sem deixar vestígios ou explicação para o seu desaparecimento.

III.

Tubiacanga era uma pequena cidade de três ou quatro mil habitantes, muito pacífica, em cuja estação, de onde em onde, os expressos davam a honra de parar. Há cinco anos não se registrava nela um furto ou roubo. As portas e janelas só eram usadas... porque o Rio as usava.

O único crime notado em seu pobre cadastro fora um assassinato por ocasião das eleições municipais; mas, entendendo que o assassino era do partido do governo, e a vítima da oposição, o acontecimento em nada alterou os hábitos da cidade, continuando ela a exportar o seu café e a mirar as suas casas baixas e acanhadas nas escassas águas do pequeno rio que a batizara.

Mas, qual não foi a surpresa dos seus habitantes quando se veio a verificar nela um dos mais repugnantes crimes de que se tem memória! Não se tratava de um esquartejamento ou parricídio; não era o assassinato de uma família inteira ou um assalto à coletoria; era coisa pior, sacrílega aos olhos de todas as religiões e consciências: violavam-se as sepulturas do "Sossego", do seu cemitério, do seu campo-santo.

Em começo, o coveiro julgou que fossem cães, mas, revistando bem o muro, não encontrou senão pequenos buracos. Fechou-os; foi inútil. No dia seguinte, um jazigo perpétuo arrombado e os ossos saqueados; no outro, um carneiro e uma sepultura rasa. Era gente ou demônio. O coveiro não quis mais continuar as pesquisas por sua conta, foi ao subdelegado e a notícia espalhou-se pela cidade.

A indignação na cidade tomou todas as feições e todas as vontades. A religião da morte precede todas e certamente será a última a morrer nas consciências. Contra a profanação, clamaram os seis presbiterianos do lugar — os bíblias, como lhes chama o povo; clamava o agrimensor Nicolau, antigo cadete, e positivista do rito Teixeira Mendes; clamava o major Camanho, presidente da Loja Nova Esperança; clamavam o turco Miguel Abudala, negociante de armarinho, e o cético Belmiro, antigo estudante, que vivia ao deus-dará, bebericando parati nas tavernas. A própria filha do engenheiro residente da estrada de ferro, que vivia desdenhando aquele lugarejo, sem notar sequer os suspiros dos apaixonados locais, sempre esperando que o expresso trouxesse um príncipe a desposá-la —, a linda e desdenhosa Cora não pôde deixar de compartilhar da indignação e do horror que tal ato provocara em todos do lugarejo. Que tinha ela com o túmulo de antigos escravos e humildes roceiros? Em que podia interessar aos seus lindos olhos pardos o destino de tão humildes ossos? Porventura o furto deles perturbaria o seu sonho de fazer radiar a beleza de sua boca, dos seus olhos e do seu busto nas calçadas do Rio?

Decerto, não; mas era a Morte, a Morte implacável e onipotente, de quem ela também se sentia escrava, e que não deixaria um dia de levar a sua linda caveirinha para a paz eterna do cemitério. Aí Cora queria os seus ossos sossegados, quietos e comodamente descansando num caixão bem-feito e num túmulo seguro, depois de ter sido a sua carne encanto e prazer dos vermes...

O mais indignado, porém, era Pelino. O professor deitara artigo de fundo, imprecando, bramindo, gritando: "Na história do crime, dizia ele, já bastante rica de fatos repugnantes, como sejam: o esquartejamento de Maria de Macedo, o estrangulamento dos irmãos Fuoco, não se registra um que o seja tanto como o saque às sepulturas do 'Sossego'".

E a vila vivia em sobressalto. Nas faces não se lia mais paz; os negócios estavam paralisados; os namoros suspensos. Dias e dias por sobre as casas pairavam nuvens negras e, à noite, todos ouviam ruídos, gemidos, barulhos sobrenaturais... Parecia que os mortos pediam vingança...

O saque, porém, continuava. Toda noite eram duas, três sepulturas abertas e esvaziadas de seu fúnebre conteúdo. Toda a população resolveu ir em massa guardar os ossos dos seus maiores. Foram cedo, mas, em breve, cedendo à fadiga e ao sono, retirou-se um, depois outro e, pela madrugada, já não havia nenhum vigilante. Ainda nesse dia o coveiro verificou que duas sepulturas tinham sido abertas e os ossos levados para destino misterioso.

Organizaram então uma guarda. Dez homens decididos juraram perante o subdelegado vigiar durante a noite a mansão dos mortos.

Nada houve de anormal na primeira noite, na segunda e na terceira; mas, na quarta, quando os vigias já se dispunham a cochilar, um deles julgou lobrigar um vulto esgueirando-se por entre a quadra dos carneiros. Correram e conseguiram apanhar dois dos vampiros. A raiva e a indignação, até aí sopitadas no ânimo deles, não se contiveram mais e deram tanta bordoada nos macabros ladrões que os deixaram estendidos como mortos.

A notícia correu logo de casa em casa e, quando, de manhã, se tratou de estabelecer a identidade dos dois malfeitores, foi diante da população inteira que foram neles reconhecidos o coletor Carvalhais e o coronel Bentes, rico fazendeiro e presidente da Câmara. Este último ainda vivia e, a perguntas repetidas que lhe fizeram, pôde dizer que juntava os ossos para fazer ouro e o companheiro que fugira era o farmacêutico.

Houve espanto e houve esperanças. Como fazer ouro com ossos? Seria possível? Mas aquele homem rico, respeitado, como desceria ao papel de ladrão de mortos se a coisa não fosse verdade!

Se fosse possível fazer, se daqueles míseros despojos fúnebres se pudesse fazer alguns contos de réis, como não seria bom para todos eles!

O carteiro, cujo velho sonho era a formatura do filho, viu logo ali meios de consegui-la. Castrioto, o escrivão do juiz de paz, que no ano passado conseguiu comprar uma casa, mas ainda não a pudera cercar, pensou no muro, que lhe devia proteger a horta e a criação. Pelos olhos do sitiante Marques, que andava desde anos atrapalhado para arranjar um pasto, pensou logo no prado verde do Costa, onde os seus bois engordariam e ganhariam forças...

Às necessidades de cada um, aqueles ossos que eram ouro viriam atender, satisfazer e felicitá-los; e aqueles dois ou três milhares de pessoas, homens, crianças, mulheres, moços e velhos, como se fossem uma só pessoa, correram à casa do farmacêutico.

A desinteligência não tardou a surgir; os mortos eram poucos e não bastavam para satisfazer a fome dos vivos. Houve facadas, tiros, cachações. Pelino esfaqueou o turco por causa de um fêmur e mesmo entre as famílias questões surgiram. Unicamente, o carteiro e o filho não brigaram. Andaram juntos e de acordo e houve uma vez que o pequeno, uma esperta criança de onze anos, até aconselhou ao pai: "Papai vamos aonde está mamãe; ela era tão gorda...".

De manhã, o cemitério tinha mais mortos do que aqueles que recebera em trinta anos de existência. Uma única pessoa lá não estivera, não matara nem profanara sepulturas: fora o bêbedo Belmiro.

Entrando numa venda, meio aberta, e nela não encontrando ninguém, enchera uma garrafa de parati e se deixara ficar a beber sentado à margem do Tubiacanga, vendo escorrer mansamente as suas águas sobre o áspero leito de granito — ambos, ele e o rio, indiferentes ao que já viram, mesmo à fuga do farmacêutico, com seu Potosi e o seu segredo, sob o dossel eterno das estrelas.

Pijuca

CONTO

Valdomiro Silveira (1873-1941)

Nosso regionalismo deu voz ao chamado Brasil Profundo. O paulista Valdomiro, como contista, o melhor deles (tecnicamente, pelo menos: às vezes parece um Tchékhov capiau), aqui os representa — e, logo depois, Simões Lopes Neto. Com um humor peculiar (pouco a ver com o humor, digamos, urbano) que acontece, antes ou junto com o enredo, na própria linguagem quase dialetal.

A Maria Espada saíra do pagode, sozinha como sempre, e como sempre sem que ninguém a visse, montara no pingo saino, que era um relâmpago, e atravessava agora um campo nativo, de barba-de-bode e lanceta, aonde chegava ainda, trazido pelo vento fresco da mata, o cheiro manso das coiranas em flor. Porque ia um pouco tocada, com a cabeça a pesar e os olhos ardentes, aquela frescura e aquele cheiro fizeram-lhe muito bem. A folgazona entusiasmada deu um chascão no freio, e falou vagarosamente, como se o cavalo, de súbito parado, estivesse a ouvi-la e a entendê-la:

— Arre, diabo! que eu a mo' que 'tou mesmo vestida de anjo! O sumo da cana é traiçoeiro, não hai quem não saiba: e o marvado do Anastácio inda enche a gente daquela fervida temperada com bagé de bonilha! Depois, si a gente fica na tiaporanga e faz uma estipulia qualquer, aí ninguém não quer saber si foi a pinga que trepou e buliu no sentido, ou si não foi!

Ainda ouvia o choro fino das duas violas e a voz nasalada e triste de Gabriel, numa moda mineira. Comoveu-se:

— Força no peito, caboclo desabotinado! Cante mais um verso, mas porém com toda a sustância, como no tempo que você me queria, tal e qual hoje, e que eu te queria como não quero mais e nunca mais hei de querer! Um verso de alecrim: 'bamo ver!

As violas, entretanto, calaram-se. Houve um grande barulho no terreiro: e de longe a Espada bem percebeu que tinham dado por sua falta, que estavam danados com o sumiço, e que alguém, no meio dos mais, andaria macambúzio, fechado consigo, atentando o ouvido ao rumor das aragens das folhas, para saber se tinha feito chão aquela que lhe pisava na alma como quem pisa num trapo...

E falou sossegadamente, a jeito de quem se explica:

— Eu, quando me dá esta malinconia, não sou mais senhora de mim: tenho de romper p'r as estradas, ver uma bruxa ou um lobisome, inté que o fernesim me passe! Cada qual cumpre seu fado: isso foi sorte que Deus me pôs! Já mandei em mim como as outras: agora não mando em ninguém. Vou vivendo a minha vida, feito um barrote pesado, que desce p'r o rio abaixo, na força das águas, sem nada que lhe segure...

Pegou nas câimbras do freio, vergastou de rijo as duas ancas do saino. E o saino abalou a galope, na estrada escura e seca, agitando a cabeça carregada de fitas e de flores. Na treva da noite, apenas alegrada por algum longínquo brilho de estrela, era quase apavorante aquele cavalo a galope, vistoso em cores e montado por uma esguia mundana toda vestida de branco.

Chegou a uma porteira, abriu-a às escâncaras, passou para além, num salto do cavalo. E muito tempo ainda, rangendo rudemente ao darem de encontro aos moirões de aroeira, as tábuas de peroba pareceram acompanhar a cadência fugitiva do tropear do saino.

O caminho fazia uma forquilha, ao entrar na capoeira. A Espada ficou indecisa, passando os olhos cansados de um trilho a outro:

— Ora 'tá aqui uma coisa que me deixa meio otusa. Alta hora da noite, suzinha deste feitio, quem é que há de saber agora o carreiro certo de casa? O meu matungo é que não vejo: bamo' duma vereda, Caiapó?

Bambeou as rédeas na tábua do pescoço do saino: e ele pegou logo numa andadura rasgada e muito rendosa, a fazer pelo ermo um rumor cheio. Àquele compasso, distraída, a Espada principiou a cantar a moda mais nova que sabia, com voz grossa e linda, apesar de molhada:

A moda de namorar
eu ensino p'ra vancê:
vancê ponha bem sentido,
p'r amor de vancê aprender.

Si 'tiver perto da gente.
p'ra ninguém não perceber,
vancê não olhe p'ra mim,
que eu não olho p'ra vancê.

Quando nós 'tiver suzinho,
me abrace e abraço vancê:
damo' abraços e buquinhas,
querendo pode morder.

Interrompeu-se, imaginou um instante:

— Pinhões! Como é que suspende esta moda, gente?

E lembrando-se, alteou a voz para baixá-la enternecidamente, na repetição dos dois primeiros versos:

Ribeirão das águas turvas,
nem garça pode beber;
um amor de tantos donos
dalgum tem de se esquecer.

Soltou uma gargalhada:

— Que prosa à toa, já se viu? Pois eu também tenho tido tantos amor', e não me esqueço de nem um! Não me esqueço nem me alembro: isso é que é vantaja!

A uma banda da estrada, porém, luzia estranhamente qualquer coisa, com claridade quase cor de enxofre aceso. A Espada nem deu fé: repetiu a moda, cantando outra quadra de encabeçar, e ia já fronteando aquela aparição esquisita, quando o saino entendeu de trocar as orelhas e bufar, endureceu o lombo e deu um passarinhão feio.

Ela quis zangar-se.

— Ué, meu traste! Você quer agora que eu veja o chão de perto, sem mais isto nem aquilo? É baixo! Eu não vou assim tão fácil!

Teve entretanto, de ver o chão de perto: o cavalo espantou-se, tomou o freio entre os dentes, pulou de um lado e de outro, atirou com silhão e cavaleira ao ar. Erguendo-se, com os ouvidos numa zunideira, a Espada acabou de zangar-se duma vez:

— Que pavor tão fora de tempo, coisa-ruim! Nunca viu orelha-de-pau que dá fogo? Nunca viu pijuca? P'ra que é que você véve antão no mundo, si uma luz do mato, inocente como essa, faz tamanha batedeira em você?

Aproximou-se da madeira podre, onde os cogumelos se agrupavam como uma dezena de orelhas fitas, deu-lhe com o cabo do relho:

— Olhe aqui, seu diabo: 'tá vendo? Isso não vale nada: só o que é mesmo é uma boniteza!

Sentou-se junto na luz amarelo-azulada. E como a língua já se lhe fosse pegando mais ao céu da boca, resmungou os últimos versos da moda:

Um amor de tantos donos
dalgum tem que se esquecer.

Continuou então a conversar entre si:

— Agora, de quem eu nunca não pude esquecer foi do Lainho, tão fermoso e tão bom, que morreu por meu respeito, naqueles centros de serra, sabendo que a minha gente me jogou fora e que ele não tinha jeito de vir após de mim! Aquilo é que foi um home' de coiração!

Resvalou para uma laceira de cipó-cruz. Adormeceu mansamente. E era-lhe tão meigo o sonho do passado, que, sob a claridade fantástica, o seu rosto escaveirado de demônio foi ganhando, pouco a pouco, uma serena expressão de rosto de anjo…

Os meus otto anno

SÁTIRA

Juó Bananére (1892-1933)

Antecipando-se ao modernismo, o paulista Alexandre Marcondes Machado escreveu numa linguagem macarrônica, em "língua" de imigrantes italianos (que ele não era), satirizando nossa poética mais conhecida (como, no caso, "Meus oito anos", de Casimiro de Abreu). Publicou La divina increnca, *em 1915, sob o pseudônimo de Juó Bananére.*

O chi sodades che io tegno
D'aquillo gustoso tempigno,
Ch'io stava o tempo intirigno
Brincando c'oas mulecada.
Che brutta insgugliambaçó,
Che troça, che bringadêra,
Imbaxo das bananêra,
Na sombra dus bambuzá.

Che sbornia, che pagodêra,
Che pandiga, che arrelia,

A genti sempre afazia
No largo d'Abaxo-o-Piques.
Passava os dias i as notte
Brincando de scondi-scondi,
E atrepáno nus bondi,
Bulino c'os conduttore.

Deitava sempre di notte,
I alivantava cidigno
Uguali d'um passarigno,
Allegro i cuntento da vita.
Bibia un caffé ligêro,
Pigava a pena e o tintêro,
Iva curréno p'ra scuóla.

Na scuóla io non ligava!
Nunga prestava tençó,
Né nunga sapia a liçó.
O professore, furioso,
C'oa vadiação ch'io faceva,
Mi dava discompostura;
Ma io era garadura
I non ligava p'ra elli.

Inveiz da afazê a liçó,
Passava a aula intirigna
Fazéno i giogáno boligna
Ingoppa a gabeza dos ôtro.
O professore gridava,
Mi dava um puxó di oreglio,
I mi butava di gioeglio
Inzima d'un grão de milio.

Di tardi xigava in gaza,
Comia come un danato,

Puxava u rabbo do gatto,
Giudiava du gaxorigno,
Bulia c'oa guzignêra,
Brigava c'oa migna ermá;
I migna mái p'ra cabá,
Mi dava una brutta sova.

Na rua, na vizignança,
Io era mesmo un castigo!
Ningué puteva commigo!
Bulia con chi passava,
Quibrava tuttas vidraça,
I giunto c'o Bascualino
Rubava nus botteghino
A aranxia pera du Rio.

Vivia amuntado nus muro,
Trepado nas larangiêra;
I sempre ista bringadêra
Cabava n'un brutto tombo.
Ma io era incorrigive,
I logo nu ôtro dia.
Ricominciava a relia,
Gaía traveiz di novo!

A migna gaza vivia
Xiigna di gente assim!!…
Che iva dá parti de mim.
Sembrava c'un gabinetto
Di quexa i regramaçó.
Meu páio, pobre goitado,
Vivia atrapagliado
P'ra si livrá dos quexozo.

I assi, di relia in relia,
Passê tutta infança migna,
A migna infança intirigna.
Che tempo maise gotuba,
Che brutta insgugliambaçó,
Che troça, che bringadêra,
Imbaxo das bananêra,
Na sombra dos bambuzá!

O papagaio

CONTO

João Simões Lopes Neto (1865-1916)

A história do papagaio que sabia latim é uma anedota antiga. Foi nela que o humorista francês Alphonse Allais inspirou-se para seu "Le Perroquet missionnaire". No Brasil, Humberto de Campos fez uma crônica, e o gaúcho João Simões Lopes Neto escreveu este conto, "O papagaio", que só saiu no livro póstumo Casos do Romualdo. *Lopes Neto é um marco do nosso regionalismo, com* Contos gauchescos *e* Lendas do Sul.

O reverendo padre Bento de S. Bento — que o senhor talvez conhecesse, não? — era um santo homem paciente — paciente, paciente! — como naquela época outro não houve.

Nos circos de burlantins muita cousa curiosa tenho apreciado: cachorros sábios, cabras que fazem provas, cavalos dançarinos e burros que a dente pegam o palhaço pelo... atrás das pantalonas; mas a paciência para esse ensino não pode comparar-se, não se pode, com a do reverendíssimo.

O padre Bento, farto de aturar sacristães e não querendo estragar a sua paciência, que estava-lhe na massa do corpo, resolveu dizer as suas missas... sozinho.

Preparava as galhetas, o missal etc.; depois, pachorrentamente esperava a hora de oficiar; chegada, encaminhava-se para o altar. E começava e concluía, parte por parte, tudo muito em ordem.

Mas o filé, o bem-bom, era quando entrava a ladainha: ele cantava o nome do soneto e uma vozinha esquisita, porém muito clara, respondia logo:

— O-o-a por nob-s!

E os fiéis, em seguida, pela pequena nave afora, acudiam ao estribilho:

— *Ora pro nobis!*

Dessas ladainhas, assisti eu a muitas, na capelinha de São Romualdo, que era próxima à nossa casa, na vila de...

Agora sabem quem cantava as ladainhas do padre Bento?

Era o Lorota, um papagaio amarelo, criado na gaiola e muito bem falante...

Com ele diverti-me muitas vezes:

— Lorota, dá cá o pé!

E ele, ensinado pelo padre, respondia, amável!

Coitado!... O padre morreu e o Lorota, não tendo mais a quem dar contas, fugiu.

Passaram-se os anos.

Uma vez, estava eu na Serra, numa espera de onça, quando senti — confesso, não medo, mas um arrepio de... frio — quando ouvi, nas profundezas do mato virgem, uma ladainha religiosa!...

E pausada, afinada, bem puxada em suma!

Seria um sonho? Estaria eu errado na tocada das onças, e, em vez de estar na floresta cheia de bichos ferozes, estava na vizinhança de algum convento, de alguma capela, de alguma romaria?...

E a ladainha, compassada e cheia, vinha se aproximando:

— Bento S. Bento!

— *Ora pro nobis!*

— Santo Atanásio!

— *Ora pro obis!*

— São Romualdo!

— *Ora pro nobis!*

Eu mergulhava os olhos por entre os troncos, os cipós e as japecangas a ver se bispava uma cor de opa, uma luz de tocha, uma figura de gente; nada!

Nisto, a ladainha passou nas árvores, por cima de mim. Pousou, sim, é o termo próprio, porque quem cantava era um bando de papagaios e quem puxava a ladainha era o papagaio do padre Bento, era o Lorota!

A paciência do bicho!... Ensinar, direitinho, aos outros, a cantoria toda!...

Pasmo daquele espetáculo, e duvidando, quis tirar uma prova real, e perguntei para cima:

— Lorota? Dá cá o pé!...

Pois o papagaio conheceu a minha voz, conheceu, porque logo retrucou-me com a antiga resposta que ele sempre dava:

— Romualdo é bonito! Bonito!

E como para obsequiar-me fez um crrr! como aviso de comando e recomeçou a ladainha:

— Bento S. Bento!

— *Ora pro nobis!*

— Santo...

Nisto tremeu o mato com um berro pavoroso — o Lorota e seu bando bateu asas... e eu olhei em frente: a sete passos de distância estava agachada, de bocarra aberta, pronta para o salto, uma onça dourada, uma onça ruiva, uma onça de braça e meia de comprido!...

E na aragem do mato ainda soou um vozerio distante.

— *Or...a pro no...bis!*

S...Ro...mual...do!

Ora... pro nobis!...

Livro das donas e donzelas

"ARTE CULINÁRIA" / CRÔNICA

Júlia Lopes de Almeida (1862-1934)

Pioneira? Primeira escritora brasileira com qualidade literária acima da média, Júlia Lopes de Almeida foi romancista, cronista e contista. Ajudou na criação da Academia Brasileira de Letras, mas deixaram-na de fora da leva dos quarenta fundadores — para homenageá-la, incluíram seu marido na lista ilustre. Seriam hoje chamados de machistas? O que importa é a presença dela aqui, uma autora que está à espera de um reconhecimento maior. Alô, críticos (se ainda houver críticos), feministas de plantão e bons leitores. Observem esta pequena amostra de Júlia Lopes de Almeida como cronista e contista. Humor de saias e de costumes.

Para saber comer, é preciso não ter fome. Quem tem fome não saboreia, engole. Ora, desde que o enfarruscador ofício de temperar panelas se enfeitou com o nome de *arte culinária*, temos uma certa obrigação de cortesia para com ele. E concordemos que é uma arte pródiga e fértil. Cada dia surge um pratinho novo com mil composições extravagantes, que espantam as ménagères pobres e deleitam os cozinheiros da raça! Dão-se nomes literários, designações delicadas, procuradas com esforço, para condizer com a raridade do acepipe. Os temperos banais, das velhas cozinhas burguesas, vão se perdendo na sombra dos tempos. Falar em alhos, salsa, vinagre, cebola verde, hortelã ou coentro, arrepia a cabeluda epiderme dos mestres dos fogões atuais. Agora em todas as despensas devem brilhar rótulos estrangeiros de conservas assassinas, e alcaparras, trutas, manteiga dinamarquesa (o toucinho passou a ser ignominioso), vinho Madeira para adubo do filé, enfim tudo o que houver de mais apurado, cheiroso e... caro!

As exigências crescem, ameaçam-nos e, sem paradoxo, somos comidos pelo que comemos. Isto vem à propósito de uma exposição de arte culinária que se fez, há pouco tempo, em Paris. Imaginem como aquilo deve ser encantador e apetitoso!

Quem já viu as vitrines das *charcuteries*, das *crémeries*, das confeitarias etc., e que sabe com quanto mimo e elegância são expostos os queijos, os paios e os pastéis, entre *bouquets* de lilases e fofos caixões de papéis de seda bem combinados, crespos e leves como plumas, imagina que de novidades graciosas se juntarão no Palácio da Indústria.

Naturalmente, cada expositor é um arquiteto e um artista na combinação das cores. Fazem-se castelos de biscoitos, torres engenhosas de chocolate, de creme, de morangos, onde tremulem, em cristalizações policromas, as gelatinas de frutas ou de aves, refletindo luzes entre lacinhos de fita e flores frescas, porque o francês tem a preocupação gentilíssima de deleitar sempre os olhos alheios.

Abençoada mania!

O que eu invejo não são as trutas, nem os champignons, nem o seu foie gras, porque tudo isso temos nós aqui e mais muitas coisas que eles lá desconhecem. O que eu invejo é aquela facilidade, aquela graça das exposições que se sucedem e se multiplicam e que não podem deixar de ser úteis, porque abrem a curiosidade e ensinam muito.

A cozinha francesa tem se intrometido em toda a parte.

A Inglaterra opõe-lhe forte resistência com as suas batatas cozidas e presunto cru; mas a nossa, por exemplo, está muito modificada por ela. Entretanto, temos pratos característicos, só nossos e que eu teimo em achar gostosos. Infelizmente falta-lhes o *chic*, o lado onde se possa atar a tal fitinha ou colocar o *bouquet* de violetas do inverno ou do *muquet* da primavera. O feijão-preto com o respectivo e lutuoso acompanhamento não se presta por certo para a *coquetterie* de um adorno mimoso, mas nem por isso deixa de ser da primeira linha. Depois temos os pratos baianos, o afamado vatapá e outros, quentes e lúbricos, e o churrasco do Rio Grande, e o cuscuz de São Paulo, e tantos que eu ignoro e que descobrem, demonstram, por assim dizer, as tendências, o temperamento do povo.

Um país como o Brasil tão vasto e variado não teria proporções mais curiosas para realizar uma exposição neste gênero?

Só de frutas, que, tratando-se da mesa, tem todo o lugar, e de doces... imaginem: faríamos um figurão! geralmente caluniam-se as frutas brasileiras e parece-me tempo de lhes irmos dando a merecida importância. Não há nenhum brasileiro que conheça todas as frutas do seu país. O europeu desdenha-nos nesse sentido; esquece-se de que em muitos lugares do Paraná, Minas e Rio Grande, desenvolvem-se peras magníficas, damascos, cerejas, nozes etc. E as frutas e as hortaliças indígenas? Inumeráveis! O que falta à nossa *gourmandise* é poder agrupá-las, poder escolher, na mesma terra, estas ou aquelas, e isso só se poderá fazer se houver aqui, algum dia, como agora em Paris, quem dê importância à mesa, e procure, por meio de exposições, facilitar esse ramo de comércio, educar o povo, e dar-lhe um elemento novo de prazer e de saúde.

A exposição parisiense tem ainda um fito, e é a sua principal recomendação e a mais elevada — é o de ensinar, por meio do exemplo, a cozinhar bem. Um dos seus cantos é ocupado por M. Charles Driessens, que segundo leio, luta há dez anos com desesperada energia para fazer entrar o ensino da cozinha no programa do Estado. Este tal M. Driessens tem várias escolas de cozinha, e ali trabalham umas cinquenta discípulas, mostrando a toda a gente como se deve fazer um creme, estender uma massa, temperar uma salada, grelhar um bife ou enfeitar uns pezinhos de carneiro com papelotes e rosetas.

As senhoras não nasceram para falar em camarões, carne ou palmito, em público; mas, senhores românticos, lembrai-vos de que nem sempre nos bastam o brilho das estrelas nem o murmulho das ondas para conversar com as amigas!

Cena de comédia

CONTO

Júlia Lopes de Almeida (1862-1934)

— Bons dias, Manoel!

— Tu aqui!?

— Como vês. Estás só?

— Completamente.

— Nesse caso venho fazer-te um pouco de companhia. Pela tua saúde não pergunto: tenho sabido por tua mulher que estás bom.

— Como assim? Tens vindo cá a casa?!

— Não; precisamente quando venho a tua casa é que eu não vejo tua mulher.

— Então onde?

— Em toda parte, por aí.

— És mais feliz do que eu, que andando o dia inteiro pelas ruas, nunca a encontro por acaso. Mas insisto: Onde a viste?

— Espera... segunda-feira na rua do Ouvidor...

— Ia ao dentista.

— Terça-feira, em casa da dona Rufina.

— Fazia anos a Rufininha, e ela não podia faltar.

— Quarta-feira, no corso.

— A mãe veio buscá-la.

— Quinta à porta da Candelária, com o ar de quem acabou de ouvir um sermão!

— É inesgotável a paciência das mulheres!

— Sexta-feira...

— És um calendário!

— Escuta: sexta... ah! Sexta na barca de Niterói.

— Que diabo foi ela fazer a Niterói?

— Não sei. Sábado, na avenida Central, às duas da tarde, e no rinque às nove da noite.

— A irmã veio desencaminhá-la, para ver patinar os filhos.

— Como hoje, domingo, é dia de descanso, pensei que ela talvez não saísse e vim vê-la, de tal modo me habituei à sua presença...

— Perdoo-te a insolência e ainda por cima te ofereço uma cadeira: senta-te.

— Obrigado. Requinta a tua amabilidade, mandando me dar um copo de cerveja, se acaso a tua mulher não levou a chave da adega...

— Que lembrança! Enquanto não vem a cerveja, toma um charuto... presente do Vale.

— Tanto melhor; o Vale é meu inimigo: tenho o máximo prazer em concorrer para sua ruína.

— Bom. Agora, acomodado e satisfeito, desabafa.

— Os desabafos de um homem satisfeito são quase sempre inofensivos, e é para obstar que eu te aborreça, que tu me cercas assim de tamanhos carinhos... Não há ninguém no mundo que saiba como tu defender o sossego do seu espírito. Nasceste para marido.

— É o que me diz minha mulher. Adiante.

— Arrefeceste-me o ânimo. Não posso continuar.

— Vou reavivar-to. Estranha-se, então, por aí, que eu conceda tantas liberdades à minha mulher?

— Que diabo, tudo que é excessivo é notável...

— Alguém aludiu a isso na tua presença?

— Não...

— Sem reticências.

— Não.

— Bom. Nesse caso, a observação é só, só, só tua?

— É só, só, só minha.

— ... Mau... o caso complica-se.

— Como assim?!

— É cá uma ideia.

— Pondo agora de parte a tua ideia, em que não posso penetrar sem explicação, deixa-me dizer-te que o que hoje constitui um reparo unicamente meu, porque por estimar-vos tenho os olhos fitos em vós, pode ser, e será por certo amanhã, de todo mundo. Sabes o que é esta nossa sociedade...

— Sei. E então?

— Então, vendo uma senhora casada continuamente aqui, ali e acolá, sem o seu marido, acabará por formar dela um juízo, tanto mais perverso, quanto mais injusto...

— Mas, filho, se o que a diverte a ela me aborrece a mim? Se tenho plena confiança no seu critério e, de resto, não me sobra o tempo para espetáculos e passeios, a que aliás ela não vai só, mas com sua mãe ou sua irmã?

— Muitas vezes a encontro sozinha...

— De dia claro, a compras... ao dentista... que diabo! Nós estamos longe da Idade Média! Também eu todos os dias encontro moças sozinhas na rua, e não me ocupo em imaginar de onde elas vêm ou para onde elas vão.

— Sempre tiveste um feitio muito especial; mas deves desconfiar que os outros não são como tu, e que vendo uma senhora como a tua constantemente só na rua, acabam por formular duas hipóteses.

— Duas?! Está bem; isso já me dá um certo sossego. Antes duas do que uma...

— Decididamente, não és o homem da impaciência!

— Não. Sou o homem da reflexão. Continua. Uma das hipóteses é...?

— Que sendo tu homem político, pensem que lanças tua mulher através de todos os acidentes da cidade à cata de simpatias, relações, que engrossem a corrente que te leve até uma cadeira senatorial. Conheci uma senhora que pedia votos para o marido aos caixeiros do armarinho em que comprava, ao dentista que lhe obturava os dentes, ao seu florista, ao seu perfumista, ao seu sapateiro, ao seu cocheiro, ao seu confessor, e por intermédio de amigas ou conhecidas: aos confessores, sapateiros, perfumistas, floristas, parteiros, dentistas etc., dessas mesmas amigas ou conhecidas! Uma lástima! Não há praga mais ridícula do que a esposa de um futuro deputado em véspera de eleições, quando ela quer cooperar para os triunfos políticos de sua cara-metade.

— Prevalecem-se, talvez, das suas prerrogativas e...

— Sim. São abusivas. Falam com toda a gente, sem distinção de classe... querem ter a vaidade de dizer ao marido: dei-te tantos votos! Trabalhei por ti como ninguém mais! E outras asneiras. Ah, francamente, quando vi tua mulher outro dia entrar na barca com um vestido sério, mas que se impunha pela sua elegância, e uma bolsinha na mão... tive a sensação de que essa bolsa ia recheadinha de papéis... os clássicos papeizinhos das urnas, e senti um calafrio percorrer-me a espinha.

— Coincidência de alguma corrente de ar que te constipasse na ocasião.

— És fleumático. Serás até capaz de acrescentar que em tais casos agradecerias de joelhos a tua mulher todos os passos que ela desse na propaganda de teu nome.

— Certamente. É sempre lisonjeiro para um marido saber que sua mulher se interessa pela sua prosperidade.

— Ideal!

— Vamos à outra hipótese.

— A outra? Sabe-a tão bem como eu.

— Dize sempre.

— Para quê? Tu não ignoras a malignidade do nosso povo... De resto, bem provocada por um certo número de namoros que se não vexam da exibição...

— Mas que tem minha mulher com o namoro dos outros?

— Dos outros?! Nada. Está claro; nada!... E tu?

— Eu?!

— Sim. Tu que tens com o namoro dos outros?

— Nada... E tu?

— Também não tenho nada!

— Ora, pois, se não temos nada com os amores alheios, entretenhamo-nos a falar dos nossos. Tu estás apaixonado.

— Eu?!

— Ainda não tinhas dado por isso?!

— Não...

— Toda a gente já percebeu. Até minha mulher, que é míope!

— Queres fazer romance?

— Não; quero avisar-te de um perigo, para o qual deslizas vertiginosamente. Vieste falar-me como amigo interessado pela minha honra, vou falar-te como amigo interessado pela tua felicidade. Conheço-te desde que me conheço, o nosso afeto é como de irmãos gêmeos; foi isso que te autorizou a dizer-me o que disseste, é isso que me autoriza a dizer-te o que te vou dizer.

— Estou curioso.

— Acredito que atribuas a uma outra causa o sentimento que te agita; mas a verdade está longe de ser a que pensas. Supões ter zelos de minha mulher *por mim* e de fato os tens *por ela*. Que salto foi esse?! Sossega e escuta-me com paciência.

— Não te entendo.

— Vais entender-me: tu amas minha mulher.

— Estás louco!

— Volta a ti... Sem o pensar, estamos realizando aqui uma dessas cenas ultramodernas, em que a lealdade se confunde às vezes com o cinismo... Volta a ti, repito; estás pálido como um cadáver, e enquanto te vir com essa cara não terei coragem de continuar.

— Que ideia... que ideia!

— Olha para dentro de ti... Mergulha o teu olhar té bem ao fundo do teu coração, e responde-me depois se me enganei.

— Enganaste-te, enganaste-te, por força que te enganaste!

— Nada de precipitações!

— Que juízo fazes tu de mim e que te autoriza a dizer semelhante barbaridade? Estás louco... Positivamente, estás louco!

— Em vez de me responder com essas palavras, que não querem dizer nada, dize-me: que levará teus passos ao encontro de cada passo que minha mulher dá na rua?

— O acaso!

— O acaso deixaria de o ser, se nos servisse todos os dias com a pontualidade com que te serviu... Deve haver um nome para essa espécie de magnetismo amoroso que atrai de longe os indivíduos à presença do objeto amado... Os meus estudos de física foram muito imperfeitos para que eu possa determiná-lo...

— Basta, basta; não imaginas o mal que me fazes!

— Não basta; tenho ainda a dizer-te que não foi só o acaso, o instinto, ou o que quer que seja, que te fez tão encontradiço com minha mulher. Tu soubeste, de véspera, por mim, que ela iria à casa de dona Rufina. Sim ou não?

— Não sei... sim... parece-me que sim!

— Soubeste, de véspera, por mim, que ela iria ao dentista na segunda-feira, ao meio-dia. Sim ou não?

— Sim...

— Soubeste, por mim, visto que me lamentei de não poder acompanhá-la, que ela iria ao corso! Logo... Aí estão três encontros que eu tenho o direito de não julgar casuais. Ainda não voltaste a ti... Tens a expressão de quem acaba de esbarrar com um fantasma... O fantasma da Verdade que te surpreende, hein?... Sossega.

— O que dizes é absurdo. É torpe; é...

— É humano.

— É falso.

— É tão verdadeiro que, em vez de saltares num arranco desmentindo a minha acusação num grito, tu empalideces, embaraças-te em negativas frouxas e revelas no teu assombro que descobri em ti um segredo, que de ti mesmo estava oculto...

— Eu não tenho segredo nenhum, nenhum! Amo tua mulher como uma irmã, porque é tua mulher e nada mais... E é por isso que me interesso... Sufocas-me, deixa-me respirar, ir-me embora, adeus... Que ideia a tua!

— Não vás; escuta ainda: vou acordar na tua memória um fato que perfeitamente explica a minha atitude de hoje. Foi este: no dia em que me casei, disse-te a ti: "João, conquanto mais moço do que eu, tu tens sido tudo para mim; sem o teu auxílio eu não teria nome, nem profissão; sem a tua amizade eu não teria tido horas felizes na minha tormentosa mocidade... Até hoje não ocultei de ti ações nem pensamentos, fortunas ou reveses. Nesta hora, que eu considero a mais perturbadora de toda a minha vida, à falta de crença religiosa que me impila a ir confessar-me a um sacerdote, como é de uso, confesso-me a ti, afirmando-te que o afeto que nos liga desde a meninice será mantido por mim até a morte, com o mesmo respeito, a mesma lealdade de todas as horas, antigas e presentes, desgraçadas ou felizes". Choramos abraçados, junto àquela estante, e nesse último abraço de solteiro senti soluçar os meus amores mortos e que também foram teus: minha mãe... minha irmã... tua irmã...

— Por que evocas o passado?...

— Porque só ele explica o presente. A nossa amizade era uma coisa muito pura, para ser despedaçada por um impulso de amor-próprio... ofendido...

— Mas por que hás de crer num sentimento que não existe e forjar uma ideia de crime onde não há a mínima...

— Para; não prossigas. Já não estás convencido do que dizes, esqueces-te de que és transparente para mim. Não foi hoje que eu descobri o teu segredo... não foi! Ele veio-se-me revelando aos poucos... Até a última vez que vieste almoçar comigo. Estávamos no terraço... Olhavas com impaciência para a porta, à espera de vê-la... E quando enfim ela entrou com uma braçada de rosas no avental, tiveste um sobressalto tão vivo que minha mulher deu uma daquelas suas gargalhadas infantis, perguntando-te se tinhas medo dela! Lembras-te?

— Lembro-me...

— Coraste... Peguei-te nas mãos; estavam geladas. Tremi...

— Por que não me disseste?! Por que não me avisaste?!

— Psiu... psiu... Minha mulher chegou... Ouves as suas gargalhadas? Entra contente da rua... Não tarda aqui. Disfarça.

— Fujo.

— Não; fica. Eu estou de sentinela.

— Não, não; deixa-me fugir!

— Fica. Já disse. Não dramatizes o teu sentimento, domina-o. É o teu dever.

— Ah, mas que espécie de homem, então, és tu, que...

— Sou um homem antigo, que ainda crê na honestidade das mulheres honestas e na lealdade dos amigos provados como tu!

Abraçam-se longamente. Ouve-se o riso moço de uma mulher que se aproxima.

V. HUMORES REPUBLICANOS
(Com intervalos de ditadura)

Nossas flores são mais bonitas
nossas frutas mais gostosas
mas custam cem mil-réis a dúzia.

Murilo Mendes,
"Canção do exílio"

Tudo aquilo que o malandro pronuncia, com voz macia, é brasileiro, já passou de português

SAMBAS

Noel Rosa (1910-37)

Samba numa hora destas? Letra de samba, sim. O cinema falado, dizem, foi o grande culpado da transformação. Na primeira metade do século XX, batuque, lundus, choros, modinhas que vinham de longe (das senzalas e das "Oropas") desciam dos morros e se misturavam e se integravam aos salões e às rádios da cidade. Em outras palavras: faziam cada vez mais parte da nossa cultura. O sambista virou personagem de Lima Barreto, por exemplo. E chegaria às universidades da vida. Segundo Affonso Romano de Sant'Anna, "o 'antiliterário', as expressões corriqueiras, o humor, as soluções imprevistas e outros afetos estão presentes neste poeta tanto quanto nos modernistas" — no poeta Noel Rosa. E por que o Poeta da Vila? Como símbolo, representatividade — e para mostrar que a Vila Isabel "não quer abafar ninguém/ só quer mostrar que faz samba também". Com ou sem gagueira, com talento e humor.

I. CONVERSA DE BOTEQUIM

Seu garçom faça o favor
De me trazer depressa uma boa média que não seja requentada
Um pão quente com manteiga à beça,

Um guardanapo
E um copo d'água bem gelada
Feche a porta da direita com muito cuidado
Que não estou disposto
A ficar exposto ao sol
Vá perguntar ao seu freguês do lado
Qual foi o resultado do futebol

Se você ficar limpando a mesa
Não me levanto nem pago a despesa
Vá pedir ao seu patrão
Uma caneta, um tinteiro, um envelope e um cartão

Não se esqueça de me dar palitos
E um cigarro pra espantar mosquitos
Vá dizer ao charuteiro
Que me empreste umas revistas, um isqueiro e um cinzeiro

Seu garçom faça o favor
De me trazer depressa uma boa média que não seja requentada
Um pão quente com manteiga à beça,
Um guardanapo
E um copo d'água bem gelada
Feche a porta da direita com muito cuidado
Que não estou disposto
A ficar exposto ao sol
Vá perguntar ao seu freguês do lado
Qual foi o resultado do futebol

Telefone ao menos uma vez
Para três quatro, quatro, três, três, três
E ordene ao seu Osório
Que me mande um guarda-chuva
Aqui pro nosso escritório

Seu garçom me empresta algum dinheiro
Que eu deixei o meu com o bicheiro,
Vá dizer ao seu gerente
Que pendure esta despesa
No cabide ali em frente

Seu garçom faça o favor
De me trazer depressa uma boa média que não seja requentada
Um pão quente com manteiga à beça,
Um guardanapo
E um copo d'água bem gelada
Feche a porta da direita com muito cuidado
Que não estou disposto
A ficar exposto ao sol
Vá perguntar ao seu freguês do lado
Qual foi o resultado do futebol

II. GAGO APAIXONADO

Mu... mu... mulher
Em mim fi... fizeste um estrago
Eu de nervoso
Esto... tou fi... ficando gago
Não po... posso
Com a cru... crueldade
Da saudade
Que... que mal... maldade
Vi... vivo sem afago

Tem tem... tem pe... pena
Deste mo... mo... moribundo
Que... que já virou va...va... va... va... ga... gabundo
Só... só... só... só...
Por ter so... so... sofri... frido

Tu... tu... tu... tu... tu... tu... tu... tu...
Tu tens um co... coração fi... fi... fingido

Mu... mu... mulher
Em mim fi... fizeste um estrago
Eu de nervoso
Esto... tou fi... ficando gago
Não po... posso
Com a cru... crueldade
Da saudade
Que... que mal... maldade
Vi... vivo sem afago

Teu teu co... coração me entregaste
De... de... pois... pois
De mim tu to... toma... maste
Tu... tua falsi... si... sidade
É pro... profunda
Tu... tu... tu... tu... tu... tu... tu... tu...
Tu vais fi... fi... ficar corcunda!

III. NÃO TEM TRADUÇÃO (NOEL ROSA E VADICO)

O cinema falado
É o grande culpado
Da transformação
Dessa gente que sente
Que um barracão
Prende mais que um xadrez
Lá no morro, se eu fizer uma falseta
A Risoleta desiste logo do francês e do inglês
A gíria que o nosso morro criou
Bem cedo a cidade aceitou e usou
Mais tarde o malandro deixou de sambar

Dando pinote
E só querendo dançar o foxtrote
Essa gente hoje em dia
Quem tem a mania da exibição
Não se lembra que o samba
Não tem tradução
No idioma francês
Tudo aquilo que o malandro pronuncia
Com voz macia
É brasileiro, já passou de português
Amor, lá no morro, é amor pra chuchu
As rimas do samba não são "I love you"
E esse negócio de "alô", "alô, boy"
"Alô, Johnny"
Só pode ser conversa de telefone

Gramática portuguesa pelo método confuso

SELEÇÃO

Mendes Fradique (1893-1944)

Com o pseudônimo de Mendes Fradique (uma alusão ao Fradique Mendes, de Eça de Queirós), o médico capixaba José Madeira de Flores escreveu, entre outros títulos, uma História do Brasil pelo método confuso. *Era um humorista e caricaturista conhecido à época, mas controverso por sua posição política (integralista), o que pode ter contribuído para uma espécie de ostracismo que cercou seu nome depois de morto. O fato de ter sido de direita talvez tenha sido seu próprio "método confuso" de ser humorista.*

I. GRAMÁTICA

Gramática é a arte de falar e escrever incorretamente uma língua. Segundo afirmam os gramáticos, a gramática é o conjunto de regras tiradas do modo pelo qual um povo fala usualmente uma língua. Ora, o povo fala sempre muito mal e escreve ainda piormente; logo, não é de estranhar que seja a gramática a arte de falar e escrever incorretamente uma língua. [...]

III. LÍNGUA

Língua é um músculo chato, muito móvel, com uma ponta presa e outra solta. E aí é que está precisamente o grande mal da humanidade; se a língua tivesse as duas pontas presas, quantos males se não evitariam, no gênero humano? Mas é tão radicado no homem o ter a língua com uma das pontas soltas, que, quando a natureza opera o prodígio de fazer nascer alguém com a língua presa, logo corre o pai da criança ao médico mais próximo, a fim de que ele corte o freio à língua do inocente.

De onde se tira e conclui que a língua, para não ser o flagelo que é, deverá ter sempre as duas pontas presas ou as duas pontas soltas. [...]

IV. LÍNGUAS (CONTINUAÇÃO)

[...] As línguas dividem-se em vivas, semimortas e mortas.

São vivas as línguas que estão em uso atual e vulgar entre os homens. [...]

Semimortas são as línguas de certos senadores da República, ordinariamente os coronelões da roça. Nessas condições, todas as línguas vivas se tornam semimortas: movem-se dentro da boca de seus donos, lambem os beiços, estalam no céu da boca o sabor do Porto Velho, umedecem selos adesivos, cobrem-se de saburro quando o estômago assim o quer, dão saliva à ponta dos dedos para folhear livros novos [...], em suma, fazem várias coisas mas não dão um pio quando o senador-coronel se planta à sua cadeira, no Senado. [...]

XI. FIGURAS DE FONOLOGIA
[...]
Prótese

Prótese é a parte do curso odontológico em a qual se estuda e pratica a fabricação de dentaduras, *bridges* [pontes], coroas, pivôs e todas as demais porcarias arquitetônicas que os dentistas plantam na boca aberta dos clientes.
[...]

Síncope

Síncope ou chilique é uma espécie de desmaio que acomete o sujeito fazendo-o derrear sem mais aquela. Se a síncope se dá por uma isquemia passageira, é questão de lhe chegar às trombas com um vidro de sais ingleses ou um pouco de éter e o sujeito volta a si em três tempos; agora se a síncope é cardíaca, então já se sabe: foi um ar que lhe deu...

Em fonologia a síncope não chega a eliminar o camarada, mas elimina o fonema dentro do vocábulo.

Ex.:

mor em lugar de *maior*.

[...]

XVIII. DO VERBO

Verbo é a palavra que exprime um ato.

Ex.:

casamento.

Ou um estado:

solteirão.

Os verbos, segundo Alfredo Gomes, dividem-se em *ativos* e *inativos*.

São *ativos* quando correspondem a uma ação:

voto de acionista.

O acionista tem direito a tantos votos quantas forem as ações em seu poder.

Verbo *inativo* é verbo malandro, relapso, que pouco aparece no discurso.

Ex.:

Sói, avém etc.

Os verbos ativos dividem-se em *transitivos* e *intransitivos*.

Transitivos são aqueles cuja ação passa do agente e recai sobre o freguês.

Ex.:

multar

quando a multa é cobrada em juízo pela Prefeitura.

O verbo é *intransitivo* quando a ação não passa do agente e nem chega ao conhecimento da Prefeitura.

Ex.:

gorjeta, lambugem, bola

[...]

XX. FORMAS

Além das variações que sofrem os verbos nas suas formas isoladas, há ainda as combinações verbais, em que vários verbos compõem um discurso por meio de uma ação conjunta e harmônica, ou desarmônica.

Chamam-se tais combinações *locuções verbais*.

Ex.:

O verbo *fechar o tempo*:

Eu me caso
Tu arrufas
A sogra se mete
Nós discutimos
Vós ficais contra mim
Eles, os vizinhos, gozam a tourada

O verbo *dar o fora*:

Eu fujo
Tu corres
Ele azula

Nós nos raspamos
Vós disparais
Eles se somem

[...]

XXII. DA CONJUNÇÃO

Conjunção é a palavra variável que separa invariavelmente todas as palavras, parentes ou vizinhos, entre os quais ela se mete.

Ex.:

1. *Conjunção copulativa*:

a. *Azeite e vinagre* — molho cujos elementos, entre os quais se entala a conjunção e continuam separados a vida inteira, e não se ligam nem que se os rache.

b. *Divorciaram-se ontem o sr. Anacleto Camacho Goro e a sra. Ema Soares Pinto. Divórcio amigável.*

[...]

3. *Conjunção adversativa*:

Ex.:

O livro do poeta X. poderia considerar-se um bom livro; *mas...*

E nesse *mas* fica o autor completamente separado de seus versos.

Essa conjunção *mas*, na crítica literária, é invariável.

[...]

XXXI. DO PERÍODO

Período é uma porção de palavras, começando por letra maiúscula e terminando por ponto final, ponto de espantação, ou ponto de interrogação, ou ainda por uma carreirinha deles.

Há, entretanto, períodos que começam por um ponto de interrogação e terminam sabe Deus como.

Nesse caso está o período governamental do presidente Washington Luís.

O período pode ser feito de palavras.

Ex.:

Quem é bom já nasce feito.

Ou de cimento armado, como os períodos do sr. Rui Barbosa.

[...]

XXXII. FIGURAS DE SINTAXE

[...]

Zeugma — é a figura pela qual o mesmo verbo serve a vários sujeitos.

Ex.:

Garçom de restaurante. O garçom, sendo um só, serve, ao mesmo tempo, a vários sujeitos.

Silepse — é a discordância aparente entre os termos da sentença. Usa-se quase sempre nos júris de fancaria, em que o promotor está mancomunado com o advogado da defesa e finge, entretanto, discordar dele.

Anacoluto — é a interrupção brusca da frase.

Ex.:

— Alô! É Chiquinha?

— Sim, sou eu mesma. Manda-me com urgência o teu automóvel e duzent...

E foi cortada a ligação.

Essa figura chama-se também *telefonista.*

[...]

XXXIV. COLOCAÇÃO DO PRONOME

É menos difícil colocar-se um sujeito no Ministério da Fazenda do que um pronome no seu competente lugar. Os pronomes passam muito mal, quando manejados por escritores de meia-tigela, ou mesmo de tigela inteira.

[...]

O colocador de pronomes

CONTO

Monteiro Lobato (1882-1948)

Icônico e irônico. Sim, houve um tempo em que, quando se falava de humor na literatura brasileira, falava-se neste Aldrovando Cantagalo, o homem que "veio ao mundo em virtude dum erro de gramática". Clássico quase esquecido, hoje, ei-lo aqui, "O colocador de pronomes", onde sempre mereceu estar: no seu cantinho antológico. Embora mais conhecido como autor de literatura infantil, o paulista Monteiro Lobato foi um intelectual combativo e um contista maduro (sem erro de gramática nem de opinião), com suas narrativas de Urupês, Cidades mortas *e* Negrinha.

Aldrovando Cantagalo veio ao mundo em virtude dum erro de gramática.

Durante sessenta anos de vida terrena pererecou como um peru em cima da gramática.

E morreu, afinal, vítima dum novo erro de gramática.

Mártir da gramática, fique este documento da sua vida como pedra angular para uma futura e bem merecida canonização.

Havia em Itaoca um pobre moço que definhava de tédio no fundo de um cartório. Escrevente. Vinte e três anos. Magro. Ar um tanto palerma. Ledor de versos lacrimogêneos e pai duns acrósticos dados à luz no *Itaoquense*, com bastante sucesso.

Vivia em paz com as suas certidões quando o frechou venenosa seta de Cupido. Objeto amado: a filha mais moça do coronel Triburtino, o qual tinha duas, essa Laurinha, do escrevente, então nos dezessete, e a do Carmo, enca-lhe da família, vesga, madurota, histérica, manca da perna esquerda e um tanto aluada.

Triburtino não era homem de brincadeira. Esgoelara um vereador oposicionista em plena sessão da Câmara e desd'aí se transformou no tutu da terra. Toda gente lhe tinha um vago medo; mas o amor, que é mais forte que a morte, não receia sobrecenhos enfarruscados nem tufos de cabelos no nariz.

Ousou o escrevente namorar-lhe a filha, apesar da distância hierárquica que os separava. Namoro à moda velha, já se vê, pois que nesse tempo não existia a gostosura dos cinemas. Encontros na igreja, à missa, troca de olhares, diálogos de flores — o que havia de inocente e puro. Depois, roupa nova, ponta de lenço de seda a entremostrar-se no bolsinho de cima e medição de passos na rua d'Ela, nos dias de folga. Depois, a serenata fatal à esquina, com o

Acorda, donzela…

sapecado a medo num velho pinho de empréstimo. Depois, bilhetinho perfumado.

Aqui se estrepou…

Escrevera nesse bilhetinho, entretanto, apenas quatro palavras, afora pontos exclamativos e reticências:

Anjo adorado!
Amo-lhe!

Para abrir o jogo bastava esse movimento de peão.

Ora, aconteceu que o pai do anjo apanhou o bilhetinho celestial e, depois de três dias de sobrecenho carregado, mandou chamá-lo à sua presença, com disfarce de pretexto — para umas certidõezinhas, explicou.

Apesar disso o moço veio um tanto ressabiado, com a pulga atrás da orelha.

Não lhe erravam os pressentimentos. Mal o pilhou portas aquém, o coronel trancou o escritório, fechou a carranca e disse:

— A família Triburtino de Mendonça é a mais honrada desta terra, e eu, seu chefe natural, não permitirei nunca — nunca, ouviu? — que contra ela se cometa o menor deslize.

Parou. Abriu uma gaveta. Tirou de dentro o bilhetinho cor-de-rosa, desdobrou-o.

— É sua esta peça de flagrante delito?

O escrevente, a tremer, balbuciou medrosa confirmação.

— Muito bem! continuou o coronel em tom mais sereno. Ama, então, minha filha e tem a audácia de o declarar... Pois agora...

O escrevente, por instinto, ergueu o braço para defender a cabeça e relanceou os olhos para a rua, sondando uma retirada estratégica.

—... é casar! concluiu, de improviso, o vingativo pai.

O escrevente ressuscitou. Abriu os olhos e a boca, num pasmo. Depois, tornando a si, comoveu-se e com lágrimas nos olhos disse, gaguejante:

— Beijo-lhe as mãos, coronel! Nunca imaginei tanta generosidade em peito humano! Agora vejo com que injustiça o julgam aí fora!...

Velhacamente o velho cortou-lhe o fio das expansões.

— Nada de frases, moço, vamos ao que serve: declaro-o solenemente noivo de minha filha!

E, voltando-se para dentro, gritou:

— Do Carmo! Venha abraçar o teu noivo!

O escrevente piscou seis vezes e, enchendo-se de coragem, corrigiu o erro.

— Laurinha, quer o coronel dizer...

O velho fechou de novo a carranca.

— Sei onde trago o nariz, moço. Vassuncê mandou este bilhete à Laurinha dizendo que ama-"lhe". Se amasse a ela deveria dizer amo-"te". Dizendo "amo-lhe" declara que ama a uma terceira pessoa, a qual não pode ser senão a Maria do Carmo. Salvo se declara amor à minha mulher...

— Oh, coronel...

— ... ou à preta Luzia, cozinheira. Escolha!

O escrevente, vencido, derrubou a cabeça, com uma lágrima a escorrer rumo à asa do nariz. Silenciaram ambos, em pausa de tragédia. Por fim o coronel, batendo-lhe no ombro paternalmente, repetiu a boa lição da sua gramática matrimonial.

— Os pronomes, como sabe, são três: da primeira pessoa — quem fala, e neste caso vassuncê; da segunda pessoa — a quem se fala, e neste caso Laurinha; da terceira pessoa — de quem se fala, e neste caso do Carmo, minha mulher ou a preta. Escolha!

Não havia fuga possível.

O escrevente ergueu os olhos e viu do Carmo que entrava, muito lampeira da vida, torcendo acanhada a ponta do avental. Viu também sobre a secretária uma garrucha com espoleta nova ao alcance do maquiavélico pai. Submeteu-se e abraçou a urucaca, enquanto o velho, estendendo as mãos, dizia teatralmente:

— Deus vos abençoe, meus filhos!

No mês seguinte, solenemente, o moço casava-se com o encalhe, e onze meses depois vagia nas mãos da parteira o futuro professor Aldrovando, o conspícuo sabedor da língua que durante cinquenta anos a fio coçaria na gramática a sua incurável sarna filológica.

Até aos dez anos não revelou Aldrovando pinta nenhuma. Menino vulgar, tossiu a coqueluche em tempo próprio, teve o sarampo da praxe, mais a cachumba e a catapora. Mais tarde, no colégio, enquanto os outros enchiam as horas de estudo com invenções de matar o tempo — empalamento de moscas e moidelas das respectivas cabecinhas entre duas folhas de papel, coisa de ver o desenho que sai —, Aldrovando apalpava com erótica emoção a gramática de Augusto Freire da Silva. Era o latejar do furúnculo filológico que o determinaria na vida, para matá-lo, afinal...

Deixemo-lo, porém, evoluir e tomemo-lo quando nos serve, aos quarenta anos, já a descer o morro, arcado ao peso da ciência e combalido de rins. Lá está ele em seu gabinete de trabalho, fossando à luz dum lampião os pronomes de Filinto Elísio. Corcovado, magro, seco, óculos de latão no nariz, careca, celibatário impenitente, dez horas de aulas por dia, duzentos mil-réis por mês e o rim volta e meia a fazer-se lembrado.

Já leu tudo. Sua vida foi sempre o mesmo poento idílio com as veneráveis costaneiras onde cabeceiam os clássicos lusitanos. Versou-os um por um com mão diurna e noturna. Sabe-os de cor, conhece-os pela morrinha, distingue pelo faro uma seca de Lucena duma esfalfa de Rodrigues Lobo. Digeriu todas as patranhas de Fernão Mendes Pinto. Obstruiu-se da broa encruada de frei Pantaleão do Aveiro. Na idade em que os rapazes correm atrás das raparigas, Aldrovando escabichava belchiores na pista dos mais esquecidos mestres da boa arte de maçar. Nunca dormiu entre braços de mulher. A mulher e o amor — mundo, diabo e carne eram para ele os alfarrábios freiráticos do quinhentismo, em cuja soporosa verborreia espapaçava os instintos lerdos, como porco em lameiro.

Em certa época viveu três anos acampado em Vieira. Depois vagabundeou, como um Robinson, pelas florestas de Bernardes.

Aldrovando nada sabia do mundo atual. Desprezava a natureza, negava o presente. Passarinho, conhecia um só: o rouxinol de Bernardim Ribeiro. E se acaso o sabiá de Gonçalves Dias vinha bicar "pomos de Hespérides" na laranjeira do seu quintal, Aldrovando esfogueteava-o com apóstrofes:

— Salta fora, regionalismo de má sonância!

A língua lusa era-lhe um tabu sagrado que atingira a perfeição com frei Luís de Sousa; e daí para cá, salvo lucilações esporádicas, vinha chafurdando no ingranzéu barbaresco.

— A ingresia de hoje — declamava ele — está para a Língua como o cadáver em putrefação está para o corpo vivo.

E suspirava, condoído dos nossos destinos:

— Povo sem língua!… Não me sorri o futuro de Vera Cruz…

E não lhe objetassem que a língua é organismo vivo e que a temos a evoluir na boca do povo.

— Língua? Chama você língua à garabulha bordalenga que estampam periódicos? Cá está um desses galicígrafos. Deletreemo-lo ao acaso.

E, baixando as cangalhas, lia:

— *Teve lugar ontem…* É língua esta espurcícia negral? Ó meu seráfico frei Luís, como te conspurcam o divino idioma estes sarrafaçais da moxinifada!

— … *no Trianon…* Por quê, Trianon? Por que este perene barbarizar com alienígenos arrevesos? Tão bem ficava — a *Benfica*, ou, se querem neologismo de bom cunho — o *Logratório*… Tarelos é que são, tarelos!

E suspirava deveras compungido.

— Inútil prosseguir. A folha inteira cacografa-se por este teor. Ai! Onde param os boas letras de antanho? Fez-se peru o níveo cisne. Ninguém atende à lei suma — Horácio! Impera o desprimor, e o mau gosto vige como suprema regra. A gálica intrujice é maré sem vazante. Quando penetro num livreiro o coração se me confrange ante o pélago de óperas barbarescas que nos vertem cá mercadores de má morte. E é de notar, outrossim, que a elas se vão as preferências do vulgacho. Muito não faz que vi com estes olhos um gentil mancebo preferir uma sordícia de Oitavo Mirbelo, *Canhenho duma dama de servir*,* creio, à... adivinhe ao quê, amigo? À *Carta de Guia* do meu divino Francisco Manoel!...

— Mas a evolução...

— Basta. Conheço às sobejas a escolástica da época, a "evolução" darwínica, os vocábulos macacos — pitecofonemas que "evolveram", perderam o pelo e se vestem hoje à moda de França, com vidro no olho. Por amor a frei Luís, que ali daquela costaneira escandalizado nos ouve, não remanche o amigo na esquipática sesquipedalice.

Um biógrafo ao molde clássico separaria a vida de Aldrovando em duas fases distintas: a estática, em que apenas acumulou ciência, e a dinâmica, em que, transfeito em apóstolo, veio a campo com todas as armas para contrabater o monstro da corrupção.

Abriu campanha com memorável ofício ao Congresso, pedindo leis repressivas contra os ácaros do idioma.

— "Leis, senhores, leis de Dracão, que diques sejam, e fossados, e alcáçares de granito prepostos à defensão do idioma. Mister sendo, a forca se restaure, que mais o baraço merece quem conspurca o sacro patrimônio da sã vernaculidade, que quem ao semelhante a vida tira. Vede, senhores, os pronomes, em que lazeira jazem..."

Os pronomes, ai! eram a tortura permanente do professor Aldrovando. Doía-lhe como punhalada vê-los por aí pré ou pospostos contra regras elementares do dizer castiço. E sua representação alargou-se nesse pormenor, flagelante, concitando os pais da pátria à criação dum Santo Ofício gramatical.

Os ignaros congressistas, porém, riram-se da memória, e grandemente piaram sobre Aldrovando as mais cruéis chalaças.

---

* Octave Mirbeau, *Journal d'une femme de chambre.*

— Quer que instituamos patíbulo para os maus colocadores de pronomes! Isto seria autocondenar-nos à morte! Tinha graça!

Também lhe foi à pele a imprensa, com pilhérias soezes. E depois, o público. Ninguém alcançara a nobreza do seu gesto, e Aldrovando, com a mortificação n'alma teve que mudar de rumo. Planeou recorrer ao púlpito dos jornais. Para isso mister foi, antes de nada, vencer o seu velho engulho pelos "galicígrafos de papel e graxa". Transigiu e, breve, desses "pulmões da pública opinião" apostrofou o país com o verbo tonante de Ezequiel. Encheu colunas e colunas de objurgatórias ultraviolentas, escritas no mais estreme vernáculo.

Mas não foi entendido. Raro leitor metia os dentes naqueles intermináveis períodos engrenados à moda de Lucena; e ao cabo da aspérrima campanha viu que pregara em pleno deserto. Leram-no apenas a meia dúzia de Aldrovandos que vegetam sempre em toda parte, como notas rezinguentas da sinfonia universal.

A massa dos leitores, entretanto, essa permaneceu alheia aos flamívomos pelouros da sua colubrina sem raia. E por fim os "periódicos" fecharam-lhe a porta no nariz, alegando falta de espaço e coisas.

— Espaço não há para as sãs ideias, objurgou o enxotado, mas sobeja, e pressuroso, para quanto recende à podriqueira!... Gomorra! Sodoma! Fogos do céu virão um dia alimpar-vos a gafa!... exclamou, profético, sacudindo à soleira da redação o pó das cambaias botinas de elástico.

Tentou em seguida ação mais direta, abrindo consultório gramatical.

— Têm-nos os físicos (queria dizer médicos), os doutores em leis, os charlatães de toda espécie. Abra-se um para a medicação da grande enferma, a língua. Gratuito, já se vê, que me não move amor de bens terrenos.

Falhou a nova tentativa. Apenas moscas vagabundas vinham esvoejar na salinha modesta do apóstolo. Criatura humana nem uma só lá apareceu a fim de remendar-se filologicamente.

Ele, todavia, não esmoreceu.

— Experimentemos processo outro, mais suasório.

E anunciou a montagem da "Agência de Colocação de Pronomes e Reparos Estilísticos".

Quem tivesse um autógrafo a rever, um memorial a expungir de cincas, um calhamaço a compor-se com os "afeites" do lídimo vernáculo, fosse lá que, sem remuneração nenhuma, nele se faria obra limpa e escorreita.

Era boa a ideia, e logo vieram os primeiros originais necessitados de ortopedia, sonetos a consertar pés de versos, ofícios ao governo pedindo concessões, cartas de amor.

Tal, porém, eram as reformas que nos doentes operava Aldrovando, que os autores não mais reconheciam suas próprias obras. Um dos clientes chegou a reclamar.

— Professor, vossa senhoria enganou-se. Pedi limpa de enxada nos pronomes, mas não que me traduzisse a memória em latim...

Aldrovando ergueu os óculos para a testa:

— E traduzi em latim, o tal ingranzéu?

— Em latim ou grego, pois que o não consigo entender...

Aldrovando empertigou-se.

— Pois, amigo, errou de porta. Seu caso é ali com o alveitar da esquina.

Pouco durou a Agência, morta à míngua de clientes. Teimava o povo em permanecer empapado no chafurdeiro da corrupção...

O rosário de insucessos, entretanto, em vez de desalentar exasperava o apóstolo.

— Hei de influir na minha época. Aos tarelos hei de vencer. Fogem-me à férula os maraus de pau e corda? Ir-lhes-ei empós, filá-los-ei pela gorja... Salta rumor!

E foi-lhes "empós". Andou pelas ruas examinando dísticos e tabuletas com vícios de língua. Descoberta a "asnidade", ia ter com o proprietário, contra ela desfechando os melhores argumentos catequistas.

Foi assim com o ferreiro da esquina, em cujo portão de tenda uma tabuleta — FERRA-SE CAVALOS — escoicinhava a santa gramática.

— Amigo, disse-lhe pachorrentamente Aldrovando, natural a mim me parece que erre, alarve que és. Se erram paredros, nesta época de ouro da corrupção...

O ferreiro pôs de lado o malho e entreabriu a boca.

— Mas da boa sombra do teu focinho espero, continuou o apóstolo, que ouvidos me darás. Naquela tábua um dislate existe que seriamente à língua lusa ofende. Venho pedir-te, em nome do asseio gramatical, que o expunjas.

— ???

— Que reformes a tabuleta, digo.

— Reformar a tabuleta? Uma tabuleta nova, com a licença paga? Estará acaso rachada?

— Fisicamente, não. A racha é na sintaxe. Fogem ali os dizeres à sã gramaticalidade.

O honesto ferreiro não entendia nada de nada.

— Macacos me lambam se estou entendendo o que vossa senhoria diz...

— Digo que está a forma verbal com eiva grave. O "ferra-se" tem que cair no plural, pois que a forma é passiva e o sujeito é "cavalos".

O ferreiro abriu o resto da boca.

— O sujeito sendo "cavalos", continuou o mestre, a forma verbal é "ferram-se" — "ferram-se cavalos!"

— Ah! respondeu o ferreiro, começo agora a compreender. Diz vossa senhoria que...

—... que "ferra-se cavalos" é um solecismo horrendo e o certo é "ferram--se cavalos".

— Vossa senhoria me perdoe, mas o sujeito que ferra os cavalos sou eu, e eu não sou plural. Aquele "se" da tabuleta refere-se cá a este seu criado. É como quem diz: Serafim ferra cavalos — Ferra Serafim cavalos. Para economizar tinta e tábua abreviaram o meu nome, e ficou como está: Ferra Se (rafim) cavalos. Isto me explicou o pintor, e entendi-o muito bem.

Aldrovando ergueu os olhos para o céu e suspirou.

— Ferras cavalos e bem merecias que te fizessem eles o mesmo!... Mas não discutamos. Ofereço-te dez mil-réis pela admissão dum "m" ali...

— Se vossa senhoria paga...

Bem empregado dinheiro! A tabuleta surgiu no dia seguinte dessolecismada, perfeitamente de acordo com as boas regras da gramática. Era a primeira vitória obtida e todas as tardes Aldrovando passava por lá para gozar-se dela.

Por mal seu, porém, não durou muito o regalo. Coincidindo a entronização do "m" com maus negócios na oficina, o supersticioso ferreiro atribuiu a macaca à alteração dos dizeres e lá raspou o "m" do professor.

A cara que Aldrovando fez quando no passeio desse dia deu com a vitória borrada! Entrou furioso pela oficina adentro, e mascava uma apóstrofe de fulminar quando o ferreiro, às brutas, lhe barrou o passo.

— Chega de caraminholas, ó barata tonta! Quem manda aqui, no serviço

304

e na língua, sou eu. E é ir andando, antes que eu o ferre com bom par de ferros ingleses!

O mártir da língua meteu a gramática entre as pernas e moscou-se.

— *Sancta simplicitas*! ouviram-no murmurar na rua, de rumo à casa, em busca das consolações seráficas de frei Heitor Pinto. Chegado que foi ao gabinete de trabalho, caiu de borco sobre as costaneiras venerandas e não mais conteve as lágrimas, chorou...

O mundo estava perdido e os homens, sobre maus, eram impenitentes. Não havia desviá-los do ruim caminho, e ele, já velho, como o rim a rezingar, não se sentia com forças para a continuação da guerra.

— Não hei de acabar, porém, antes de dar a prelo um grande livro onde compendie a muita ciência que hei acumulado.

E Aldrovando empreendeu a realização de um vastíssimo programa de estudos filológicos. Encabeçaria a série um tratado sobre a colocação dos pronomes, ponto onde mais claudicava a gente de Gomorra.

Fê-lo, e foi feliz nesse período de vida em que, alheio ao mundo, todo se entregou, dia e noite, à obra magnífica. Saiu trabuco volumoso, que daria três tomos de quinhentas páginas cada um, corpo miúdo. Que proventos não adviriam dali para a lusitanidade! Todos os casos resolvidos para sempre, todos os homens de boa vontade salvos da gafaria! O ponto fraco do brasileiro falar resolvido de vez! Maravilhosa coisa...

Pronto o primeiro tomo — *Do pronome Se* — anunciou a obra pelos jornais, ficando à espera das chusmas de editores que viriam disputá-la à sua porta. E por uns dias o apóstolo sonhou as delícias da estrondosa vitória literária, acrescida de gordos proventos pecuniários.

Calculava em oitenta contos o valor dos direitos autorais, que, generoso que era, cederia por cinquenta. E cinquenta contos para um velho celibatário como ele, sem família nem vícios, tinha a significação duma grande fortuna. Empatados em empréstimos hipotecários, sempre eram seus quinhentos mil--réis por mês de renda, a pingarem pelo resto da vida na gavetinha onde, até então, nunca entrara pelega maior de duzentos. Servia, servia!... E Aldrovando, contente, esfregava as mãos de ouvido alerta, preparando frases para receber o editor que vinha vindo...

Que vinha vindo mas não veio, ai!... As semanas se passaram sem que nenhum representante dessa miserável fauna de judeus surgisse a chatinar o maravilhoso livro.

— Não me vêm a mim? Salta rumor! Pois me vou a eles!

E saiu em via-sacra, a correr todos os editores da cidade.

Má gente! Nenhum lhe quis o livro sob condições nenhumas. Torciam o nariz, dizendo: "Não é vendável"; ou: "Por que não faz antes uma cartilha infantil aprovada pelo governo?".

Aldrovando, com a morte n'alma e o rim dia a dia mais derrancado, retesou-se nas últimas resistências.

— Fá-la-ei imprimir à minha custa! Ah, amigos! Aceito o cartel. Sei pelejar com todas as armas e irei até ao fim. Bofé!...

Para lutar era mister dinheiro e bem pouco do vilíssimo metal possuía na arca o alquebrado Aldrovando. Não importa! Faria dinheiro, venderia móveis, imitaria Bernardo de Pallissy, não morreria sem ter o gosto de acaçapar Gomorra sob o peso da sua ciência impressa. Editaria ele mesmo um por um todos os volumes da obra salvadora.

Disse e fez.

Passou esse período de vida alternando revisão de provas com padecimentos renais. Venceu. O livro compôs-se, magnificamente revisto, primoroso na linguagem como não existia igual.

Dedicou-o a frei Luís de Sousa:

À *memória daquele que me sabe as dores,*

O autor

Mas não quis o destino que o já trêmulo Aldrovando colhesse os frutos de sua obra. Filho dum pronome impróprio, a má colocação doutro pronome lhe cortaria o fio da vida.

Muito corretamente havia ele escrito na dedicatória:... *daquele que me sabe...* e nem poderia escrever doutro modo um tão conspícuo colocador de pronomes. Maus fados intervieram, porém — até os fados conspiram contra a língua! — e por artimanha do diabo que os rege empastelou-se na oficina esta frase. Vai o tipógrafo e recompõe-na a seu modo... *daquele que sabe-me as dores...* E assim saiu nos milheiros de cópias da avultada edição.

Mas não antecipemos.

Pronta a obra e paga, ia Aldrovando recebê-la, enfim. Que glória! Construíra, finalmente, o pedestal da sua própria imortalidade, ao lado direito dos sumos cultores da língua.

A grande ideia do livro, exposta no capítulo VI — "Do método automático de bem colocar os pronomes" — engenhosa aplicação duma regra mirífica por meio da qual até os burros de carroça poderiam zurrar com gramática, operaria como o "914" da sintaxe, limpando-a da avariose produzida pelo espiroqueta da pronominúria.

A excelência dessa regra estava em possuir equivalentes químicos de uso na farmacopeia alopata, de modo que a um bom laboratório fácil lhe seria reduzi-la a ampolas para injeções hipodérmicas, ou a pílulas, pós ou poções para uso interno.

E quem se injetasse ou engolisse uma pílula do futuro PRONOMINOL CANTAGALO, curar-se-ia para sempre do vício, colocando os pronomes instintivamente bem, tanto no falar como no escrever. Para algum caso de pronomorreia agudo, evidentemente incurável, haveria o recurso do PRONOMINOL N. 2, onde entrava a estriquinina em dose suficiente para libertar o mundo do infame sujeito.

Que glória! Aldrovando prelibava essas delícias todas quando lhe entrou casa adentro a primeira carroçada de livros. Dois brutamontes de mangas arregaçadas empilharam-nos pelos cantos, em rumas que lá se iam; e concluso o serviço um deles pediu:

— Me dá um mata-bicho, patrão!...

Aldrovando severizou o semblante ao ouvir aquele "Me" tão fora dos mancais, e tomando um exemplar da obra ofertou-o ao "doente".

— Toma lá. O mau bicho que tens no sangue morrerá asinha às mãos deste vermífugo. Recomendo-te a leitura do capítulo sexto.

O carroceiro não se fez rogar; saiu com o livro, dizendo ao companheiro:

— Isto no "sebo" sempre renderá cinco tostões. Já serve!...

Mal se sumiram, Aldrovando abancou-se à velha mesinha de trabalho e deu começo à tarefa de lançar dedicatórias num certo número de exemplares destinados à crítica. Abriu o primeiro, e estava já a escrever o nome de Rui Barbosa quando seus olhos deram com a horrenda cinca:

"daquele QUE SABE-ME as dores".

— Deus do céu! Será possível?

Era possível. Era fato. Naquele, como em todos os exemplares da edição, lá estava, no hediondo relevo da dedicatória a frei Luís de Sousa, o horripilantíssimo — "que sabe-me"…

Aldrovando não murmurou palavra. De olhos muito abertos, no rosto uma estranha marca de dor — dor gramatical inda não descrita nos livros de patologia — permaneceu imóvel uns momentos.

Depois empalideceu. Levou as mãos ao abdômen e estorceu-se nas garras de repentina e violentíssima ânsia.

Ergueu os olhos para frei Luís de Sousa e murmurou:

— *Luís! Luís! Lamma Sabachtani?!*

E morreu.

De quê, não sabemos — nem importa ao caso. O que importa é proclamarmos aos quatro ventos que com Aldrovando morreu o primeiro santo da gramática, o mártir número um da Colocação dos Pronomes.

Paz à sua alma.*

---

* Na primeira edição este conto era encerrado com a seguinte nota:
"Do espólio de Aldrovando Cantagalo faziam parte numerosos originais de obras inéditas, entre os quais citaremos: *O acento circunflexo* — 3 volumes, *A vírgula no hebraico* — 5 volumes, *Psicologia do til* — 2 volumes, *A crase* — 10 volumes. Pesavam todos, por junto, quatro arrobas, que renderam, vendidos a três tostões o quilo, dezoito mil-réis."

Serafim Ponte Grande

INTRODUÇÃO AO ROMANCE

Oswald de Andrade (1890-1954)

Qual Oswald de Andrade escolher? O poeta dos poemas-piadas? O romancista mais "convencional" de Marco Zero? *O ficcionista modernista, experimental ou de vanguarda? O sempre polêmico autor do* Manifesto da poesia pau-brasil? *Quem sabe o Oswald provocador, como na introdução (mas não só) de* Serafim Ponte Grande?

O mal foi ter eu medido o meu avanço sobre o cabresto metrificado e nacionalista de duas remotas alimárias — Bilac e Coelho Neto. O erro ter corrido na mesma pista inexistente.

Inaugurara o Rio aí por 16 ou 15. O que me fazia tomar o trem da Central e escrever em francês, era uma enroscada de paixão, mais que outra veleidade. Andava comigo pra cá pra lá, tresnoitado e escrofuloso, Guilherme de Almeida — quem diria? — a futura marquesa de Santos do Pedro I navio!

O anarquismo da minha formação foi incorporado à estupidez letrada da semicolônia. Frequentei do repulsivo Goulart de Andrade ao glabro João do Rio, do bundudo Martins Fontes ao bestalhão Graça Aranha. Embarquei, sem dificuldade, na ala molhada das letras, onde esfuziava gordamente Emílio de Menezes.

A situação "revolucionária" desta bosta mental sul-americana, apresentava-se assim: o contrário do burguês não era o proletário — era o boêmio! As massas, ignoradas no território e como hoje, sob a completa devassidão econômica dos políticos e dos ricos. Os intelectuais brincando de roda. De vez em quando davam tiros entre rimas. O único sujeito que conhecia a questão social vinha a ser meu primo-torto Domingos Ribeiro Filho, prestigiado no Café Papagaio. Com pouco dinheiro, mas fora do eixo revolucionário do mundo, ignorando o Manifesto Comunista e não querendo ser burguês, passei naturalmente a ser boêmio.

Tinha feito uma viagem. Conhecera a Europa "pacífica" de 1912. Uma sincera amizade pela ralé notívaga da *butte* Montmartre, me confirmava na tendência carraspanal com que aqui, nos bares, a minha atrapalhada situação econômica protestava contra a sociedade feudal que pressentia. Enfim, eu tinha passado por Londres, de barba, sem perceber Karl Marx.

Dois palhaços da burguesia, um paranaense, outro internacional *le pirate du lac Leman* me fizeram perder tempo: Emílio de Menezes e Blaise Cendrars. Fui com eles um palhaço de classe. Acoroçoado por expectativas, aplausos e quireras capitalistas, o meu ser literário atolou diversas vezes na trincheira social reacionária. Logicamente tinha que ficar católico. A graça ilumina sempre os espólios fartos. Mas quando já estava ajoelhado (com Jean Cocteau!) ante a Virgem Maria e prestando atenção na Idade Média de são Tomás, um padre e um arcebispo me bateram a carteira herdada, num meio-dia policiado da São Paulo afarista. Segurei-os a tempo pela batina. Mas humanamente descri. D. Leme logo chamara para seu secretário particular a pivete principal da bandalheira.

Continuei na burguesia, de que mais que aliado, fui índice cretino, sentimental e poético. Ditei a moda Vieira para o Brasil Colonial no esperma aventureiro de um triestino, proletário de rei, alfaiate de d. João VI.

Do meu fundamental anarquismo jorrava sempre uma fonte sadia, o sarcasmo. Servi à burguesia sem nela crer. Como o cortesão explorado cortava as roupas ridículas do regente.

O movimento modernista, culminado no sarampão antropofágico, parecia indicar um fenômeno avançado. São Paulo possuía um poderoso parque industrial. Quem sabe se a alta do café não ia colocar a literatura nova-rica da semicolônia ao lado dos custosos surrealismos imperialistas?

Eis porém que o parque industrial de São Paulo era um parque de transformação. Com matéria-prima importada. Às vezes originária do próprio solo nosso. Macunaíma.

A valorização do café foi uma operação imperialista. A poesia Pau-Brasil também. Isso tinha que ruir com as cornetas da crise. Como ruiu quase toda a literatura brasileira "de vanguarda", provinciana e suspeita, quando não extremamente esgotada e reacionária. Ficou da minha este livro. Um documento. Um gráfico. O brasileiro à toa na maré alta da última etapa do capitalismo. Fanchono. Oportunista e revoltoso. Conservador e sexual. Casado na polícia. Passando de pequeno-burguês e funcionário climático a dançarino e turista. Como solução, o nudismo transatlântico. No apogeu histórico da fortuna burguesa. Da fortuna mal adquirida.

Publico-o no seu texto integral, terminado em 1928. Necrológio da burguesia. Epitáfio do que fui.

Enquanto os padres, de parceria sacrílega, em São Paulo com o professor Mário de Andrade e no Rio com o robusto Schmidt, cantam e entoam, nas últimas novenas repletas do Brasil:

No céu, no céu
com "sua" mãe estarei!

eu prefiro simplesmente me declarar enojado de tudo. E possuído de uma única vontade. Ser, pelo menos, casaca de ferro na Revolução Proletária.

O caminho a seguir é duro, os compromissos opostos são enormes, as taras e as hesitações maiores ainda.

Tarefa heroica para quem já foi Irmão do Santíssimo, dançou quadrilha em Minas e se fantasiou de turco a bordo.

Seja como for. Voltar para trás é que é impossível. O meu relógio anda sempre para a frente. A História também.

Rio, fevereiro de 1933
Oswald de Andrade

Eta, nós, da Terra de Santa Cruz Credo!

CRÍTICA E CRÔNICA

António de Alcântara Machado (1901-35)

Morreu jovem este que foi um dos três mosqueteiros do nosso modernismo, com Oswald e Mário de Andrade. O pouco que nos deixou — os contos de Pathé--Baby, *de 1926, e* Brás, Bexiga e Barra Funda, *relançados como* Novelas paulistanas *— foi o suficiente para transformá-lo num marco da nossa literatura urbana e moderna. Sua presença aqui, no entanto, começa com um apanhado de suas crônicas, e aguda crítica cultural, desconhecidas, às vezes, até de "especialistas". Depois, dois contos, entre eles "Apólogo brasileiro sem véu de alegoria", para muitos um dos pontos altos do humor ficcional brasileiro.*

I.

Confusão. Sempre confusão. Espírito crítico de antologia universal. Lado a lado todas as épocas, todas as escolas, todos os matizes. Tudo embrulhado. Tudo errado. E tudo bom. Tudo ótimo. Tudo genial.

Olhem a mania nacional de classificar palavreado de literatura. Tem adjetivos sonoros? É literatura. Os períodos rolam bonito? Literatura. O final é pomposo? Literatura, nem se discute. Tem asneiras? Tem. Muitas? Santo

Deus. Mas são grandiloquentes? Se são. Pois então é literatura e da melhor. Quer dizer alguma cousa? Nada. Rima, porém? Rima. Logo, é literatura.

O Brasil é o único país de existência geograficamente provada em que não ser literato é inferioridade. Toda gente se sente no dever indeclinável de fazer literatura. Ao menos uma vez ao ano e para gasto doméstico. E toda gente pensa que fazer literatura é falar ou escrever bonito. Bonito entre nós às vezes quer dizer difícil. Às vezes tolo. Quase sempre eloquente. [...]

Essa falsa noção de genialidade brasileira é a mesma do Brasil, primeiro país no mundo. Não há cidadão perdido em São Luiz do Paraitinga ou São João do Rio do Peixe que não esteja convencido disso. E porque o Brasil é o campeão do universo e o brasileiro o batuta da terra, tudo quanto aqui nasce e existe há de ser forçosamente o que há de melhor neste mundo de Cristo e de nós também. Todos os adjetivos arrebatados e apoteóticos são poucos para tamanha lindeza. Ninguém pode conosco. Nós somos os cueras mesmo.

Qualquer coisinha assume aos nossos olhos de mestiços tropicais proporções magnificentes, assustadoras, insuperáveis, nunca vistas. O Brasil é o mundo. O resto é bobagem. Castro Alves bate Victor Hugo na curva. O problema da circulação em São Paulo absorve todas as atenções estudiosas. Sem nós a Sociedade das Nações dá em droga. Vocês vão ver. Wagner é canja para Carlos Gomes. Em Berlim como em Sidney, em Leningrado como em Nagasaki só temos admiradores invejosos. O universo inteiro nos contempla. Eta nós!

[...]

II.

Calíope tropical — Há uma cousa ainda mais divertida que a política brasileira: é a eloquência brasileira. Mais divertida, com certeza. Mais nefasta, talvez.

É nela que melhor se mostra o nosso atraso mental. A suprema ambição do brasileiro é ser orador, falar bonito, levantar as multidões. Engraçadíssimo.

O Brasil é uma vasta tribuna.

Eloquência nas finanças, eloquência na poesia, eloquência no jornalismo, eloquência na rua, no lar, na conversa, na correspondência, no circo, no parlamento, no cemitério. Em tudo. A propósito de tudo. Apesar de tudo. [...]

III.

A eloquência marca Sloper que nos desgraça é com certeza resultado da preocupação de fazer literatura a muque. Entre nós quase toda gente pensa que literatura é revezamento, ginástica verbal, ilusionismo imaginoso, hipérbole sublime. E devido a isso mesmo há no Brasil muitos cavalheiros que falam mas poucos que dizem. Falam até debaixo d'água. Não dizem cousa nenhuma. De tal forma que hoje em dia o conceito de literatura é até pejorativo.

— Não presta para nada esse artigo. É só literatura.

Aí está. A culpa é inteirinha dos que a ela se dedicam, banalizando-a, pondo ao alcance de toda gente, com o objetivo de embasbacar até um limpador de trilhos da Light.

Aliás, para ser franco, ninguém se diverte mais do que eu com as asneiras dengues e sonoras dos oradores da minha terra. Sou leitor fanático dos apanhados jornalísticos das sessões do nosso Congresso, da nossa Câmara Municipal, das excursões políticas, das reuniões dos agricultores, comerciantes e homens de letras, de todas as assembleias, de todas as festanças e comemorações discursadas. [...]

Pessoal danado para dizer bobagem com ênfase. Nunca vi. [...]

IV.

"Câmara Municipal" — A sessão da Câmara Municipal de ontem nos revelou um inigualável humorista, na pessoa do coronel Francisco Rodrigues Seckler. Inigualável, e o que ainda é mais notável, involuntário.

Em verdade poucas páginas de Mark Twain podem ser comparadas, em chiste, em graça espontânea e fácil, aos dois soberbos projetos ontem apresentados à consideração de seus pares pelo conspícuo edil.

O primeiro regulariza energeticamente o uso do açúcar nos cafés e restaurantes. É completo: não olvida um só detalhe. Desde o modo de guardar o açúcar até a maneira como deve ser colocado nas xícaras. Tudo e tudo vem pormenorizadissimamente detalhado no projeto.

A forma é tão impagável quanto o fundo. Há disposições como esta:

"Fica proibida a permanência de açucareiros, com açúcar em pó (o coronel Seckler é intransigente partidário do açúcar em comprimidos), sobre as mesas, devendo o açúcar ser trazido pelo empregado em um vaso fechado e por ele mesmo servido aos fregueses, com uma concha ou colher perfeitamente seca, que jamais deverá ser mergulhada no líquido servido".

É de fazer estourar de riso uma carpideira!

Outro extraordinário trecho de puro humorismo (respeitada a redação apurada e muito pessoal do projeto): "É proibida a permanência de xícaras à espera de fregueses sobre as mesas dos cafés, devendo estas (as mesas?) serem (onde estás que não reages, ó Cândido de Figueiredo?) conservadas em armários ou 'vitrines', fechados, perfeitamente lavadas em água quente e enxutas para serem trazidas quando cada freguês o encomendar, sendo imediatamente retiradas, assim que o freguês se tenha servido". [...]

V.

Agora não há gente no Brasil que tenha mais horror aos livros ou aos *bons* livros do que o homem público. A explicação do nosso atraso político e social está na biblioteca dos administradores e parlamentares brasileiros. Cabe toda numa estante e compreende uma coleção dos anais do Congresso, as mensagens presidenciais e ministeriais, um dicionário da língua portuguesa. [...]

É essa gente que legisla sobre instrução. Imaginem só.

VI.

Enfim todas as manifestações do passadismo nacional divertem bastante a gente. E isso é que é essencial. O resto vem depois.

Um dos maiores benefícios que o movimento moderno nos trouxe foi justamente esse: tornar alegre a literatura brasileira. Alegre quer dizer: saudável, viva, consciente de sua força, satisfeita com seu destino.

Até então no Brasil a preocupação de todo escritor era parecer grave e severo. O riso era proibido. A pena molhava-se no tinteiro da tristeza e do pessimismo. O papel servia de lenço. De tal forma que os livros esprimidos só derramavam lágrimas. Se alguma ideia caía vinha num pingo delas. A literatura nacional não passava de uma queixa gemebunda.

Por isso mesmo o segundo tranco de reação [*do Modernismo*] foi mais difícil: integração no ambiente. Fazer literatura brasileira mas sem choro. Disfarçando sempre a tristeza do motivo quando inevitável. Rindo como um moleque. Cousa muito mais higiênica do que suspirar como um conselheiro. E sobretudo muito mais bela.

Aí está o segredo da vitória. Nesta terra de carpideiras intelectuais bastou uma gargalhada moça para renovar o ambiente. Tudo ganhou aspecto novo. Tudo começou a viver. Tudo gargalhou também de puro gozo.

Eu já não aguento mais.

Apólogo brasileiro sem véu de alegoria

CONTO

António de Alcântara Machado (1901-35)

O trenzinho recebeu em Maguari o pessoal do matadouro e tocou para Belém. Já era noite. Só se sentia o cheiro doce do sangue. As manchas na roupa dos passageiros ninguém via porque não havia luz. De vez em quando passava uma fagulha que a chaminé da locomotiva botava. E os vagões no escuro.

Trem misterioso. Noite fora noite dentro. O chefe vinha recolher os bilhetes de cigarro na boca. Chegava a passagem bem perto da ponta acesa e dava uma chupada para fazer mais luz. Via mal e mal a data e ia guardando no bolso. Havia sempre uns que gritavam:

— Vá pisar no inferno!

Ele pedia perdão (ou não pedia) e continuava seu caminho. Os vagões sacolejando.

O trenzinho seguia danado para Belém porque o maquinista não tinha jantado até aquela hora. Os que não dormiam aproveitando a escuridão conversavam e até gesticulavam por força do hábito brasileiro. Ou então cantavam, assobiavam. Só as mulheres se encolhiam com medo de algum desrespeito.

Noite sem lua nem nada. Os fósforos é que alumiavam um instante as caras cansadas e a pretidão feia caía de novo. Ninguém estranhava. Era assim mesmo todos os dias. O pessoal do matadouro já estava acostumado. Parecia trem de carga o trem de Maguari.

Porém aconteceu que no dia seis de maio viajava no penúltimo banco do lado direito do segundo vagão um cego de óculos azuis. Cego baiano das margens do Verde de Baixo. Flautista de profissão, dera um concerto em Bragança. Parara em Maguari. Voltava para Belém com setenta e quatrocentos no bolso. O taioca guia dele só dava uma folga no bocejo para cuspir.

Baiano velho estava contente. Primeiro deu uma cotovelada no secretário e puxou conversa. Puxou à toa porque não veio nada. Então principiou a assobiar. Assobiou uma valsa (dessas que vão subindo, vão subindo e depois descendo, vêm descendo), uma polca, um pedaço do "Trovador". Ficou quieto uns tempos. De repente deu uma coisa nele. Perguntou para o rapaz:

— O jornal não dá nada sobre a sucessão presidencial?

O rapaz respondeu:

— Não sei: nós estamos no escuro.

— No escuro?

— É.

Ficou matutando calado. Claríssimo que não compreendia bem. Perguntou de novo:

— Não tem luz?

Bocejo.

— Não tem.

Cuspada.

Matutou mais um pouco. Perguntou de novo:

— O vagão está no escuro?

— Está.

De tanta indignação bateu com o porrete no soalho. E principiou a grita dele assim:

— Não pode ser! Estrada relaxada! Que é que faz que não acende? Não se pode viver sem luz! A luz é necessária! A luz é o maior dom da natureza! Luz! Luz! Luz!

E a luz não foi feita. Continuou berrando:

— Luz! Luz! Luz!

Só a escuridão respondia.

318

Baiano velho estava fulo. Urrava. Vozes perguntaram dentro da noite:

— Que é que há?

Baiano velho trovejou:

— Não tem luz!

Vozes concordaram:

— Pois não tem mesmo.

Foi preciso explicar que era um desaforo. Homem não é bicho. Viver nas trevas é cuspir no progresso da humanidade. Depois a gente tem a obrigação de reagir contra os exploradores do povo. No preço da passagem está incluída a luz. O governo não toma providências? Não toma? A turba ignara fará valer seus direitos sem ele. Contra ele se necessário. Brasileiro é bom, é amigo da paz, é tudo quanto quiserem: mas bobo não. Chega um dia e a coisa pega fogo.

Todos gritavam discutindo com calor e palavrões. Um mulato propôs que se matasse o chefe do trem. Mas João Virgulino lembrou:

— Ele é pobre como a gente.

Outro sugeriu uma grande passeata em Belém com banda de música e discursos.

— Foguetes também?

— Foguetes também.

— Be-le-za!

Mas João Virgulino observou:

— Isso custa dinheiro.

— Que é que se vai fazer então?

Ninguém sabia. Isto é: João Virgulino sabia. Magarefe-chefe do matadouro de Maguari, tirou a faca da cinta e começou a esquartejar o banco de palhinha. Com todas as regras do ofício. Cortou um pedaço, jogou pela janela e disse:

— Dois quilos de lombo!

Cortou outro e disse:

— Quilo e meio de toicinho!

Todos os passageiros magarefes e auxiliares imitaram o chefe. Os instintos carniceiros se satisfizeram plenamente. A indignação virou alegria. Era cortar e jogar pelas janelas. Parecia um serviço organizado. Ordens partiam de todos os lados. Com piadas, risadas, gargalhadas.

— Quantas reses, Zé Bento?

— Eu estou na quarta, Zé Bento!

Baiano velho quando percebeu a história pulou de contente. O chefe do trem correu quase que chorando.

— Que é isso? Que é isso? É por causa da luz?

Baiano velho respondeu:

— É por causa das trevas!

O chefe do trem suplicava:

— Calma! Calma! Eu arranjo umas velinhas.

João Virgulino percorria os vagões apalpando os bancos.

— Aqui ainda tem uns três quilos de coxão mole!

O chefe do trem foi para o cubículo dele e se fechou por dentro rezando. Belém já estava perto. Dos bancos só restava a armação de ferro. Os passageiros de pé contavam façanhas. Baiano velho tocava a marcha de sua lavra chamada "Às armas, cidadãos!". O taioquinha embrulhava no jornal a faca surrupiada na confusão.

Tocando a sineta o trem de Maguari fungou na estação de Belém. Em dois tempos os vagões se esvaziaram. O último a sair foi o chefe, muito pálido.

Belém vibrou com a história. Os jornais afixaram cartazes. Era assim o título de um: "Os passageiros no trem de Maguari amotinaram-se jogando os assentos ao leito da estrada". Mas foi substituído porque se prestava a interpretações que feriam de frente o decoro das famílias. Diante do Teatro da Paz houve um conflito sangrento entre populares.

Dada a queixa à polícia foi iniciado o inquérito para apurar as responsabilidades. Perante grande número de advogados, representantes da imprensa, curiosos e pessoas gradas, o delegado ouviu vários passageiros. Todos se mantiveram na negativa menos um que se declarou protestante e trazia um exemplar da Bíblia no bolso. O delegado perguntou:

— Qual a causa verdadeira do motim?

O homem respondeu:

— A causa verdadeira do motim foi a falta de luz nos vagões.

O delegado olhou firme nos olhos do passageiro e continuou:

— Quem encabeçou o movimento?

Em meio da ansiosa expectativa dos presentes, o homem revelou:

— Quem encabeçou o movimento foi um cego!

Quis jurar sobre a Bíblia, mas foi imediatamente recolhido ao xadrez, porque com a autoridade não se brinca.

Guerra civil

CONTO

António de Alcântara Machado (1901-35)

Em Caguaçu os revolucionários. Em São Tiago os legalistas… Entre os dois indiferente o rio Jacaré. O delegado regional de Boniteza mandara recolher as barcas e as margens só podiam mesmo estreitar relações no infinito. De dia não acontecia nada. Os inimigos caçavam jararacas esperando ataques que não vinham. Por isso esperavam sossegados. Inutilmente os urubus no voo lindo deles se cansavam indo e vindo de bico esfomeado. Os guerreiros gozavam de perfeita saúde.

De noite tinha o silêncio. Qualquer barulho assustava. Os soldados de guarda se preparavam para morrer no seu posto de honra. Mas era estalo de árvores. Ou correria de bicho. A madrugada se levantava sem novidades. Por isso a luta entre irmãos decorria verdadeiramente fraternal.

Porém uma manhã chegou a Boniteza a notícia de que do lado de Caguaçu qualquer coisa de muito grave se preparava. Tropas marchavam na direção do rio trazendo canhões, carros de combate, grande provisão de gases asfixiantes comprada na Argentina, aeroplanos, bombas de dinamite, granadas de mão e dinheiro, todos esses elementos de vitória. Um engenheiro russo construiria uma ponte sobre o Jacaré e o resto seria uma corrida fácil até a capital do país. Desta vez a coisa iria mesmo.

Boniteza se surpreendeu mas não se acovardou. Com rapidez e entusiasmo começou a preparar tudo para a defesa. Ao longo do rio se abriu uma trincheira inexpugnável. Caminhões descarregaram tropas em todos os pontos. As metralhadoras foram ajustadas, os fuzis engraxados, os caixotes de munições abertos. Costureiras solícitas pregaram botões das fardas dos praças mais relaxados. Nas barbearias os vidros de loção estrangeira se esvaziaram na cabeça dos sargentos. Era de guerra o ar que se respirava.

A noite encontrou os combatentes a postos. Na trincheira eles velavam apoiados nos fuzis. Sentinelas foram destacadas para vigiar a margem inimiga. Entre elas, o sorteado Leônidas Cacundeiro.

Era infeliz porque sofria de dor de dentes crônica, piscava sem parar e gaguejava. Foi para seu posto de observação, deitou-se de barriga num cobertor velho. Só o busto meio erguido, ficou olhando na frente dele de fuzil na mão. Tinha ordens severas: vulto que aparecesse era mandar tiro nele. Sem discutir.

Leônidas Cacundeiro deu de pensar. Pensava uma coisa, o ventinho frio jogava o pensamento fora, pensava outra. Tudo quieto. Ainda bem que havia luar. Do alto da ribanceira ele examinava as águas do Jacaré. Ou então erguia o olhar e descobria nas nuvens a cabeleira de um maestro, um cachorro sem rabo, duas velhinhas, pessoas conhecidas.

Agora o frio era o frio da madrugada. O dr. Adelino costumava dizer: Quando vocês sentirem frio pensem no polo Norte e sentirão logo calor. Pensou no polo Norte. Lembranças vagas de uma fita vista há muito tempo. Gelo e gelo e mais gelo. No meio do gelo um naviozinho encalhado. Homens barbudos, jogando fumaça pela boca, encapotados e enluvados, com cachorros felpudos. Duas barracas à esquerda. E aquela branquidão. Forçou bem o olhar. Um urso-pardo com duas bandeirinhas. Um urso em pé com uma bandeirinha na pata direita, outra bandeirinha na pata esquerda. Nenhuma arma.

Deu um berro: "Alto!".

Ficou em posição de tiro. O soldado não podia mesmo dar um passo à frente senão caía no rio. Começou a mexer com os braços. Levantava uma bandeirinha, abaixava outra, levantava as duas.

Leônidas pensou: "Que negócio será aquele?".

Foi chamar o sargento. O sargento veio, olhou muito, disse: "Que negócio será aquele? Vá chamar o tenente!".

Leônidas foi chamar o tenente, veio correndo com ele. O tenente limpou os óculos com o lenço de seda, verificou se o revólver estava armado, olhou muito, falou coçando a nuca: "Que negócio será aquele? Vá chamar o major!".

Leônidas partiu em busca do major. No acampamento não estava. Foi até Boniteza. Encontrou um cabo. O cabo mandou Leônidas bater na casa da viúva dona Birigui ao lado do Correio. O major apareceu na janela com má vontade. Resmungou: "Já vou". Leônidas comboiou o major até o rio, o major teve uma conferência com o tenente, subiu num pé de pitanga, falou lá de cima: "Que negócio será aquele? Vá chamar o comandante!".

O anspeçada primeiro não queria acordar o comandante. Eram ordens. Leônidas insistiu firme e o comandante teve de pular da cama. Leônidas fazendo continência explicou o caso. O coronel disse: "Às sete estou lá".

Eram cinco, Leônidas voltou com o recado. O major, o tenente, o sargento estavam nervosos. De vez em quando um deles chegava mais perto da margem e o soldado do outro lado recomeçava a ginástica: bandeirinha na frente, bandeirinha atrás, bandeirinha apontando o céu, bandeirinha apontando o chão. Ia repetindo com uma paciência desgraçada.

Então já havia passarinhos cantando, barulho de vida em Boniteza, só a cara amarrotada dos insones não resplendia na luz da manhãzinha. Toques de corneta chegavam de longe despedaçados. Na banda de lá do Jacaré o homem da bandeirinha habitava sozinho a paisagem com uma vontade louca de tomar café bem quente e bem forte. Era a hora da raiva e todos se espreguiçavam com o sol que chegava.

O coronel Jurupari ouviu calado a narração do estranho caso. Fez em seguida duas ou três perguntas hábeis com o intuito de esclarecê-lo tanto quanto possível. Chamou de lado o major e o tenente, os três discutiram muito, emitiram suas opiniões sobre assuntos de estratégia e balística que pareciam oportunos naquele emergência, fumaram vários cigarros. Afinal o coronel entre o major e o tenente avançou até a margem de binóculo em punho. Assim que ele assentou o binóculo da outra banda do Jacaré recomeçou a dança das bandeirinhas. O coronel olhando. A sua primeira observação foi: "É um cabo e não tem má cara". Depois de uns minutos veio a segunda: "Hoje é dor de cabeça na certa com este noroeste". A terceira alimentou ainda mais a já angustiosa incerteza dos presentes: "Mas que negócio será aquele?". Daí a uns instante repetiu: "Mas que diabo de negócio será mesmo aquele?". Porém acrescentou numa ordem para Leônidas: "Vá chamar o sinaleiro!".

O sinaleiro veio chupando o nariz. Olhou, deu uma risadinha, tirou um papel do bolso traseiro da calça, ajoelhou-se com uma perna só, pôs o papel na coxa da outra, passou a ponta do lápis na língua, começou a tomar nota. Dava uma espiada, as bandeirinhas se mexiam, escrevia. O coronel Jurupari, o major, o tenente, o sargento e o sorteado Leônidas Cacundeiro esperavam o resultado de armas na mão e ansiedade nos olhos.

O sinaleiro se levantou, ficou em posição de sentido e com voz pausada e firme leu a mensagem enviada pelos revolucionários de Caguaçu: "Saúde e Fraternidade".

O coronel mandou responder agradecendo e retribuindo. *Ex corde*.

Máximas e mínimas

SELEÇÃO

Barão de Itararé/ Aparício Torelly (1895-1971)

Jornalista e humorista, Aparício Torelly passou a assinar Barão de Itararé depois da Revolução de 1930. Seu pseudônimo já diz alguma coisa sobre seu humor: Itararé foi a batalha que não houve, durante a revolta paulista de 1932. Também conhecido por Apporelly, foi responsável por diversas publicações (como A manha, contraponto sardônico ao jornal A manhã, que era a voz do Estado Novo) que criticavam a política juntando crítica e ironia. Enfrentou a perseguição da ditadura de Vargas. Seu humor foi em parte reunido pelo poeta Afonso Félix de Sousa em Máximas e mínimas.

I.

De uma entrevista dada a Maurício Caminha de Lacerda, revista *Leitura*, agosto de 1958:

— Por que os humoristas não entram para a Academia Brasileira de Letras?

— Como não entram se a academia está tomada por eles? O prezado interlocutor não deve esquecer de que Machado de Assis é hoje considerado por gregos e goianos o maior humorista clássico do Brasil. Mas ele foi mais do que um escritor primoroso. O seu senso de humor levou-o também ao campo teatral. A ideia de fundar num Brasil republicano e analfabeto a Academia Brasileira de Letras, nos mesmos moldes daquela concebida pela malícia clerical e aristotélica de um cardeal de Richelieu, foi uma das maiores peças satíricas perpetradas pelo autor de *Brás Cubas*, para o teatro espontâneo da vida. Com libreto não escrito, mas de cuja encenação participou de maneira magistral, como autor e espectador de primeira fila.

II. (*Pequena seleção do humor do Barão de Itararé*)

- O casamento é uma tragédia em dois atos: civil e religioso.
- O homem que se vende recebe sempre mais do que vale.
- Uma chácara pode progredir até chegar a estado de sítio.
- Negociata é um bom negócio para o qual não fomos convidados.
- O tambor faz muito barulho mas é vazio por dentro.
- Só o que bota pobre pra frente é empurrão.
- Não é triste mudar de ideias, triste é não ter ideias para mudar.
- Quem inventou o trabalho não tinha o que fazer!
- Anistia é um ato pelo qual os governos resolvem perdoar generosamente as injustiças e os crimes que eles mesmos cometeram.
- Senso de humor é o sentimento que faz você rir daquilo que o deixaria louco de raiva se acontecesse com você.
- De onde menos se espera, daí é que não sai nada.
- Tudo seria fácil se não fossem as dificuldades.
- O meu amor e eu nascemos um para o outro, agora só falta quem nos apresente.
- Quem ama o feio é porque o bonito não aparece.
- A sombra do branco é igual à do preto.
- Palavras cruzadas são a mais suave forma de loucura.
- Sábio é o homem que chega a ter consciência da sua ignorância.
- O que se leva dessa vida é a vida que a gente leva.

O defunto inaugural

RELATO DE UM FANTASMA/ CONTO

Aníbal Machado (1894-1964)

a Rodrigo M. F. de Andrade

Precisa-se de um cadáver. Quem conta é o mineiro Aníbal Machado, um dos expoentes da narrativa curta, com "A morte da porta-estandarte", "Tati, a garota", "O telegrama de Ataxerxes" (painel único sobre o cotidiano da era getulista), "Viagem aos seios de Duília" e outros relatos, como este, de um fantasma.

Vamos subindo devagar. Quando alcançarmos o espigão, poderei saber para onde... Saber, não: desconfiar. Mas os homens não falam; apenas exalam um ou outro gemido nas rampas mais fortes. Eu não sou tão pesado assim. Pelo contrário: tantos dias exposto ao ar livre, o sol reduziu-me bastante, curtindo-me as carnes.

Conheço estes caminhos. Muitas vezes, bêbado ou vencido pelo cansaço, deixei-me ficar encostado à cangalha, sobre o pedregulho do leito, enquanto o meu cachorro farejava os bichos e a mula aproveitava o capinzinho das margens.

Só acordava quando trovejava lá em cima e me vinha o medo de ser arrastado pelas enxurradas; ou então quando se aproximavam esses caminhões enormes que começam a invadir a serra depois que se abriu a estrada que vira para a encosta de lá.

A garoa afastou-se do vale. Não sei por que os galos ainda cantam. Chegamos ao alto onde o pé de coqueiro joga uma sombra curta para o lado das jazidas.

Deve ser pouco mais de meio-dia. Tomara que o nosso rumo seja no sentido contrário ao dessa sombra. Conquanto para a minha pele seja indiferente sol ou chuva, prefiro a vertente de cá, onde deve ter ficado o molde irregular das patas da alimária.

Os homens param. Depois se decidem: será mesmo pela estrada nova! Tal como eu queria. O dia clareou bonito. Nunca o vira assim. Estou feliz. Circulo nele agora, participo-lhe da atmosfera.

Vem subindo Josefina com a criança ao colo. Eu queria dar-lhe bom-dia, mas não posso. Se ela soubesse quem vai aqui!… Passou sem desconfiar…

Na ponte provisória um dos homens falseia o pé, e meu corpo rola. Vão pescá-lo mais adiante. Tive receio de que o deixassem seguir com as águas. Já começo a ser menos indiferente ao destino de minha carcaça.

Ao longe — mancha de sangue na vegetação — uma bomba de gasolina. A primeira instalada nestes ermos de montanha. Depois, a estalagem. O dono grita, ao dar com os meus despojos:

— Que há lá em cima que estão mandando defuntos cá para baixo? Já é o segundo!…

Os homens não respondem. Desanimaram não sei por quê. Quererão largar-me ali mesmo, nalguma grota, tal como me encontraram. Se fosse antes, não me importaria. Mas já agora nasce em mim um capricho: chegar primeiro, ganhar a corrida. Eles prosseguem mais soturnos.

A que distância andaria o outro? Foi um tropeiro que informou mais adiante: — Cruzei com ele há coisa de duas léguas da igrejinha; levantei o lenço. Imagine quem era? O Antão, caçador de parasitas. Catingando já, coitado…

E reconhecendo a qualidade da mercadoria que ia na rede: — Se vosmecês querem chegar na dianteira, carece andar ligeiro. A festança vai ser de arromba. Só estão esperando o material. Parece que pagam bem. Comprar defunto pra cemitério, foi coisa que nunca vi! concluiu o tropeiro soltando uma gargalhada. E depois de relancear o meu corpo embrulhado no lençol:

— Oia! O pé dele tá aparecendo!…

Agora sim, compreendo por que e sei para onde me estão carregando:

329

fizeram cemitério nalgum lugar, mas faltou defunto para inaugurá-lo. Daí o pedido às redondezas. Que cemitério será?

O dia vinha escurecendo. Os homens tinham agora pela frente uma planície animada de sapos e pirilampos.

— Engulam a cachaça, disse eu, já impaciente. E toquem depressa!

Minha voz não ressoa, mas produz efeito. Tanto assim que os homens empunham logo o pau da rede e me erguem aos ombros.

E eu vou seguindo, o rosto voltado para a primeira estrela.

Um era careca, o outro tinha bigode. Atravessaram o pântano. Se não conhecessem tão bem o caminho, ficaríamos os três atolados na lama. Quase não se falavam.

— Espanta a varejeira da testa, gritei para o careca... Isto é, quis gritar. O homem sacudiu a cabeça.

— Por menos de quatrocentas pratas, nós voltamos com ele, disse o de bigode.

— Até trezentos, a gente fecha o negócio, responde o careca.

— Vosmecê vê que ele nem tá cheirando!...

Era a minha vantagem sobre o concorrente. Pelo que percebi da conversa deles, e pela marcha batida em que vínhamos, o outro devia ser alcançado na curva do Bananal, antes de o sol raiar. A esse pensamento, trocaram-me de ombro e apressaram a marcha.

Surgiram na cerração as primeiras mulheres que se encaminhavam para o eito. Ao darem comigo, caíram de joelhos, persignando-se. A mais moça fez uma pergunta; a que só de longe o careca respondeu:

— Foi tiro, não; morte de Deus.

— Toca depressa, toca! gritava eu sem poder gritar.

Receavam os homens que outros cadáveres, além do que seguia à frente, estivessem afluindo ao mesmo tempo para o Arraial Novo.

Morrer, sempre se morre por estas terras abandonadas. Mas com a friagem dos últimos dias e o advento dos caminhões, contando-se bem, é fácil encontrar defunto apodrecendo pelos caminhos, ou dentro da mata.

O interesse dos que me carregavam era chegar primeiro e negociar depressa os despojos: o meu, era ganhar a corrida com o colega que ia na frente.

— O outro já deve estar perto, diz o de bigode. Tá largando catinga...

Surge ao longe um bananal oscilando suas folhas tostadas de vento frio.

Experimento certo bem-estar, como nunca na vida. Não propriamente um bem-estar comum, mas o sentimento, quase apagado em mim, quando me apanharam na grota, de que ainda vagueio e vaguearei algum tempo pelas imediações de meu corpo.

Mais de quarenta anos tem esta carcaça. À frente dela vou seguindo, como a projeção de uma luz distanciada mas não excluída de sua lanterna.

Que bom este passeio! Tudo tão fluido que posso perceber o que se faz e acontece na área mais próxima de meu corpo.

E lá vai o tropeiro Fagundes — eu me chamava Fagundes (Fagundes?) — descendo de rede para o cemitério do Arraial Novo!...

Por que, nesse arraial, tanta pressa em inaugurá-lo? Por que não esperar pelos defuntos da localidade? A vida lá é boa, eu sei. Tem aguadas, milharais, moinhos; terras férteis e homens fortes. Ninguém há de querer morrer ali, só para estrear cemitério!...

— Eh, Bigode!... Eh, Careca! Depressa!...

No Ribeirão das Mulatas alcançamos os outros. Vão perder a partida. Além do mais, a mercadoria que oferecem apodrece tão depressa que será capaz de ser recusada, mesmo que chegue em primeiro lugar; ao passo que meu corpo, magro e curtido, parece intacto.

E os meus homens passaram silenciosos. Os do outro defunto olharam com raiva. Meus fluidos atravessaram depressa aquela área, como que fugindo ao mau cheiro...

Ao avistarem o arraial que sorria ao longe, no meio do arvoredo, os dois homens suspiraram.

Fui recebido por um bando de crianças em meio do latido geral dos cães. Colocaram-me num estrado que me esperava no centro da igrejinha. Correram a avisar a professora rural, enquanto os meus carregadores, à porta, discutiam o preço.

Os curiosos foram chegando. Descobriram-me a cara. Era a primeira vez que viam defunto. Ante o meu dente único plantado na gengiva esbranquiçada, puseram-se a rir. A maioria eram rapazes.

— Agora o cemitério vai ser cemitério mesmo, dizia um.

— Lá se vai o nosso campo de futebol! suspirava outro.

— Acho que não se devia recorrer a defunto de fora, opinava um terceiro.

— Uma vergonha para nossa terra!

Entrou um cachorro. Dentro da pequena nave ecoavam-lhe os latidos. Entrou em seguida uma velha que se ajoelhou junto de mim, impondo silêncio aos rapazes e ao cachorro. Ao se retirarem de lenço ao nariz, os moços tropeçaram na escadaria com um fardo que cheirava mal, envolto em jornais e folhas de bananeira. Era o outro. Com bastante atraso, numa carrocinha, vinha chegando o terceiro concorrente. Três defuntos ao todo.

Os rapazes indignaram-se. Era a invasão do Arraial por gente podre. Revoltante, aquilo. Foram queixar-se ao Fundador: na pressa de inaugurar o cemitério, as mulheres inundam o povoado de cadáveres! Um, ainda passava. Mas tantos assim!… Não acha um perigo, Fundador?

Assim chamava todo mundo a esse velho robusto, três vezes casado, figura principal e dono de quase todo o povoado, que enchera de filhos e netos.

— Vocês se entendam com as mulheres. Elas que inventaram esse negócio de cemitério. Eu, por mim, quando chegar a minha hora, vou morrer sozinho lá em cima, no mato, já disse.

Um dos jovens entristeceu subitamente.

— Não se amofine, rapaz, disse o Fundador batendo-lhe no ombro. Mandarei fazer outro campo para vocês.

— Não estou pensando no campo. Me refiro aos defuntos.

— Ele está fingindo, Fundador! interveio o companheiro. Está com o sentido é no campo mesmo. Não pensa noutra coisa. Eu também. Nosso clube foi desafiado, o senhor sabe. Estávamos treinando todos os dias. Agora, depois desse enterro, como é que vai ser? E com certa astúcia: — O senhor não acha que um só defunto é pouco para dar àquilo um ar de cemitério? Ainda mais um sujeito que ninguém conhece… que nem é cidadão do Arraial.

— Isso mesmo, isso mesmo! ciciava eu aos ouvidos do rapaz.

Mas ele não me ouvia, não me podia ouvir…

— São vocês os culpados, disse o Fundador. Eu mandei abrir um cemitério, vocês fizeram um campo de futebol.

— Saiu sem querer, Fundador, saiu sem querer…

— Até as medidas são iguais, me disseram!

Calou-se o primeiro rapaz, a fisionomia transtornada. E num impulso de paixão que lhe venceu a timidez, dirigiu-se ao velho:

— Fundador, nós nunca tivemos disso aqui! Ninguém falava em morte.

332

Todo mundo só pensava em trabalhar e viver. O senhor bem que podia salvar o nosso time. O jogo está marcado para o fim do mês. Virá gente da redondeza. Nosso clube é novo, mas a vitória é certa. Vai ser uma honra para o Arraial. Se o senhor deixar, nós damos um jeito no cadáver, adia-se a inauguração e em três semanas fazemos outro cemitério. Talvez até melhor do que este...

— Agora é tarde, respondeu o Fundador.

Realmente, era tarde. As velhas já me tinham lavado e agora me vestiam.

Nunca me vi tão bem trajado. Larguei os trapos; enfiaram-me um casaco impreciso e negro, entre jaquetão e fraque. Fiquei um defunto bem passável. Pelo menos, limpo.

A professora assumiu um ar doloroso. Vestida também de preto, a face chorosa, embora sem lágrima — era a dona do enterro. Cercavam-na outras mulheres. Conduzia-se como se fora a minha viúva.

Notaram os rapazes nos modos reticentes do Fundador certa indiferença pelos preparativos do enterro. Combinaram não comparecer. Faziam mesmo trabalho surdo contra a cerimônia da inauguração. Serviam-se de dois argumentos: um, que eu não era do lugar; outro que, enchendo-se o povoado de cadáveres, uma epidemia era iminente ali. Se alguém duvidasse, fosse perguntar aos doutores da cidade vizinha.

O Fundador invalidou o último argumento mandando fechar as estradas e enterrar logo os defuntos restantes. À outra razão responderam as mulheres que ninguém sabe quando o nosso dia chegará. Que destino se daria então à nossa carne?

Os rapazes ouviram desconcertados. Jamais cuidaram de tal coisa.

— Sim, é porque vocês são moços, não pensam nisso, insistiam as mulheres. Saibam que não é só de velhice que se morre neste mundo. Vamos pensar um pouco no futuro. Lembrem-se de que a morte anda pegada à nossa pele.

E como os sinos começassem a repicar forte anunciando o meu enterro para o dia seguinte, os rapazes se retiraram desanimados. Desceram até a pracinha. Um sentimento novo amargava-lhes o coração.

— Tudo perdido. Temos que mandar avisar que o jogo foi adiado. Que azar!

Na conversa junto ao chafariz, circulavam uns termos até então desconhecidos no Arraial: "esquife", "féretro", "funeral" e outros, lançados pela professora.

As moças não pareciam tristes. Iam perder o futebol, é verdade; em compensação, o enterro valeria a pena como festa. A primeira cerimônia pública desse gênero que se ia realizar no Arraial. Muitas ficaram em casa, preparando os vestidos.

Vendo-me de preto entre círios e mulheres que rezavam ou fingiam rezar — os rapazes se impressionaram.

Ecoava neles a advertência fúnebre da velha, reforçada agora pelo sino que não parava de tocar. Desistiram da campanha contra o enterro. A cancha ia mesmo virar cemitério...

Eu estava de fato um defunto convincente. As crianças trepavam no estrado para espiar e recuavam de pavor, repelidas sempre pela ponta de lança de meu dente único.

No dia seguinte, o povoado acordou cedo. Fora uma noite diferente, noite em que cada um se deitara com a convicção de que eu estava presente a seu lado. Os cães ganiam a cada minuto. Ninguém punha o rosto à janela.

Para todos, eu era um defunto imenso e difuso, presidindo à noite do Arraial.

Na verdade, não passei um minuto sequer junto a meu corpo. Quem se incumbira disso fora a professora e uma velha.

Flutuei por cima dos telhados, penetrei de mansinho nos lares. Quedei-me junto de várias criaturas, acompanhei-lhes os movimentos íntimos. Como toda essa gente é simples, a portas fechadas!

De alguns que dormitavam toquei-lhes de leve a nuca. Apenas toquei. O suficiente para apreciar-lhes o estremecimento de pavor. Ninguém me viu. Senti não poder apresentar meu vulto em forma de vapor, como no tempo em que se acreditava em fantasmas. Nem mesmo consegui apagar as lamparinas acesas por minha causa. Talvez porque meus fluidos estivessem enfraquecendo, talvez porque não tardasse a desintegração de meu corpo.

Estou reduzido ao mínimo, pensei. Mas posso perfeitamente dar uma chegadinha até o cemitério, onde vão instalar-me hoje à tarde.

O portão foi colocado, os muros caiados de novo. A cova está aberta. Retiraram as traves do gol. Foi pena. Aquilo tinha mesmo formato de cancha de futebol, mais que de campo-santo. Não sei como vão se arranjar agora os rapazes.

O sino começa a badalar. Os cachorros põem-se a latir. Está chegando a hora. Eu me recolho aonde se acha meu cadáver para assistir ao saimento. Lá está a mesma mulher. (— Mas a senhora não me larga, professora!)

Ah, se eu pudesse articular as palavras. Que olheiras as dela, que maneira suspeita de olhar para um corpo morto.

Já vou sendo levado. O ambiente é festivo. Todo mundo me acompanha, exceto o Fundador. Alegou que precisava cortar uns toros lá em cima, deixou dona Maria doente e grávida na cama, sumiu-se. Não quer saber de nada com a morte; diz que não gosta de cemitério.

Eu também não gosto. Principalmente nas condições em que estou sendo enterrado, com esse péssimo sino que mais parece batucada confusa e sem ritmo. Nunca vi tocar tão mal a finados. A população me acompanha com relativa decência. Pelo menos, faz o possível. Os rapazes compareceram, afinal. Friamente.

Sob a aparência fúnebre, as senhoras escondem certo entusiasmo. Algumas quase sorrindo. Estou perto, e estou vendo. De vez em quando se lembram e simulam consternação. Consternação verdadeira, porém, reina atrás, perto da bandinha de música, onde os rapazes deploram ainda a perda do campo. Como compensação, namoram as moças.

— Aqui não, diz uma. Olha o morto.

— Deixa, deixa que ele te aperte, moça — insuflo aos ouvidos dela. Não te preocupes com o que vai lá na frente; aquilo é apenas um corpo abandonado, arranjo de velhas que só pensam na morte.

Parece que a moça me atendeu…

O préstito atravessa o portão de ferro. Meu caixão é colocado perto de seu lugar definitivo. Começo a achar aborrecido o papel a que me obrigaram. Despertar tantas ideias tristes numa aldeia tão despreocupada!… Não reclamo nenhum respeito pelo meu corpo. Será que já está descendo à sepultura? Um momento. Deixem-me voar até lá…

O padre terminava as palavras em latim. Referiu-se depois ao significado da cerimônia: entregava aos futuros mortos do Arraial Novo a sua verdadeira morada; e exortava o povo "a que pensasse sempre na morte!". Quando terminou, todos olhavam para o chão e simulavam tristeza.

Ouviu-se em seguida a voz bonita do vereador distrital. Disse que ali se enterrava um dos últimos tropeiros do nosso amado sertão, "raça que se extingue ante a avançada progressista dos caminhões"; que me conhecera (onde? como? se nunca me viu, se nunca votei!) e tinha importante declaração a fazer: "Eu não era um defunto estranho ao local, nascera ali mesmo!...". Baixa demagogia... Pois se o Arraial não tinha trinta anos! Os rapazes sorriram. E resolveram, baixinho, expulsar do clube o sujeito amarelento que se prestara ao papel de coveiro.

A professora avança e dá instruções. As moças me cercam e eu me surpreendo numa onda de alegria indefinida. Aura de juventude emanando delas! Que fazer de tanta primavera desaproveitada? Meus fluidos roçam-lhes o colo. Somente os fluidos. A invisível carícia arrepia-lhes a pele, enquanto a musiquinha toca uma coisa triste debaixo das árvores.

Que se passou com elas que enrubesceram de repente? Algumas cruzam os braços ou tapam com o xale o busto arrepiado; outras se escondem, perturbadas, no meio do povo.

Está na hora de eu ir para o fundo. Quem é que me aparece à boca do buraco? A mula com a cangalha! Ó mulinha, ainda bem que não esqueceste o antigo dono. Coitada! Meio desmanchada, como um brinquedo abandonado...

Logo atrás, sorrindo com os dentes brancos, a metade do corpo comida pela sombra, quem vejo? Isabela!

— Tu te lembras, pretinha, daquele banho no ribeirão? O único momento bom de minha vida. Ah! Agora não posso, mulinha!... Agora não posso, Isabela! Pois vocês não veem que estou muito ocupado, inaugurando?!

Os rojões explodem, rejubilam-se as velhas. Só não conseguem chorar. E com frenesi atiram sobre o meu corpo uma chuva de pétalas. Em seguida, torrões de terra, como se me apedrejassem. Abraçam-se e despedem-se felizes.

Tinham arranjado sede para os seus despojos.

O portão foi fechado. E eu fiquei lá dentro, como ovo de indez. A espera dos mortos que hão de vir...

Fiquei, é modo de dizer; saía sempre. A ideia de corpo sepultado sossegou a princípio os meus fluidos. Durante dias perdi a memória; alguma interrupção, talvez mergulho mais demorado no vazio. O fato é que reapareci depois. E ainda há pouco dei um giro até a pracinha.

Há lá um arbusto onde gosto de ficar. Uma moça que passava perto parou de repente, assustada, olhando para mim, sem me ver. Tratei de voltar logo ao cemitério. E foi bom, pois um vira-lata, o mesmo da chegada, o que mais latiu na igreja e rosnou todo tempo no enterro, o cachorro de sempre, esgravatava com fúria o meu túmulo em direção aos ossos! E eu, pensando em seus dentes, experimentava a sensação de mal-estar análoga à que em vida se chama pavor.

Afinal de contas, é mesmo ao meu corpo que pertenço; dele não devo afastar-me muito, sem risco de me dissolver para sempre.

Francamente, o que não me agrada é ser o usufrutuário único deste local. Se uma só andorinha não faz verão — disseram os rapazes —, uma única sepultura não devia fazer cemitério. Deram para chegar atrasados e abatidos ao eito. Põem-se a sorrir quando encontram as velhas. Elas não compreendem, sentem-se satisfeitas com o seu cemitério.

O Fundador desconfia, mas finge que não sabe. E para ter a certeza, usa um estratagema:

— Para apanhar?

— Que jeito! Não temos onde treinar...

— Então? Ficou de pé o desafio?

— Nós jogaremos assim mesmo.

— Por que não falam com a professora? Ela tem a chave do portão.

— Mas só abre quando vai rezar lá dentro.

— Para um morto que não conhecem... acrescentou o outro.

— É isso mesmo, exclama o Fundador. Inventaram a morte no Arraial Novo!

As velhas, de fato, não largam o cemitério. Entram ao cair da tarde e se ajoelham. Não rezam por mim, rezam pelo futuro defunto, rezam para a morte. Há pouco, entrou a professora. Debruçada sobre a sepultura não fez senão murmurar:

— José, meu José...

Ora, eu não me chamo José... Esqueci meu nome, é verdade; mas sei que não era José...

Razão tem o Fundador. O espírito da morte apoderou-se do Arraial. Ainda ontem senti isso quando estive pousado nos arbustos da pracinha. Todo mundo silencioso e triste, aguardando a abertura da igreja. Só não vi os rapazes. É o cemitério, pensei; é a minha presença!

De alguns dias para cá, se uma parte da população se entrega aos trabalhos de rotina, a outra se ocupa em interrogar a alma.

As velhas dizem que se alguma dúvida houver, é só passar a noite pelas imediações. Ouvem-se barulhos estranhos, estrupidos de correria. E se não fosse o rumor dos moinhos, todo o arraial poderia escutar. Ao saber disso, tomou-se a população de certo orgulho: já havia fantasmas no cemitério do Arraial Novo!

Um defunto extranumerário, um simples tropeiro tivera a força de transformar em campo-santo uma área terraplenada, logradouro inexpressivo antes.

Que todos respeitassem agora o cemitério com as almas que nele transitam!...

Essas almas eram quase sempre vinte e duas, fora as que permaneciam a certa distância, olhando apenas. Escalavam o muro e, uma vez lá dentro, vestiam depressa os calções.

As lavadeiras que passavam perto mal ouviam o barulho, saíam correndo. Se tivessem coragem de verificar, poderiam reconhecer vultos familiares sob o projetor da lua cheia.

Eu adorava ficar ali. Acompanhava o movimento do jogo. Torcia. Metia-me no meio dos jogadores. Só faltava gritar. Não sei como ninguém dava pela minha presença. A bola saltava às vezes o muro e ia aninhar-se no capinzal de fora. Um dos jogadores cobria-se de uma capa escura e saía a buscá-la. O jogo então recomeçava forte. De repente, fora de propósito, parava.

— Que houve? Quem apitou?

Ninguém apitara. Era eu que soprara no apito do juiz. Muitas e muitas vezes intervinha sem que ninguém soubesse, só para animar, só para mostrar que me achava ali, vendo, participando. Substituído o juiz, as marcações continuavam desencontradas. Ninguém desconfiava. Antes de raiar a madrugada, esvaziava-se o campo. Os "fantasmas" seguiam para o eito e eu ficava... Ficava...

Era bem triste, à hora quente dos comentários, continuar sozinho ali.

Deliciava-me só de pensar em novas noites de jogo. Às vezes os rapazes demoravam, e eu me tornava impaciente. Primeiro, atiravam a bola. Sabia então que estavam perto, preparando-se para a escalada. A bola corria até para junto de minha sepultura. Despertado do sono, eu subia depressa no muro e, sem garganta, sem voz, punha-me a chamá-los. Iniciava-se então mais uma partida animada.

Evitei repetir a proeza do apito, não só porque podia afugentar os jogadores, privando-me do espetáculo, como pelo receio de submeter a uma prova infeliz a força cada vez menor de meus fluidos.

As velhas já desconfiavam. Não todas. E, por certo, nenhuma, se a professora não deparasse com a minha cruz de madeira caída ao chão. Culpa dos rapazes que se esqueceram de recolocá-la quando, da última vez, fugiram do sol que raiara depressa.

— Fantasma não faz isso, disse a professora, suspeitosa. Quem teria sido?

As mulheres foram de novo queixar-se ao Fundador:

— Isso não é comigo. Falem com dona Maria, mas depois que nascer a criança, pois a minha velha já está em dores.

— Mas jogaram uma bola na cruz! É uma profanação! exclamava a professora.

— Deve ter sido algum fantasma, explicava um dos rapazes.

— Ou então chutaram de fora, disse outro.

— O muro não deixa, insistiu uma das mulheres.

— Só se foi um tiro de parábola e aqui ninguém sabe chutar assim…

— O Zequinha, lembrou o coveiro, chuta suspendendo a bola.

Ora, todo mundo sabe que Zequinha fugiu com a mulher do vereador. Jogava tão bem, que ela fugiu com ele…

Os rapazes só contavam agora com a mediação de dona Maria que não estava bem, depois que lhe nascera a criança.

Daí por diante, nunca mais se bateu bola no cemitério. Reforçada a vigilância, meus fantasmas não apareciam.

Fiquei mais triste. Agora, nem para voar até o arraial tenho força. Para nada, aliás, tenho mais forças.

Já não percebo bem o que se passa atrás dos muros. A paisagem se dissolve ao meu olhar que está se apagando.

Parece que ainda resta para os ouvidos um canto de lavadeira batendo roupa. Tão longe…

Mas está acontecendo qualquer coisa lá na entrada. O portão se abriu todo! O povo chegando!…

Ah, é a senhora?! Pois entre, a casa é sua... Eu, sozinho, já não podia responder por todo este cemitério. Estou sumindo... O espaço endureceu. Meu prazo terminou.

Só vejo figuras opacas imobilizadas no gesto de chutar a bola. E essa coisa fixa, mancha final de luz remota que deve ser o Sol.

Entre, dona Maria. Sirva-se de seu cemitério...

As proezas de Macunaíma

LENDA INDÍGENA

Anônimo

Deslocamos este conto oral ou lenda indígena (dos taulipangues, da família linguística caraíba) do começo da antologia para anteceder aqui a presença de Macunaíma, *de Mário de Andrade, no registro que lhe é devido no nosso modernismo e na literatura brasileira. Foi deste imaginário primitivo que Mário bebeu para criar seu personagem mais famoso, nosso "herói sem nenhum caráter". A lenda, no caso, recolhida por Theodor Koch-Grünberg, em seu livro* Vom Roraima zum Orinoco, *de 1917, foi revelada para a língua portuguesa por tradução de Sérgio Buarque de Holanda (1935).*

Ainda muito pequeno, Macunaíma passava as noites chorando e pedia à mulher de seu irmão mais velho que o levasse para fora da oca. Lá fora ele queria por força agarrá-la para se deitar com ela.

A mãe dele fazia menção de levá-lo, mas ele nada de deixar. Então dizia à nora que carregasse a criança para fora de casa. Esta o conduzia a uma pequena distância, mas ele implorava que fosse ainda mais adiante, mais longe. Então a mulher ia com Macunaíma mais adiante, mais longe para trás do morro.

Macunaíma ainda era muito pequeno. Mas quando ali chegava, virava homem e deitava-se com ela. Assim fazia ele sempre com a mulher, servindo-se dela todas as vezes em que seu irmão saía para a caça.

Mas o irmão de nada sabia. Em casa, Macunaíma era uma criança. Fora, virava logo homem.

O irmão mais velho apanhava as fibras do carauá a fim de fazer um laço para a anta. Que tinha encontrado o rastro recente de uma anta e queria colocar o laço no caminho por onde o bicho ia passar.

Macunaíma pediu um laço também para ele, mas o irmão mais velho não quis dar, e disse:

— Para quê? Menino não brinca com laço. É só para gente que sabe lidar com essas coisas.

Mas o pequeno era teimoso e queria porque queria o laço. E voltava a pedir todos os dias. Afinal o irmão mais velho lhe deu um pouco de fibra de carauá, e perguntou à mãe:

— Para que esse menino quer tanto um laço?

O irmão mais velho tinha encontrado o rastro recente da anta e queria botar ali o laço. Então o pequeno falou à mãe:

— A anta não vai cair no laço dele!

E pôs o seu laço, que fez com as fibras de carauá, em um caminho antigo, por onde já não passava nenhuma anta. O irmão mais velho já tinha armado o seu laço.

No outro dia Macunaíma disse à mãe que fosse ver se tinha caído alguma anta em seu laço. Lá estava uma. A mãe voltou e disse que a anta já tinha morrido. Então o menino falou à mãe que dissesse ao irmão mais velho para tirar a anta e cortá-la em pedaços. Ela teve de dizer isso duas vezes, porque o irmão não queria acreditar. E falou:

— Eu sou mais velho e não há nenhuma anta em meu laço. Por que razão haveria no laço desse menino?

Macunaíma falou à sua mãe:

— Diga a ele que leve a mulher dele para carregar a carne.

Quando o irmão tinha partido em companhia da mulher, a fim de cortar a anta, Macunaíma disse à mãe que não devia ir junto. E quando o irmão tinha cortado a anta, Macunaíma disse à mãe para lhe avisar que trouxesse o animal inteiro para casa; ele próprio queria distribuir a carne. Mas o irmão mais velho não quis lhe dar nenhum pedaço de carne, pois era muito criança. Então levou toda a carne para casa e deu os intestinos da anta para o menino. Este ficou muito zangado.

O irmão mais velho percebeu que Macunaíma andava fazendo das suas com a sua mulher.

Saiu a caçar, mas voltou do meio do caminho a fim de espreitar o menino. Esperou junto ao lugar para onde a mulher tinha o hábito de ir sempre com Macunaíma. Então ela chegou com o menino ao colo. Quando estavam atrás do morro, ela pôs a criança no chão.

Então Macunaíma virou homem. E crescia até não poder mais. (O menino era muito gordo.) Pegou a mulher e deitou-se com ela. O irmão viu tudo.

Agarrou um pedaço de madeira e deu uma sova bem dada em Macunaíma. Mas Macunaíma começou a ficar farto dessa vida. E disse à mãe:

— Mamãe, quem levará a casa ao cume da montanha alta?

E disse ainda:

— Fecha os olhos! E repete esta frase: "Quem leva a casa ao cume da montanha?".

Quando a mãe fechou os olhos, Macunaíma disse:

— Fica ainda mais um pouquinho de olhos fechados.

Então ele levou a casa e todas as plantas, bananeiras e outras, para o cume da montanha. Depois disse:

— Abre os olhos!

Quando ela abriu os olhos, já estava tudo no alto da montanha.

Então ela jogou lá embaixo uma casca de banana com um pedacinho de fruta, porque o irmão de Macunaíma e sua família não tinham o que comer — o pequeno carregara tudo. Macunaíma perguntou:

— Por que isso?

— Seu irmão está com fome — respondeu ela.

Então o menino disse:

— Faz para eles a bebida caxiri.

Durante o dia a mãe deu uns nós em uma corda de fibras de miriti, a fim de preparar o caxiri, e jogou a corda para o filho, lá embaixo.

Aí o menino falou à mãe:

— Diz, mamãe, quem levará a casa de novo para baixo. Fecha os olhos e diz essas palavras: "Quem leva a casa de novo para baixo?".

Assim fez ela. Então o menino disse:

— Deixa os olhos fechados, ainda um pouquinho. — E pôs a casa de novo, lá embaixo, em um lugar diferente, perto da residência de seu irmão. Trouxe então o irmão com sua família à sua casa, no cume da montanha. Mas o irmão estava muito magro.

Dançaram e o irmão ficou bêbado e caiu. Macunaíma riu-se, pois ele estava muito magro e todos os seus ossos apareciam, mesmo os do traseiro. Então o irmão comeu muito e ficou de novo gordo.

Certo dia o irmão ia com os outros irmãos a caçar e deixou sua esposa em casa com o menino e a mãe. A mãe foi ver as plantações e Macunaíma ficou só em casa com a mulher.

Transformou-se logo em uma pulga de areia para fazê-la rir. A princípio ela não se riu. Então ele se transformou em um homem, com o corpo coberto de feridas, para fazê-la rir. Pois o que ele queria era abrandá-la mais um pouco. Aí a mulher começou a rir. Macunaíma caiu em cima dela e deitaram-se os dois.

O irmão mais velho soube de tudo, mas fez de conta que não sabia. Pois só pensava na fome que tinha tido e além disso não podia passar sem seu irmãozinho. Por isso mesmo resolveu não brigar nunca mais com ele.

Então morreu a mãe deles no lugar chamado Pai da Tocandira ou Murazapombo. A casa da mãe chama-se Araliamaitepe.

É uma montanha.

Macunaíma

RAPSÓDIA/ "TEQUE-TEQUE, CHUPINZÃO E A INJUSTIÇA DOS HOMENS"

Mário de Andrade (1893-1945)

"Ai... que preguiça!" Entre a erudição e a mais genuína cultura popular, Mário de Andrade não suspirava como seu personagem mais famoso. Pelo contrário, pôs mãos à obra, como contista, poeta da sua Pauliceia desvairada, *um dos líderes do modernismo, incansável missivista, musicista, ensaísta, publicou a rapsódia, como ele chamou* Macunaíma, *e nos deixou um clássico até hoje ainda não bem assimilado ("Ai... que preguiça!") entre nós. Outros livros:* Amar, verbo intransitivo *e* Os contos de Belazarte.

No outro dia Macunaíma acordou febrento. Tinha mesmo delirado a noite inteira e sonhado com navio.

— Isso é viagem por mar, falou a dona da pensão.

Macunaíma agradeceu e de tão satisfeito virou logo Jiguê na máquina telefone pra insultar a mãe de Venceslau Pietro Pietra. Mas a sombra telefonista avisou que não secundavam. Macunaíma achou aquilo esquisito e quis se levantar pra ir saber o que era. Porém sentia um calorão coçado no corpo todo e uma moleza de água. Murmurou:

— Ai... que preguiça...

Virou a cara pro canto e principiou falando bocagens. Quando os manos vieram saber o que era, era sarampão. Maanape logo foi buscar o famoso Bento curandeiro em Beberibe que curava com alma de índio e a água de pote. Bento deu uma aguinha e fez reza cantada. Numa semana o herói já estava descascando. Então se levantou e foi saber o que tinha sucedido pro gigante.

Não tinha ninguém no palácio e a copeira do vizinho contou que Piaimã com toda a família fora na Europa descansar da sova. Macunaíma perdeu todo o requebrado e se contrariou bem. Brincou com a copeira muito aluado e voltou macambúzio pra pensão. Maanape e Jiguê encontraram o herói na porta da rua e perguntaram pra ele:

— Quem matou seu cachorrinho, meus cuidados?

Então Macunaíma contou o sucedido e principiou chorando. Os manos ficaram bem tristes de ver o herói assim e levaram ele visitar o Leprosário de Guapira, porém Macunaíma estava muito contrariado e o passeio não teve graça nenhuma. Quando chegaram na pensão era noitinha e todos já estavam desesperados. Tiraram uma porção enorme de tabaco dum cornimboque imitando cabeça de tucano e espirraram bem. Então puderam pensamentear.

— Pois é, meus cuidados, você andou lerdeando, cozinhando galo, cozinhando galo, o gigante é que não havia de esperar, foi-se. Agora aguente a maçada!

Nisto Jiguê bateu na cabeça e exclamou:

— Achei!

Os manos levaram um susto. Então Jiguê lembrou que eles podiam ir na Europa também, atrás da muiraquitã. Dinheiro, inda sobravam quarenta contos do cacau vendido. Macunaíma aprovou logo porém Maanape que era feiticeiro imaginou imaginou e concluiu:

— Tem coisa milhor.

— Pois então desembuche!

— Macunaíma finge de pianista, arranja uma pensão do Governo e vai sozinho.

— Mas pra que tanta complicação si a gente possui dinheiro à beça e os manos podem me ajudar na Europa!

— Você tem cada uma que até parece duas! Poder a gente pode sim porém mano seguindo com arame do Governo não é milhor? É. Pois então!

Macunaíma estava refletindo e de repente bateu na testa:

— Achei!

Os manos levaram um susto.

— Que foi!

— Pois então finjo de pintor que é mais bonito!

Foi buscar a máquina óculos de tartaruga um gramofoninho meias de golfe luvas e ficou parecido com pintor.

No outro dia pra esperar a nomeação matou o tempo fazendo pinturas. Assim: agarrou num romance de Eça de Queirós e foi na Cantareira passear. Então passou perto dele um cotruco andarengo muito marupiara porque possuía folhinha de pica-pau. Macunaíma deitado de bruços divertia-se amassando os tacurus das formigas tapipitingas. O teque-teque saudou:

— Bom dia, conhecido, como le vai, muito obrigado, bem. Trabalhando, não?

— Quem não trabuca não manduca.

— É mesmo. Bom, té-loguinho.

E passou. Légua e meia adiante topou com um micura e lembrou de trabucar também um bocado. Pegou no gambazinho, fez ele engolir dez pratas de dois mil-réis e voltou com o bicho debaixo do braço. Chegando perto de Macunaíma mascateou:

— Bom dia, conhecido, como le vai, muito obrigado, bem. Si você quer te vendo meu micura.

— Que que vou fazer com um bicho tão pixento! Macunaíma secundou botando a mão no nariz.

— Tem aca mas é coisa muito boa! Quando faz necessidade só prata que sai! Vendo barato pra você!

— Deixe de conversa, turco! Onde que se viu micura assim!

Então o teque-teque apertou a barriga do gambá e o bicho desistiu as dez pratinhas.

— Está vendo! Faz necessidade é prata só! Ajuntando a gente fica riquíssimo! Barato pra você!

— Quanto que custa?

— Quatrocentos contos.

— Não posso comprar, só tenho trinta.

— Pois então pra ficar freguês deixo por trinta contos pra você!

Macunaíma desabotoou as calças e por debaixo da camisa tirou o cinto que carregava dinheiro. Porém só tinha a letra de quarenta contos e seis fichas do Cassino de Copacabana. Deu a letra e teve vergonha de receber o troco. Até inda deu as fichas de inhapa e agradeceu a bondade do teque-teque.

Nem bem o mascate sovertera entre as sapupiras guarubas e parinaris do mato que já o micura quis fazer necessidade outra feita. O herói arredondou o bolso aparando e a porcaria caiu toda ali. Então Macunaíma percebeu o logro e abriu numa gritaria desgraçada, caminho da pensão. Virando uma esquina encontrou o José Prequeté e gritou para ele:

— Zé Prequeté, tira bicho do pé pra comer com café!

José Prequeté ficou com ódio e insultou a mãe do herói porém este não fez caso não, deu uma grande gargalhada e foi seguindo. Mais adiante lembrou que ia indo pra casa zangado e pegou na gritaria outra vez.

Os manos inda não tinham voltado da maloca do Governo e a patroa veio no quarto pra consolar Macunaíma, brincaram. Depois de brincarem o herói pegou no choro. Quando os manos chegaram toda a gente se sarapantou porque eles tinham cinco metros de altura. Não vê que o Governo estava com mil vezes mil pintores já encaminhados pra mandar na pensão da Europa e Macunaíma ser nomeado era mas só no dia de São Nunca. Ficava muito longe. O invento tinha favado e os manos ficaram compridos por causa do desaponto. Quando enxergaram o mano chorando, se assustaram bem e quiseram saber a causa. E como esqueceram o desaponto voltaram pro tamanho de dantes, Maanape já velhinho e Jiguê na força do homem. O herói fazia:

— Ihihih! teque-teque me embromou! Ihihih! Comprei micura dele, quarenta contos me custou!

Então os irmãos se descabelaram. Agora não era possível mais irem na Europa não, porque possuíam só a noite e o dia. Levaram na prantina enquanto o herói esfregava ólio de andiroba no corpo pros mosquitos não amolarem e adormecia bem.

No outro dia amanheceu fazendo um calorão temível e Macunaíma suava que mais suava dum lado pra outro enraivecido com a injustiça do Governo. Quis sair pra espairecer porém aquela roupa tanta aumentando o calor... Teve mais raiva. Teve raiva por demais e maliciou que ia ficar com o butecaiana que é doença da raiva. Então exclamou:

— Ara! Ande eu quente, ria-se a gente!

Tirou as calças pra refrescar e pisou em cima. A raiva se acalmou no sufragante e até que muito satisfeito Macunaíma falou pros manos:

— Paciência, manos! não! não vou na Europa não. Sou americano e meu lugar é na América. A civilização europeia na certa esculhamba a inteireza do nosso caráter.

Durante uma semana os três vararam o Brasil todo pelas restingas de areia marinha, pelas restingas de mato ralo, barrancas de paranãs, abertões, corredeiras carrascos carrascões e chavascais, coroas de vazante boqueirões mangas e fundões que eram ninhos de geada, espraiados pancadas pedrais funis bocainas barroqueiras e rasouras, todos esses lugares, campeando nas ruínas dos conventos e na base dos cruzeiros pra ver si não achavam alguma panela com dinheiro enterrado. Não acharam nada.

— Paciência, manos! Macunaíma repetiu macambúzio. Jogamos no bicho!

E foi na praça Antônio Prado meditar sobre a injustiça dos homens. Ficou lá encostado num plátano muito bem. Todos os comerciantes e aquele despropósito de máquinas passavam rentinho do herói grugunzando sobre a injustiça dos homens. Macunaíma já estava disposto a mudar o dístico pra: "Pouca saúde e muitos pintores os males do Brasil são" quando escutou um "Ihihih!" chorado atrás. Virou e viu no chão um tico-tico e um chupim.

O tico-tico era pequetitinho e o chupim era macota. O tico-tiquinho ia dum lado pra outro acompanhado sempre do chupinzão chorando pro outro dar de comer pra ele. Fazia raiva. O tico-tiquinho imaginava que o chupinzão era filhote dele mas não era não. Então voava, arranjava um decumê por aí que botava no bico do chupinzão. Chupinzão engolia e pegava na manha outra vez: "Ihihih! mamãe... telo decumê!... telo decumê!..." lá na língua dele. O tico-tiquinho ficava azaranzado porque estava padecendo fome e aquele nhe-nhe-nhém nhe-nhe-nhém azucrinando ele atrás, diz-que "Telo decumê!... telo decumê!...", não podia com o amor sofrendo. Largava de si, voava buscar um bichinho uma quirerinha, todos esses decumês, botava no bico do chupinzão, chupinzão engolia e principiava atrás do tico-tiquinho outra vez. Macunaíma estava meditando na injustiça dos homens e teve um amargor imenso da injustiça do chupinzão. Era porque Macunaíma sabia que de primeiro os passarinhos foram gente feito nós... Então o herói pegou num porrete e matou o tico-tiquinho.

Foi-se embora. Depois que andou légua e meia sentiu calor e lembrou de beber pinga pra refrescar. Trazia sempre num bolso do paletó uma garrafinha de pinga presa ao puíto por uma corrente de prata. Desarrolhou e chupitou de manso. Eis sinão quando escutou atrás um "Ihihih!" chorando. Virou sarapantado. Era o chupinzão.

— Ihihih! papai... telo decumê!... telo decumê!... lá na língua dele.

Macunaíma ficou com ódio. Abriu o bolso onde estava guardado aquilo do micura e falou:

— Pois coma então!

Chupinzão pulou na beira do bolso e comeu tudo sem saber. Foi engordando engordando, virou num pássaro preto bem grande e voou pros matos gritando "Afinca! Afinca!". É o Pai do Vira.

Macunaíma seguiu caminho. Légua e meia adiante estava um macaco mono comendo coquinho baguaçu. Pegava no coquinho, botava no vão das pernas junto com uma pedra, apertava e juque! a fruta quebrava. Macunaíma veio e esgurejou com a boca cheia d'água. Falou:

— Bom dia, meu tio, como lhe vai?

— Assim assim, sobrinho.

— Em casa todos bons?

— Na mesma.

E continuou mastigando. Macunaíma ali, sapeando. O outro enquizilou assanhado:

— Não me olhe de banda que não sou quitanda, não me olhe de lado que não sou melado!

— Mas o que você está fazendo aí, tio!

O macaco mono soverteu o coquinho na mão fechada e secundou:

— Estou quebrando os meus toaliquiçus pra comer.

— Vá mentir na praia!

— Uai, sobrinho, si tu não dá crédito então pra que pergunta!

Macunaíma estava com vontade de acreditar e indagou:

— É gostoso é?

O mono estalou a língua:

— Chi! prove só!

Quebrou de escondido outro coquinho, fingindo que era um dos toaliquiçus e deu pra Macunaíma comer. Macunaíma gostou bem.

— É bom mesmo, tio! Tem mais?

— Agora se acabou mas si o meu era gostoso que fará os vossos! Come eles, sobrinho!

O herói teve medo:

— Não dói não?

— Qual, si até é agradável!...

O herói agarrou num paralelepípedo. O macaco mono rindo por dentro inda falou pra ele:

— Você tem mesmo coragem, sobrinho?

— Boni-t-o-tó macaxeira mocotó! o herói exclamou empafioso. Firmou bem o paralelepípedo e juque! nos toaliquiçus. Caiu morto. O macaco mono caçoou assim:

— Pois, meus cuidados, não falei que tu morrias! Falei! Não me escutas! Estás vendo o que sucede pros desobedientes? Agora: sic transit!

Então calçou as luvas de balata e foi-se. Daí a pouco veio uma chuvarada que refrescou a carne verde do herói, impedindo a putrefação. Logo se formou um poder de correições de formigas guaju-guajus e murupetecas pro corpo morto. O advogado Fulano atraído pelas correições topou com o defunto. Abaixou, tirou a carteira do cadáver porém só tinha cartão de visita. Então resolveu levar o defunto pra pensão, fez. Carregou Macunaíma nas costas e foi andando. Porém o defunto pesava por demais e o advogado viu que não podia com o peso. Então arriou o cadáver e deu uma coça de vara nele. O defunto ficou levianinho levianinho e o advogado Fulano pôde levá-lo pra pensão.

Maanape chorou muito se atirando sobre o corpo do mano. Depois descobriu o esmagamento. Maanape era feiticeiro. Logo pediu de emprestado pra patroa dois cocos-da-baía, amarrou-os com nó cego no lugar dos toaliquiçus amassados e assoprou fumaça de cachimbo no defunto herói. Macunaíma foi se erguendo muito desmerecido. Deram guaraná pra ele e daí a pouco matava sozinho as formigas que inda o mordiam. Estava tremendo muito porque por causa da chuvarada a friagem batera de repente. Macunaíma tirou a garrafinha do bolso e bebeu o resto da pinga pra esquentar. Depois pediu uma centena pra Maanape e foi até um chalé jogar no bicho. De-tarde quando viram, a centena tinha dado mesmo. E assim eles viveram com os palpites do mano mais velho. Maanape era feiticeiro.

351

Galinha cega

CONTO

João Alphonsus (1901-44)

Existe humor triste, humor patético, meio trágico? Há exemplos notáveis na literatura universal, como "O nariz" e "O capote", de Gógol. E no Brasil interiorano dos anos 1940 — eis o caso. Uma galinha no quintal, incapaz até de catar milho, e o dono com uma ternura digna, vá lá, de um mujique clássico russo do século XIX. Um homem simples e seu amor pela galinha, que "ainda tinha liberdade — o pouco de liberdade necessário à sua cegueira. E o milho". O mineiro João Alphonsus, com apenas três livros de contos (todos reunidos no volume Contos e novelas), é um dos maiores contistas brasileiros de todos os tempos. Sim, "grande contista!" — disse Mário de Andrade. Drummond concordava: "uma literatura dolorosamente humana".

Na manhã sadia, o homem de barbas poentas, entronado na carrocinha, aspirou forte. O ar passava dobrando-lhe o bigode ríspido como a um milharal. Berrou arrastadamente o pregão molengo:

— Frangos BONS E BARATOS!

Com as cabeças de mártires obscuros enfiadas na tela de arame os bichos piavam num protesto. Não eram bons. Nem mesmo baratos. Queriam apenas que os soltassem. Que lhes devolvessem o direito de continuar ciscando no terreiro amplo e longe.

— Psiu!

Foi o cavalo quem ouviu e estacou, enquanto o seu dono terminava o pregão. Um bruto homem de barbas brancas na porta de um barracão chamava o vendedor cavando o ar com o braço enorme.

Quanto? Tanto. Mas puseram-se a discutir exaustivamente o preço. Não queriam por nada chegar a um acordo. O vendedor era macio. O comprador, brusco.

— Olhe esta franguinha branca. Então não vale?

— Está gordota... E que bonitos olhos ela tem. Pretotes... Vá lá!

O homem de barbas poentas entronou-se de novo e persistiu em gritar pela rua que despertava:

— Frangos BONS E BARATOS!

Carregando a franga, o comprador satisfeito penetrou no barracão.

— Olha, Inácia, o que eu comprei.

A mulher tinha um eterno descontentamento escondido nas rugas. Permaneceu calada.

— Olha os olhos. Pretotes...

— É.

— Gostei dela e comprei. Garanto que vai ser uma boa galinha.

— É.

No terreiro, sentindo a liberdade que retornava, a franga agitou as pernas e começou a catar afobada os bagos de milho que o novo dono lhe atirava divertidíssimo.

A rua era suburbana, calada, sem movimento. Mas, no alto da colina dominando a cidade que se estendia lá embaixo cheia de árvores no dia e de luzes na noite. Perto havia moitas de pitangueiras a cuja sombra os galináceos podiam flanar à vontade e dormir a sesta.

A franga não notou grande diferença entre a sua vida atual e a que levava no seu torrão natal distante. Muito distante. Lembrava-se vagamente de ter sido embalaiada com companheiros mal-humorados. Carregaram os balaios a trouxe-mouxe para um galinheiro sobre rodas, comprido e distinto, mas sem poleiros. Houve um grito lá fora, lancinante, formidável. As paisagens começaram a correr nas grades, enquanto o galinheiro se agitava todo, barulhando e rangendo por baixo. Rolos de fumo rolavam com um cheiro paulificante. De longe em longe as paisagens paravam. Mas novo grito e elas de novo a correr. Na noitinha sumiram-se as paisagens e apareceram fagulhas. Um fogo de artifício como nunca vira. Aliás, ela nunca tinha visto um fogo de artifício. Que lindo, que lindo. Adormecera numa enjoada madorna...

Viera depois outro dia de paisagens que tinham pressa. Dia de sede e fome.

Agora a vida voltava a ser boa. Não tinha saudades do torrão natal. Possuía o bastante para a sua felicidade: liberdade e milho. Só o galo é que às vezes vinha perturbá-la incompreensivelmente. Já lá vinha ele, bem elegante, com plumas, forte, resoluto. Já lá vinha. Não havia dúvida que era bem bonito. Já lá vinha... Sujeito cacete.

O galo — có, có, có — có, có, có — rodeou-a, abriu a asa, arranhou as pernas com as unhas. Embarafustaram pelo mato numa carreira doida. E ela teve a revelação do lado contrário da vida. Sem grande contrariedade a não ser o propósito inconscientemente feminino de se esquivar, querendo e não querendo.

— A melhor galinha, Inácia! Boa à beça!
— Não sei por quê.
— Você sempre besta. Pois eu sei...
— Besta! Besta, hein?
— Desculpe, Inácia. Foi sem querer. Também você sabe que eu gosto da galinha e fica me amolando.
— Besta é você!
— Eu sei que sou.

Ao ruído do milho se espalhando na terra, a galinha lá foi correndo defender o seu quinhão, e os olhos do dono descansaram nas suas penas brancas, no seu porte firme, com ternura. E os olhos notaram logo a anormalidade. A Branquinha — era o nome que o dono lhe botara — bicava o chão doidamente e raro alcançava um grão. Bicava quase sempre a uma pequena distância de cada bago de milho e repetia o golpe, repetia com desespero, até catar um grão que nem sempre era aquele que visava.

O dono correu atrás da sua Branquinha, agarrou-a, examinou-lhe os olhos. Estavam direitinhos, graças a Deus, e muito pretos. Soltou-a no terreiro e lhe atirou mais milho. A galinha continuou a bicar o chão desorientada. Atirou ainda mais com paciência até que ela se fartasse. Mas não conseguiu com o gasto do milho, de que as outras se aproveitaram, atinar com a origem daquela desorientação. Que é que seria aquilo, meu Deus do céu! Se fosse efeito de uma pedrada na cabeça e se soubesse quem havia mandado a pedra, algum moleque da vizinhança, ai... Nem por sombra pensou que era a cegueira irremediável que principiava.

Também a galinha, coitada, não compreendia nada, absolutamente nada daquilo. Por que não vinham mais os dias luminosos em que procurava a sombra das pitangueiras? Sentia ainda o calor do sol, mas tudo quase sempre tão escuro. Quase que já não sabia onde é que estava a luz, onde é que estava a sombra.

Foi assim que, certa madrugada, quando abriu os olhos, abriu-os sem ver coisa alguma. Tudo em redor dela estava preto. Era só ela, pobre, indefesa galinha, dentro do infinitamente preto; perdida dentro do inexistente; pois o mundo desaparecera e só ela existia inexplicavelmente dentro da sombra do nada. Estava ainda no poleiro. Ali se anularia, quietinha, finando-se quase sem sofrimento, porquanto a admirável clarividência dos seus instintos não podia conceber que ela estivesse viva e obrigada a viver, quando o mundo em redor se havia sumido.

Porém, suprema crueldade, os outros sentidos estavam atentos e fortes no seu corpo. Ouviu que as outras galinhas desciam do poleiro cantando alegremente. Ela, coitada, armou um pulo no vácuo e foi cair no chão invisível, tocando-o com o bico, pés, peito, o corpo todo. As outras cantavam. Espichava inutilmente o pescoço para passar além da sombra. Queria ver, queria ver! Para depois cantar.

As mãos carinhosas do dono suspenderam-na do chão.

— A coitada está cega, Inácia! Cega!

— É.

Nos olhos raiados de sangue do carroceiro (ele era carroceiro) boiavam duas lágrimas enormes.

* * *

Religiosamente, pela manhãzinha, ele dava milho na mão para a galinha cega. As bicadas tontas, e violentas, faziam doer a palma da mão calosa. E ele sorria. Depois a conduzia ao poço, onde ela bebia com os pés dentro da água. A sensação direta da água nos pés lhe anunciava que era hora de matar a sede; curvava o pescoço rapidamente, mas nem sempre apenas o bico atingia a água: muita vez, no furor da sede longamente guardada, toda a cabeça mergulhava no líquido, e ela a sacudia, assim molhada, no ar. Gotas inúmeras se espargiam nas mãos e no rosto do carroceiro agachado junto ao poço. Aquela água era como uma bênção para ele. Como a água benta, com que um Deus misericordioso e acessível aspergisse todas as dores animais. Bênção, água benta, ou coisa parecida: uma impressão de doloroso triunfo, de sofredora vitória sobre a desgraça inexplicável, injustificável, na carícia dos pingos de água, que ele não enxugava e lhe secavam lentamente na pele. Impressão, aliás, algo confusa sem requintes psicológicos e sem literatura.

Depois de satisfeita a sede, levava-a para o pequeno cercado de tela, separado do terreiro, que construíra especialmente para ela (as outras galinhas martirizavam muito a Branquinha). De tardinha dava-lhe outra vez milho e água, e deixava a pobre cega num poleiro solitário, dentro do cercado.

Porque o bico e as unhas não mais catassem e ciscassem, puseram-se a crescer. A galinha ia adquirindo um aspecto irrisório de rapace, ironia do destino, o bico recurvo, as unhas aduncas. O tal crescimento já lhe atrapalhava os passos, lhe impedia de comer e beber. Ele notou mais essa miséria e, de vez em quando, com a tesoura, aparava o excesso de substância córnea no serzinho desgraçado e querido.

Entretanto, a galinha já se sentia de novo quase feliz. Tinha delidas lembranças da claridade desaparecida. No terreiro plano, particular, ela podia ir e vir à vontade até topar a tela de arame e já se acostumara a abrigar-se do sol debaixo do seu poleiro solitário. Ainda tinha liberdade — o pouco de liberdade necessário à sua cegueira. E o milho. Não compreendia nem procurava compreender aquilo. Tinham soprado a lâmpada e acabou-se. Quem tinha soprado não era da conta dela. Mas o que lhe doía fundamente era já não poder ver o galo de plumas bonitas. E não sentir mais o galo perturbá-la com o seu có-có-có malicioso. O ingrato.

[...]

* * *

De repente os acontecimentos se precipitaram.

— Entra!

— Centra!

A meninada ria a maldade atávica no deleite do futebol originalíssimo. A galinha se abandonava sem protesto na sua treva ao léu dos chutes. Ia e vinha. Os meninos não a chutavam com tanta força como a uma bola, mas chutavam, e gozavam a brincadeira.

O carroceiro nem quis saber por que é que sua ceguinha estava no meio da rua. Avançou como um possesso com o chicote que assoviou para atingir umas nádegas tenras. Zebrou carnes nos estalos da longa tira de sola.

O grupo de guris se dispersou em prantos, risos, insultos pesados, revolta.

— Você chicoteou o filho do delegado. Vamos à delegacia.

Quando saiu do xadrez, na manhã seguinte, levava um nó na garganta. Rubro de raiva impotente. Foi quase que correndo para casa.

— Onde está a galinha, Inácia?

— Vai ver.

Encontrou-a no terreirinho, estirada, morta! Por todos os lados havia penas arrancadas, mostrando que a pobre se debatera, lutara contra o inimigo, antes deste abrir-lhe o pescoço, onde existiam coágulos de sangue…

Era tão trágico o aspecto do marido que os olhos da mulher se esbugalharam de pavor.

— Não fui eu, não! Com certeza um gambá!

— Você não viu?

— Não acordei. Não pude acordar!

Ele mandou a enorme mão fechada contra as rugas dela. A velha tombou nocaute, mas sem aguardar a contagem dos pontos escapuliu para a rua gritando:

— Me acudam!

Quando de novo saiu do xadrez, na manhã seguinte, tinha açambarcado todas as iras do mundo. Arquitetava vinganças tremendas contra o gambá.

Todo gambá é pau-d'água. Deixaria uma gamela com cachaça no terreiro. Quando o bichinho se embriagasse, havia de matá-lo aos poucos. De-va-ga-ri--nho, GOSTOSAMENTE.

De noite preparou a esquisita armadilha e ficou esperando. Logo pelas vinte horas o sono chegou e, cansado pela insônia na prisão, ele não lhe resistiu. Mas acordou justamente na hora necessária. À porta do galinheiro, ao luar leitoso, junto à mancha redonda da gamela, tinha outra mancha escura que se movia dificilmente.

Foi se aproximando sorrateiro, traiçoeiro, meio agachado, examinando em olhares rápidos o terreno em volta, as possibilidades de fuga do animal, para destruí-las de pronto, se necessário. O gambá fixou-o com os olhos espertos e inocentes e começou a rir:

— *Kiss! Kiss! Kiss!*

(Se o gambá fosse inglês, com certeza estaria pedindo beijos. Mas não era. No mínimo estava comunicando que houvera querido alguma coisa. Comer galinhas, por exemplo. Bêbedo.)

O carroceiro examinou o bichinho curiosamente. O luar, que favorece o surto de raposas e gambás nos galinheiros, era esplêndido. Mas o homem apenas tocou-o de leve com o pé, já simpatizado.

— Vai embora, seu tratante!

O gambá foi indo tropegamente. Passou por baixo da tela e parou olhando para a lua. O bichinho se sentia imensamente feliz e começou a cantarolar imbecilmente, como qualquer criatura humana:

A lua como um balão balança!
A lua como um balão balança!
A lua como um bal...

E adormeceu de súbito debaixo de uma pitangueira.

A morte e a morte de Quincas Berro Dágua

TRECHOS DA NOVELA

Jorge Amado (1912-2001)

Houve época em que havia apenas dois escritores populares e profissionais no Brasil: Erico Verissimo, no Sul, e Amado, na Bahia. O autor de Mar morto, Jubiabá, Capitães da Areia, *e tantos outros títulos, tem na novela* A morte e a morte de Quincas Berro Dágua *e no romance* Dona Flor e seus dois maridos *a faceta mais visível de seu humor tropical.*

[...] Naquela hora do crepúsculo, do misterioso começo da noite, o morto parecia um tanto quanto cansado. Vanda dava-se conta. Não era para menos: passara ele a tarde a rir, a murmurar nomes feios, a fazer-lhe caretas. Nem mesmo quando chegaram Leonardo e o tio Eduardo, por volta das cinco horas, nem mesmo então Quincas repousou. Insultava Leonardo, "paspalhão!", ria de Eduardo. Mas quando as sombras do crepúsculo desceram sobre a cidade, Quincas tornou-se inquieto. Como se esperasse alguma coisa que tardava a vir. Vanda, para esquecer e iludir-se, conversava animadamente com o marido e os tios, evitando fitar o morto. Seu desejo era voltar para casa, descansar, tomar um comprimido que a ajudasse a dormir. Por que seria que os olhos de Quincas ora se voltavam para a janela, ora para a porta?

A notícia não alcançara os quatro amigos ao mesmo tempo. O primeiro a saber foi Curió. [...]

A roda, em frente à rampa dos saveiros, na feira noturna de Água de Meninos aos sábados, nas Sete Portas, nas exibições de capoeira na estrada da Liberdade, era quase sempre numerosa: marítimos, pequenos comerciantes do mercado, babalaôs, capoeiristas, malandros participavam das longas conversas, das aventuras, das movimentadas partidas de baralho, das pescarias sob a lua, das farras na zona. Numerosos admiradores e amigos possuía Quincas Berro Dágua mas aqueles quatro eram os inseparáveis. Durante anos e anos haviam-se encontrado todos os dias, haviam estado juntos todas as noites, com ou sem dinheiro, fartos de bem comer ou morrendo de fome, dividindo a bebida, juntos na alegria e na tristeza. Curió somente agora percebia como eram ligados entre si, a morte de Quincas parecia-lhe uma amputação, como se lhe houvessem roubado um braço, uma perna, como se lhe tivessem arrancado um olho. Aquele olho do coração do qual falava a mãe de santo Senhora, dona de toda a sabedoria. Juntos, pensou Curió, deviam chegar ante o corpo de Quincas.

Saiu em busca do Negro Pastinha, àquela hora certamente no largo das Sete Portas, ajudando bicheiros conhecidos, arranjando uns cobres para a cachaça da noite. [...]

Encontrou-o no largo das Sete Portas, como calculara. Lá estava ele, sentado na calçada do pequeno mercado, debulhado em lágrimas, segurando uma garrafa quase vazia. Ao seu lado, solidários na dor e na cachaça, vagabundos diversos faziam coro às suas lamentações e suspiros. Já tivera conhecimento da notícia, compreendeu Curió ao ver a cena. Negro Pastinha virava um trago, enxugava uma lágrima, urrava em desespero:

— Morreu o pai da gente...

— ...pai da gente... — gemiam os outros.

Circulava a garrafa consoladora, cresciam lágrimas nos olhos do negro, crescia seu agudo sofrer:

— Morreu o homem bom...

— ...homem bom...

De quando em quando, um novo elemento incorporava-se à roda, por vezes sem saber do que se tratava. Negro Pastinha estendia-lhe a garrafa, soltava seu grito de apunhalado:

— Ele era bom...

— ...era bom... — repetiam os demais, menos o novato, à espera de uma explicação para os tristes lamentos e a cachaça grátis.

[...]

— Foi Quincas Berro Dágua que morreu.

— Quincas?... era bom... — dizia o novo membro do coro, convicto e aterrorizado.

— Outra garrafa! — reclamava, entre soluços, Negro Pastinha.

Um molecote levantava-se ágil, dirigia-se à venda vizinha:

— Pastinha quer outra garrafa.

A morte de Quincas aumentava, onde ia chegando, a consumação de cachaça. De longe, Curió observava a cena. A notícia andara mais depressa que ele. Também o negro o viu, soltou um urro espantoso, estendeu os braços para o céu, levantou-se:

— Curió, irmãozinho, morreu o pai da gente.

— ...o pai da gente... — repetiu o coro.

— Cala a boca, pestes. Deixa eu abraçar irmãozinho Curió.

Cumpriam-se os ritos de gentileza do povo da Bahia, o mais pobre e o mais civilizado. Calaram-se as bocas. As abas do fraque de Curió elevavam-se ao vento, sobre sua cara pintada começaram a correr as lágrimas. Três vezes abraçaram-se, ele e Negro Pastinha, confundindo seus soluços. Curió tomou da nova garrafa, buscou nela a consolação. Negro Pastinha não encontrava consolação:

— Acabou a luz da noite...

— ...a luz da noite...

Curió propôs:

— Vamos buscar os outros para ir visitar ele.

Cabo Martim podia estar em três ou quatro lugares. Ou dormindo em casa de Carmela, cansado ainda da noite da véspera, ou conversando na Rampa do Mercado, ou jogando na feira de Água de Meninos. [...]

Nesse momento, quando tudo podia se passar, surgiram Curió e Negro Pastinha carregando a notícia trágica e a garrafa de cachaça com um restinho no fundo. Ainda de longe gritaram para o cabo:

— Morreu! Morreu!

361

Cabo Martim fitou-os com olho competente, demorando-se na garrafa em cálculos precisos, comentou para a roda:

— Aconteceu alguma coisa importante para eles já terem bebido uma garrafa. Ou bem Negro Pastinha ganhou no bicho ou Curió ficou noivo.

Porque sendo Curió um incurável romântico, noivava frequentemente, vítima de paixões fulminantes. Cada noivado era devidamente comemorado, com alegria ao iniciar-se, com tristeza e filosofia ao encerrar-se, pouco tempo depois.

— Alguém morreu… — disse um chofer.

Cabo Martim estende o ouvido.

— Morreu! Morreu!

Vinham os dois curvados ao peso da notícia. Das Sete Portas à Água de Meninos, passando pela rampa dos saveiros e pela casa de Carmela, haviam dado a triste nova a muita gente. Por que cada um, ao saber do passamento de Quincas, logo destampava uma garrafa? Não era culpa deles, arautos da dor e do luto, se havia tanta gente pelo caminho, se Quincas tinha tantos conhecidos e amigos. Naquele dia começou-se a beber na cidade da Bahia muito antes da hora habitual. Não era para menos, não é todos os dias que morre um Quincas Berro Dágua.

Cabo Martim, esquecido da briga, o baralho suspenso na mão, observava-os cada vez mais curioso. Estavam chorando, já não tinha dúvidas. A voz do Negro Pastinha chegava estrangulada:

— Morreu o pai da gente…

— Jesus Cristo ou o governador? — perguntou um dos molecotes com vocação de piadista. A mão do negro o suspendeu no ar, atirou-o no chão.

[…]

Juntou-se aos outros, após recolher o baralho, faltava ainda encontrar Pé de Vento. Esse não tinha pouso certo, a não ser às quintas e domingos à tarde, quando invariavelmente brincava na roda de capoeira de Valdemar, na estrada da Liberdade. Fora isso, sua profissão levava-o a distantes lugares. Caçava ratos e sapos para vendê-los aos laboratórios de exames médicos e experiências científicas — o que tornava Pé de Vento figura admirada, opinião das mais acatadas. Não era ele um pouco cientista, não conversava com doutores, não sabia palavras difíceis?

Só após muito caminho e vários tragos, deram com ele, embrulhado em seu vasto paletó, como se sentisse frio, resmungando sozinho. Soubera da notícia por outras vias e também ele buscava os amigos. Ao encontrá-los, meteu a mão num dos bolsos. Para retirar um lenço com que enxugar as lágrimas, pensou Curió. Mas das profundezas do bolso, Pé de Vento extraiu uma pequena jia verde, polida esmeralda.

— Tinha guardado para Quincas, nunca encontrei uma tão bonita.

9.

[...]

— Boa tarde, damas e cavalheiros. A gente queria ver ele...

Deu um passo para dentro, os outros o acompanharam. A família afastou-se, eles rodearam o caixão. Curió chegou a pensar num engano, aquele morto não era Quincas Berro Dágua. Só o reconheceu pelo sorriso. Estavam surpreendidos os quatro, nunca poderiam imaginar Quincas tão limpo e elegante, tão bem-vestido. Perderam num instante a segurança, diluiu-se como por encanto a bebedeira. A presença da família — sobretudo das mulheres — deixava-os amedrontados e tímidos, sem saber como agir, onde pousar as mãos, como comportar-se ante o morto.

[...]

Negro Pastinha sentou-se no chão, encostou a cabeça na parede. Pé de Vento cutucava-o com o pé, não ficava bem acomodar-se assim diante da família do morto. Curió queria retirar-se, cabo Martim fitava, repreensivo, o negro. Pastinha empurrou com a mão o pé incômodo do amigo, sua voz soluçou:

— Ele era o pai da gente! Paizinho Quincas...

Foi como um soco no peito de Vanda, uma bofetada em Leonardo, uma cusparada em Eduardo. Só tia Marocas riu, sacudindo as banhas, sentada na cadeira única e disputada.

— Que engraçado!

Negro Pastinha passou do choro ao riso, encantado com Marocas. Mais assustadora ainda que os seus soluços, era a gargalhada do negro. Foi uma trovoada no quarto e Vanda ouvia um outro riso por detrás do riso de Pastinha: Quincas divertia-se uma enormidade.

— Que falta de respeito é essa? — sua voz seca desfez aquele princípio de cordialidade.

Ante a reprimenda, tia Marocas levantou-se, deu uns passos pelo quarto, sempre acompanhada pela simpatia do Negro Pastinha, a examiná-la dos pés à cabeça, achando-a uma mulher a seu gosto, um tanto envelhecida, sem dúvida, porém grande e gorda como ele apreciava. [...]

Educado como era, e querendo colaborar, cabo Martim propôs:

— Se os distintos querem ir descansar, tirar uma pestana, a gente fica tomando conta dele.

Eduardo sabia não estar direito: não podiam deixar o corpo sozinho com aquela gente, sem nenhum membro da família. Mas que gostaria de aceitar a proposta, ah! como gostaria! O dia inteiro no armazém, andando de um lado para outro, atendendo os fregueses, dando ordem aos empregados, arrasava um homem. Eduardo dormia cedo e acordava com a madrugada, horários rígidos. Ao voltar do armazém, após o banho e o jantar, sentava-se numa espreguiça-deira, estirava as pernas, dormia em seguida. Esse seu irmão Quincas só sabia lhe dar aborrecimentos. Há dez anos não fazia outra coisa. Obrigava-o naque-la noite a estar ainda de pé, tendo comido apenas uns sanduíches. Por que não deixá-lo com seus amigos, aquela caterva de vagabundos, a gente com quem privara durante um decênio?... Que faziam ali, naquela pocilga imunda, na-quele ninho de ratos, ele e Marocas, Vanda e Leonardo? Não tinha coragem de externar seus pensamentos: Vanda era malcriada, bem capaz de recordar-lhe as várias ocasiões em que ele, Eduardo, começando a vida, recorrera à bolsa de Quincas. Olhou o cabo Martim com certa benevolência.

Pé de Vento, derrotado em suas tentativas de fazer Negro Pastinha levan-tar-se, sentou-se também. Tinha vontade de colocar a jia na palma da mão e brincar com ela. Nunca tinha visto uma tão bonita. Curió, cuja infância em parte decorrera num asilo de menores dirigido por padres, buscava na embo-tada memória uma oração completa. Sempre ouvira dizer que os mortos ne-cessitam de orações. E de padres... Já teria vindo o sacerdote ou viria apenas no dia seguinte? A pergunta coçava-lhe a garganta, não resistiu:

— O padre já veio?

— Amanhã de manhã… — respondeu Marocas.

Vanda repreendeu-a com os olhos: por que conversava com aquele canalha? Mas, tendo restabelecido o respeito, Vanda sentia-se melhor. Expulsara para um canto do quarto os vagabundos, impusera-lhes silêncio. Afinal não lhe seria possível passar a noite ali. Nem ela nem tia Marocas. Tivera uma vaga esperança, a começo, de que os indecentes amigos de Quincas não demorassem, no velório não havia nem bebida nem comida. Não sabia por que ainda estavam no quarto, não havia de ser por amizade ao morto, essa gente não tem amizade a ninguém. De qualquer maneira, mesmo a incômoda presença de tais amigos não tinha importância. Desde que eles não acompanhassem o enterro, no dia seguinte. Pela manhã, ao voltar para os funerais, ela, Vanda, recuperaria a direção dos acontecimentos, a família estaria outra vez a sós com o cadáver, enterrariam Joaquim Soares da Cunha com modéstia e dignidade. Levantou-se da cadeira, chamou Marocas:

— Vamos. — E para Leonardo: — Não fique até muito tarde, você não pode perder noite. Tio Eduardo já disse que ficaria a noite toda.

Eduardo, apossando-se da cadeira, concordou. Leonardo foi acompanhá-las até o bonde. Cabo Martim arriscou um "Boa noite", madamas , não obteve resposta. Só a luz das velas iluminava o quarto. Negro Pastinha dormia, um ronco medonho.

10.

Às dez horas da noite, Leonardo, levantando-se do caixão de querosene, aproximou-se das velas, viu as horas. Acordou Eduardo a dormir de boca aberta, incômodo, na cadeira:

— Vou embora. Às seis da manhã estarei de volta para você ter tempo de ir em casa mudar a roupa.

Eduardo estirou as pernas, pensou em sua cama. Doía-lhe o pescoço. No canto do quarto, Curió, Pé de Vento e cabo Martim conversavam em voz baixa, numa discussão apaixonante: qual deles substituiria Quincas no coração e no leito de Quitéria do Olho Arregalado? Cabo Martim, revelando um egoísmo revoltante, não aceitava ser riscado da lista de herdeiros pelo fato de possuir o coração e o corpo esbelto da negrinha Carmela. Eduardo, quando o eco dos passos de Leonardo perdeu-se na rua, fitou o grupo. A discussão parou, cabo Martim sorriu para o comerciante. Este olhava, invejoso, Negro Pastinha no melhor dos sonos. Acomodou-se novamente na cadeira, pôs os pés sobre o caixão de querosene. Doía-lhe o pescoço. Pé de Vento não resistiu, retirou a jia do bolso, colocou-a no chão. Ela saltou, era engraçada. Parecia uma assombração solta no quarto. Eduardo não conseguia dormir. Olhou o morto no caixão, imóvel. Era o único a estar comodamente deitado. Por que diabo estava ele ali, fazendo sentinela? Não era suficiente vir ao enterro, não estava pagando parte das despesas? Cumpria seu dever de irmão até bem demais em se tratando de um irmão como Quincas, um incômodo em sua vida.

Levantou-se, movimentou pernas e braços, abriu a boca num bocejo. Pé de Vento escondia na mão a pequena jia verde. Curió pensava em Quitéria do Olho Arregalado. Mulher e tanto... Eduardo parou ante eles:

— Me digam uma coisa...

Cabo Martim, psicólogo por vocação e necessidade, perfilou-se:

— Às suas ordens, meu comandante.

Quem sabe, não iria o comerciante mandar comprar uma bebidinha para ajudar a travessia da noite longa?

— Vocês vão ficar a noite toda?

— Com ele? Sim senhor. A gente era amigo.

— Então vou em casa, descansar um pouco. — Meteu a mão no bolso, retirou uma nota. Os olhos do cabo, de Curió e Pé de Vento acompanhavam seus gestos. — Tá aí para vocês comprarem uns sanduíches. Mas não deixem ele sozinho. Nem um minuto, hein!

— Pode ir descansado, a gente faz companhia a ele.

[...]

Devia-se confessar que, em relação ao cadáver propriamente dito, a família comportara-se bem. Roupa nova, sapatos novos, uma elegância. E velas bonitas, das de igreja. Ainda assim haviam esquecido as flores, onde já se viu cadáver sem flores?

— Está um senhor — gabou Negro Pastinha. — Um defunto porreta!

Quincas sorriu com o elogio, o negro retribuiu-lhe o sorriso:

— Paizinho... — disse comovido e cutucou-lhe as costelas com o dedo, como costumava fazer ao ouvir uma boa piada de Quincas.

Curió e Pé de Vento voltaram com caixões, um pedaço de salame e algumas garrafas cheias. Fizeram um semicírculo em torno ao morto e então Curió propôs rezarem em conjunto o padre-nosso. Conseguira, num surpreendente esforço de memória, recordar-se da oração quase completa. Os demais concordaram, sem convicção. Não lhes parecia fácil. Negro Pastinha conhecia variados toques de Oxum e Oxalá, mais longe não ia sua cultura religiosa. Pé de Vento não rezava há uns trinta anos. Cabo Martim considerava preces e igrejas como fraquezas pouco condizentes com a vida militar. Ainda assim tentaram, Curió puxando a reza, os outros respondendo como melhor podiam. Finalmente Curió (que se havia posto de joelhos e baixara a cabeça contrita) irritou-se:

— Cambada de burros...

— Falta de treino... — disse o cabo. — Mas já foi alguma coisa. O resto o padre faz amanhã.

Quincas parecia indiferente à reza, devia estar com calor, metido naquelas roupas quentes. Negro Pastinha examinou o amigo, precisavam fazer alguma coisa por ele já que a oração não dera certo. Talvez cantar um ponto de candomblé? Alguma coisa deviam fazer. Disse a Pé de Vento:

— Cadê o sapo? Dá pra ele

— Sapo, não. Jia. Agora, pra que lhe serve?

— Talvez ele goste.

Pé de Vento tomou delicadamente a jia, colocou-a nas mãos cruzadas de Quincas. O animal saltou, escondeu-se no fundo do caixão. Quando a luz oscilante das velas batia no seu corpo, fulgurações verdes percorriam o cadáver.

Entre cabo Martim e Curió recomeçou a discussão sobre Quitéria do Olho Arregalado. Com a bebida, Curió ficava mais combativo, elevava a voz em defesa dos seus interesses. Negro Pastinha reclamou:

— Vocês não têm vergonha de disputar a mulher dele na vista dele? Ele ainda quente e vocês que nem urubu em carniça?

— Ele é que pode decidir — disse Pé de Vento. Tinha esperanças de ser escolhido por Quincas para herdar Quitéria, seu único bem. Não lhe trouxera uma jia verde, a mais bela de quantas já caçara?

— Hum! — fez o defunto.

— Tá vendo? Ele não está gostando dessa conversa — zangou-se o negro.

367

— Vamos dar um gole a ele também... — propôs o cabo, desejoso das boas graças do morto.

Abriram-lhe a boca, derramaram a cachaça. Espalhou-se um pouco pela gola do paletó e o peito da camisa.

— Também nunca vi ninguém beber deitado...

— É melhor sentar ele. Assim pode ver a gente direito.

Sentaram Quincas no caixão, a cabeça movia-se para um e outro lado. Com o gole de cachaça ampliara-se seu sorriso.

— Bom paletó... — cabo Martim examinou a fazenda. — Besteira botar roupa nova em defunto. Morreu, acabou, vai pra baixo da terra. Roupa nova pra verme comer, e tanta gente por aí precisando...

Palavras cheias de verdade, pensaram. Deram mais um gole a Quincas, o morto balançou a cabeça, era homem capaz de dar razão a quem a possuía, estava evidentemente de acordo com as considerações de Martim.

— Ele está é estragando a roupa.

— É melhor tirar o paletó pra não esculhambar.

Quincas pareceu aliviado quando lhe retiraram o paletó negro e pesado, quentíssimo. Mas, como continuava a cuspir a cachaça, tiraram-lhe também a camisa. Curió namorava os sapatos lustrosos, os seus estavam em pandarecos. Pra que morto quer sapato novo, não é, Quincas?

— Dão direitinho nos meus pés.

Negro Pastinha recolheu no canto do quarto as velhas roupas do amigo, vestiram-no e reconheceram-no então:

— Agora, sim, é o velho Quincas.

Sentiam-se alegres, Quincas parecia também mais contente, desembaraçado daquelas vestimentas incômodas. Particularmente grato a Curió, pois os sapatos apertavam-lhe os pés. O camelô aproveitou para aproximar sua boca do ouvido de Quincas e sussurrar-lhe algo sobre Quitéria. Pra que o fez? Bem dizia Negro Pastinha que aquela conversa sobre a rapariga irritava Quincas. Ficou violento, cuspiu uma golfada de cachaça no olho de Curió. Os outros estremeceram, amedrontados.

— Ele se danou.

— Eu não disse?

Pé de Vento terminava de vestir as calças novas, cabo Martim ficara com o paletó. A camisa Negro Pastinha trocaria, num botequim conhecido, por uma garrafa de cachaça. Lastimavam a falta de cuecas. Com muito jeito, cabo Martim disse a Quincas:

— Não é para falar mal, mas essa sua família é um tanto quanto econômica. Acho que o genro abafou as cuecas…

— Unhas de fome… — precisou Quincas.

— Já que você mesmo diz, é verdade. A gente não queria ofender eles, afinal são seus parentes. Mas que pão-durismo, que somiticaria… Bebida por conta da gente, onde já se viu sentinela desse jeito?

— Nem uma flor… — concordou Pastinha. — Parentes dessa espécie eu prefiro não ter.

— Os homens, uns bestalhões. As mulheres umas jararacas — definiu Quincas, preciso.

— Olha, paizinho, a gorducha até que vale uns trancos… Tem uma padaria que dá gosto.

— Um saco de peidos.

— Não diga isso, paizinho. Ela tá um pouco amassada mas não é pra tanto desprezo. Já vi coisa pior.

— Negro burro. Nem sabe o que é mulher bonita.

Pé de Vento, sem nenhum senso de oportunidade, falou:

— Bonita é Quitéria, hein, velhinho? O que é que ela vai fazer agora? Eu até…

— Cala a boca, desgraçado! Não vê que ele se zanga?

Quincas, porém, nem ouvia. Atirava a cabeça para o lado do cabo Martim, que pretendera subtrair-lhe, naquela horinha mesmo, um trago na distribuição da bebida. Quase derruba a garrafa com a cabeçada.

— Dá a cachaça do paizinho… — exigia Negro Pastinha.

— Ele estava esperdiçando — explicava o cabo.

— Ele bebe como quiser. É um direito dele.

Cabo Martim enfiava a garrafa pela boca aberta de Quincas:

— Calma, companheiro. Não tava querendo lhe lesar. Tá aí, beba a sua vontade. A festa é mesmo sua…

Tinham abandonado a discussão sobre Quitéria. Pelo jeito, Quincas não admitia nem que se tocasse no assunto.

— Boa pinga! — elogiou Curió.

— Vagabunda! — retificou Quincas, conhecedor.

— Também pelo preço...

A jia saltara para o peito de Quincas. Ele a admirava, não tardou a guardá-la no bolso do velho paletó sebento.

A lua cresceu sobre a cidade e as águas, a lua da Bahia em seu desparrame de prata, entrou pela janela. Veio com ela o vento do mar, apagou as velas, já não se via o caixão. Melodia de violões andava pela ladeira, voz de mulher cantando penas de amor. Cabo Martim começou também a cantar.

— Ele adora ouvir uma cantiga...

Cantavam os quatro, a voz de baixo do Negro Pastinha ia perder-se mais além da ladeira, no rumo dos saveiros. Bebiam e cantavam. Quincas não perdia nem um gole, nem um som, gostava de cantigas.

Quando já estavam fartos de tanto cantar, Curió perguntou:

— Não era hoje de noite a moqueca de mestre Manuel?

— Hoje mesmo. Moqueca de arraia — acentuou Pé de Vento.

— Ninguém faz moqueca igual a Maria Clara — afirmou o cabo.

Quincas estalou a língua. Negro Pastinha riu:

— Tá doidinho pela moqueca.

— E por que a gente não vai? Mestre Manuel é até capaz de ficar ofendido.

Entreolharam-se. Já estavam um pouco atrasados pois ainda tinham de ir buscar as mulheres. Curió expôs suas dúvidas:

— A gente prometeu não deixar ele sozinho.

— Sozinho? Por quê? Ele vai com a gente.

— Tou com fome — disse Negro Pastinha.

Consultaram Quincas:

— Tu quer ir?

— Tou por acaso aleijado, pra ficar aqui?

Um trago para esvaziar a garrafa. Puseram Quincas de pé. Negro Pastinha comentou:

— Tá tão bêbedo que não se aguenta. Com a idade tá perdendo a força pra cachaça. Vambora, paizinho.

Curió e Pé de Vento saíram na frente. Quincas, satisfeito da vida, num passo de dança ia entre Negro Pastinha e cabo Martim de braço dado.

11.

Pelo jeito, aquela ia ser noite memorável, inesquecível. Quincas Berro Dágua estava num dos seus melhores dias. Um entusiasmo incomum apossara-se da turma, sentiam-se donos daquela noite fantástica, quando a lua cheia envolvia o mistério da cidade da Bahia. Na ladeira do Pelourinho, casais escondiam-se nos portais centenários, gatos miavam nos telhados, violões gemiam serenatas. Era uma noite de encantamento, toques de atabaques ressoavam ao longe, o Pelourinho parecia um cenário fantasmagórico.

Quincas Berro Dágua, divertidíssimo, tentava passar rasteiras no cabo e no negro, estendia a língua para os transeuntes, enfiou a cabeça por uma porta para espiar, malicioso, um casal de namorados, pretendia, a cada passo, estirar-se na rua. A pressa abandonara os cinco amigos, era como se o tempo lhes pertencesse por inteiro, como se estivessem mais além do calendário, e aquela noite mágica da Bahia devesse prolongar-se pelo menos por uma semana. Porque, segundo afirmava Negro Pastinha, aniversário de Quincas Berro Dágua não podia ser comemorado no curto prazo de algumas horas. Não negou Quincas fosse seu aniversário, apesar de não recordarem os outros havê-lo comemorado em anos anteriores. Comemoravam, isso sim, os múltiplos noivados de Curió, os aniversários de Maria Clara, de Quitéria e, certa vez, a descoberta científica realizada por um dos fregueses de Pé de Vento. Na alegria da façanha, o cientista soltara na mão do seu "humilde colaborador" uma pelega de quinhentos. Aniversário de Quincas, era a primeira vez que o festejavam, deviam fazê-lo convenientemente. Iam pela ladeira do Pelourinho, em busca da casa de Quitéria.

Estranho: não havia a habitual barulheira dos botequins e casas de mulheres de São Miguel. Tudo naquela noite era diferente. Teria havido uma batida inesperada da polícia, fechando os castelos, clausurando os bares? Teriam os investigadores levado Quitéria, Carmela, Doralice, Ernestina, a gorda Margarida? Não iriam eles cair numa cilada? Cabo Martim assumiu o comando das operações, Curió foi dar uma espiada.

— Vai de batedor — esclareceu o cabo.

Sentaram-se nos degraus da igreja do largo, enquanto esperavam. Havia uma garrafa por acabar. Quincas deitou-se, olhava o céu, sorria sob o luar.

Curió voltou acompanhado por um grupo ruidoso, a dar vivas e hurras.

Reconhecia-se facilmente, à frente do grupo, a figura majestosa de Quitéria do Olho Arregalado, toda de negro, mantilha na cabeça, inconsolável viúva, sustentada por duas mulheres.

— Cadê ele? Cadê ele? — gritava, exaltada.

Curió apressou-se, trepou nos degraus da escadaria, parecia um orador de comício com seu fraque roçado, explicando:

— Tinha corrido a notícia de que Berro Dágua bateu as botas, tava tudo de luto.

Quincas e os amigos riram.

— Ele tá aqui, minha gente, é dia do aniversário dele, tamos festejando, vai ter peixada no saveiro de mestre Manuel.

Quitéria do Olho Arregalado libertou-se dos braços solidários de Doralice e da gorda Margô, tentava precipitar-se em direção a Quincas, agora sentado junto ao Negro Pastinha num degrau da igreja. Mas, devido, sem dúvida, à emoção daquele momento supremo, Quitéria desequilibrou-se e caiu de bunda nas pedras. Logo a levantaram e ajudaram-na a aproximar-se:

— Bandido! Cachorro! Desgraçado! Que é que tu fez pra espalhar que tava morto, dando susto na gente?

Sentava-se ao lado de Quincas sorridente, tomava-lhe a mão, colocando-a sobre o seio pujante para que ele sentisse o palpitar do seu coração aflito:

— Quase morri com a notícia e tu na farra, desgraçado. Quem pode com tu, Berrito, diabo de homem cheio de invenção? Tu não tem jeito, Berrito, tu ia me matando...

O grupo comentava entre risos; nos botequins a barulheira recomeçava, a vida voltara à ladeira de São Miguel. Foram andando para a casa de Quitéria. Ela estava formosa, assim de negro vestida, jamais tanto a haviam desejado.

Enquanto atravessavam a ladeira de São Miguel, a caminho do castelo, iam sendo alvo de manifestações variadas. No Flor de São Miguel, o alemão Hansen lhes ofereceu uma rodada de pinga. Mais adiante, o francês Verger distribuiu amuletos africanos às mulheres. Não podia ficar com eles porque tinha ainda uma obrigação de santo a cumprir naquela noite. As portas dos castelos voltavam a abrir-se, as mulheres surgiam nas janelas e nas calçadas. Por onde passavam, ouviam-se gritos chamando Quincas, vivando-lhe o nome. Ele agradecia com a cabeça, como um rei de volta a seu reino. Em casa de Quitéria, tudo era luto e tristeza. Em seu quarto de dormir, sobre a cômoda,

372

ao lado de uma estampa de Senhor do Bonfim e da figura em barro do caboclo Aroeira, seu guia, resplandecia um retrato de Quincas recortado de um jornal — de uma série de reportagens de Giovanni Guimarães sobre os "subterrâneos da vida baiana" —, entre duas velas acesas, com uma rosa vermelha embaixo. Já Doralice, companheira de casa, abrira uma garrafa e servia em cálices azuis. Quitéria apagou as velas, Quincas reclinou-se na cama, os demais saíram para a sala de jantar. Não tardou e Quitéria estava com eles:

— O desgraçado dormiu…

[…]

Desceram a ladeira, agora iam apressados, Quincas quase corria, tropeçava nas pedras, arrastando Quitéria e Negro Pastinha, com os quais se abraçara. Esperavam chegar ainda a tempo de encontrar o saveiro na rampa.

Pararam, no entanto, no meio do caminho, no bar de Cazuza, um velho amigo. Bar mal frequentado aquele, não havia noite em que não saísse alteração. Uma turma de fumadores de maconha ancorava ali todos os dias. Cazuza, porém, era gentil, fiava uns tragos, por vezes mesmo uma garrafa. E como eles não podiam chegar ao saveiro com as mãos abanando, resolveram passar a conversa em Cazuza, obter uns três litros de cana. Enquanto o cabo Martim, diplomata irresistível, cochichava no balcão com o proprietário estupefato ao ver Quincas Berro Dágua no melhor de sua forma, os demais sentaram-se para uma abrideira de apetite por conta da casa, em homenagem ao aniversariante. O bar estava cheio: uma rapaziada sorumbática, marinheiros alegres, mulheres na última lona, choferes de caminhão de viagem marcada para Feira de Santana naquela noite.

A peleja foi inesperada e bela. Parece realmente verdade ter sido Quincas o responsável. Sentara-se ele com a cabeça reclinada no peito de Quitéria, as pernas estiradas. Segundo consta, um dos rapazolas, ao passar, tropeçou nas pernas de Quincas, quase caiu, reclamou com maus modos. Negro Pastinha não gostou do jeito do fumador de maconha. Naquela noite, Quincas tinha todos os direitos, inclusive o de estirar as pernas como bem quisesse e entendesse. E o disse. Não tendo o rapaz reagido, nada aconteceu então. Minutos depois, porém, um outro, do mesmo grupo de maconheiros, quis também passar. Solicitou a Quincas afastar as pernas. Quincas fez que não ouviu. Empurrou-o então o magricela, violento, dizendo nomes. Deu-lhe Quincas uma cabeçada, a inana começou. Negro Pastinha segurou o rapaz, como era seu costume, e o atirou em cima de outra mesa. Os companheiros da maconha viraram feras, avançaram. Daí em diante, impossível contar. Via-se apenas, em cima de uma cadeira, Quitéria, a formosa, de garrafa em punho, rodando o braço. Cabo Martim assumiu o comando.

Quando a refrega terminou com a total vitória dos amigos de Quincas, a quem se aliaram os choferes, Pé de Vento estava com um olho negro, uma aba do fraque de Curió fora rasgada, prejuízo importante. E Quincas encontrava-se estendido no chão, levara uns socos violentos, batera com a cabeça numa laje do passeio. Os maconheiros tinham fugido. Quitéria debruçava-se sobre Quincas, tentando reanimá-lo. Cazuza considerava filosoficamente o bar de pernas para o ar, mesas viradas, copos quebrados. Estava acostumado, a notícia aumentaria a fama e os fregueses da casa. Ele próprio não desgostava de apreciar uma briga.

Quincas reanimou-se mesmo foi com um bom trago. Continuava a beber daquela maneira esquisita: cuspindo parte da cachaça, num esperdício. Não fosse dia de seu aniversário e cabo Martim chamar-lhe-ia a atenção delicadamente. Dirigiram-se ao cais.

Mestre Manuel já não os esperava àquela hora. Estava no fim da peixada, comida ali mesmo na rampa, não iria sair barra fora quando apenas marítimos rodeavam o caldeirão de barro. No fundo, ele não chegara em nenhum momento a acreditar na notícia da morte de Quincas e, assim, não se surpreendeu ao vê-lo de braço com Quitéria. O velho marinheiro não podia falecer em terra, num leito qualquer.

— Ainda tem arraia pra todo mundo...

Suspenderam as velas do saveiro, puxaram a grande pedra que servia de âncora. A lua fizera do mar um caminho de prata, ao fundo recortava-se na montanha a cidade negra da Bahia. O saveiro foi-se afastando devagar. A voz de Maria Clara elevou-se num canto marinheiro:

No fundo do mar te achei
toda vestida de conchas...

Rodeavam o caldeirão fumegante. Os pratos de barro se enchiam. Arraia mais perfumada, moqueca de dendê e pimenta. A garrafa de cachaça circulava. Cabo Martim não perdia jamais a perspectiva e a clara visão das necessidades prementes. Mesmo comandando a briga, conseguira surrupiar umas garrafas, escondê-las sob os vestidos das mulheres. Apenas Quincas e Quitéria não comiam: na popa do saveiro, deitados, ouviam a canção de Maria Clara, a formosa do Olho Arregalado dizia palavras de amor ao velho marinheiro.

— Por que pregar susto na gente, Berrito desgraçado? Tu bem sabe que tenho o coração fraco, o médico recomendou que eu não me aborrecesse. Cada ideia tu tem, como posso viver sem tu, homem com parte com o tinhoso? Tou acostumada com tu, com as coisas malucas que tu diz, tua velhice sabida, teu jeito tão sem jeito, teu gosto de bondade. Por que tu me fez isso hoje? — e tomava da cabeça ferida na peleja, beijava-lhe os olhos de malícia.

Quincas não respondia: aspirava o ar marítimo, uma de suas mãos tocava a água, abrindo um risco nas ondas. Tudo foi tranquilidade no início da festa: a voz de Maria Clara, a beleza da peixada, a brisa virando vento, a lua no céu, o murmurar de Quitéria. Mas inesperadas nuvens vieram do sul, engoliram a lua cheia. As estrelas começaram a apagar-se e o vento a fazer-se frio e perigoso. Mestre Manuel avisou:

— Vai ser noite de temporal, é melhor voltar.

Pensava ele trazer o saveiro para o cais antes que caísse a tempestade. Era, porém, amável a cachaça, gostosa a conversa, havia ainda muita arraia no caldeirão, boiando no amarelo do azeite de dendê, e a voz de Maria Clara dava uma dolência, um desejo de demorar nas águas. Ao demais, como interromper o idílio de Quincas e Quitéria naquela noite de festa?

Foi assim que o temporal, o vento uivando, as águas encrespadas, os alcançou em viagem. As luzes da Bahia brilhavam na distância, um raio rasgou a escuridão. A chuva começou a cair. Pitando seu cachimbo, mestre Manuel ia ao leme.

Ninguém sabe como Quincas se pôs de pé, encostado à vela menor. Quitéria não tirava os olhos apaixonados da figura do velho marinheiro, sorridente para as ondas a lavar o saveiro, para os raios a iluminar o negrume. Mulheres e homens se seguravam às cordas, agarravam-se às bordas do saveiro, o vento zunia, a pequena embarcação ameaçava soçobrar a cada momento. Silenciara a voz de Maria Clara, ela estava junto do seu homem na barra do leme.

Pedaços de mar lavavam o barco, o vento tentava romper as velas. Só a luz do cachimbo de mestre Manuel persistia, e a figura de Quincas, de pé, cercado pela tempestade, impassível e majestoso, o velho marinheiro. Aproximava-se o saveiro lenta e dificilmente das águas mansas do quebra-mar. Mais um pouco e a festa recomeçaria.

Foi quando cinco raios sucederam-se no céu, a trovoada reboou num barulho de fim do mundo, uma onda sem tamanho levantou o saveiro. Gritos escaparam das mulheres e dos homens, a gorda Margô exclamou:

— Valha-me Nossa Senhora!

No meio do ruído, do mar em fúria, do saveiro em perigo, à luz dos raios, viram Quincas atirar-se e ouviram sua frase derradeira.

Penetrava o saveiro nas águas calmas do quebra-mar, mas Quincas ficara na tempestade, envolto num lençol de ondas e espuma, por sua própria vontade.

12.

Não houve jeito da agência funerária receber o esquife de volta, nem pela metade do preço. Tiveram de pagar, mas Vanda aproveitou as velas que sobraram. O caixão está até hoje no armazém de Eduardo, esperançoso ainda de vendê-lo a um morto de segunda mão. Quanto à frase derradeira há versões variadas. Mas, quem poderia ouvir direito no meio daquele temporal? Segundo um trovador do mercado, passou-se assim:

No meio da confusão
Ouviu-se Quincas dizer:
"Me enterro como entender
Na hora que resolver.
Podem guardar seu caixão
Pra melhor ocasião.
Não vou deixar me prender
Em cova rasa no chão."
E foi impossível saber
O resto de sua oração.

Rio, abril de 1959

Dona Flor e seus dois maridos

TRECHOS DO ROMANCE

Jorge Amado (1912-2001)

10.

Esmerou-se dona Flor e a festinha foi das mais distintas, um sucesso completo a coroar o primeiro aniversário do "feliz conúbio de duas almas gêmeas", como disse, com estilo e acerto, o dr. Sílvio Ferreira, secretário-geral (reeleito) da Sociedade Bahiana de Farmácia, levantando sua taça num brinde aos esposos, "ao nosso prezadíssimo segundo-tesoureiro e à sua digna consorte, dona Flor, exemplo de prendas e virtudes".

Dona Flor anunciara a d. Clemente a restrita presença de "alguns amigos próximos" mas, ao franquear a porta, o padre deparou com a casa cheia, e não apenas de vizinhos. O prestígio do dr. Teodoro e a simpatia de dona Flor haviam trazido àquele festejo íntimo um número considerável de pessoas: dirigentes da classe farmacêutica, colegas da orquestra de amadores, representantes comerciais, alunas e ex-alunas da Escola Sabor e Arte, além de velhos amigos, alguns importantes como dona Magá Paternostro, a ricaça, e o dr. Luís Henrique, o "cabecinha de ouro". Antes mesmo de cumprimentar o casal, d. Clemente abraçou esse "festejado beletrista": sua *História da Bahia* vinha de obter um prêmio do instituto, "cobiçada láurea consagradora de um valor autêntico" (vide Junot Silveira, "Livros & Autores", in A *Tarde*).

Em matéria de cultura, além do discurso do dr. Ferreira, rico em tropos de retórica, houve um pouco de música. Dr. Venceslau Veiga executou duas árias ao violino, entre aplausos. Aplaudida também — e muito — a jovem cantora Marilda Ramosandrade, "a voz meiga dos trópicos", apesar de lhe faltar acompanhamento: apenas Oswaldinho marcando o ritmo ao pandeiro.

Nessa improvisada hora de arte, dr. Teodoro fez um bonito, exibindo-se em número de verdadeira sensação: tocou, ao fagote, todo o hino nacional, arrancando palmas no fim, entusiásticas.

Fora disso, comeram e beberam, rindo e conversando. Na sala de visitas plantaram-se os homens, na outra sala as mulheres, apesar dos protestos de dona Gisa para quem essa separação de sexos era um absurdo "feudal e maometano". Apenas ela e mais duas ou três senhoras se arriscavam a participar da roda masculina onde corria a cerveja e sucediam-se as anedotas, sujeitas à censura de dona Dinorá, ainda alquebrada e dolorida mas impertérrita:

— Essa Maria Antônia é uma debochada... Fica metida no meio dos homens a ouvir patifarias... E ainda arrasta dona Alice e dona Misete... Quanto à gringa, essa é a pior de todas... Vejam como estende o pescoço para ouvir ...

Em compensação vejam dona Neusa Macedo (& Cia.), exemplo de bom comportamento, na roda das mulheres, ponderada e discreta, dando atenção a Ramiro, um mocinho de seus dezessete para dezoito anos, filho dos argentinos da cerâmica. Se não fosse por ela, não teria o adolescente com quem se entreter, pois os outros jovens cercam Marilda e lhe pedem sambas, valsas, tangos e rancheiras, enquanto ele só deseja contar de suas pescarias: "Peguei um vermelho, tinha cinco quilos!".

— Oh! — dizia ela em êxtase. — Cinco quilos? Que colosso! E que mais pescou? — que nome colocar num pescador audaz? "Óleo de Fígado de Bacalhau" iria bem, e os olhos de Neusoca se iluminam.

O argentino, ao chegar com a esposa e o filho, deparou na porta com seu Vivaldo da funerária Paraíso em Flor. Juntos foram felicitar os donos da casa e, de regresso à sala dos homens, o portenho Bernabó, com sua franqueza um tanto incivil, comentou a elegância de dona Flor, cujo vestido matava de inveja todas as mulheres presentes e, de quebra, o nervoso Miltinho, xibungo que fazia as vezes de arrumadeira — aliás excelente — em casa de dona Jacy, emprestado para ajudar na festa ("Dona Flor hoje está abusando, está de cachupeleta").

— Quem faz mulher bonita é dinheiro... — disse seu Hector Bernabó.
— Repare a elegância de dona Flor e como está formosa...

Seu Vivaldo reparou, gostava aliás de reparar nas mulheres e de medir contornos, curvas, reentrâncias.

— Para dizer a verdade, ela sempre foi elegante e graciosa, não tão bonita, é certo. Agora está mais mulher, um pancadão, mas não creio que seja do dinheiro... É da idade, meu caro, ela está na medida exata. Maluco é quem gosta de meninota, nem juntando dez se pode comparar com uma sinhá na força da idade, arrebentando os colchetes...

— Mire os olhos dela... — disse o argentino, pelo visto ele também um apreciador.

Olhos de quebranto, perdidos na distância, como se entregues a voluptuosos pensamentos. Seu Vivaldo quisera saber que pensamentos assim ternos inspirava o farmacêutico, a ponto de tornar tão cismarenta dona Flor. Ela ia de uma sala a outra, atendendo seus convivas, gentil e prazenteira, perfeita dona de casa. Realizava no entanto tudo aquilo maquinalmente.

Seu Vivaldo pôs a mão no braço do argentino: não é dinheiro que faz mulher bonita, seu Bernabó, é o trato, é o descanso do espírito, a felicidade. Aqueles olhos de quebranto e as ancas de requebro se deviam à alegre paz de sua vida.

Curiosa a expressão de seu olhar ... Quando a vira antes com aquele mesmo olhar perdido, como se olhasse para seu próprio coração? Seu Vivaldo busca na memória e a reconhece: era aquele mesmo olhar do velório do finado. Com idêntica expressão, distante, recebia então os pêsames como hoje os parabéns, os olhos fitando mais além do tempo, como se não existissem em seu redor nem lágrimas de luto nem risos de festejo, apenas solidão. Sua beleza, deu-se conta seu Vivaldo, vinha também de dentro dela, numa dimensão que lhe escapava.

Na sala onde as mulheres se reuniam, o tema da atual vida feliz de dona Flor mais uma vez se impôs. Várias senhoras presentes, as da orquestra e as da farmacopeia, pouco sabiam daquele desastroso primeiro casamento e do marido vil.

As vizinhas e as xeretas outra coisa não desejavam senão contar e comparar: contaram e compararam a locé de parler. Para elas não havia diversão melhor: nem as anedotas picantes que faziam os homens (e as sem-vergonha como Maria Antônia) rir às gargalhadas na outra sala, nem ficar em torno a Marilda a pedir-lhe velhos sambas, velhas valsas, em hora da saudade, como dona Norma, dona Maria do Carmo, dona Amélia, e os rapazolas (todos eles por Marilda apaixonados), nada se podia comparar com o prazer do falatório. O primeiro casamento, fiquem sabendo, caríssimas amigas, fora o inferno em vida.

Essa felicidade do segundo matrimônio faz-se ainda maior e mais preciosa, tem mais valor, por comparação e por contraste com o erro do primeiro, uma provação, um desastre, uma desgraça! Quanto sofrera a pobre mártir nas mãos do monstro recoberto de vícios e ruindades, um satanás: chegara até a lhe bater.

— Meu Deus! — dona Sebastiana, aflita, punha a mão no peito vasto.

Como sofrera! Tanto quanto pode sofrer uma dedicada esposa, em humilhação na rua da amargura, trabalhando para sustentar a casa e ainda a jogatina do devasso, sendo o jogo, como é público e notório, o pior dos vícios e o mais caro. Se agora era feliz, bem desgraçada fora!

Da copa, dona Flor escuta essas memórias de sua vida, os olhos na distante bruma. Com dona Gisa no círculo de anedotas, com dona Norma na roda das serestas, ninguém abriu a boca para defendê-lo, ao falecido.

Por volta da meia-noite, despediam-se os últimos convidados. Dona Sebastiana, ainda na emoção da narrativa daquele martirológio a durar sete anos — como suportara, coitadinha? — tocou a face de dona Flor num desvelo e lhe disse:

— Ainda bem que agora mudou tudo e você tem o que merece…

Marilda, ofuscando com sua luz de estrela os jovens estudantes, partiu a cantarolar um tango-canção de serenata, aquele: "Noite alta, céu risonho, a quietude é quase um sonho…", o de dona Flor, enterrado no carrego do defunto.

Dr. Teodoro, um sorriso de satisfação, foi levar à porta os convivas derradeiros, um grupo ruidoso, envolvido em discussão interminável sobre os efeitos da música no tratamento de certas enfermidades. Discordavam dr. Venceslau

Veiga e dr. Sílvio Ferreira. Para não perder o finzinho do debate, o dono da casa acompanhou os amigos até o bonde. Já não se ouvia o canto de Marilda.

Sozinha, dona Flor deu as costas a tudo aquilo; os doces, as garrafas de bebida, a desarrumação das salas, os ecos das conversas na calçada, o fagote a um canto, mudo e grave. Andou para o quarto de dormir, abriu a porta e acendeu a luz.

— Você? — disse numa voz cálida mas sem surpresa, como se o estivesse esperando.

No leito de ferro, nu como dona Flor o vira na tarde daquele domingo de Carnaval quando os homens do necrotério trouxeram o corpo e o entregaram, estava Vadinho deitado, a la godaça, e sorrindo lhe acenou com a mão. Sorriu-lhe em resposta dona Flor, quem pode resistir à graça do perdido, àquela face de inocência e de cinismo, aos olhos de frete? Nem uma santa de igreja, quanto mais ela, dona Flor, simples criatura.

— Meu bem... — aquela voz querida, de preguiça e lenta.

— Por que veio logo hoje? — perguntou dona Flor.

— Porque você me chamou. E hoje me chamou tanto e tanto que eu vim... — como se dissesse ter sido o seu apelo tão insistente e intenso a ponto de fundir os limites do possível e do impossível. — Pois aqui estou, meu bem, cheguei indagorinha... — e, semilevantando-se, lhe tomou da mão.

Puxando-a para si, ele a beijou. Na face, porque ela fugiu com a boca:

— Na boca, não. Não pode, seu maluco.

— E por que não?

Sentara-se dona Flor na borda do leito, Vadinho novamente se estendeu a la vontê, abrindo um pouco as pernas e exibindo tudo, aquelas proibidas (e formosas) indecências. Dona Flor se enternecia com cada detalhe desse corpo: durante quase três anos ela não o vira e ele permanecera igual como se não tivesse havido o tempo.

— Tu está o mesmo, não mudou nem um tiquinho. Eu, engordei.

— Tu está tão bonita, tu nem sabe... Tu parece uma cebola, carnuda e sumarenta, boa de morder... Quem tem razão é o salafra do Vivaldo... Bota cada olho em teu pandeiro, aquele fístula...

— Tira a mão daí, Vadinho, e deixa de mentira... Seu Vivaldo nunca me olhou, sempre foi respeitador... Vai, tira a mão...

— Por quê, meu bem...? Tira a mão, por quê?

381

— Você se esquece, Vadinho, que sou mulher casada e que sou séria? Só quem pode botar a mão em mim é meu marido...

Vadinho pinicou o olho num deboche:

— E eu o que é que sou, meu bem? Sou teu marido, já se esqueceu? E sou o primeiro, tenho prioridade...

Aquele era um problema novo, nele não pensara dona Flor e não soube contestar:

— Tu inventa cada coisa... Não deixa margem pra gente discutir...

Na rua, de volta, ressoaram os passos firmes do dr. Teodoro.

— Lá vem ele, Vadinho, vai-te embora... Fiquei contente, muito contente, nem sabes, de te ver... Foi bom demais.

Vadinho bem do seu, a la godaça.

— Vai embora, doido, ele já está entrando em casa, vai fechar a porta.

— Por que hei de ir, me diga?

— Ele chega e vai te ver aqui, que é que eu vou dizer?

— Tola... Ele não me vê, só quem me vê és tu, minha flor de perdição...

— Mas ele vai deitar na cama...

Vadinho fez um gesto de lástima impotente:

— Não posso impedir, mas, apertando um pouco cabe nós três...

Dessa vez ela se zangou deveras:

— Que é que tu pensa de mim ou tu não me conhece mais? Por que me trata como se eu fosse mulher-dama, meretriz? Como se atreve? Não me respeita? Tu bem sabe que sou mulher honesta...

— Não se zangue, meu bem... Mas, foi você quem me chamou...

— Só queria te ver e conversar contigo...

— Mas se a gente nem conversou ainda...

— Tu volta amanhã e aí nós conversamos...

— Não posso estar indo e voltando... Ou tu pensa que é uma viaginha de brinquedo, como ir daqui a Santo Amaro ou a Feira de Santana? Pensa que é só dizer "Eu vou ali, já volto"? Meu bem, já que vim, eu me instalo de uma vez...

— Mas não aqui no quarto, aqui na cama, pelo amor de Deus. Veja, Vadinho, mesmo ele não te vendo, eu fico morta de sem jeito. Não tenho cara para isso — e fez sua voz de choro, jamais ele tolerou vê-la chorar.

— Está bem, vou dormir na sala, amanhã a gente resolve isso. Mas, antes, quero um beijo.

Ouviam o doutor no banheiro a se lavar, o ruído da água. Ela lhe estendeu a face, pundonorosa.

— Não, meu bem... Na boca, se quiser que eu saia...

O doutor não tarda: que fazer senão sujeitar-se à exigência do tirano, entregar-lhe os lábios?

— Ai, Vadinho, ai... — e mais não disse, lábios, língua e lágrimas (de pejo ou de alegria?) mastigados na boca voraz e sábia. Ah!, esse sim, um beijo!

Ele saiu com sua nudez inteira, tão belo e másculo! Doirada penugem a lhe cobrir braços e pernas, mata de pelos loiros no peito, a cicatriz da navalhada no ombro esquerdo, o insolente bigode e o olhar de frete. Saiu deixando o beijo a lhe queimar a boca (e as entranhas).

Transpondo a porta, dr. Teodoro lhe fez os devidos elogios:

— Festa de primeira, minha querida. Tudo em ordem nada faltou, tudo perfeito. Assim é que eu gosto, sem um deslize... — e foi mudar a roupa atrás da cabeceira do leito de ferro, enquanto ela vestia a camisola.

— Felizmente tudo correu bem, Teodoro.

Para comemorar o aniversário, escolhera aquela camisola de rendas e babados da noite de núpcias em Paripe, obra de dona Enaide, e desde então guardada. Viu-se ao espelho, bonita e desejável. Teve vontade que Vadinho a visse, mesmo de relance.

— Vou lá dentro beber água, volto num minuto, Teodoro.

Era capaz do outro ter adormecido, na fadiga da longa travessia. Para não acordá-lo, foi pelo corredor na ponta dos pés. Queria apenas vê-lo por um instante, tocar-lhe a face se dormido, mostrar-lhe (de longe) a transparente camisola, se desperto.

Chegou apenas a tempo de enxergá-lo, partindo através da porta, nu e com pressa. Ficou parada e gélida, uma dor no coração; ofendido, ei-lo de retorno, e ela para sempre só. Não mais seu rosto fino onde pousar os lábios, não mais se exibiria de camisola em sua frente (para que ele estendesse a mão e a arrancasse rindo), nunca mais. Ofendido, ele partira.

Antes assim, talvez. Com certeza, antes assim. Era mulher direita, como olhar para outro homem, mesmo aquele, tendo seu marido na cama a esperá-la, de pijama novo (presente de aniversário de casório)? Antes assim; Vadinho indo embora e para sempre. Já o vira, já o beijara, não desejava mais. Antes assim, repetia, antes assim.

Desprendeu-se dali, andou para o quarto. Por que tão logo de retorno? Por que de volta assim tão de repente, se, para vir, atravessara o espaço e o tempo? Quem sabe, ele não se foi de vez?

Quem sabe, saíra de passeio, para lançar uma olhadela na noite da Bahia, ver como andava o jogo, como o tinham cultivado em sua ausência — saíra apenas em inspeção, em ronda, do Pálace ao carteado de Três Duques, do Abaixadinho à casa de Zezé da Meningite, do Tabaris ao antro de Paranaguá Ventura.

Quintanares

SELEÇÃO

Mário Quintana (1906-94)

"O passado não reconhece seu lugar: está sempre presente". Poeta lírico desde a estreia com A rua dos Cata-ventos, *mas também de humor, cheio de achados e frases, digamos, lapidares, este gaúcho de Alegrete morou toda a vida adulta em Porto Alegre. Foi também jornalista e tradutor.*

Eu faço versos como os saltimbancos
Desconjuntam os ossos doloridos.
A entrada é livre para os conhecidos...
Sentai, Amadas, nos primeiros bancos!
[...]

A mentira é uma verdade que se esqueceu de acontecer.
[...]
O segredo é não correr atrás das borboletas... É cuidar do jardim para que elas venham até você.
[...]
O passado não reconhece o seu lugar: está sempre presente.

[...]

O pior dos problemas da gente é que ninguém tem nada com isso.

[...]

— Eu queria propor-lhe uma troca de ideias...

— Deus me livre!

[...]

Não importa saber se a gente acredita em Deus: o importante é saber se Deus acredita na gente...

[...]

Custa o rico a entrar no Céu,
(Afirma o povo e não erra.)
Porém muito mais difícil
É um pobre ficar na Terra.

[...]

Dizes que a beleza não é nada? Imagina um hipopótamo com alma de anjo... Sim, ele poderá convencer os outros de sua angelitude — mas que trabalheira!

[...]

Não me ajeito com os padres, os críticos e os canudinhos de refresco: não há nada que substitua o sabor da comunicação direta.

[...]

Mas o que quer dizer este poema? — perguntou-me alarmada a boa senhora. E o que quer dizer uma nuvem? — respondi triunfante. Uma nuvem — disse ela — umas vezes quer dizer chuva, outras vezes bom tempo...

[...]

Vale a pena viver — nem que seja para dizer que não vale a pena...

[...]

Só se deve beber por gosto: beber por desgosto é uma cretinice.

[...]

Qualquer ideia que te agrade,
Por isso mesmo... é tua.
O autor nada mais fez que vestir a verdade

Que dentro em ti se achava inteiramente nua...
[...]

Não tem por que interpretar um poema. O poema já é uma interpretação.
[...]
Quando guri, eu tinha de me calar, à mesa: só as pessoas grandes falavam. Agora, depois de adulto, tenho de ficar calado para as crianças falarem.
[...]
Sonhar é acordar-se para dentro.
[...]
Os psiquiatras são incuráveis?
[...]
No mundo não há nada mais importante do que os políticos das cidades pequenas.
[...]
Não deves acreditar nas respostas. As respostas são muitas e a tua pergunta é única e insubstituível.
[...]
A verdadeira couve-flor é a hortênsia.
[...]
A gente pensa uma coisa, acaba escrevendo outra, e o leitor entende uma terceira coisa... e, enquanto se passa tudo isso, a coisa propriamente dita começa a desconfiar que não foi propriamente dita.
[...]
Adeus, ó gentes da comunicação em quadrinhos! Adeus... eu voltarei ao mundo quando vocês tiverem redescoberto a escrita.

Aula de inglês

CRÔNICA

Rubem Braga (1913-90)

"Is this a book?" Quem nunca leu uma crônica de Rubem Braga "nem sequer sonhou" (parodiando uma música popular). É quase uma unanimidade: Rubem foi, e ainda é, o melhor cronista brasileiro. Ele ensinou a várias gerações a simplicidade e a beleza da língua portuguesa, e suas possibilidades criativas, de acordo com seu temperamento retraído: "A minha vida sempre foi orientada pelo fato de eu não pretender ser conde", escreveu ele na crônica "O conde e o passarinho". "Aula de inglês" é uma de suas crônicas mais famosas.

— *Is this an elephant?*

Minha tendência imediata foi responder que não; mas a gente não deve se deixar levar pelo primeiro impulso. Um rápido olhar que lancei à professora bastou para ver que ela falava com seriedade, e tinha o ar de quem propõe um grave problema. Em vista disso, examinei com a maior atenção o objeto que ela me apresentava.

Não tinha nenhuma tromba visível, de onde uma pessoa leviana poderia concluir às pressas que não se tratava de um elefante. Mas se tirarmos a tromba a um elefante, nem por isso deixa ele de ser um elefante; e mesmo que morra em consequência da brutal operação, continua a ser um elefante; continua, pois um elefante morto é, em princípio, tão elefante como qualquer outro. Refletindo nisso, lembrei-me de averiguar se aquilo tinha quatro patas, quatro grossas patas, como costumam ter os elefantes. Não tinha. Tampouco consegui descobrir o pequeno rabo que caracteriza o grande animal e que, às vezes, como já notei em um circo, ele costuma abanar com uma graça infantil.

Terminadas as minhas observações, voltei-me para a professora e disse convictamente:

— *No, it's not!*

Ela soltou um pequeno suspiro, satisfeita: a demora de minha resposta a havia deixado apreensiva. Imediatamente me perguntou:

— *Is it a book?*

Sorri da pergunta: tenho vivido uma parte de minha vida no meio de livros, conheço livros, lido com livros, sou capaz de distinguir um livro à primeira vista no meio de quaisquer outros objetos, sejam eles garrafas, tijolos ou cerejas maduras — sejam quais forem. Aquilo não era um livro, e mesmo supondo que houvesse livros encadernados em louça, aquilo não seria um deles: não parecia de modo algum um livro. Minha resposta demorou no máximo dois segundos:

— *No, it's not!*

Tive o prazer de vê-la novamente satisfeita — mas só por alguns segundos. Aquela mulher era um desses espíritos insaciáveis que estão sempre a se propor questões, e se debruçam com uma curiosidade aflita sobre a natureza das coisas.

— *Is it a handkerchief?*

Fiquei muito perturbado com essa pergunta. Para dizer a verdade, não sabia o que poderia ser um *handkerchief*! Talvez fosse hipoteca... Não, hipoteca não. Por que haveria de ser hipoteca? *Handkerchief*! Era uma palavra sem a menor sombra de dúvida antipática; talvez fosse chefe de serviço ou relógio de pulso ou ainda, e muito provavelmente, enxaqueca. Fosse como fosse, respondi impávido:

— *No, it's not!*

Minhas palavras soaram alto, com certa violência, pois me repugnava admitir que aquilo ou qualquer outra coisa nos meus arredores pudesse ser um *handkerchief.*

Ela então voltou a fazer uma pergunta. Desta vez, porém, a pergunta foi precedida de um certo olhar em que havia uma luz de malícia, uma espécie de insinuação, um longínquo toque de desafio. Sua voz era mais lenta que das outras vezes; não sou completamente ignorante em psicologia feminina, e antes dela abrir a boca eu já tinha a certeza de que se tratava de uma pergunta decisiva.

— *Is this an ashtray?*

Uma grande alegria me inundou a alma. Em primeiro lugar porque eu sei o que é um *ashtray.* Um *ashtray* é um cinzeiro. Em segundo lugar porque, fitando o objeto que ela me apresentava, notei uma extraordinária semelhança entre ele e um *ashtray.* Sim. Era um objeto de louça de forma oval, com cerca de treze centímetros de comprimento.

As bordas eram da altura aproximada de um centímetro, e nelas havia reentrâncias curvas — duas ou três — na parte superior. Na depressão central, uma espécie de bacia delimitada por essas bordas, havia um pequeno pedaço de cigarro fumado (uma bagana) e, aqui e ali, cinzas esparsas, além de um palito de fósforo já riscado. Respondi:

— *Yes!*

O que sucedeu então foi indescritível. A boa senhora teve o rosto completamente iluminado por uma onda de alegria; os olhos brilhavam — vitória! vitória! — e um largo sorriso desabrochou rapidamente nos lábios havia pouco franzidos pela meditação triste e inquieta. Ergueu-se um pouco da cadeira e não se pôde impedir de estender o braço e me bater no ombro, ao mesmo tempo que exclamava, muito excitada:

— *Very well! Very well!*

Sou um homem de natural tímido, e ainda mais no lidar com mulheres. A efusão com que ela festejava minha vitória me perturbou; tive um susto, senti vergonha e muito orgulho.

Retirei-me imensamente satisfeito daquela primeira aula; andei na rua com passo firme e ao ver, na vitrine de uma loja, alguns belos cachimbos ingleses, tive mesmo a tentação de comprar um. Certamente teria entabulado uma longa conversação com o embaixador britânico, se o encontrasse naquele momento. Eu tiraria o cachimbo da boca e lhe diria:

— *It's not an ashtray!*

E ele na certa ficaria muito satisfeito por ver que eu sabia falar inglês, pois deve ser sempre agradável a um embaixador ver que sua língua natal começa a ser versada pelas pessoas de boa-fé do país junto a cujo governo é acreditado.

Bárbara

CONTO

Murilo Rubião (1916-91)

E o conto mineiro? Uma tradição que vem de Bernardo Guimarães, passa por João Alphonsus, Guimarães Rosa, Aníbal Machado e outros tantos fica muito bem representada aqui por um dos maiores autores do gênero do Brasil. Murilo Rubião, tido como pioneiro do realismo mágico, também soube fazer humor, machadiano que sempre foi.

> *O homem que se extraviar do caminho da doutrina terá por morada a assembleia dos gigantes.*
>
> (Provérbios 21,16)

Bárbara gostava somente de pedir. Pedia e engordava.

Por mais absurdo que pareça, encontrava-me sempre disposto a lhe satisfazer os caprichos. Em troca de tão constante dedicação, dela recebi frouxa ternura e pedidos que se renovavam continuamente. Não os retive todos na memória, preocupado em acompanhar o crescimento do seu corpo, se avolumando à medida que se ampliava sua ambição. Se ao menos ela desviasse para mim parte do carinho dispensado às coisas que eu lhe dava, ou não engordasse tanto, pouco me teriam importado os sacrifícios que fiz para lhe contentar a mórbida mania.

Quase da mesma idade, fomos companheiros inseparáveis na meninice, namorados, noivos e, um dia, nos casamos. Ou melhor, agora posso confessar que não passamos de simples companheiros.

Enquanto me perdurou a natural inconsequência da infância, não sofri com as suas esquisitices. Bárbara era menina franzina e não fazia mal que adquirisse formas mais amplas. Assim pensando, muito tombo levei subindo em árvores, onde os olhos ávidos da minha companheira descobriam frutas sem sabor ou ninhos de passarinho. Apanhei também algumas surras de meninos aos quais era obrigado a agredir unicamente para realizar um desejo de Bárbara. E se retornava com o rosto ferido, maior se lhe tornava o contentamento. Segurava-me a cabeça entre as mãos e sentia-se feliz em acariciar-me a face intumescida, como se as equimoses fossem um presente que eu lhe tivesse dado.

Às vezes relutava em aquiescer às suas exigências, vendo-a engordar incessantemente. Entretanto, não durava muito a minha indecisão. Vencia-me a insistência do seu olhar, que transformava os mais insignificantes pedidos numa ordem formal. (Que ternura lhe vinha aos olhos, que ar convincente o dela ao me fazer tão extravagantes solicitações!)

Houve tempo — sim, houve — em que me fiz duro e ameacei abandoná--la ao primeiro pedido que recebesse.

Até certo ponto, minha advertência produziu o efeito desejado. Bárbara se refugiou num mutismo agressivo e se recusava a comer ou conversar comigo. Fugia à minha presença, escondendo-se no quintal, e contaminava o ambiente com uma tristeza que me angustiava. Definhava-lhe o corpo, enquanto lhe crescia assustadoramente o ventre. Desconfiado de que a ausência de pedidos em minha mulher poderia favorecer o aparecimento de uma nova espécie de fenômeno, apavorei-me. O médico me tranquilizou. Aquela barriga imensa prenunciava apenas um filho.

Ingênuas esperanças fizeram-me acreditar que o nascimento da criança eliminasse de vez as estranhas manias de Bárbara. E suspeitando que a sua magreza e palidez fossem prenúncio de grave moléstia, tive medo de que, adoecendo, lhe morresse o filho no ventre. Antes que tal acontecesse, lhe implorei que pedisse algo.

Pediu o oceano.

Não fiz nenhuma objeção e embarquei no mesmo dia, iniciando longa viagem ao litoral. Mas, frente ao mar, atemorizei-me com o seu tamanho. Tive receio de que a minha esposa viesse a engordar em proporção ao pedido, e lhe trouxe somente uma pequena garrafa contendo água do oceano.

No regresso, quis desculpar meu procedimento, porém ela não me prestou atenção. Sofregamente, tomou-me o vidro das mãos e ficou a olhar, maravilhada, o líquido que ele continha. Não mais o largou. Dormia com a garrafinha entre os braços e, quando acordada, colocava-a contra a luz, provava um pouco da água. Entrementes, engordava.

Momentaneamente despreocupei-me da exagerada gordura de Bárbara. As minhas apreensões voltavam-se agora para o seu ventre a dilatar-se de forma assustadora. A tal extremo se dilatou que, apesar da compacta massa de banha que lhe cobria o corpo, ela ficava escondida por trás de colossal barriga. Receoso de que dali saísse um gigante, imaginava como seria terrível viver ao lado de uma mulher gordíssima e um filho monstruoso, que poderia ainda herdar da mãe a obsessão de pedir as coisas.

Para meu desapontamento, nasceu um ser raquítico e feio, pesando um quilo.

Desde os primeiros instantes, Bárbara o repeliu. Não por ser miúdo e disforme, mas apenas por não o ter encomendado.

A insensibilidade da mãe, indiferente ao pranto e à fome do menino, obrigou-me a criá-lo no colo. Enquanto ele chorava por alimento, ela se negava a entregar-lhe os seios volumosos, e cheios de leite.

Quando Bárbara se cansou da água do mar, pediu-me um baobá, plantado no terreno ao lado do nosso. De madrugada, após certificar-me de que o garoto dormia tranquilamente, pulei o muro divisório com o quintal do vizinho e arranquei um galho da árvore.

Ao regressar a casa, não esperei que amanhecesse para entregar o presente à minha mulher. Acordei-a, chamando baixinho pelo seu nome. Abriu os olhos, sorridente, adivinhando o motivo por que fora acordada:

— Onde está?

— Aqui. — E lhe exibi a mão, que trazia oculta nas costas.

— Idiota! — gritou, cuspindo no meu rosto. — Não lhe pedi um galho. — E virou para o canto, sem me dar tempo de explicar que o baobá era demasiado frondoso, medindo cerca de dez metros de altura.

Dias depois, como o dono do imóvel recusasse vender a árvore separadamente, tive que adquirir toda a propriedade por preço exorbitante.

Fechado o negócio, contratei o serviço de alguns homens que, munidos de picaretas e de um guindaste, arrancaram o baobá do solo e o estenderam no chão.

Feliz e saltitante, lembrando uma colegial, Bárbara passava as horas passeando sobre o grosso tronco. Nele também desenhava figuras, escrevia nomes. Encontrei o meu debaixo de um coração, o que muito me comoveu. Esse foi, no entanto, o único gesto de carinho que dela recebi. Alheia à gratidão com que eu recebera a sua lembrança, assistiu ao murchar das folhas e, ao ver seco o baobá, desinteressou-se dele.

Estava terrivelmente gorda. Tentei afastá-la da obsessão, levando-a ao cinema, aos campos de futebol. (O menino tinha que ser carregado nos braços, pois anos após o seu nascimento continuava do mesmo tamanho, sem crescer uma polegada.) A primeira ideia que lhe ocorria, nessas ocasiões, era pedir a máquina de projeção ou a bola, com a qual se entretinham os jogadores. Fazia-me interromper, sob o protesto dos assistentes, a sessão ou a partida, a fim de lhe satisfazer a vontade.

Muito tarde verifiquei a inutilidade dos meus esforços para modificar o comportamento de Bárbara. Jamais compreenderia o meu amor e engordaria sempre.

Deixei que agisse como bem entendesse e aguardei resignadamente novos pedidos. Seriam os últimos. Já gastara uma fortuna com as suas excentricidades.

Afetuosamente, chegou-se para mim, uma tarde, e me alisou os cabelos. Apanhado de surpresa, não atinei de imediato com o motivo do seu procedimento. Ela mesma se encarregou de mostrar a razão:

— Seria tão feliz se possuísse um navio!

— Mas ficaremos pobres, querida. Não teremos com que comprar alimentos e o garoto morrerá de fome.

— Não importa o garoto, teremos um navio, que é a coisa mais bonita do mundo.

Irritado, não pude achar graça nas suas palavras. Como poderia saber da beleza de um barco, se nunca tinha visto um e se conhecia o mar somente através de uma garrafa?!

Contive a raiva e novamente embarquei para o litoral. Dentre os transatlânticos ancorados no porto, escolhi o maior. Mandei que o desmontassem e o fiz transportar à nossa cidade.

Voltava desolado. No último carro de uma das numerosas composições que conduziam partes do navio, meu filho olhava-me inquieto, procurando compreender a razão de tantos e inúteis apitos de trem.

Bárbara, avisada por telegrama, esperava-nos na gare da estação. Recebeu-nos alegremente e até dirigiu um gracejo ao pequeno.

Numa área extensa, formada por vários lotes, Bárbara acompanhou os menores detalhes da montagem da nave. Eu permanecia sentado no chão, aborrecido e triste. Ora olhava o menino, que talvez nunca chegasse a caminhar com as suas perninhas, ora o corpo de minha mulher que, de tão gordo, vários homens, dando as mãos, uns aos outros, não conseguiriam abraçar.

Montado o barco, ela se transferiu para lá e não mais desceu a terra. Passava os dias e as noites no convés, inteiramente abstraída de tudo que não se relacionasse com a nau.

O dinheiro escasso, desde a compra do navio, logo se esgotou. Veio a fome, o guri esperneava, rolava na relva, enchia a boca de terra. Já não me tocava tanto o choro de meu filho. Trazia os olhos dirigidos para minha esposa, esperando que emagrecesse à falta de alimentação.

Não emagreceu. Pelo contrário, adquiriu mais algumas dezenas de quilos. A sua excessiva obesidade não lhe permitia entrar nos beliches e os seus passeios se limitavam ao tombadilho, onde se locomovia com dificuldade.

Eu ficava junto ao menino e, se conseguia burlar a vigilância de minha mulher, roubava pedaços de madeira ou ferro do transatlântico e trocava-os por alimento.

Vi Bárbara, uma noite, olhando fixamente o céu. Quando descobri que dirigia os olhos para a lua, larguei o garoto no chão e subi depressa até o lugar em que ela se encontrava. Procurei, com os melhores argumentos, desviar-lhe a atenção. Em seguida, percebendo a inutilidade das minhas palavras, tentei puxá-la pelos braços. Também não adiantou. O seu corpo era pesado demais para que eu conseguisse arrastá-lo.

Desorientado, sem saber como proceder, encostei-me à amurada. Não lhe vira antes tão grave o rosto, tão fixo o olhar. Aquele seria o derradeiro pedido. Esperei que o fizesse. Ninguém mais a conteria.

Mas, ao cabo de alguns minutos, respirei aliviado. Não pediu a lua, porém uma minúscula estrela, quase invisível a seu lado. Fui buscá-la.

Porque Lulu Bergantim não atravessou o Rubicon

CONTO

José Cândido de Carvalho (1914-89)

Filho de portugueses, fluminense de Campos dos Goytacazes, jornalista e romancista, de Olha para o céu, Frederico! *(1939) e* O coronel e o lobisomem *(1964), José Cândido de Carvalho publicou contos (todos curtos e de humor) na imprensa do Rio de Janeiro, reunidos em dois volumes:* Porque Lulu Bergantim não atravessou o Rubicon *(1971) e* Um ninho de mafagafos cheio de mafagafinhos *(1972).*

Lulu Bergantim veio de longe, fez dois discursos, explicou por que não atravessou o Rubicon, coisa que ninguém entendeu, expediu dois socos na Tomada da Bastilha, o que também ninguém entendeu, entrou na política e foi eleito na ponta dos votos de Curralzinho Novo. No dia da posse, depois dos dobrados da Banda Carlos Gomes e dos versos atirados no rosto de Lulu Bergantim pela professora Andrelina Tupinambá, o novo prefeito de Curralzinho sacou do paletó na vista de todo mundo, arregaçou as mangas e disse:

— Já falaram, já comeram biscoitinhos de araruta e licor de jenipapo. Agora é trabalhar!

E sem mais aquela, atravessou a sala da posse, ganhou a porta e caiu de enxada nos matos que infestavam a rua do Cais. O povo, de boca aberta, não lembrava em cem anos de ter acontecido um prefeito desse porte. Cajuca Viana, presidente da Câmara de Vereadores, para não ficar por baixo, pegou também no instrumento e foi concorrer com Lulu Bergantim nos trabalhos de limpeza. Com pouco mais, toda a cidade de Curralzinho estava no pau da enxada. Era um enxadar de possessos! Até a professora Andrelina Tupinambá, de óculos, entrou no serviço de faxina. E assim, de limpeza em limpeza, as ruas de Curralzinho ficaram novinhas em folha, saltando na ponta das pedras. E uma tarde, de brocha na mão, Lulu caiu em trabalho de caiação. Era assobiando "O teu-cabelo-não-nega, mulata, porque-és-mulata-na-cor" que o ilustre sujeito público comandava as brochas de sua jurisdição. Lambuzada de cal, Curralzinho pulava nos sapatos, branquinha mais que asa de anjo. E de melhoria em melhoria, a cidade foi andando na frente dos safanões de Lulu Bergantim. Às vezes, na sacada do casarão da prefeitura, Lulu ameaçava:

— Ou vai ou racha!

E uma noite, trepado no coreto da praça das Acácias, gritou:

— Agora a gente vai fazer serviço de tatu!

O povo todo, uma picareta só, começou a esburacar ruas e becos de modo a deixar passar encanamento de água. Em um quarto de ano Curralzinho já gozava, como dizia cheio de vírgulas e crases o Sentinela Municipal, do "salutar benefício do chamado precioso líquido". Por força de uma proposta de Cazuza Militão, dentista prático e grão-mestre da Loja Maçônica José Bonifácio, fizeram correr o pires da subscrição de modo a montar Lulu Bergantim em forma de estátua, na praça das Acácias. E andava o bronze no meio do trabalho de fundição quando Lulu Bergantim, de repente, resolveu deixar o ofício de prefeito. Correu todo mundo com pedidos e apelações. O promotor público Belinho Santos fez discurso. E discurso fez, com a faixa de provedor-mor da Santa Casa no peito, o major Penelão de Aguiar. E Lulu firme:

— Não abro mão! Vou embora para Ponte Nova. Já remeti telegrama avisativo de minha chegada.

Em verdade Lulu Bergantim não foi por conta própria. Vieram buscar Lulu em viagem especial, uma vez que era fugido do Hospício Santa Isabel de Inhangapi de Lavras. Na despedida de Lulu Bergantim pingava tristeza dos olhos e dos telhados de Curralzinho Novo. E ao dobrar a última rua da cidade, estendeu o braço e afirmou:

— Por essas e por outras é que não atravessei o Rubicon!

Lulu foi embora embarcado em nunca-mais. Sua estátua ficou no melhor pedestal da praça das Acácias. Lulu em mangas de camisa, de enxada na mão. Para sempre, Lulu Bergantim.

Aventura carioca

CRÔNICA

Paulo Mendes Campos (1922-91)

Poeta, cronista, jornalista, tradutor, eis um pouco do mineiro Paulo Mendes Campos em suas próprias palavras: "Não te espantes quando o mundo amanhecer irreconhecível. Para melhor ou pior, isso acontece muitas vezes por ano. 'Quem sou eu no mundo?' Essa indagação perplexa é o lugar-comum de cada história de gente. Quantas vezes mais decifrares essa charada, tão entranhada em ti mesma como os teus ossos, mais forte ficarás. Não importa qual seja a resposta; o importante é dar ou inventar uma resposta. Ainda que seja mentira".

— Poxa! Que dei o duro hoje! Meter uma rubiácea em mim!

Atirou o esquadro e lápis, deu o fora. No café, pediu canoa com manteiga dupla, mas reconsiderou:

— Suspenda a média, Baudelaire. Não quero nada. *Muchas gracias.*

Na Brahma, comandou um Macieira cinco estrelas; fazia um calor mortal.

Às onze e meia da noite, achava-se estirado sob a mesa, lambuzado de vômito e bebida. Do mundo insignificante dos filisteus chegavam-lhe ruídos de copos, risos, frases de reprovação, náusea, piedade; frases que ele ouvia com a indiferença de quem provou todos os amargos da terra. *En l'an de mon trentiesme aage, que toutes mes hontes j'eus beues* — fazia seu, nestes momentos de exílio, o testamento do menino Francisco. Subitamente, no entanto, ergueu-se com a agilidade dos bêbados ou dos elefantes de circo. Alguém tinha exclamado: "Que miséria!".

— Miséria não, *salaud*, fartura! Fartura!

E indo aos bolsos, produziu três notas de mil e uma de quinhentos, às quais chamava tapetes d'alma.

Deu-se então o primeiro inesperado. Quem era o palpiteiro infeliz? Sem tirar nem pôr, o palpiteiro infeliz era o próprio Passarinho, o magno, o *primus inter pares*, o boa boca, *le chevalier sans peur et sans reproche*, o frade voador, o Ariel-Caliban dos verões de antigamente.

— Passarinho, meu senhor e meu rei!

E mergulhou em soluços nos braços do amigo. Passarinho, digno à beça, entrara na Galeria para beber a negócios. Mas era bastante puro para ficar insensível à catástrofe do outro.

— Que vexame, garotão! Aí exposto à visitação pública, francamente! Mas vou te aplicar um rabo de galo que levantou até o defunto Elias.

Passarinho segredou ao escanção a receita infernal. O desenhista do Serviço de Engenharia engoliu a droga com repugnância e permaneceu morto durante um quarto de hora, enquanto o outro fumava, tranquilo. Ergue depois a cabeça, limpa-se com o lenço, encara com hierático desprezo os circunstantes miseráveis, penteia-se, apanha em pleno voo um duplo que passava na bandeja, rebate com um gole ininterrupto, empunha a pedra como se fosse uma espada, e comanda: *"Mehr Licht!"* — que significava "mais ar".

— Lapa — ordenou Passarinho ao miserável motorista.

— Passarinho, tu és o único sujeito genial de São Sebastião!

Saíram da Lapa a dizer horrores. Que pouca-vergonha! Que senhoras mais feianchonas! Que lúrida xavecada! Que prostituição tão mal prostituída! Que quadro d'amarguras! Que funéreo cantar!

— Além-túnel — ordenou Passarinho ao motorista.

Começaram pelo Posto 2. Passarinho ainda tinha o seu cartaz, os gerentes se lembravam dele e se faziam amáveis.

Às cinco e meia da manhã, encontravam-se em um boteco sujo da rua

Francisco Otaviano, a tecer paródias e palinódias obscenas a quem passou pela vida em brancas nuvens.

— Vamos tomar a cafiaspirina — ponderou Passarinho.

Cafiaspirina era a última, digo, a penúltima cipoada, que a última era o bar perto de casa, para dar coragem de enfrentar a mãe dos Gracos.

— Duas "chora na rampa", Apollinaire. E sem delongas!

O português negou de cara amarrada. Não servia coisa nenhuma. Que fossem baixar em outro centro. O desenhista foi às barbas do lusitano.

— Sabe com quem vossa excelência está falando?

— Pode ser até com o chefe da nação que pouco me importa.

— Que chefe da nação coisa nenhuma, seu Camões! Ali, no alto daquela pirâmide, está Passarinho, o Magno, morou? Vê lá como entra.

— Que vá passarinhar em outro lugar — trocadilhou com maus modos o português.

Passarinho, solene como um presidente da República a inaugurar um transatlântico, empalmou uma garrafa; o desenhista arrepanhou uma cadeira de palhinha. Iam fechar o baile; a turma matinal do deixa-disso conseguiu impedir a tragédia. O bate-boca prosseguiu. Insulto vai, insulto vem, entram no botequim dois soldados de polícia.

O português sorriu, realizado. No entanto, sob o olhar pasmado dos circunstantes miseráveis, a lei e a bagunça abraçaram-se carinhosamente às seis horas da manhã de um lindo dia:

— Passarinho, meu chapa!

Sentaram-se, pediram quatro "chora na rampa"; o dono do boteco disse que palavra de rei não volta atrás. Diante da insolência, Passarinho fez um simples gesto para o soldado, que lhe passou o revólver. De pau de fogo em punho, *le chevalier sans peur et sans reproche* chegou ao bravo peito lusitano.

— Serve ou não serve, cruz-maltino?

O homem não pensou duas vezes:

— Apelando assim para a ignorância, direi que sirvo... Mas depois irei queixar-me ao senhor comissário.

Os quatro beberam, riram, lembraram os bons tempos. O português com uma cara de Pedro II no convés do *Alagoas*.

Antes de sair, Passarinho comprou uma garrafa de uísque, para a viagem. E caíram na rua, onde luzia um dia assim, de um sol assim.

Na esquina, depararam com uma fila de leite. Indignaram-se todos.

— Marmanjo e marmanja fazer fila pra beber leite! Onde já se viu! Já pra casa, seus cafajestes!

Passarinho espetava homens e mulheres com o cano da arma. Gritos de pânico e protesto. Uma senhora gorda desmaiou nos braços de um homem pequenino, e ambos foram ao chão. Como os dois recusassem o estímulo do uísque que lhes oferecia Passarinho, este resolveu desacatar as vagas, disparando todos os tiros do tambor contra o mar.

Mais tarde, no distrito policial, com uma dó imensa dos presos, Passarinho ofereceu uísque para todos.

— Meus pobrezinhos, meus são francisquinhos...

A garrafa foi rodando de boca em boca, enquanto Passarinho e o desenhista procuravam organizar o cordão carnavalesco.

Ao chegar, o comissário foi perguntando para o plantão:

— Ué, que bicho deu hoje? A turma está com a cachorra.

Vai o comissário dar uma espiada nos homens e se abre todo em sorriso de surpresa e felicidade:

— Passarinho, meu querido, há quanto tempo!

Perfil de Tia Zulmira

CRÔNICA

Stanislaw Ponte Preta (1923-68)

O carioca Sérgio Porto criou o Festival de Besteira que Assola o País (até hoje "encenado" entre nós, poderíamos acrescentar) e tornou-se um dos cronistas mais populares na década de 1960 no Brasil. Criador de tipos cariocas, como o Primo Altamirando e a Tia Zulmira, seu pseudônimo de Stanislaw Ponte Preta ficou mais conhecido do que seu nome verdadeiro, mas assinou livros tanto com um quanto com o outro.

Quem se dá ao trabalho de ler o que escreve Stanislaw Ponte Preta — e quem me lê é apenas o lado alfabetizado da humanidade — por certo conhece Tia Zulmira, sábia senhora que o cronista cita abundantemente em seus escritos. E a preocupação dos leitores é saber se essa Tia Zulmira existe mesmo.

Pouco se sabe a respeito dessa ex-condessa prussiana, ex-vedete do Follies Bergère (coleguinha de Colette), cozinheira da Coluna Prestes, mulher que deslumbrou a Europa com sua beleza, encantou os sábios com a sua ciência e desde menina mostrou-se personalidade de impressionante independência, tendo fugido de casa aos sete anos para aprender as primeiras letras, pois na época as mocinhas — embora menos insipientes do que hoje — só começavam a estudar aos dez anos. Tia Zulmira não resistiu ao nervosismo da espera e, como a genialidade borbulhasse em seu cérebro, deu no pé.

Quando a revista *Sr.* recomendou uma entrevista exclusiva com titia, conhecida em certas rodas como a "ermitã da Boca do Mato", cobriu as propostas de *Paris Match*, de *Life* e da *Revista do Rádio*.

Esta é a entrevista.

Sentada em sua velha cadeira de balanço — presente do seu primeiro marido —, Tia Zulmira tricotava casaquinhos para os órfãos de uma instituição nudista mantida por dona Luz Del Fuego. E foi assim que a encontramos (isto é, encontramos titia), na tarde em que a visitamos, no seu velho casarão da Boca do Mato.

Antiga correspondente do *Times** na Jamaica, a simpática macróbia é dessas pessoas fáceis de entrevistar porque, pertencendo ao métier, facilita o nosso trabalho, respondendo com clareza e desdobrando por conta própria as perguntas, para dar mais colorido à entrevista.

— Sou natural do Rio mesmo — explicou — e isto eu digo sem a intenção malévola de ofender os naturais da província. Fui eu, aliás, que fiz aquele verso do samba de Noel Rosa, verso que diz: Modéstia à parte, meus senhores, eu sou da Vila.

E é. Tia Zulmira mostra o seu registro de nascimento, feito na paróquia de Vila Isabel. Documento importante e valioso, pois uma das testemunhas é a própria princesa Isabel (antigamente a "Redentora" e hoje nota de cinquenta cruzeiros). Ela explica que sua mãe foi muito amiga da princesa, tendo mesmo aconselhado à dita que assinasse a Lei Áurea (dizem que o interesse dos moradores da Vila em libertar os escravos era puramente musical. Queriam fundar a primeira escola de samba).

— Por que se mudou de Vila Isabel para a Boca do Mato? — indagamos.

— Por dois motivos. O primeiro de ordem econômica, uma vez que esta casa é a única coisa que me sobrou da herança de papai e que Alcebíades**

---

* Não confundir *Times* — jornal inglês — no plural, com *Time* — revista americana — das menos singulares.
** Oitavo marido de Tia Zulmira.

não perdeu no jogo. O outro é de ordem estética. Saí de Vila Isabel por causa daquele busto de Noel Rosa que colocaram na praça. É de lascar.

— O que é que tem o busto?

— O que é que tem? É um busto horrível. E se não fosse uma falta de respeito ao capital colonizador, eu diria que é um busto mais disforme do que o de Jayne Mansfield.

Tentamos mudar de assunto, procurando novas facetas para a entrevista e é ainda a entrevistada quem vai em frente, mostrando um impressionante ecletismo. Fala de sua infância, depois conta casos da Europa, quando daqui saiu em 89, após impressionante espinafração no Marechal Deodoro,* que proclamara a República sem ao menos consultá-la.

Não que Tia Zulmira fosse uma ferrenha monarquista. Pelo contrário: sempre implicou um pouco com a imperatriz (achava o imperador um bom papo) e teria colaborado para o movimento de 89, se não fossem os militares da época, quase tão militares como os de hoje.

— Hoje estou afastada da política, meu amigo, embora, devido mais a razões sentimentais, eu pertença ao PLC.**

Fizemos um rápido retrospecto dos apontamentos até ali fornecidos. A veneranda senhora sorri, diz que assim não vamos conseguir contar sua vida em ordem cronológica e vai explicando outra vez, com muita paciência: Nasci no dia 29 de fevereiro*** de 1872. Aprendi as primeiras letras numa escola pública de São Cristóvão, na época de São Christovam e com muitas vagas para quem quisesse aprender...

O resto nós fomos anotando:

Mostrou desde logo um acentuado pendor para as artes, encantando os mestres com as anotações inteligentes que fazia à margem da cartilha. Completou seus estudos num convento carmelita, onde aprendeu de graça, numa interessante troca de ensinamentos com as freiras locais: enquanto estas lhe

* Hoje bairro que explode.
** Partido Lambretista Conservador.
*** Tia Zulmira é bissexta.

ministravam lições de matérias constantes do curso ginasial, Tia Zulmira lhes ministrava lições de liturgia. Mocinha, partiu para a Europa, para aproveitar uma bolsa de estudos, ganha num concurso de pernas; então foi morar em Paris, dividindo seu tempo entre o Follies Bergère e a Sorbonne. Nesta universidade, concedeu em ser mestra de literatura francesa, proporcionando a glória a um dos seus mais diletos discípulos, o qual ela chamava carinhosamente de Andrezinho.

Tia Zulmira suspende por momentos o relato de sua vida para lembrar a figura de Andrezinho, que vocês conhecem melhor pelo nome completo: André Gide.

Tia Zulmira prossegue explicando que, aos vinte e poucos anos, casou-se pela primeira vez, unindo-se pelos laços matrimoniais a François Aumert — o Cruel. O casamento terminou tragicamente, tendo Aumert morrido vítima de uma explosão, quando auxiliava a esposa numa demonstração de radioatividade aplicada, que a mesma fazia para Mme. Curie.

A hoje encanecida senhora lamentou profundamente a inépcia do marido para lidar com tubos de ensaio e, desgostosa, mudou-se para Londres, aproveitando a deixa para disputar a primeira travessia a nado do Canal da Mancha. Houve quem desaprovasse essa decisão, dizendo que não ficava bem a uma jovem de boa família se meter com o Canal da Mancha. A resposta de Tia Zulmira é até hoje lembrada.

— O Canal da Mancha não pode manchar minha reputação. Na minha terra, sim, tem um canal que mancha muito mais.*

E ela acabou atravessando a Mancha mesmo, chegando em terceiro, devido à forte câimbra que a atacou nos últimos dois mil metros. Fez um jacaré na arrebentação da última onda e chegou a Londres para morar numa pensão em Lambeth, onde viveu quase pobre, apenas com os sustentos de uma canção que fez em homenagem ao bairro.**

Na pensão, onde morava nossa entrevistada, vivia no quarto ao lado o então obscuro cientista Darwin, e com ela manteve um rápido flerte. Proust,***

---

* Mangue.
** "The Lambeth Walk". (Existe uma versão de Haroldo Barbosa.)
*** Certa vez um cronista mundano, para valorizar suas próprias besteiras, disse que Proust,

cronista mundano francês que esteve em Londres na época, chegou a anunciar um casamento provável entre Tia Zulmira e Darwin, mas os dois acabaram brigando por causa de um macaco.

— Em 1913, onde estava eu? — pergunta a Tia Zulmira a si mesma, olhando os longes com olhar vago.

Lembra-se que houve qualquer coisa importante em 1913 e, de repente, se recorda. Em 1913, atendendo a um convite de Paderewski, passou uma temporada em Varsóvia, dando concertos de piano a quatro mãos com o futuroso músico, que deve a ela os ensinamentos de teoria musical.

Quando o primeiro conflito mundial estourou, ela estava em Berlim e teria ficado retida na capital alemã, não fosse a dedicação de um coleguinha,[*] que lhe arranjou um passaporte falso para atravessar a fronteira suíça. Durante a Primeira Grande Guerra, a irrequieta senhora serviu aos aliados no Serviço de Contraespionagem, tornando-se a grande rival da Mata-Hari, mulher que não suportava a Zulmira e — muito fofoqueira — tentou indispor a distinta com diversos governos europeus. Zulmira foi obrigada a casar-se com um diplomata neozelandês de nome Marah Andolas — para deixar o Velho Mundo.

É interessante assinalar que este casamento, motivado por interesse, acabou por se transformar em uma união feliz. O casal viveu dias esplendorosos em São Petersburgo, infelizmente interrompidos por questões políticas. A revolução russa de 1917 acabou por envolver Andolas. O marido de Tia Zulmira foi fuzilado pelos comunistas de Lenine, somente porque conservava o hábito fidalgo de usar monóculo, sendo confundido com a burguesia reacionária que a revolução combatia. Morto Andolas, Tia Zulmira deixou a Rússia, completamente viúva, após uma cena histórica com Stálin e Trótski, quando — dirigindo-se aos dois —, exclamou patética:

— Vocês dois são tão calhordas que vão acabar inimigos.

Dito isto Zulmira virou as costas e partiu, levando consigo apenas a roupa do corpo e o monóculo do falecido. Chegou ao Brasil pobre, mas digna, e

---

antes de ser Proust, foi cronista mundano. Tia Zulmira gozou a coisa, dizendo que Lincoln também foi lenhador e, depois dele, nenhum outro lenhador conseguiu se eleger presidente da República.
* Einstein.

a primeira coisa que fez foi empenhar o monóculo na Caixa Econômica, sendo o objeto, mais tarde, arrematado em leilão pelo pai do hoje embaixador Décio Moura, que o ofertou ao filho, no dia em que ele passou no concurso para o Itamaraty.

Zulmira estaria na miséria se uma herança não viesse ter às suas mãos. O falecimento de seu bondoso pai — Aristarco Ponte Preta (O Audaz) — ocorrido em 1920 proporcionou-lhe a posse do casarão da Boca do Mato, onde vive até hoje. Ali estabeleceu ela o seu habitat, disposta a não mais voltar ao Velho Mundo, plano que fracassaria dez anos depois.

Tendo arrebentado um cano da Capela Sistina, houve infiltração numa das paredes e — em nome da Arte — Zulmira embarcou novamente para a Europa, a fim de retocar a pintura da dita. Como é do conhecimento geral, ali não é permitida a entrada de mulheres, mas a sábia senhora, disfarçada em monge e com um pincel por debaixo da batina, conseguiu penetrar no templo e refazer a obra de Miguel Ângelo, aproveitando o ensejo para aperfeiçoar o mestre. Este episódio, tão importante para a História das Artes, não chegou a ser mencionado por Van Loon, no seu substancioso volume, porque, inclusive, só está sendo revelado agora, nesta entrevista.

Nessa sua segunda passagem pela Europa, Tia Zulmira ainda era uma coroa bem razoável e conheceu um sobrinho do tsar Nicolau, nobre que a revolução russa obrigou a emigrar para Paris e que, para viver, tocava balalaica num botequim de má fama. Os dois se apaixonaram e foram viver no Caribe, onde casaram pelo facilitário. O sobrinho do tsar, porém, não era dado ao trabalho e Tia Zulmira foi obrigada a deixá-lo, não sem antes explicar que não nascera para botar gato no foguete de ninguém.

Voltou para o Rio, fez algumas reformas no casarão da Boca do Mato e vive ali tranquilamente, com seus quase noventa anos, prenhe de experiência e transbordante de saber. Vive modestamente, com o lucro dos pastéis que ela mesma faz e manda por um de seus afilhados vender na estação do Méier. No seu exílio voluntário, está tranquila, recebendo suas visitinhas, ora cientistas nucleares da Rússia, ora Ibrahim Sued, que ela considera um dos maiores escritores da época.*

---

* Aqui não ficamos bem certos se Tia Zulmira estava querendo gozar Ibrahim, ou se estava querendo gozar a época.

A velha dama para um instante de tecer o seu crochê, oferece-nos um "Fidel Castro"* com gelo. É uma excelente senhora esta, que tem a cabeça branca e o olhar vivo e penetrante das pessoas geniais.

* Cuba Libre sem Coca-Cola.

Millôr definitivo: A bíblia do caos

SELEÇÃO

Millôr Fernandes (1922-2012)

Bom leitor ("Quem não lê é mais analfabeto do que quem não sabe ler"), desenhista, tradutor, teatrólogo, cronista, contista — numa só palavra: humorista. Millôr Fernandes era carioca da zona norte e da zona sul; do Méier (ou Meyer, como escrevia) e do Leblon: um humorista do Rio para o Brasil.

A

ADIAMENTO
• Não há problema tão grande que não caiba no dia seguinte.
• Morrer, por exemplo, é uma coisa que se deve deixar sempre para depois.

ADULTÉRIO
• O adultério é o mercado negro do orgasmo.

ADVOCACIA
• A advocacia é a maneira legal de burlar a Justiça.

AFIRMATIVA

• Nem só de pão vive o homem. E nem só desse tipo de afirmativa idiota.

AMADURECIMENTO

• É indiscutível que aos vinte anos somos todos tremendos idiotas. Como também é indiscutível que, com o passar do tempo, vamos nos transformar em idiotas mais velhos.

AMEAÇA

• Os banqueiros não perdem por esperar. Ganham.

ANALFABETO

• Pelo menos uma qualidade o analfabeto tem — não comete erros de ortografia.

• Quem não lê é mais analfabeto do que quem não sabe ler.

ANTECIPAÇÃO

• Arranje um amor novo enquanto ainda estiver usando o velho.

• Dizem que tento derrubar as coisas firmemente assentadas. Mas o que gosto mesmo é de puxar a cadeira dos que ainda não sentaram.

• Há uma frase de santo Agostinho fundamental na minha vida: "É preciso um mínimo de bens materiais para exercer as virtudes do espírito". Por me integrar tanto nela, a frase deveria ser minha, adotada por ele.

• Bota na tua cabecinha que amanhã pode acontecer uma grande desgraça. O dia de hoje vai ficar muito melhor.

APAZIGUADOR

• O apaziguador é o cara que pensa que tratando com cuidado um rinoceronte, ele um dia dá leite de vaca.

APOSTA

• Aposto como, neste exato momento, tem uma pessoa lendo esta frase e se perguntando se não tem mais o que fazer.

B

BABEL

• A Babel começou com todo mundo falando línguas diferentes. Quando Deus quis que todos os homens se desentendessem fez todos falarem a mesma língua.

BIOGRAFIA

• Só grandes mentirosos escrevem grandes autobiografias.

• Eu nunca tive um papel importante nas artes deste país, nem na literatura nem na política. Mas na minha biografia, pelo menos, continuo sendo o personagem principal.

BRASILEIRO

• Ser brasileiro me deixa muito subdesenvolvido.

BUROCRACIA

• De todas as inatividades inventadas pelo homem pra dominar e explorar o outro homem (que bom é viver só de operações financeiras!; que bom é receber percentuais de tesouros herdados!; que bom é ser *absentee landlord*!), não se inventou nada mais engenhoso, e odioso, do que isso que se passou a chamar burocracia.

C

CANALHAS

• "Não estamos falando em causa própria" — é o princípio de todo discurso canalha.

CAOS

• Taí, quem apostou no caos não vai perder dinheiro.

• Numa inflação de quarenta por cento ao mês até o lucro dá prejuízo.

CASAMENTO

• O pior casamento é o que dá certo.

• Casamento é essa instituição em que as pessoas casadas colaboram permanentemente para destruir.

• A felicidade conjugal é extremamente difícil. Mas, quando existe, é extraconjugal.

CASTIGO

• Para melhorarmos a sociedade brasileira basta colocarmos a honestidade fora da lei, com penas pesadas para cidadãos apanhados em qualquer ato de honestidade explícita. Tenho certeza que imediatamente todo mundo burlará a lei e haverá uma onda de controlável probidade.

CAUSA MORTIS

• Cinquenta por cento dos doentes morrem de médico.

CHATO

• Chato é o cara que conta tudo tim-tim por tim-tim e depois entra em detalhes.

• Chato é o sujeito que tem um uísque numa mão e nossa lapela na outra.

• Quando um chato vai embora, que presença de espírito!

• O verdadeiro chato não se esgota em ser chato — ele torna você chato, a conversação em geral chata, a reunião toda chata, a casa chata, o elevador chato, o mundo inteiro de uma chatice insuportável.

CIVILIZAÇÃO

• Devido a constantes provocações, mais cedo ou mais tarde as nações civilizadas são obrigadas a atacar os povos bárbaros.

CONSEQUÊNCIA

• Às vezes a gente diz coisas tão desonestas sobre certas pessoas que nunca mais consegue acreditar nelas.

• Quem vive de esperanças morre muito magro.

• Se você for à festa ninguém notará a sua ausência.

CORRUPÇÃO

• Acabar com a corrupção é o objetivo supremo de quem ainda não chegou ao poder.

D

DEBOCHE

• Deboche é um gozo maior do que o nosso.

DECADÊNCIA

• Preciso declarar que minha decadência não é vocacional nem planejada. Em criança, quando me perguntavam o que pretendia ser quando crescesse, eu jamais respondi: "Um homem de meia-idade". Simplesmente aconteceu. Mas foi um erro de toda a minha geração.

DEFINIÇÃO

• O homem é um animal que se justifica.

• Quero que fique bem claro; eu não sou precisamente contra o roubo. Sou apenas contra ser roubado.

• Todos dizem coisas definitivas, mas ninguém define as coisas.

DEMOCRACIA

• Como nunca vivi numa democracia, às vezes me pergunto: e se democracia for isso mesmo?

• Democracia é eu mandar em você. Ditadura é você mandar em mim.

• A democracia começa na hora de votar. E termina na hora de contar.

• Como dizem os verdadeiros democratas ao chegarem ao poder: "Pau neles!".

• Negar a existência da democracia pode ser pessimismo. Mas dizer que a conhecemos mais do que por dizer é absoluta mentira.

• A democracia é o derradeiro refúgio da impossibilidade de governo.

DEMOCRATA

• Nunca neguei a ninguém o direito de concordar inteiramente comigo.

DEMOGRAFIA

• Apesar de morrer muito de fome, a população brasileira aumenta a olhos vistos.

• Fui passear em Copacabana e toda a superpopulação estava na rua.

DENOMINAÇÃO

• Por que é que continuam a chamar tráfego uma coisa que não trafega? Ou de trânsito, se não transita? Ou de hora do movimento um momento em que todos os carros estão parados?

DESIGUALDADE

• Os homens nunca foram iguais, mas não eram muito desiguais. Aí veio a civilização e alguns viraram reis.

DESPEITO

• Muita gente que fala o tempo todo contra a corrupção está apenas cuspindo no prato em que não conseguiu comer.

DIABO

• Quando começou a comprar almas, o Diabo inventou a sociedade de consumo.

E

ECONOMISTA

• O economista muda logo, radicalmente, qualquer plano que, contrário a todas as teorias, dá certo na prática.

• O economista é um ficcionista que venceu na vida.

• O perigoso em nossos economistas não é o que ignoram de economia; é o que sabem.

EFEITOS

• *In vino, veritas. In* cachaça, porre.

EGOÍSMO
• O egoísmo é a generosidade consigo mesmo.

EMBRIAGUEZ
• Preso por embriaguez. Os dois policiais estavam bêbados.

• Dirigir embriagado, avisam sempre as autoridades, é extremamente perigoso. E atravessar a rua sóbrio?

ENVELHECIMENTO
• A alma enruga antes da pele.

• O pior não é envelhecer — é ver os filhos envelhecerem.

ERRO
• Tudo é erro na vida do revisor.

ÉTICA POLÍTICA
• Ética política é o ato de jamais passar alguém pra trás sem antes consultar os companheiros de partido.

EXPERIÊNCIA
• Quando o cara diz que fala por experiência é porque ainda não adquiriu experiência bastante pra calar a boca.

F

FALSA MODÉSTIA
• A falsa modéstia é o rabo escondido com o gato de fora.

FAROESTE
• Bons tempos aqueles em que o faroeste era nos Estados Unidos!

FELIZ
• Feliz é o que você vai perceber que era, algum tempo depois.

FILOSOFIA

• Existe muita filosofia de para-choque. Mas nenhuma filosofia substitui o para-choque.

FINANCISTA

• O grande financista é aquele que consegue arrancar dinheiro do banco usando a força do que deve.

FOBIA

• Fobia é um medo com ph.D.

G

GALINHA

• Magníficas mesmo são as galinhas brasileiras. Num país em que nada funciona, continuam a pôr ovos diariamente, como se fossem galinhas americanas.

GEOMETRIA

• Estou certo de que as paralelas se encontram nos paralelepípedos.

• Linhas paralelas nunca chegam lá. E o círculo não sai de dentro de si mesmo.

GOURMET

• O gourmet é o comilão erudito.

GRUPO

• Todo grupo é uma máfia. Sem exceção; religioso, político, econômico, defende primeiro a si próprio, seus interesses, sua sobrevivência, embora, para isso, sinta necessidade de prestar algum serviço. O serviço, o múnus, é o capital de giro do grupo.

H

HABILIDADE

• O máximo de habilidade político-econômica é a desses caras que se locupletam no capitalismo entrando pela esquerda.

HERANÇA

• A miséria é hereditária. É muito comum os filhos deixarem os pais na miséria.

• Herança é o que os descendentes recebem quando o cara não teve a sabedoria de gastar tudo antes de morrer.

HIPOCONDRIA

• O hipocondríaco procura doenças pros seus remédios.

• O máximo da hipocondria é sofrer de epidemia e neurose coletiva.

HOMEM

• O homem é o único animal que pensa que pode melhorar.

• O homem, um animal, recebeu da natureza um cérebro imperfeito, que lhe filtra umas poucas verdades metafísicas (a noção da morte, por exemplo) que o fazem totalmente infeliz. Enquanto isso os animais perfeitos — com um cérebro que lhes impede a consciência de qualquer sentimento não animal — se divertem paca.

• Todos os homens nascem iguais; e alguns até piores.

HUMOR

• O humor compreende também o mau humor. O mau humor é que não compreende nada.

• O humor é a vitória de quem não quer concorrer.

• O humorismo é a quintessência da seriedade.

HUMORISTA

• Você aí, companheiro de profissão: uma coisa é ser o rei dos palhaços, outra coisa é ser o palhaço dos reis.

• Fiquem tranquilos: nenhum humorista atira para matar.

I

IDEOLOGIA

• Cada ideologia tem a Inquisição que merece.

• Pior do que a patrulha ideológica só a picaretagem ideológica.

• Quando uma ideologia fica bem velhinha, vem morar no Brasil.

• Não existe ideologia que controle um temperamento.

IDIOTA

• O idiota é apolítico. Ou conservador. Ou alienado. Ou radical. Em política, como em tudo o mais, você não escapa do idiota.

• Não reclama, não: quando um cara quer te fazer de idiota, é porque encontrou material.

• Quando você se sente um perfeito idiota, está começando a deixar de sê-lo.

• Não há nada mais idiota do que um idiota querendo bancar que não é.

• Há muita besteira bem dita, assim como há muito idiota bonito.

IMPOSTO

• Os impostos no Brasil são tão injustos que o cidadão pensa em sonegá-los mesmo quando está na miséria.

• Querer que o cidadão pague imposto voluntariamente é esperar que um carneiro se apresente voluntariamente para ser tosqueado.

INCOMPETÊNCIA

• Vocês já observaram o refinamento, o cuidado, o extremo acabamento — e claro, o custo — com que, neste país, se exerce a incompetência?

• Grande erro da natureza é a incompetência não doer.

INCONFORMISMO

• Depois de se acostumar a viver durante cinquenta anos, como é que querem que uma pessoa aceite a morte com tranquilidade?

INFÂNCIA

• Eu não gosto de contar vantagens, mas uma coisa posso afirmar: a minha infância foi tão maravilhosa quanto a de qualquer outro mentiroso.

INVOLUÇÃO
• Todo homem nasce original e morre plágio.

J

JUVENTUDE
• Não conheço nenhum velho que tenha descoberto a eterna juventude. Mas conheço muitos jovens que já nasceram com a eterna senilitude.

L

LIVRO
• Livro não enguiça. (*Slogan sugerido para editores de livros enfrentarem a mídia informática de modo geral.*)

• Nunca li um livro que justificasse a orelha.

• Um desses livros que, quando a gente larga, não consegue mais pegar.

M

MALANDRAGEM
• A malandragem é a arte de disfarçar a ociosidade.

MALEABILIDADE
• Meus princípios são rígidos e inalteráveis. Agora, eu mesmo, pessoalmente, nem tanto.

MARASMO
• País original, este vosso; aqui a história não se repete. Mas também não se renova.

MARAVILHAS
• O mundo é cheio de lugares maravilhosos para quem não vive lá.

MARCO POLO
• Quando Marco Polo trouxe da China o macarrão, inventou a cultura de massa.

MENTIRA
• A mentira é a mais-valia da credulidade. Já que não se pode mentir se não houver um crédulo. Pois ao cético ninguém mente, já que ele não crê nem na verdade.

• É inútil chamar alguém de mentiroso. Todo mundo é.

• Desenvolveu tanto a arte da mentira que todos acreditam nele. Ele é que já não acredita em mais ninguém.

• Fala-se muita mentira com extrema sinceridade.

• Não, que é isso!, ele não é propriamente um mentiroso — tem apenas uma verdade múltipla.

• Jamais diga uma mentira que não possa provar.

MENTIROSO
• Enorme vantagem é a do mentiroso, enquanto todos sabemos apenas o que sabemos, ele sabe muita coisa mais.

N

NATUREZA
• A natureza é burra. Sobretudo quando faz esses sujeitos que vivem repetindo que a natureza é sábia.

NATUREZA HUMANA
• O estranho na natureza humana é que o — raro! — homem justo vive atormentado por problemas de consciência. O canalha nem está aí.

O

ORIGINALIDADE
• Que fique claro: do material que uso, as palavras pertencem aos dicio-

nários. E as ideias são da humanidade, chegadas a mim na leitura dos cultos e no convívio dos tolos. Com quantos lugares-comuns se faz uma originalidade?

OTIMISTA
• O otimista não sabe o que o espera!

P

PADEIRO
• O padeiro inventou mesmo a rosca, ou faltou massa?

PARA-BRISA
• Que adianta o vidro do para-brisa ser inquebrável, se a nossa cabeça não é?

PÁREO
• Às vezes você está discutindo com um imbecil... e ele também.

PARLAMENTARES
• A mulher não aguentou mais e abandonou o parlamentar; toda noite faltava quórum.

PESSIMISMO
• É melhor ser pessimista do que otimista. O pessimista fica feliz quando acerta e quando erra.

POLITICAMENTE CORRETO
• Não quero viver num mundo em que não possa fazer uma piada de mau gosto.
• Pois é, o politicamente correto acabou com o preto de alma branca. Só deixou os outros.

PRIMAZIA
• Um fato é concreto./ Quem inventou o alfabeto/ foi um analfabeto.

PRÓLOGO
• O prólogo, ninguém ignora, é a última coisa que o autor escreve.

R

REALIZAÇÃO
• Se você não conseguiu realizar seus sonhos, procure ao menos evitar a realização de seus pesadelos.

RECÍPROCA
• Cada vez sinto mais dificuldade em aceitar o mundo como ele é. E tenho a vaga impressão de que a recíproca é verdadeira.

RECIPROCIDADE
• No Congresso Nacional uma mão suja a outra.

RECUPERAÇÃO
• Tantos anos o país se descuidou do meio ambiente que agora, se quiser salvar alguma coisa, vai ter que tratar do ambiente inteiro.

REFLEXÕES
• As pessoas que se perdem em reflexões geralmente não conhecem bem o território.

REGRA
• As regras são menos perigosas do que a imaginação.
• O essencial no jogo político é que, pra ganhar o jogo, você tem que ignorar as regras.

REMUNERAÇÃO
• Aqui entre nós, Judas, trinta dinheiros foi um bom preço?

REPENTES
• Mas, me responde logo: a chuva cai sozinha ou Deus empurra? A rosa

nasce assim ou é premeditada? Depois, como de praxe, procurar Praxedes. E contas as palavras que não medes. Pois está no barril o sotaque dos vinhos. E há calcinhas de adultério em todos os altares. Mas não encontrei nenhuma em oitenta e sete bares. O relógio de areia se atrasou mil grãos, o tigre, o gato comprido, cumpre a pena, e o mundo aos domingos, se vê vermelho em Marte. Pois o elefante é um elegante que mudou de fraque, o caranguejo, o que só anda pra trás, diz que é *pra frente*, e com o passar do tempo todos os solares se enchem de sombra, assombrados.

RESIGNAÇÃO
• Resignação é uma forma menor de covardia.

RIQUEZA
• A verdade é que a riqueza estraga a maior parte das pessoas — mas você não gostaria de correr o risco?
• Morrer rico é uma tolice. Não só os virtuosos morrem pobres. Também os milionários competentes que, dessa forma, livram os herdeiros do odioso imposto de transmissão.

S

SABEDORIA
• Já tenho idade pra saber muita coisa.
• O verdadeiro *Homo sapiens* finge que não sabe.
• Como é que um monte de indivíduos ignorantes consegue fazer essa coisa formidável chamada sabedoria popular?

SECA
• Provérbio nordestino: "Muita seca ainda vai passar por dentro daquele açude".

SEGURANÇA
• Se você não atravessar a rua, dificilmente será atropelado; se não entrar num avião, é quase impossível que um avião lhe caia em cima; se evitar cor-

rentes de ar, terá menos resfriados; se não prevaricar, manterá mais firmemente a harmonia do lar; se não beber, cometerá menos desatinos; se gastar menos
do que ganha, terá sempre uma reserva para os dias difíceis. O preço da segurança é o eterno saco.

T

TEMPO
• A lavadeira põe o ferro em cima da roupa e o tempo passa.
• Certos dias têm cem anos.
• Cuida dos minutos, que as horas passam.

TERRA
• A Terra é uma massa redonda ligeiramente chata nos polos, e muito
mais em Brasília.

TESTE
• Casamento ainda é a melhor forma de duas pessoas descobrirem que
casamento não dá certo.

U

USURÁRIO
• De que vale o homem que não gasta seu destino?

UTILIDADE
• Ria. O pranto só serve para chorar.

Roteiro

CRÔNICA

Carlos Heitor Cony (1926)

Fez seminário, mas não se tornou padre. Preferiu aderir ao catecismo da literatura de Manuel Antônio de Almeida, Machado de Assis, Lima Barreto e outros. Romancista (O ventre, Informação ao crucificado), jornalista conhecido desde sua resistência ao Golpe de 1964, Carlos Heitor Cony é carioca, irreverente, membro da Academia Brasileira de Letras e não vê contradição nisso. Seu humor é pessoal e intransferível.

Sou contra o desenvolvimento autossustentável e contra a insustentável leveza do ser. Sou contra o esgotamento dos prazos legais e contra as objurgatórias indeclináveis. Sou contra o fomento da agricultura e contra o colóquio de física nuclear. Contra o abastardamento de nossas tradições, contra o dever inelutável de consciência e contra os soluços da espiral inflacionária.

Sou contra a transparência das decisões ministeriais e contra os legítimos reclamos do operariado. Sou contra os artefatos de fabricação caseira e contra as armas de uso exclusivo das Forças Armadas. Sou contra a mais completa apuração das responsabilidades e contra a dilatação do perfil da dívida externa.

Contra a camada de ozônio, contra a injusta concentração de renda e contra as colocações politicamente corretas.

Sou contra o quadro de nossas importações e contra o arbítrio das decisões apressadas. Sou contra o apaziguamento dos espíritos e contra as inalienáveis prerrogativas da pessoa humana. Contra os lídimos representantes das classes produtoras, contra os autênticos interesses de nossa soberania e contra os sagrados postulados da civilização cristã.

Sou contra a exata compreensão dos meus direitos de cidadão e contra o impostergável dever de solidariedade. Sou contra as injunções de ordem econômico-social e contra a voz da consciência, contra o tato político, contra o gosto da glória, contra o cheiro de santidade e contra os pagamentos à vista.

Contra o arbítrio das decisões apressadas.

Sou contra o ovo de Colombo, a bacia de Pilatos, o tendão de Aquiles, a espada de Dâmocles, os gansos do Capitólio, as asas de Ícaro, o estalo de Vieira, a caixa de Pandora (nos tempos de Machado de Assis não se dizia "caixa", mas "boceta de Pandora") e contra a trompa de Eustáquio.

Sou contra o bico de Bunsen, o tonel de Diógenes, o teorema de Pitágoras, o disco de Newton, o gol do Gighia, o banho de Arquimedes, a casta Susana, as rosas de Malherbe e o corvo de Poe.

Sou contra a retirada da Laguna e os canhões de Navarone, contra as ilhas Sandwich, contra o estreito de Bósforo, o farol de Alexandria e o Colosso de Rodes. Contra o Templo de Diana e contra o desfiladeiro de Termópilas, contra o herói de Maratona e, acima de tudo, contra o quartel de Abrantes.

Sou contra a nuvem de Juno e a maldição de Montezuma, contra a vitória de Pirro, contra a casa da mãe Joana, contra a Maria vai com as outras, as vilas de Diogo, a invasão da Normandia, contra o túnel do tempo e contra a dança das horas.

Sou contra a lei de Murphy e contra a matrona de Éfeso, contra as guerras do Peloponeso, contra a paz de Campofórmio, contra a batalha de Itararé, contra a dieta de Worms e contra o Édito de Nantes, contra o Tratado de Tordesilhas, sobretudo contra a vingança do Zorro, o voto de Minerva e a besta do Apocalipse.

Sou contra a ampla pesquisa ao eleitorado e contra a arregimentação de consciências. Sou contra o imediato socorro às regiões desamparadas e contra o mais fino ornamento de nossa sociedade. Sou contra o transplante de ideias alienígenas e contra os óbices que entravam o nosso desenvolvimento. Contra o lúcido ensaísta e contra o rigoroso crítico teatral. Contra o inspirado poeta e contra o agudo filósofo. Contra o hábil cronista e contra o paciente pesquisador. Sobretudo, contra o vibrante jornalista.

Sou contra os valores agregados, o veredicto das urnas, a paz da família brasileira, os dois pontos para mais ou para menos nas pesquisas eleitorais, sou contra todos aqueles que dispensam apresentações, contra os vasos comunicantes e, principalmente, contra as mulheres que fazem os poetas sofrerem, os governantes roubarem, os comerciantes falirem, os filósofos meditarem e os pecadores pecarem.

Eia! Sus! Sus!

CONTO

Carlos Heitor Cony (1926)

Ouviram do Ipiranga o grito ou o brado retumbante — e aí os patriotas, com vísceras verde-amarelas, rasgaram seus intestinos cheios de hino e hienas que bradavam, rangendo os dentes: *libertas quae sera tamen.*

Foi quando o almirante português saiu da rota e de uma nota de mil cruzeiros e achou a ilha que não era ilha, o rio que não era rio e a coisa que não era coisa. Então o homem em cima do cavalo tirou o laço azul e branco que simbolizava o lusitano jugo e gritou para as margens do Ipiranga e para os raios fúlgidos:

— Evoé! Evoé! Marechais e generais, evoé!

Por tudo isso, filhos, já podeis ver (contentes) a mãe gentil — o que seria dos poetas do Brasil se não rimasse com gentil, covil, redil, anil e fuzil. Que aproveitem os bardos!

E bardo esperto foi aquele que partindo de Santarém, em março de não sei qual ano, perdeu a bússola e as índias rotas e foi parar na garrida terra, florão da América, seja símbolo o lábaro.

E ostentou estrelado o grito que o povo heroico retumbante e o sol da liberdade em raios fúlgidos ouviu pasmo:

— Independência ou Morte?

Deveria ter dito: independência e morte. Ninguém morreu, mas em compensação ninguém ficou independente, exceto o regente Feijó, o frei Caneca e o holandês Maurício de Nassau. Até que o homem de costeletas disse que ficava.

— Fico!

O fico ficou e a agricultura foi fomentada, a lavoura salva e a saúva não acabou com o Brasil nem o Brasil com a saúva: fizeram um protocolo de coexistência pacífica, segundo os moldes preconizados pela *Mater et Magistra*, a juros de oito por cento ao ano.

E quando no melhor da festa alguém duvidava, dizia prudente: meninos, eu vi — surgiu das espumas o vulto nefando do traidor Joaquim Silvério dos Reis. Então, em sinal de protesto, Tiradentes saiu da praça homônima e invadiu os becos e os caminhos cantando o engenho e arte que espalharam por toda a parte. Para aumentar a confusão, passou de repente o vulto embuçado de Magalhães Júnior tomando notas para um livro de viagens sobre as influências medas na conceituação do gótico dos lapões.

E eis que novamente o céu se abriu e se fechou em copas, e disso tudo saiu correndo um crioulo tocando uma cuíca do Brasil e do mundo. E, ao som da cuíca, a turba tremia, pensando que eram chegados os Tempos.

Mas quem chegou foi o general que morreu ao amanhecer. E então o auriverde pendão pendeu e tremulou às brisas que o Brasil beija e balança mas não cai, cair quem há de?

— Sim, a pátria! — disse o general, embargado. Estremecida de tanto tremer, viu seus filhos largarem as vísceras auriverdes pelos caminhos cobertos de pó. E seus hinos, devorados pelas hienas, soltaram o brado retumbante do Ipiranga, que ouviram.

Ouvimos todos. Era ao cair da tarde de 7 de setembro de 1822. Vinte e dois elefantes chateiam muito mais.

Vavá Paparrão contra Vanderdique Vanderlei

CONTO

João Ubaldo Ribeiro (1941-2014)

Pessoalmente, ninguém ria como ele; por escrito, poucos conseguiam fazer os outros rirem como ele, esse carioca de Itaparica e baiano do Leblon. (Ou o contrário?) Contista e cronista popular, consagrou-se como romancista a partir de Sargento Getúlio *e, principalmente,* Viva o povo brasileiro. *João Ubaldo Ribeiro é um dos grandes nomes da literatura da segunda metade do século XX.*

Os debates da Câmara estão iniciados e nesse dia a assistência é das maiores aqui vistas, isto porque, normalmente, só quem assiste é o velho Conceição, o velho Caetano e umas três ou quatro moscas, dependendo de se vai chover ou não. O povo diz que Popó, o presidente, chega lá dia sim, dia não, procura o quórum e não acha. Ele sobe no batente da mesa dele, olha para um lado, olha para o outro e diz: não tem quórum. Então passa o resto do tempo conversando com o velho Caetano e com o velho Conceição, quase sempre falando mal do governador, que o governador não saiba. Mas hoje se espera que vai sair porrada entre Vicente e Nequinho e a maior parte dos cidadãos empenhou um certo dinheiro no resultado e nessas coisas a pessoa deve estar presente, dinheiro é dinheiro. O problema com Vicente e Nequinho não é que Vicente seja UDN e Nequinho PSD, porque essas coisas aqui todo mundo releva. O problema é os holandeses. A maioria das pessoas nunca pensa nos holandeses. Se o camarada sair por aí perguntando o que é que o senhor pensa dos holandeses, o perguntado não vai saber o que responder. O itaparicano, não. O itaparicano, se você falar em holandês junto dele, ele fica logo nervoso e, se você fizer umas perguntas, ele xinga os holandeses todos, o povo aqui é bom mas não esquece com essa facilidade toda. Até os velhos, que aqui temos grande número de velhos caducos visto que entre nós se morre muito pouco, quando ficam caducos mesmo, combatem os holandeses com as fraldas dos lençóis. Assim se deu com diversos velhos e velhas desta ilha e continua se dando. De repente, a casa está no maior quieto, quando se ouve aquele alarido no quarto da velha e é a velha lutando contra os holandeses. O quarto de minha avó Emília mesmo ficava cheio de holandeses e a gente só conseguia acalmar a velha depois que ela garguelava uns quatro ou cinco pelo menos. A gente dava chá de cidreira a ela e ela explicava que quase a casa tinha sido invadida por um bando de holandeses nojentos, comandados por Vanderdique Vanderlei, uns homens brancos, nojentos, tudo com umas tranças escorridas e fedendo a cebola e couve choca. Ninguém nunca viu um desses holandeses de minha avó Emília, mas o barulho deles a gente ouvia, tinha noites que era um inferno e a luta só ia acabar quatro ou cinco da manhã, com vó Emília cansadíssima, mas nunca derrotada pelos holandeses. O velho Caetano ainda não, mas o velho Conceição o povo diz que já está enfrentando uns holandeses de vez em quando, que outro dia o neto dele pegou ele atacando um holandês no quarto, que quase destrói o guarda-roupa. Mais dia, menos dia, ele deixa de ir de pijama para a Câmara e começa a passar o dia todo combatendo os holandeses, pode-se esperar. Enfim, temos casos e mais casos, é da tradição.

Sabe-se que isto aqui foi invadido pelos holandeses, aliás a Bahia toda, e que nós botamos eles para fora debaixo de porrada. Aqui o que tem de heróis não cabe num livro. Finado Bambano, que não me suportava porque eu nunca soube direito o nome dos heróis todos, conhecia tudo de cor. Tivemos Maria Felipa, João das Botas etc. Tudo machíssimo, inclusive as mulheres. Então, nessa matéria das invasões holandesas, o itaparicano não reconhece ninguém, mesmo porque muitas pessoas aqui sabem a história toda e não é de ler nos livros, não, é de outras encarnações. Paparrão mesmo, Paparrão é um caso desses. Paparrão se recorda perfeitamente que no mil e seiscentos, com o mesmo nome de Vavá mas sem o Paparrão, ele era quem levava os recados aqui da ilha para o padre Antônio Vieira na catedral. O padre pegava o recado, lia, ficava retado e sentava o cacete nos holandeses, de herege para baixo. Paparrão mostra o braço, quando se lembra: olhe aqui, estou todo arrepiado. Ele diz que o sermão do padre era a coisa mais bonita que ele já ouviu, que não existe padre de hoje em dia capaz de fazer aquilo e que descia músicas do céu na hora que padre Vieira esculhambava os holandeses. Afirma Paparrão que, muitas vezes, quando a luta aqui ficava preta, o pessoal tomava um saveiro, juntava quem podia e mandava todo mundo ouvir o sermão do padre Vieira. Que quando o pessoal saía de lá já saía botando fogo pelas ventas, dispostíssimo a pegar qualquer holandês que aparecesse e foi assim que ganhamos a guerra, inclusive porque, quando a coisa apertava mesmo, padre Vieira providenciava um milagre de urgência. Paparrão viu diversos, só não viu o estalo, que aliás ninguém viu. Foi nessa época, conforme Paparrão pode lhe confirmar, ou senão os livros, que santo Antônio era oficial das forças armadas, se não me engano capitão ou major, e uma certa feita os holandeses deram tanto cacete em nós, todo mundo fiado em santo Antônio que nem apareceu, que os portugueses rebaixaram o santo de posto. Mesmo assim, Paparrão disse que padre Vieira botou a imagem do santo na frente de todo mundo na igreja e deu-lhe um esporro que Paparrão disse que, se fosse santo Antônio, nunca mais aparecia de cara para cima na Bahia. Está muito certo isso, está muito direito?, perguntou o padre, e o santo calado, que é que ele ia dizer. Bonito papel, falou o padre, nós aqui recebendo porretada, a holandesada tomando conta de quase tudo e cantando de galo, e o senhor fica aí ganhando seu soldo e vela e novena e não sei mais o quê, um luxo verdadeiro, para não fazer nada? Que é que o senhor pensa da vida? Mas, mas, mas homecreia! O padre tinha autoridade e o santo tinha de respeitar, quer dizer, não era assim que ele falava, era com boas palavras, mas era a mesma coisa, tanto assim que o santo criou vergonha e, no dia seguinte, a surra que a gente deu nos holandeses até hoje se comenta por aqui, em Salinas, na Encarnação, em Maragogipe, em todas as partes do Recôncavo, e diz que o santo estava na frente, distribuindo tapa pelos holandeses numa animação que ninguém nunca tinha visto. Nesse dia, nós caçamos os bichos por aqui tudo e muitos deles se ocultaram naquela ilha ali, que hoje chamamos justamente Ilha do Medo justamente por isso, e daqui a gente ficava mandando bolas de ferro pelos canhões para lá, porém não fomos lá, porque tem gatos selvagens. As almas desses holandeses ainda estão lá, junto com os gatos. Ninguém passa a noite lá, no máximo dá uma encostada com a canoa. Mas Paparrão já pernoitou lá e teve que passar a noite dando rabos de arraia nas almas desses holandeses, que reconheceram ele. Que vale foi que o santo apareceu, porque parece que ele vive patrulhando lá, preocupado em consertar as coisas com o padre, embora Paparrão duvide que o padre já tenha perdoado, a não ser no fundo no fundo, mas nunca ao ponto de dar ousadia mais nunca. Segure firme, Paparrão!, gritou o santo. E desceu que desceu mais do que emputecido e cada alma de holandês que mostrava a cara, cada alma de holandês recebia um sopapo. Paparrão disse que o santo estava tão atacado que ele nem precisou fazer nada, bastava ficar aparando holandeses com chutes para o ar. E, se Paparrão não tivesse tido outra encarnação, nunca que tinha reconhecido o santo, porque nessas horas ele larga a batina marrom e vai de armadura tirando umas parenças com são Jorge, sacudindo espada, gritando bastante, criando perturbação, é preciso experiência para reconhecer. Não tem nem aquela rodelinha na cabeça como uma rodilha, porque ele esconde debaixo do capacete de combatente. E o que ele mais Paparrão deram de porrada em holandês nesse dia é suficiente para a fama da Ilha do Medo redobrar. É o que eu lhe digo, este santo Antônio engana muito. Aliás, muitos outros santos também enganam, é uma questão de atenção e cultura.

Muito bem, tem pessoas que duvidam da palavra de Paparrão, que não acreditam que, nesse dia, depois de só ter cadáver de alma de holandês espalhado pelo chão, o santo viu que a canoa dele estava furada, mas disse vá em frente meu Paparra e Paparrão saiu na canoa furada para Itaparica e quando chegou lá a canoa estava sequíssima e cheia de tainhas gordas, com um bilhete do santo: Paparrão: não repare essas tainhas, que a época não está boa. Apareça sempre, seu criado major santo Antônio, att. obrg., que Paparrão não sabe o que quer dizer, mas faz questão de dizer que tinha no bilhete e que tem intimidade com o santo, não muita mas tem. Ele comprou uns foguetes com o dinheiro das tainhas, para homenagear o santo, mas não foram esses os foguetes que furaram o céu, esses foram os de Lamartine, Paparrão não mente.

Mas tem quem pense que ele mente, porque é um homem de valor, e o homem de valor é sempre invejado e existe sempre alguém querendo menosprezar. Se não foi Paparrão que, num dia de muito vento nordeste, bem defronte do gol do Itaparica, jogando ele pelo São Lourenço, foi cobrar o corner e o vento deu tempo, segurando a bola, que ele foi e fez o gol de cabeça? Se não foi Paparrão que, jogando no mesmo São Lourenço, desta feita em Jaguaripe, quebrou a perna em dois lugares e só foi notar no fim do jogo, por causa do sangue quente? Se não foi Paparrão que perdeu um anel no caminho da ilha pelo mar, botou uma marcação na onda, voltou lá, mergulhou vinte e quatro horas e achou o anel? Se não foi Paparrão, que era bombeiro, o único homem que matou solteira e azeiteira de bomba, sabendo-se que nenhum desses dois peixes morre de bomba? Se não foi Paparrão que tinha uma mula ensinada que obedecia tudo, que caiu no abismo montado na dita mula e, antes de chegar no chão, disse siu-aí e a mula fez uma força e parou no ar e ninguém se esbagaçou, pelo contrário? Então, ora me deixe, ora me desculpe, ora essas, vamos respeitar.

Então vemos que, se hoje o pau quebrar, teremos novidades. A questão é que Vicente afirmou, para todo mundo ouvir, que, se em vez de portugueses, tivessem vindo para aqui holandeses, nós íamos estar muito melhor mesmo. Ah, para quê? Foi o bastante para Nequinho xingar ele de Vanderdique Vanderlei e meter até minha família na conversa, por causa de que Vanderdique aparecia muito para minha avó Emília e minha vó Emília sempre reagia. Só não saiu pau nessa hora porque Popó descobriu que não tinha quórum, ou se tinha tido não tinha mais, de formas que todo mundo segurou os dois, mas hoje é fogo. Hoje é dia de resolução, não tem perdão.

Tudo aqui somos muito democráticos, de maneiras que a coisa correu bem, sem embromações. Vicente chegou e disse que com ele era na base do holandês e quem não gostasse que fosse logo falando, que ele ia apostrofar com metáforas, mas, se não desse certo, ele estava disposto a meter a mão na cara do primeiro. Nisso Nequinho, que por sinal é meu primo e é por isso que eu omito certas coisas, nem esperou o fim e disse que quem gostava de holandês que fosse para a Holanda, inclusive se sabendo que todo holandês é falso ao corpo e citou, num discurso muito belo, grandes figuras brasileiras e portuguesas. Vicente, que tem o sangue quente e já estava esperando, disse que não ia citar grandes figuras, pelo contrário, ia dar uma bolacha na cara de Nequinho. E de fato, se Nequinho não fosse meu primo, eu ia contar que efetivamente Vicente deu bolachas bem-sucedidas, mas Nequinho é meu primo e então Vicente tomou muitíssima porrada, a História é assim feita, já dizia meu avô. Mas nisso Paparrão, que estava junto do velho Caetano, porfiando por tomar dinheiro por um serviço de manilha que não tinha feito, parece que recebeu uma entidade e deu um grito: se segura, Vanderlei! Vicente olhou, como se fosse o próprio Vanderdique Vanderlei. Foi o suficiente para que Vicente tomasse a maior porrada coletiva que alguém já tomou aqui, acabando a bancada da UDN muito rapidamente, porque ninguém via udenista, só via holandês. É verdade que Paparrão estava manifestado, mas isso não tira a beleza. Mais uma vez, ganhamos dos holandeses e, até hoje, se eles vierem invadir de novo, vão se dar mal, somos itaparicanos de boa fibra. A UDN se rendeu, o PSD ganhou. Paparrão, desde esse dia, vota no PSD e todo o eleitorado esclarecido também vota, porque não toleramos holandeses. Estamos contentes. Nunca mais os holandeses vêm aqui oprimir. E Vicente, Vicente pode ir para Pernambuco, que lá eles gostam de holandeses. Nós não, nós somos livres.

Sexo na cabeça

CRÔNICA

Luis Fernando Verissimo (1936)

Ele não joga futebol, mas "joga nas onze". Criador do Analista de Bagé e do detetive Ed Mort, entre outros, o gaúcho Luis Fernando Verissimo também escreve contos, romances, roteiros para televisão. Sua influência sobre sucessivas gerações de leitores, escritores, roteiristas e humoristas é inegável. Ah, sim, ele é filho de Erico Verissimo.

Lembro-me como se fosse há oito bilhões de anos. Eu era uma célula recém-chegada do fundo do miasma e ainda deslumbrado com a vida agitada da superfície, e você era de lá, um ser superficial, vivida, viciada em amônia, linda, linda. Nós dois queríamos e não sabíamos o quê. Namoramos um milhão de anos sem saber o que fazer, aquela ânsia. Deve haver mais do que isto, amar não deve ser só roçar as membranas. Você dizia "Eu deixo, eu deixo", e eu dizia "O quê? O quê?", até que um dia. Um dia minhas enzimas tocaram as suas e você gemeu, meu amor, "Assim, assim!". E você sugou meu aminoácido, meu amor. Assim, assim. E de repente éramos uma só célula. Dois núcleos numa só membrana até que a morte nos separasse. Tínhamos inventado o sexo e vimos que era bom. E de repente todos à nossa volta estavam nos imitando, nunca uma coisa pegou tanto. Crescemos, multiplicamo-nos e o mar borbulhava. O desejo era fogo e lava e o nosso amor transbordava. Aquela ânsia. Mais, mais, assim, assim. Você não se contentava em ser célula. Uma zona erógena era pouco. Queria fazer tudo, tudo. Virou ameba. Depois peixe e depois réptil, meu amor, e eu atrás. Crocodilo, elefante, borboleta, centopeia, sapo e de repente, diante dos meus olhos, mulher. Assim, assim! Deus é luxúria, Deus é a ânsia. Depois de bilhões de anos Ele acertara a fórmula. "É isso!", gritei. "Não mexe em mais nada!"

— Quem sabe mais um seio?

— Não! Dois está perfeito.

— Quem sabe o sexo na cabeça?

— Não! Longe da cabeça. Quanto mais longe melhor!

Linda, linda. Mas algo estava errado. Não foi como antes.

— Foi bom?

— Foi.

— Qual é o problema?

— Não tem problema nenhum.

— Eu sinto que você está diferente.

— Bobagem sua. Só um pouco de dor de cabeça.

— No caldo primordial você não era assim.

— A gente muda, né? Nós não somos mais amebas.

E vimos que era complicado. Nunca reparáramos na nossa nudez e de repente não se falava em outra coisa. Você cobriu seu corpo com folhas e eu construí várias civilizações para esconder o meu. "Eu deixo, eu deixo — mas não aqui." Não agora. Não na frente das crianças. Não numa segunda-feira! Só depois de casar. E o meu presente? Depois você não me respeita mais. Você vai contar para os outros. Eu não sou dessas. Só se você usar um quepe da Gestapo. Você não me quer, você quer é reafirmar sua necessidade neurótica de dominação machista, e ainda por cima usando as minhas ligas pretas. O quê? Não faz nem três anos que mamãe morreu! Está bem, mas sem o chicote. Eu disse que não queria o sexo na cabeça, Senhor!

— Nós somos como frutas, minha flor.

— Vem com essa…

— A fruta, entende? Não é o objetivo da árvore. Uma laranjeira não é uma árvore que dá laranjas. Uma laranjeira é uma árvore que só existe para produzir outras árvores iguais a ela. Ela é apenas um veículo da sua própria semente, como nós somos a embalagem da vida. Entende? A fruta é um estratagema da árvore para proteger a semente. A fruta é uma etapa, não é o fim. Eu te amo, eu te amo. A própria fruta, se soubesse a importância que nós lhe damos, enrubesceria como uma maçã na sua modéstia. Deixa eu só desengatar o sutiã. A fruta não é nada. O importante é a semente. É a ânsia, é o ácido, é o que nos traz de pé neste sofá. Digo, nesta vida. Deixa, deixa. A flor, minha fruta, é um truque da planta para atrair a abelha. A própria planta é um artifício da semente para se recriar. A própria semente é apenas a representação externa daquilo que me trouxe à tona, lembra? A semente da semente, chega pra cá um pouquinho. Linda, linda. Pense em mim como uma laranja. Eu só existo para cumprir o destino da semente da semente da minha semente. Eu estou apenas cumprindo ordens. Você não está me negando. Você está negando os desígnios do Universo. Deixa.

— Está bem. Mas só tem uma coisa.

— O quê?

— Eu não estou tomando pílula.

— Então nada feito.

Mais, mais. Um dia chegaríamos a uma zona erógena além do Sol. Como o pólen, meu amor, no espaço. Roçaríamos nossas membranas de fibra de vidro, capacete a capacete, e nossos tubos de oxigênio se enroscariam e veríamos que era difícil. Eu manipularia a sua bateria seca e você gemeria como um besouro eletrônico. Assssssiiiim. Assssssiiiim.

Um dia estaríamos velhos. Sexo, só na cabeça. As abelhas andariam a pé, nada se recriaria, as frutas secariam. Eu afundaria na memória, de volta às origens do mundo. (O mar tem um deserto no fundo.) Uma casca morta de semente, por nada, por nada. Mas foi bom, não foi?

A pipoca tá quentinha

CRÔNICA

Joaquim Ferreira dos Santos (1950)

Editor, colunista, cronista, autor também de uma biografia de Antônio Maria e de um perfil de Leila Diniz, Joaquim Ferreira dos Santos tem um ritmo ao mesmo tempo espontâneo e (mui) construído em cima da tradição carioca, incluindo aí a música popular. A crônica a seguir é sobre o Carnaval de 2015.

Eu sou o pirata da perna de pau, o gato na tuba, o Zé Pereira e aquele outro mais que, depois de jogar pó de mico no salão politicamente correto, chamou na chincha a nega do cabelo duro. Não me importa se a mula é manca, não me importa se a radiopatrulha chegar aqui agora. Eu quero rosetar, garrafa cheia não quero ver sobrar. Acima de tudo quero comemorar, nesta segunda-feira de Carnaval, a honra de ter sido, eu, a marchinha de carnaval, essa jardineira triste, essa Maria escandalosa, tombada como patrimônio imaterial do Rio de Janeiro.

Eu sou muitas, e também o velhinho na porta da Colombo, a coroa do rei, o pedreiro Waldemar e o deputado baiano, aquele que fala pouco para falar do coco. Peço a palavra para dedicar tamanha honraria patrimonial a todos que me seguraram a chupeta, pegaram o bonde de São Januário e passearam comigo no estribo desta história cheia de confete, pedacinho colorido de saudade. Sou a marchinha do Kelly, do Lalá e do Braguinha. Obrigado, Rio, cidade que desde a marchinha "Vagalume", de 1955, me seduz por de dia faltar água e de noite faltar luz — e fico feliz porque até hoje as doutas autoridades municipais pouco fizeram para me deixar desatualizada.

Meu obrigado também à favorita da Marinha, à Sapoti e à incomparável Marlene, damas encantadas sem as quais eu não teria tirado o cavaco do pau, não teria dançado o bigorrilho, o minueto no Municipal e nem sassaricado gostoso, ui, ui, ui, com a delícia que é a mulher do Ruy. Eu sou a Zilda do Zé, o Paquito e o Romeu Gentil.

Como fez Orlando Dias no carnaval de 1965, eu digo saravá, meu pai!

Como fez Osvaldo Nunes no desfile do Bafo da Onça em 1962, eu grito oba!, é nessa onda que eu vou.

Eu estou nas bocas desde que em 1899 Chiquinha Gonzaga fez o "Abre alas" para o Cordão Rosa de Ouro, e devo dizer, para aproveitar a rima, que ainda dou no couro. Ainda passo a mão na saca-rolha e, enquanto tem garrafa, enquanto tem funil, é comigo mesmo. Balzaquiana, nega maluca, fale de mim quem quiser falar. Não me importo. Me segura que eu vou dar um troço e, aos que querem detalhes, garanto que ainda chupo muita uva no alto do caminhão. Leia na minha camisa: "Ah, coelhinho se eu fosse como tu!".

Eu sou o quebra, quebra, gabiroba, a voz do morro, a piada de salão e a mulher do seu Oscar, aquela que se foi lacônica, um bilhete em cima da mesa, dizendo "não posso mais, eu quero é viver na orgia". Sou a marchinha de duplo sentido, a pipoca bem quentinha e a Dircinha Batista levando bomba na prova tão dura, mamãe, que naufragou e se molhou toda.

Há mais de um século, com pandeiro ou sem pandeiro, eu brinco. Eu sou o Rei Zulu, o general da banda, o retrato do velho outra vez, e tenho como única certeza a de que a mulata é a tal. Deus me perdoe, mas para levar outra vida é melhor morrer. Tenho fé, como canta o pessoal dentro do ônibus, que se essa porra não virar, eu chego lá em Maracangalha, na casinha em Marambaia ou no mundo de zinco que é Mangueira.

Eu já vivi muitas emoções nos bailes do Municipal, do Hotel Glória e dos Enxutos, no Teatro São José da praça Tiradentes. Sou a cabeleira do Zezé, a Maria Sapatão e o coitado do Waldemar, aquele que comeu carne de boi com hormônio no Carnaval de 1959 e deu pra se rebolar. Acontece. Eu topo todas sem perder o tom. Brinco nas onze. Virei hino oficial da cidade e, justo agora, ao ser perenizada patrimonialmente, eu quero chorar, mas não tenho lágrimas.

Sei que Edgar chorou quando viu a Rosa girando toda prosa numa baiana que ele não deu. Sei também que Madureira abriu o berreiro quando a voz do destino a sua estrela levou. Sei, por fim, que o Blecaute, no carnaval de 1959, provocou os Eikes da época cantando o "chora, doutor, chora, eu sei que o medo de ficar pobre lhe apavora". A todos lamento a tristeza.

Eu deveria estar chorando, mas a fonte secou. Prefiro, mais ao estilo da festa que represento, gargalhar como faria o grande Risadinha ou chamar Lamartine para ele gritar, imperativo, na segunda do plural, o seu fabuloso "ride, palhaço!". O Carnaval mudou, acabaram com a praça Onze, e as mulheres que me foram musas esses anos todos também. Eu sou a filha da filha da Chiquita Bacana, amasiada com a mulata bossa-nova, e, em 2015, se alguém nos convidar pra tomar banho em Paquetá, pra piquenique na Barra da Tijuca, agora vamos dizer que yes, nós somos sacanas. Pra nossa fantasia de diabo não falta nem mais o rabo.

Eu sou a Maria Candelária, o "seu" China na ponta do pé, e voltei a cantar com júbilo por ter os méritos consagrados e estar, segundo os bofes sarados do Rola Preguiçosa, melhor do que nunca. Eu sou fã da Emilinha. Sou a garota Saint-Tropez, com o umbiguinho de fora, laranja-da-baía que o Jorge Veiga cantou em 1964. Sou a garota gostosura, proibida pela censura — e, quando eu passo, se pisco o olho, no bole-bole, todo mundo grita "vai que é mole". Sou assim, a marchinha, vem ni mim que eu sou facinha.

Gênesis, revisto e ampliado

CRÔNICA

Antonio Prata (1977)

Adão e Eva, e este destaque entre os novos cronistas, o paulista Antonio Prata. Que disse, em entrevista ao jornal O Globo: "O grande preconceito não é com a crônica, mas com o humor. O humor exige uma compreensão, e as pessoas valorizam mais o que não entendem, porque acham profundo". Sem preconceito — e com humor.

Então o Senhor Deus disse a Adão: porquanto deste ouvidos à tua mulher, e comeste da árvore que eu te ordenara não comesses: maldita é a terra por tua causa; com o suor do rosto comerás o teu pão, até que te tornes à terra; porque dela foste tomado; porque tu és pó e ao pó tornarás.

E, vendo o Senhor Deus que Adão fazia-se de desentendido, disse: espera, que tem mais; não só custará o pão o suor de teu rosto, como aumentará a circunferência de tua barriga, e a circunferência de tua barriga desagradará à Eva, e Eva te dará chuchu, e quiabo, e linhaça, e couve, e outras ervas que dão semente e leguminosas que dão asco, e delas usarás como alimento, em teus dias de tribulação.

E disse também o Senhor: porquanto comeste da árvore, porei em teu encalço insetos peçonhentos, e serão pernilongos nas cidades, e nas praias borrachudos serão; e ordenarei que te piquem bem na pelinha entre os dedos dos pés, e que zunam em teus ouvidos, e nas noites sem fim recordar-te-ás de teu criador.

Não satisfeito com os castigos, continuou o Senhor Deus: que destas ventas por onde soprei a vida escorra muco, e que seja frio e pegajoso como as escamas da serpente, e caudaloso como as águas do Jordão, e que brote numa sessão de cinema, ou na Sala São Paulo, e que tenhas à mão somente uma folha de Kleenex, e que com ela te enxugues e te assoes, até que se esfacele a última fibra de celulose, marcando teu rosto com inumeráveis pontinhos brancos, como marcarei a face pecadora de Caim.

E assim vagarás pela terra, disse o Senhor Deus, pois grande é teu pecado. E disse mais: cansado de perambular pela terra, inventarás o automóvel, mas o automóvel só fará multiplicar o teu cansaço; e gastarás metade de teus dias na Rebouças, e roubarão teu estepe, e te esquecerás do rodízio, e os pontos de tua carteira excederão o máximo permitido pelo Detran, que será vinte e um, e andarás de táxi, e ouvirás elogios ao massacre do Carandiru, e diatribes contra médicos estrangeiros, e sentirás na carne a miséria de tua descendência.

Em vão, buscarás refrigério em viagens, mas quando no aeroporto estiveres, e chegares ao portão 4, alto-falantes te mandarão para o 78C; e quando o 78C alcançares, serás mandado de volta ao portão 4, e faminto pagarás dezesseis reais num pão de queijo e numa coca, e a coca será de máquina, e o pão de queijo estará frio.

Então, visto que se aproximava a viração do sétimo dia, Deus se apressou, e disse: que o sal umedeça, que o bolo seque, que a meia fure, que a privada entupa, que o dinheiro escasseie, que o cupim abunde, que a unha encrave, que a internet caia, que o time perca, que a criança chore, que o churrasco do teu cunhado seja melhor que o teu, e que todos assim concordem, inclusive Eva, e que, largado num canto da varanda, com tua Kaiser quente na mão, te lembres que eu sou El Shaddai, e que estou acima de todas as coisas, inclusive de tua careca, que não temerá a finasterida, não aceitará o minoxidil nem reagirá às preces que, em vão, me enviarás.

E, dizendo isso tudo, o Senhor Deus lançou Adão para fora do jardim do Éden, e lançou Eva para fora do jardim do Éden, varão e fêmea, os lançou.

Referências bibliográficas

Fontes, a maioria inclusivas, outras, muito poucas, não — devido às dificuldades inerentes em relação aos direitos autorais (de agenciamento e de herança), mas todas elas, neste levantamento bibliográfico, referenciais do humor humano, brasileiro. (FMC)

ALCÂNTARA MACHADO, António. *Prosa preparatória & Cavaquinho e saxofone.* Org. de Cecília de Lara. Rio de Janeiro: Civilização Brasileira, 1983. (Coleção Vera Cruz, 349)

_____. *Novelas paulistanas.* Rio de Janeiro: Ediouro, 1999.

ALENCAR, José de. *Ao correr da pena.* São Paulo: Instituto de Divulgação Cultural, 1854-5. Disponível em: <www.dominiopublico.gov.br/pesquisa/DetalheObraForm.do?select_action=&co_obra=1838>. Acesso em: 2 fev. 2016.

ALMEIDA, Júlia Lopes de. *Livro das donas e donzelas.* Rio de Janeiro: Francisco Alves, 1906. Disponível em: <http://www.dominiopublico.gov.br/download/texto/bi000171.pdf>. Acesso em: 3 fev. 2016.

ALMEIDA, Manuel Antônio de. *Memórias de um sargento de milícias.* Intr. de Mário de Andrade. Brasília: Ed. da Universidade de Brasília, 1963.

ALPHONSUS, João. *Contos e novelas.* Rio de Janeiro: Editora do Autor, 1965.

ALPHONSUS, João. *Melhores contos*. Sel. de Afonso Henriques Neto. São Paulo: Global, 2001.

AMADO, Jorge. *A morte e a morte de Quincas Berro Dágua*. São Paulo: Companhia das Letras, 2008. (Coleção Jorge Amado, 2)

_____. *Dona Flor e seus dois maridos*. São Paulo: Companhia das Letras, 2008. (Coleção Jorge Amado, 3)

ANDRADE, Carlos Drummond de. "Política literária". In: _____. *Poemas*. Rio de Janeiro: José Olympio, 1959.

_____. "Quadrilha". In: _____. *Poemas*. Rio de Janeiro: José Olympio, 1959.

ANDRADE, Mário de. *Macunaíma*. Estabelecimento de texto de Telê Ancona Lopez e Tatiana Longo Figueiredo. Rio de Janeiro: Agir, 2008.

ANDRADE, Oswald. *Memórias sentimentais de João Miramar/ Serafim Ponte Grande*. 6. e 5. ed. Rio de Janeiro: Civilização Brasileira, 1978. (Coleção Obras completas)

ASSIS, Machado de. *Seus 30 melhores contos: Precedidos de uma introdução geral, nota editorial, esboço biográfico-crítico, o conto na literatura brasileira, breve cronologia da vida e da obra*. Rio de Janeiro: José Aguilar, 1961.

_____. *Esaú e Jacó*. Rio de Janeiro: Civilização Brasileira, MEC, 1975.

_____. *Quincas Borba*. Rio de Janeiro: Civilização Brasileira, MEC, 1975.

_____. *Melhores contos*. Sel. de Domício Proença Filho. São Paulo: Global, 1984.

_____. *Balas de estalo & crítica*. São Paulo: Globo, 1997. (Coleção Obras Completas)

_____. *Memórias póstumas de Brás Cubas*. São Paulo: Globo, 1977.

_____. *Contos: Uma antologia*. Sel., intr. e notas de John Gledson. São Paulo: Companhia das Letras, 1998. 2 v.

_____. *O alienista*. Intr. de John Gledson. Notas de Hélio Guimarães. São Paulo: Penguin Classics Companhia das Letras, 2014.

AZEVEDO, Aluísio. *Demônios*. São Paulo: WMF Martins Fontes, 2007.

AZEVEDO, Arthur. *Plebiscito e outros contos de humor*. Intr. e sel. de Flávio Moreira da Costa. Rio de Janeiro: Revan, 1993.

_____. *Melhores contos*. Sel. e pref. de Antônio Martins de Araújo. São Paulo: Global, 2001.

BARBOSA, Frederico (Org.). *Clássicos da poesia brasileira: Antologia da poesia brasileira anterior ao modernismo*. Rio de Janeiro: O Globo; Porto Alegre: Klick, 1977.

BARRETO, Lima. *A nova Califórnia e outros contos*. Seleção, intr. e notas de Flávio Moreira da Costa. Rio de Janeiro: Revan, 1993.

_____. *Recordações do escrivão Isaías Caminha*. 2. ed. Intr. de Alfredo Bosi. Pref. de Francisco de Assis Barbosa. Notas de Isabel Lustosa. São Paulo: Penguin Classics Companhia das Letras, 2010.

BARRETO, Lima. *Contos reunidos*. Org. e intr. de Lilia Moritz Schwarcz. São Paulo: Penguin Classics Companhia das Letras, 2011.

_____. *Triste fim de Policarpo Quaresma*. Intr. de Lilia Moritz Schwarcz. Pref. de Oliveira Lima. Pesquisa e notas de Lilia Moritz Schwarcz, Lúcia Garcia, Pedro Galdino. São Paulo: Penguin Classics Companhia das Letras, 2011.

BRAGA, Rubem. *Melhores contos*. Sel. de Davi Arrigucci Jr. São Paulo: Global, 1985.

CAMPOS, Paulo Mendes. *Antologia brasileira de humorismo*. Rio de Janeiro: Editora do Autor, 1965.

CARVALHO, Campos de. "Londres, novembro de 1972". In: _____. *Cartas de viagem e outras crônicas*. Rio de Janeiro: José Olympio, 2006.

_____. "A vida sexual dos perus". In: _____. *A lua vem da Ásia*. 4. ed. Rio de Janeiro: José Olympio, 2008.

CARVALHO, José Cândido de. *Porque Lulu Bergantim não atravessou o Rubicon*. Rio de Janeiro: José Olympio, 2008.

CONY, Carlos Heitor. *Autobiografia da empada-que-matou-o-guarda*. Rio de Janeiro: Brasiliense, 1977.

_____. *Eu, em pedaços*. Rio de Janeiro: Leya, 2009.

COSTA, Flávio Moreira da. *Viver de rir: Um livro cheio de graças*. Rio de Janeiro: Record, 1997. v. 2.

_____. *Viver de rir: Obras-primas do conto de humor*. 3. ed. Rio de Janeiro: Record, 1999. v. 1.

_____. *Nonadas: O livro das bobagens*. Rio de Janeiro: Francisco Alves, 2000.

_____. *Os grandes contos populares do mundo*. Rio de Janeiro: Ediouro, 2005.

_____. *Alma-de-gato: A poesia escondida de João do Silêncio*. Rio de Janeiro: Agir, 2008.

_____. *Os melhores contos da América Latina*. Rio de Janeiro: Agir, 2008.

_____. *Os cem melhores contos de humor da literatura universal*. Rio de Janeiro: Ediouro, 2009.

_____ (Org.). *Os melhores contos brasileiros de todos os tempos*. Rio de Janeiro: Nova Fronteira, 2009.

FERNANDES, Millôr. *Millôr Definitivo: A Bíblia dos Caos*. Porto Alegre: L&PM Editores, 2002.

GAMA, Luiz da. *Primeiras trovas burlescas e outros poemas*. Org. e intr. de Ligia F. Ferreira. São Paulo: Martins Fontes, 2000. (Coleção Poetas do Brasil, 6)

GONZAGA, Tomás Antônio. *As cartas chilenas*. Org. de Tarquínio de Oliveira. São Paulo: Ed. Referência, 1972.

_____. *Cartas chilenas*. Org. de Joaci Pereira Furtado. 2. ed. São Paulo: Companhia das Letras, 1996.

ITARARÉ, Barão de. *Máximas e mínimas*. Org. de Afonso Félix de Souza. Rio de Janeiro: Record, 1985.

LISPECTOR, Clarice. "Devaneio e embriaguês duma rapariga". In: _____. *Laços de família*. Rio de Janeiro: José Olympio, 1974.

LOBATO, Monteiro. *Contos escolhidos*. Org. de Marisa Lajolo. São Paulo: Brasiliense, 1989.

_____. *Urupês*. São Paulo: Brasiliense, 2001.

LOPES NETO, João Simões. *Casos do Romualdo: Contos gauchescos*. Rio de Janeiro: Globo, 1952. (Coleção Província, 4)

MACEDO, Joaquim Manoel de. *A carteira de meu tio*. Rio de Janeiro: Civilização Brasileira.

MACHADO, Aníbal. *A morte da porta-estandarte e outras histórias*. Rio de Janeiro: José Olympio, 1965.

MAGALHÃES, Basílio. *O folclore do Brasil: Com uma coletânea de 81 contos populares*. Rio de Janeiro: O Cruzeiro,1960. (Coleção Brasílica, 3)

MAGALHÃES JR., Raimundo. *O conto feminino*. Rio de Janeiro: Civilização Brasileira, 1959. (Coleção Panorama do Conto Brasileiro, 10)

_____ (Org.). *Antologia de humorismo e sátira: Com 128 autores, de Gregório de Matos a nossos dias*. 2. ed. Rio de Janeiro: Bloch, 1969. (Coleção Resumo)

MATTOS, Gregório de. *Obras de Gregório de Mattos*. Org. de Afrânio Peixoto. Rio de Janeiro: Academia Brasileira de Letras, 1923-33. 6 v.

_____. *Antologia*. Porto Alegre: L&PM, 1999.

MENDES, Fradique. *Grammatica portuguesa pelo methodo confuso: Seguida de uma variada collecção de exercícios pelo mesmo methodo*. 3. ed. fac-similada. Rio de Janeiro: Rocco; Fundação C. A. de Almeida; Ufes, 1984.

MONTAIGNE, Michel de. *Os ensaios*. Org. de M. A. Screech. Trad. de Rosa Freire d'Aguiar. São Paulo: Penguin Classics Companhia das Letras, 2010.

OLIVEIRA, José Osório de. *Contos brasileiros*. Lisboa: Bertrand, 1945. (Coleção Cruzeiro do Sul, 1)

PEIXOTO, Afrânio. *Trovas populares brasileiras*. Rio de Janeiro: Francisco Alves, 1919.

POMPEIA, Raul. *Obras*. Org. de Afrânio Coutinho. Rio de Janeiro: Civilização Brasileira; OLAC, 1981. v. 3: Contos.

_____. *O Ateneu*. Melhoramentos, 1958; Rio de Janeiro: Zahar, 2015.

PONTE PRETA, Stanislaw. *Febeapá — Festival de Besteira que Assola o País*. São Paulo: Companhia das Letras, 2015.

RAMOS, Graciliano. "A espingarda de Alexandre". In: _____. *Alexandre e outros heróis*. 12. ed. São Paulo: Martins; Rio de Janeiro: Record, 1975.

RIBEIRO, João Ubaldo. *Já podeis da pátria filho e outras histórias*. Rio de Janeiro: Nova Fronteira, 1991.

ROMERO, Sílvio (Org.). *Contos populares do Brasil*. São Paulo: Martins Fontes, 2007.

RUBIÃO, Murilo. *Murilo Rubião: Obra completa*. São Paulo: Companhia de Bolso, 2010.

SABINO, Fernando. "O homem nu". In: ____. *O homem nu*. 39. ed. Rio de Janeiro: Record, 2000.

SCLIAR, Moacyr. "O dia em que matamos James Cagney". In: ____. *Contos reunidos*. São Paulo: Companhia das Letras, 1995.

SILVEIRA, Valdomiro. *Lereias, histórias contadas por eles mesmos: Contos*. Rio de Janeiro: Civilização Brasileira, 1975. (Coleção Vera Cruz, 201)

TORRES, Antônio. *Pasquinadas cariocas*. Rio de Janeiro: Castilho, 1921.

VERISSIMO, Luis Fernando. *Sexo na cabeça*. Rio de Janeiro: Objetiva, 2002.

ESTA OBRA FOI COMPOSTA EM ELECTRA PELO ESTÚDIO O.L.M./ FLAVIO PERALTA
E IMPRESSA EM OFSETE PELA RR DONNELLEY SOBRE PAPEL PÓLEN SOFT
DA SUZANO PAPEL E CELULOSE PARA A EDITORA SCHWARCZ EM JULHO DE 2016